丛书

虹

多棱镜下的新西兰

聂 茂 著

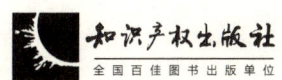
知识产权出版社
全国百佳图书出版单位

责任编辑：刘　睿　罗　慧　　　责任校对：韩秀天
动态排版：贺　天　　　　　　　责任出版：卢运霞

图书在版编目（CIP）数据

虹：多棱镜下的新西兰/聂茂著. —北京：知识产权出版社，2013.1
ISBN 978-7-5130-1705-3

Ⅰ.①虹… Ⅱ.①聂… Ⅲ.①随笔—作品集—中国—当代　Ⅳ.①I267.1
中国版本图书馆CIP数据核字（2012）第268462号

虹

多棱镜下的新西兰
Hong
　　Duolengjingxia de Xinxilan

聂　茂　著

出版发行：知识产权出版社				
社　　址：北京市海淀区马甸南村1号		邮　编：100088		
网　　址：http://www.ipph.cn		邮　箱：bjb@cnipr.com		
发行电话：010-82000860 转 8101/8102		传　真：010-82005070/82000893		
责编电话：010-82000860 转 8113		责编邮箱：liurui@cnipr.com		
印　　刷：保定市中画美凯印刷有限公司		经　销：新华书店及相关销售网点		
开　　本：720mm×960mm　1/16		印　张：21.5		
版　　次：2013年4月第一版		印　次：2013年4月第一次印刷		
字　　数：287 千字		定　价：48.00 元		

ISBN 978-7-5130-1705-3/I·249(4549)

出版权专有　侵权必究
如有印装质量问题，本社负责调换。

人生世界，有大有小；

　　小即是大，大即是小。

"心长在正经的地方,无往而不胜。"

——录自《汤姆·琼斯》

自 序

（长白云的地方也长梦想）

　　我记得多年前的那个风和日丽的上午，莫名的兴奋、紧张和惶惑充溢着我的心。离开了送行的朋友，离开了温暖的目光，我从广州白云机场起飞，前往遥远的异国他乡。

　　那一天，正好是农历二月十四，我在飞机上过着自己的生日，没有鲜花、美酒和蛋糕，我为自己祝福。多年的漂泊让我变得坚强。我收拾好杂乱的心情，轻轻靠在座位上，没过多久，竟迷迷糊糊地睡去了。

　　醒来时，发现厚厚窗外的一层雨水，洗涤着我13个多小时飞行所带来的一整夜的黑暗、疲惫和劳顿。我像是一支离弓的箭被一股强力抛向了天空，从此以后，纵使走遍天涯海角、碰得头破血流也很难找到回头的路；我又像是一朵断根的浮萍被一阵诱惑的风吹到千山万水之外，在一个不属于祖国的地方，在一个不使用母语的地方，在一个你所有的亲人和朋友都看不见你的地方，你一声不哼地掉了下来，像一片飘向阴暗角落、没有色彩的鹅毛，或者一片从四月的树桠上飘向大海的叶片，悄无声息，自生自灭。你的昨天埋进了泥泞的沼泽地，你的光芒被青山绿水所覆盖，你的乡音匆匆淹没于波涛般扑过来的陌生语言。那些扭动的音符，同事的笑脸，父母的叮嘱，爱人的呢喃，一刻之间像被一场大风刮走一样，消失得无影无踪。你还来不及喊叫一声，你就成了"旧报书刊"上一个过时的标题，或者"人走茶凉"的"社会大书"中一个被人扔掉的书签。你所紧握的只有乡音，你所保存的只有心愿，你所拥有的只有回忆，可这回忆本身你都像发炎的伤口逃避盐粒一样地逃避着。你的喘息，你的梦呓，你如火的孤独使初来乍到的落寞情绪更加清晰和无助。

没有谁能够拯救你，唯一的拯救靠你自己。

就这样，在奥克兰机场的出口处，我提着简单的行李，在惴惴不安中走进了这个"长白云的故乡"，曾经的向往和梦想正在一步步变成现实：一个贫穷的农家孩子，一个没有什么天赋、只信奉"天道酬勤"和"笨鸟先飞"的放牛娃，如今要在这块陌生得像热带鸟看见北极熊一样惊奇的土地上顽强地生存，并且努力使蠕动于心中已久的梦想在时间的古塬上发出芽叶来，开花结果。

因为，"长白云的故乡"也一定是"长梦想的地方"。

在内心风暴停泊的河岸，在红头发、高鼻子和蓝眼睛的视线之外，在浩瀚无垠的海水将天空染得像玻璃般透明发亮的时候，在各类花香扑面而来、空气中夹杂着淡淡盐腥味的氛围里，我激动的心荡起了一波又一波难以抑制的浪漫情绪，一首煽情的歌从脚底沿着我最敏感的神经末梢，经过我的胸口、手指和嘴唇悄悄地爬到我的头发顶端。

直到今天，我仍然能清晰地回忆起这一切：沿途地毯般浓密的鲜花绿草、童话般精致的一排排小洋房、飞驶而过的大小车辆、宁静祥和的乡村音乐、写满英文的路牌和五颜六色的彩旗，以及白云般悠然的羊群和马匹都在厚厚的雨帘中默默地注视着我这个来自古老得像发黑的河流一样的中国南方的热血青年，他们一定想问：你是谁？你是行色匆匆的

自　序

过客还是打算扎根的淘金者？一拨又一拨旅人像一群又一群候鸟一样，天气一冷就结包打捆地飞走了，你难道与这些旅人不一样？你朴素的行囊里除了包裹一丝疲惫和一份乡愁外，是不是还有一纸有些沉重、写着"寻梦"二字的决心书？你漂泊万里为的是什么？你希望看到什么样的风景，希望寻找什么样的梦境？你究竟是谁？

是啊，我究竟是谁呢？当残根断枝的黄昏从秋天半山腰落下去的时候，那个饿着肚子的拾柴少年就是我？当夏天的烈日在无风的正午任意肆虐的时候，那个跟着父母一起躬身向田、忙碌着"双抢"、像一具木犁扑向大地的人就是我？当北京、上海的求学之路诱惑而又艰难地走来的时候，那个来自衡阳的消瘦的后生每次挤搭火车都是爬到人家的硬座底下用油渍的报纸垫一下后不管人家的脚臭和汗臭就躺在那里疲惫地睡着了的人就是我？后来，当一个个不眠之夜在汗湿的梦里消失的时候，那个"铁肩担道义，豪情写文章"、在报刊上署名"聂茂"的人也是我？一次又一次跨越，一次又一次前行，你翻过了一座座山，看到了一些风景，可你知道，前面还有更多更难的山在等待着你去爬，也还有更好更美的风景在等待着你去看，这，真的就是我吗？

午夜的钟声清脆地敲了起来，我记得曾经写过这样的一首打油诗："我是谁？/当南方的枫叶/打开启蒙的第一课/老师要我背诵/'毛主席万岁！'/我怎么也记不住/这最最简单的母语/老师当然认定/我是班上最蠢的学生/我背着一书包的歧视/回到清贫的家/没有谁在乎我/能跟我说话的大黄狗/将我领进屋里/我没有哭泣/握着一枚枫叶/在老树敞开的怀里/玩了许久/后来作文的时候/我写了枫叶的故事/包括那条懂我的黄狗/我用的是寓言/老师却说是神话/或者童话/还差点要说'总而言之是废话'/并由此认定/我比他想象的/还要愚蠢……"

是的，当经历过风暴的锻打、很快就要看到彩虹的时候，我却抽身

虹——多棱镜下的新西兰

走了，留下年高体弱的父母，让他们去承担"苦难"和"贫困"；当所谓的事业正处于蒸蒸日上、日子过得越来越滋润的时候，我却悄悄地走了，像一只不恋家的麻雀，飞进了迷茫的大雨中。我好不容易才等来的房子、我好不容易才积攒的票子、我好不容易才盼来的位子都在转瞬之间连同我的户口一起被人生的一支无形的笔轻巧地删去了。我又回到了一无所有的昨天，只是身上多了一层沧桑、一叠记忆和一份成熟。

然而，我不悔！

在新西兰学习、生活四年半，地理意义上的旅行并不多。我绝大多数的时间（除了一次回到国内进行为期三个月的资料查询）寓居在距奥克兰一个半小时车程的汉密尔顿市。这是一座花园城市，有着"玫瑰城市"的美名。别看这座城市人口只有13万多，却是新西兰内陆第四大城市。这里据说有五千多个华人，其中，有一千多名中国留学生，因为这里有一所综合性大学叫怀卡托，有一万多名学生。所以，这个城市又叫"大学城"。我在这个城市的头一年主要是跟语言的"拦路虎"进行殊死搏斗，我被打得遍体鳞伤、筋疲力尽、苦不堪言。我必须承认，我是一个不好的格斗手，我的方法极为笨拙，我的功力极为差劲，我的心情极为压抑。我真担心自己哪一天会突然倒下，幸而，上天默默地眷顾着我，使我度过了一个又一个难关。当枕边收音机里发出的彻夜不息的英文对话变得越来越亲切的时候，当与洋人的交谈越来轻松和越来越有信心的时候，当无声无息排列着的日子因为我的紧张、忙碌的学习而几乎忘却它的时候，当孤独的老虎被比孤独更孤独的力量悄悄赶走的时候……蓦然回首，我看见春天那一打一打、充满希望的鹅黄从打开一半的窗户里伸进了我的眼里。

就这样，新西兰之旅，我人生中又一次极不平凡的旅程，我一路艰难地走了过来，留下了汗水和足迹，我见到了曾多次闯入梦境的大

自 序

海，好一个深沉的南太平洋，好一片盛大的天空，好一派披红挂绿的原生态风景！

这里，没有虚情，只有真情；

这里，没有煽情，只有抒情。

这是我的追求：一些清丽的文字，一朵生活的浪花，一杯含香的咖啡。

我写这些作品的时候，是忙碌中的小憩，是紧张中的抚慰，是前行中的回眸，它颇有一种江南雨季里在深巷的石板路上走过所发出的清脆悦耳的响声的感觉。我喜欢这种响声，它能勾起我遥远的回忆，它能开启我未来的人生。

但愿读者在邂逅这些文字的时候，也能勾出一些纤细的回忆，也能掀起一些心底的涟漪。我相信这种回忆或涟漪有时甚至能闪亮你的整个下午，使你于和风细雨中，细细体味出远方的风景是多么的诱力十足，温情迷人。

目 录

自　序（长白云的地方也长梦想）..................................1

赤：异域风情..................................1

美丽的红衣女郎 1　踩在肩上的感动 5　春天里的无名花 8　没有情人的情人节 13　断砖 20　公仆警察 24　加油站的打工仔 27　诗人就是痛苦 31　老人与狗 37　与帕瓦罗蒂同台演唱 41　抓拍月亮的老太 46

橙：一瓢乡愁..................................51

隔海的乡愁 51　陪父亲喝老酒 53　辣椒的故事 57　又闻腊肉

桂皮香 59　缘分 62　歌唱的天空 64　净水之思 65　沉重的测试
68　爱国的歧途 70　营造过年氛围 72　故乡在我心中 75

黄：鸽哨声声 79

与总理擦肩而过 79　当特约演员的总理 82　总理代人受过 84
总理道歉 87　警察与猫 89　市长请客 90　信赖 93　有彩的感谢
95　从总统到平民 98　威廉王子洗马桶 100　装满信赖的葡萄
酒 102

绿：海外传真 107

嫁给死亡 107　在南太平洋钓鱼 114　争来的机会 123　"革
革"的命运 126　轻松的活法 131　心在别处 141　家庭动物园
147　特别的圣诞礼物 155　稚子之爱 160　母亲节的祝福 168
螳螂卫士 171

青：诗意柔情 179

带个女孩去新西兰 179　为狗打工 183　我怕来不及，我要抱
着你 185　花园般的菜地 189　孤坟：别人的心肝宝贝 192　手
臂上的阳光 194　爱部长，更爱妻子 196　晚霞中的红纱巾
199　懂鸟语的人 205　火苗在壁炉上飘动 207　向列队整齐的
鸭子致敬 210

蓝：葱花物语 213

学会爱人 213　遇人不淑 216　丁香郡主 224　爱不是用来还债
的 230　撕裂的伤痛 234　名主持失窃记 237　温暖的陌生人
243　难以招架的热情 248　特殊的开放日 250　穿过风暴的爱
255　阳光下的高楼 260

目 录

紫：亦真亦幻 267

  古典的月亮 267 不速之客 271 岛民的逍遥 275 愤怒的母狗 280 风筝之王 287 高架桥下的复活节 293 爬过墙去的"佛手" 299 与狼同行 303 蜻蜓 309 撒野的猪 313 与博尔赫斯聊天 319

后　记（新西兰：安放灵魂的地方）.. 323

赤：异域风情

美丽的红衣女郎

  光着脚丫走路去大学图书馆还书，回来的路上，一不小心，在一个圆盘边，脚底被一小块玻璃划破，还流出血来了。

  旁边就是一个公共汽车停车站牌，那里空无一人。我在上面的长凳上坐了下来。我必须承认，刚才走得急了一点，快了一点，因为还了书后，又借了一大摞的书，提着它慢慢就感觉沉重起来，所以只想快点到家。另外，当我踩上玻璃时，自己有点逞能，不但不尽早将小玻璃取下来丢掉，还让它与脚底皮较劲，结果这一使劲，那尖玻璃便一点也不客气地扎进了肉里。最倒霉的还是，那小小的玻璃竟因为受力而碎在肉里了。

真是自讨苦吃。

此话一点不假。我完全可以开车去大学，可以骑单车去，可我偏偏就选择了走路，而且还是光着脚丫。可另一方面，我也不服，光着脚丫有啥了不起？那么多洋人老太太还经常光着脚丫在路上走呢，有时也还牵着一条狗。我知道她们是为了锻炼身体，可现在我也是这么锻炼着的呀。

何况我又不是第一次这么走的。每天下午的跑步不都是光着脚丫吗？说实在的，我去大学图书馆还书、借书，主要目的就是搞锻炼，不然的话，开车还可以节约一点时间呢。

可身体是革命的本钱，要天天锻炼才行。而从我家到大学不到三里路，我每天下午跑步可比这远得多呢。

总之，脚丫划破就划破了，怪不得谁。

脚板上的血慢慢凝固了。但里面的碎玻璃用手指弄不出来，只好回去用针挑。

就跛着脚，继续走吧。

其时正是夕阳西下、晚岚四起的时候，一束束蛋黄般软软的阳光粘着除草后道路两旁散发出来的薄薄的青草味，溶溶地包围着我、浸润着我，让我自己都感到欣欣然的温柔起来。

正走着，一辆车子"嘎"地停在我的身边，车窗摇下，一个十分美丽的红衣女郎探出头问我："先生，你没什么事吧？"

我点头头，说："没事，谢谢你。"

小姐又说："需要我送你回家吗？"

我说："不用了，我能行。"

小姐还不放心，又问了一句："你真的觉得不需要帮助吗？"

我耸耸肩，对她打了一个响指。

赤：异域风情

小姐含笑而去。

大约过了两分钟，又一辆车停在我的身边。一位中年人探出头问我："你没事吧？"

我摇头，对他说，没事，不过是划破了一点皮。

中年人又问："你离家很远吗？"

我说，不远，只有一点点的路。

中年人说："要是需要我帮助的话，我很乐意。"

我说，我知道。谢谢你。

中年人走了不到五分钟，又一辆车停了下来。是一对老年夫妇。开车的老太太很客气地问："先生，你是不是需要什么帮助？"

我有些感动了。但我还是明确地说，我能照顾好自己，谢谢你。

车子开走后，我心里还是一阵阵发热。自己这一跛一跛地走，竟有这么多不相识的人主动来招呼我，问我需不需要帮助。在国内当记者时，曾经报道过一个县委干部坐着小车，遇见一个喝农药中毒急需上医院抢救的妇女，她的家人跪在路上拦车，这辆车还是飞快地开了过去，差点将跪者撞伤。而这种见死不救的现象却远远不止这一例。这种道德的沦丧、人性的冷漠至今想来，仍然令人不寒而栗。

正因为有对比，才感觉新西兰这个岛国的平和、宁静、温暖和美丽。

就在我边走边想时，我突然发现后面有一辆车竟不紧不慢地跟着我，这让我大吃一惊，回头一看，天哪，竟是那个有着美丽容颜的红衣女郎。

她知道我看见了她，就开车上来，停在我身边，认真地说："我觉得你走得太难受了，你看，你都出了大汗了呢。"

说实话，我还真走得有点艰难了。倒不是出汗的缘故，而是因为踮着一个被划破的右脚，心中担心左脚也踩上一块小玻璃，所以走得很慢，加之那一摞书越来越沉，不停地换手，有时还放在肩上，这些动作让这个美丽的红衣女郎一定感到很滑稽。

我不再拒绝，坐上了车。一股女孩特有的幽香沁入肺腑。我深深地吸了一口，为自己的一身汗臭感到有点不好意思。

红衣女郎说："你能坐我的车，我感到特别高兴。"

我说："其实我真的很近。"

红衣女郎说："不管怎样，你需要帮助。"

我说："是的。谢谢你。"

不到五分钟，我真的到家了。红衣女郎并不觉得送这么一点点路程而感到吃惊，就在下车时，她很真诚地说："谢谢你。"

我说："这句话应该由我来说才对。"

红衣女郎说："你知道吗，你让我实现了自己的愿望。"

这话又让我大吃一惊。红衣女郎大约知道我会这样，有点羞涩地说："我给自己订了个计划，在这一个月内，每天至少做一件美丽的小事。今天是计划中的第五天。"

我心想，怪不得她这么"缠着"我，原来如此。我说："你这不是存心要去做好事吗？"

红衣女郎反问道："这种美丽小事，你不存心去做，能行吗？"

是啊，多少美丽小事不就从我们生活中溜走了吗？如果你不时刻准备着、"存心"要做这些美丽小事，那么，即使是美丽大事降到你的头上来，你也会视而不见呢。而生命中温暖和闪光的部分不正是由这些美丽小事串联起来的吗？

红衣女郎开车走了。可她的美丽却永远留在了我的记忆中。

赤：异域风情

踩在肩上的感动

小资去自家菜园的时候，阳光很好。小资的心情也很好，她感觉阳光在她的眼里宁静得发蓝，蓝得就像头顶的天空一样。

在国内，小资一家住在四十八层的高楼，每天她都不敢开窗户，一则灰尘太多，四十多层的高楼仍然布满灰尘，让爱干净的她感到老不舒服；二则她有恐高症，她不敢站到阳台上往下看。因此，在国内二十多年，她的心情一直压抑。到新西兰后，看到蓝天绿海，到处鸟语花香，小资开心极了。

最叫她开心的是这里的房子，绝大多数民居房是没有楼层的小洋房。小资住在小平房里，感觉自己的身子有了一种落地的踏实感——在国内时，她常常做着同样的梦，梦见自己在半空中飞，飞着飞着，突然断了翅膀，掉下来给摔死了，因此，那时的她从没有很深沉地睡过觉。

小资的房子后面还有一块菜地，这也是她很开心的地方。她从没有种过菜，现在竟然有机会种菜！她买了几本书，又到菜市场买了一些菜苗，自己也下一些菜种。总之，看着自己翻耕起来的菜地一天天茂盛起来，她有一种从未有过的幸福。

特别是想吃什么，往菜地里摘回一把，洗都不用洗，随便小炒，好吃得很。吃着这没有任何污染的自己种出来的蔬菜，那种宁静、安详常常令小资感慨万分：这才是真正的生活啊。

此刻，阳光善解人意地照着大地。小资在菜地四周一边捉蜗牛，一边哼着故乡小调。有风吹来，小资沉醉在自己的想象中。她隐隐地感觉空中有一丝风了，并慢慢变大了。

突然，小资听到了一个响声，从她的房门传来。

"啊，不好，风将门给关上了！"小资一摸口袋，心里立即紧张起来：刚刚出门时，忘记带钥匙了。

小资匆匆赶回房门，果然：门，被风关上了！小资用手推门，房门死死的，这下糟了！

最简单的办法是，到隔壁邻居家借电话，给警察打电话，让他们来帮助。但不巧的是，左右邻居都上班去了。小资没法，又跑回来，围着自己的房子东看西看，希望发现什么地方可以让她进去。然而，她很失望，房子上共有六个窗户，但都关得紧紧的。

哦，不！有一个窗户半开着！那是厨房抽油烟机旁边的那扇窗户。小资像是看到了希望。可是，窗口比她的人高许多，她张开双手抓不住窗沿，她的心又急了起来。

小资在房子周围找石头和砖块，希望将它们垫在脚下，然后再踩着砖石爬窗进去。不过，房子四周有的只是绿油油的草地，石头和砖块却很难找到。

正当小资一筹莫展的时候，一个过路的毛利人走了过来。他长得五大三粗，一脸的络腮胡子，脸上的肌肉有些僵硬，小资一见他就想起恐怖小说或电影里的坏人形象，要是平时，她一定躲进房里，不会直接同这种人打交道的。但在眼下，她无处可去，只好不看他，免得招惹他。

然而，这毛利人却主动走了过来，柔声说："小姐，有需要我帮忙的地方吗？"

小资看都不看他一眼，就直截了当地说："NO！"眼睛闪动的却是警惕。

毛利人是新西兰的本土居民，白人都有些看不起他们。而他们自己也不大争气，犯罪率稳居全国最高位。小资刚来不久，就听朋友警告她：少跟毛利人接触。因此，眼下的这个毛利人从外表看，就像个犯人；而他说话吐词不清晰，一听就知道没受过什么教育，对这种人就更加小心了。这是小资满脸警惕的原因。

然而，这个毛利人对小资的冷面态度并不介意，他仍然柔声问道："小姐，你是不是进不了门？"

小资不吱声，心想，他一定全看到了，一定知道我想干什么。

"我可否……"毛利人本想说"我可否从这个窗口爬进去帮你打开门"，但看见小资一脸的不信任，于是改口说："你可以从这个窗边爬进去。"

小资怔怔地望着毛利人的肩膀。她仍然不敢看人家的眼睛。

毛利人竟然笑了，蹲下来，指着自己的肩膀，对小资说："是的，我也是这个意思：你踩着我的肩膀，从窗口爬进去。"

小资心里一震：这毛利人竟然将她下意识看他的肩膀当成了某种暗示！他并没介意她对他的不信任！小资不由得看了毛利人一眼，突然发觉他的目光是那么的柔和！

只有目光跟目光相接，你才能看见人家的心灵。从眼睛这个心灵的窗口里，小资看到了一种值得信赖的感动。

毛利人还一动不动地蹲在地下，怔怔地等待着小资踩上去。他似乎有些不明白，这位小姐为什么犹豫？他不知道，这位小姐在国内一直将自己的心紧紧地包裹着，从不轻易向陌生人开放，哪怕是人家问路，也要小心万分。大家不都是这么互相提防着的吗？

"快上吧，我能行，我一定稳稳地托住你！"毛利人终于又开口了。他自豪地拍了拍胸脯，向小资保证道。他把小资的犹豫当成了对他力量的怀疑。

小资的心发热了。但她刚才从菜地里过来，加之四处找石块，脚上尽是泥土。因此，她想找一张报纸或什么别的东西垫着再上。

这一回，毛利人弄明白了，冲小资一笑，大声说："没什么，这里的泥土也干净！"

小资发现毛利人的笑竟然有些孩子似的天真。周围也真没有报纸或别的什么东西，她只好踩着毛利人的肩膀。人家一下子将她稳稳地托了上去。

小资轻松地爬进了窗户。

小资爬进房间后,她听见毛利人大声说了一声:"你做得真棒!"

等小资打开门来,想请毛利人进去喝一杯中国茶表示感谢时,人家已经走远了。

小资急忙将另一扇窗户打开,冲着毛利人大喊一声:"请等一等!"

毛利人听到小资的叫声,以为人家还需要他帮忙,就立即停了下来。

小资拿着一包从中国带来的香烟,冲出去,郑重其事地交到毛利人的手中,说:"这是我们中国的香烟。谢谢你的帮助!"

毛利人接过香烟,眼里竟露出羞涩的神情来。他柔声地对小资说:"谢谢你,小姐。"

小资转身就要离去。

突然,她听到毛利人用十分响亮的声音说:"中国人真好!我要将这包烟发给我的每一个兄弟!"

望着连名字都不知道的毛利人像一个孩子意外得到一块糖果似的兴奋地跳着奔走的背影,小资精致的脸上流下了滚烫的泪水……

春天里的无名花

布雷斯是个七岁的小男孩。他是个特别胆小的人。五岁上幼儿园时,老师组织大家去游泳,大家都跳到游泳池里,只有布雷斯站在平台上发抖。同学们都笑他,他宁愿哭,也不愿意下水。六岁时,布雷斯上小学了。有一次班里去野地露营,别的同学都睡在各自的睡袋里,只有他例外,一定要与老师挤着睡到一起。同学们去坐缆车,他不敢;同学们学射击,他不敢拿枪;同学们玩高空跳,他更是远远地站着。布雷斯因此得到了一个绰号,叫"灰胆小雀"。有时,同学们在一起搞活动,如果谁搞得不好,或者不愿去做什么事，就会得到这样的评价："熊得像布雷斯一样"。可见，布雷斯已经成了"软弱""胆小"和"无能"的代名词。

春天的时候，布雷斯七岁了。布雷斯的父母也不知道这个孩子为什么如此胆小。布雷斯有一个哥哥，叫欧维尔，胆大得出奇，虽然只比布雷斯大两岁，但俩人行为却是天壤之别。布雷斯的父母甚至带布雷斯到医院检查，但没有发现有什么不正常。医生说，可能是布雷斯在"娘胎"期间受到了什么惊吓。布雷斯的父母认为医生所言是无稽之谈，回来后也就不再管他。

有一天，欧维尔从父亲的衣兜里偷了一包香烟，恰恰被布雷斯看见了。欧维尔伸出拳头对布雷斯晃了晃，警告布雷斯不要告状，否则就会吃拳头的。布雷斯点点头。欧维尔也讨厌自己的弟弟太软弱，他有意想让弟弟变得粗犷一点，因此，他问弟弟愿不愿意跟他学抽烟，布雷斯答应了。

欧维尔带着布雷斯飞快地跑到离家两公里远的山林里。这是一个很阴凉的地方，少有人来。欧维尔最先就是被人带到这里学抽烟，并且学会了的。他希望布雷斯也能在这个秘密的地方学会抽烟。然后，他还准备教布雷斯做更多更刺激的事。

四周很静，布雷斯能听得见自己的心跳。欧维尔老练地将烟点燃，然后交给布雷斯。

布雷斯吸了第一口，呛得他把嘴巴张得老大，气都喘不过来，脸憋得通红。欧维尔看得哈哈大笑，鼓励布雷斯继续抽，他自己则点燃了另一支，抽得有滋有味，很有大人派头。

布雷斯便抽第二口、第三口，每抽一口，他都特别难受。但他坚持抽下去。欧维尔鼓励的眼光更让他感到一种力量。

然而，就在布雷斯抽第七口烟的时候，欧维尔突然听到一阵汽车的马达声，他立即将布雷斯手中的烟抢来，连同自己的烟一起掐灭，埋在脚下的泥土里，然后静静地听。

布雷斯被欧维尔警惕的样子吓住了。他屏住呼吸，本来想问欧维尔发生了什么事，但欧维尔伸出手指，作了个嘘声的指令。

欧维尔从半遮体的斜坡爬上去，透过疏密交织的树丛，他发现前面不远的地方停了一辆吉普车。布雷斯也看见了这一幕，还看见了车里坐着一个满脸络腮胡子的大胖子，手握酒瓶，不断地喝酒，嘴里发出什么声音，不知道他在嘟哝些什么。

不久，大胖子从车子里出来，他拿着一根煤气胶管，插进汽车后面的尾气管里。由于胶管没有尾气管大，因此一放进去，那胶管就滑出来。因此，大胖子用一块手绢将煤气胶管缠住塞进吉普车后面的尾气管里，然后，摇摇晃晃地走进车里。

"不好，这个胖子要自杀！"欧维尔低声而又焦急地对布雷斯说。

布雷斯惊恐地说："那咱们怎么办？"

欧维尔说："你别动，我爬去将手绢抽出来。"说完，欧维尔果真就慢慢地爬过去，偷偷地将手绢抽了出来，那煤气胶管也自然跌落出来。欧维尔又悄悄地溜了回来。

车里的大胖子绝望地喝着酒，不停地迷糊地嚷着什么，以为车子就要爆炸，但车子静静的。大胖子似乎清醒了一些，他走下来，发现车后面的手绢脱落在地，以为是自己没弄好，因此，又将煤气胶管塞进尾气管，并用手绢塞紧。

欧维尔再次勇敢地爬过去，悄悄地将手绢抽了出来。

大胖子很奇怪，他仍然迷迷糊糊，一边喝酒，一边下车，将煤气管和手绢塞进汽车尾气管。然后回到车里，再慢慢地喝着瓶里的酒。

那酒已经不多了，喝完，他的生命也就终结了。他继续迷糊地嚷着什么。

突然，大胖子从汽车前座的反光镜里看见了悄悄爬到车后的欧维尔：原

赤：异域风情

来是这个混小子在捣蛋！大胖子一不做，二不休，等欧维尔抽出手绢时，他猛地伸手抓住他，并将欧维尔狠狠地摔在地上。

欧维尔尖叫一声。

布雷斯看清了这一切。

大胖子重新将手绢和煤气管塞进汽车的尾气管里。他哈哈大笑道："我就要死了，竟然还有个小混蛋来陪死，太好了！"

欧维尔挣扎着，但他毕竟太年幼了。他被大胖子抓进了汽车。

布雷斯眼睁睁地看着，不知如何做才好。

大胖子对欧维尔大声嚷着什么，声音听得不是很清楚。事实上，布雷斯也没有心思去听，他现在想的是，如何才能像他哥哥那样，悄悄地爬过去，将那块手绢从汽车的尾气管里取下来。可他实在是太害怕了，他浑身发抖。虽然事实告诉他，他应该尽快爬过去，越快越好。因为迟一分钟或者迟一秒钟，都可能让两人甚至连同他自己死于一场爆炸中。

布雷斯哭了。他不断地用力往上爬，他不断地用力往前爬。可每爬一步都是那样费力，是那样艰难，是那样竭尽全力。布雷斯打自己的头，他恨自己没有胆量，恨自己不能像哥哥那样勇敢——哥哥欧维尔爬过去三次啊。

布雷斯别无选择，他紧紧地贴着地，不断地用力，手指由于紧张，抓地时抓出了血，但他用尽全部的力量。他听见哥哥欧维尔在尖叫，哥哥的叫声刺激着他。他尽了力，他仍然爬得很慢，很慢。每爬一步，他就要停一下，而一停，他又恐惧地觉得这辆越来越近的车子就要爆炸了。

大胖子在狂笑。他快疯了。他不会感激欧维尔救他，相反，他恨欧维尔，觉得连死都死不成，连死都让这么个混小子给破坏掉了。他还在喝酒，那已经是瓶里的最后一点酒了。

布雷斯不断地用力。他的手指上尽是血。他不知道痛，一点都不知道。他只知道不停地爬，艰难地，机械地爬。他越来越接近汽车了，越来越

虹——多棱镜下的新西兰

接近手绢了——终于,他拿到了手绢,并且迅速抽了出来。

煤气管从尾气管里脱落了。

布雷斯脸上尽是汗,他的衣服磨得稀烂,肚皮都磨出了血。他不知道这些,他弄出了手绢,他松了一口气。然而,他还来不及往回退一步,汽车突然发动了,"呼"的一声,往后退去。汽车没有爆炸,但它却将布雷斯碾扁了——布雷斯就像一束无名花,深深地印在大地上。他的娇小、懦弱让他在临死的时候连叫一声的机会都没有,就像一阵风,从春天的陌原上刮去。

欧维尔狂叫着冲出汽车。大胖子也被眼下的一幕惊呆了:他没想到抓住了一个不怕死的人,来了另一个更小的不怕死的人!可他残忍地将他碾掉了,就像碾掉了泥土里一束小小的花。

布雷斯死了,就这样默默地。他像一束无名花,还来不及展示他的美丽。他用弱小的身子挽救了两条生命。他跟自己搏斗,并像闪电一样,将大地划开一道口子。他的血融进春天的绵绵细雨中。

布雷斯的同学们和同学的家长们以及布雷斯一家所在社区的人,知道的,不知道的,相识的,不相识的,男的,女的,老的,小的,都来了。布雷斯的墓地碑上刻着这么几个字:"这里面躺着一个胆小的勇士"。他的许多同学见到上面的字都哭了。

墓地旁边有一棵松树,不知是谁最先在上面缠了一条小小的黄纱巾,然后是第二条、第三条,然后是满满一树的黄纱巾,数都数不清。它们跟遍地盛开的无名花一起,默默地围绕在布雷斯的墓地上,风一吹,让人感觉到:布雷斯那纤弱的手就像花芽一样从地里冒出来,抒写着他对春天的留恋……

赤：异域风情

没有情人的情人节

末末很早就起来了，因为花店女老板告诉她，今天是情人节，花店要比平时忙很多。

末末是一年前从中国南方一个小县城来新西兰的国际留学生，家里竭尽所能，好歹凑齐了她一年的学费。在县邮局当科长的爸爸对末末说，全家的积蓄都拿了出来，甚至笑笑说"包括给你的嫁妆"，末末从父亲佯装的笑容中看到了一丝辛酸。

末末是个很懂事的女孩，大学毕业后，她先后找了几份工作，都不满意。她有一个梦想，就是到国外去深造，并看看人家是怎么"生活"的。二十五岁的女孩从来没有谈过恋爱，这在许多年轻人看来有点不可思议，但末末心如止水，她把别人谈恋爱的时间用在了学习英文上，并如愿以偿地通过了雅思考试，被录取到新西兰怀卡托大学攻读商务管理硕士学位。

"嘟嘟！——"

外面有人在鸣喇叭，当然是珍妮了——一个东北来的时髦女孩子。末末打开窗户，大喊一声："我就来了。"然后匆匆将最后一口牛奶喝了下去，将剩下的半块面包用纸缠了一圈，塞进一个包里，关上窗户、房门，钻进了珍妮的车子。

"今天你也不打扮一下？"末末一进车子，珍妮劈头就问。末末这才看见，珍妮今天打扮得特别漂亮。

末末随口答道："我又不漂亮，有什么可打扮的？"末末说这话时心里有点隐隐发痛。她其实要对珍妮说的是：我又不像你，沐浴着爱情的阳光雨露。

珍妮是个英文名字，她的真名是什么，没人知道。她与末末差不多是同时来新西兰的，俩人又是这里的同班同学，彼此惜缘，相处得很好。珍妮有一个男朋友，对她爱得不行。她现在开的这辆车就是男友送给她的生日礼物。末末每次去打工都是搭珍妮的便车——珍妮在离末末花店不远的书店打工。当然，末末按这里的规矩，要给珍妮汽油费的。

"今天是什么节日，你知道吗？"珍妮对末末不加修饰的样子不满，见末末不吱声，就数落道，"爱情不是靠等，爱情也要争取啊。"

末末说："我向谁争取，向你争取，你同意吗？"

珍妮说："好吧，不说这些了。今天你要做几个小时？"

末末说："还不知道。昨天老板说了，今天要比平时忙许多。"

珍妮说："如果过了下午五点，你还没下工，我可就要走了。"

末末说："过了时间，我就搭公车回家吧，不用管我。"

花店的生意真的太好了。末末从八点准时上班开始，就没有停止过，不断有人来买花，她去应酬、聊天、推介。当客人对某些花的意义不明白时，尤其是大部分顾客买玫瑰花，末末就要耐心讲解：玫瑰的一般意义是什么、引申意义是什么、象征意义是什么。玫瑰又有红的、白的、黄的和紫的等多种颜色，每一种颜色有什么特殊的意义。还有，不同的玫瑰枝数、花的搭配，乃至花的包装都代表不同的意义，等等，末末都得向客人解释清楚，让人家送给情人时能够重复她的话，使送花的人和收花的人都明白用意，都开开心心。

人真多啊。末末说得口干舌燥，十分疲惫。一对又一对的情人手挽着手，勾肩搭背，亲昵极了，让人看得又羡慕又孤独。花店的音乐很轻柔，是新西兰的乡村音乐，叙述的也是地久天长的让人感动的爱。

花店女老板本来安排末末只上到下午四点半，老板是一个四十多岁的韩国女子，很懂年轻人的心。但店里另一个员工下午一点就被男朋友拉去看电影了。花店老板问末末能不能延长一点时间，末末说没问题。

赤：异域风情

女老板体贴地说："如果你有事，我会让你走的。"末末被老板的关怀所感动。老板没有把话说明，但潜台词还是清楚的：如果你有男朋友，你要走，我也可以让你走。我自己累一点没关系，但你是年轻人，应该有自己的节日。

末末一直工作到晚上九点。珍妮的车子当然早就走了。从花店出门时，韩国女老板忽然拉着末末的手，说："今天你辛苦了。这束玫瑰花是店里剩下来的，如果你不嫌弃的话，请收下吧。"

末末看着店老板的神情，她突然觉得女老板好像自己的母亲，一股强烈的冲动涌向她。末末接过花，紧紧地抱在怀中。她明白：这一束花并不是店里剩下的，而是店里最好的一束花。末末一进店里就看见了这束花，她当时还以为是哪个男人送给店老板的礼物呢。

"谢谢。"末末真诚地说，正要转身走，突然又回头问了一句，"你为什么要送这么美丽的花给我呢？"因为，末末知道，店老板所谓的辛苦不过是借口，她已经付足了末末的工钱，末末的辛苦是应该的，何况延长的时间还给了加倍的工资。

店老板见末末问得很认真，她深深地吸了一口气，便也认真地答道："我在你这个年龄的时候，每年情人节也从来没人送花给我。那时我生活在汉城，刚刚大学毕业，对爱情充满幻想。有一年，大约是我大学毕业后的第三年，我仍然没有收到有特殊意义的鲜花。情人节那一天，我在心里高喊：如果今天谁送给我鲜花，我就嫁给谁。结果，一整天，我玩得好的几个男孩仿佛都同时忘记了我，令我伤心不已。傍晚时分，我爬到一个小山坡，坐在一个角落孤独地伤感。突然一束花送到了我的面前，他是一个二十多岁的小伙子，见到我几乎有点忘乎所以。他将花塞到我的手心后，好像完成了重大任务地说：'好了，第十一束鲜花送出去了。情人节快乐！'"

"后来呢？"末末听得有点入迷了，"你跟这个小伙子结婚了吗？"她有点迫不及待地问道。

  店老板摇了摇头，说："如果结了婚，我就不会来新西兰了。"

  末末急切地问："发生了什么？"

  店老板说："直到今天，我还不知道那个小伙子叫什么名字。"

  "为什么？"

  "长话短说吧，"店老板似乎不愿重温那段伤感的记忆，她说，"实际上，那个小伙子并不是特地要送一束花给我的。他在那个山上忙碌了一整天，一共摘了十一束野花。我是那天最后一个接到他鲜花的人。他说，如果没碰到别的人，他就将那一束花留给自己。我问他为什么要送花给我，他简单地说，他想让我快乐。我说，可我并不认识你啊。他说，快乐并不一定要在相识的人中发生。然后，他告诉我：他每年的情人节都会来这个山上摘花送人。他觉得别人收到他摘送的野花，很快乐，他也就很快乐——这就是他的全部意义。"

  "后来呢？"末末话一出口，就后悔了，因为她已经重复这一句话了。直觉告诉她，店老板一定对那个小伙子很留恋，末末说："对不起，我是不是触及了你的隐痛？"

  店老板没有正面回答，她叹了一口气说："我的确对那个小伙子很留恋。但我没有机会更进一步了解他。那天分手后，我连他的联系电话都没有得到。一年后的情人节，我想到山上去会他。结果，让我大吃一惊，上百人来到那个山上，每个人手中捧着一束自己摘来的小野花。我没有见到那个小伙子，每个人都将自己的花放在一个坟头上。据说坟里躺着的那个人就是充满阳光和快乐的小伙子。他连一块碑都没有。我怎么敢相信呢？但人们就是这么说的。我在伤心之余也从山上摘了一束花，放在那个坟头上。我在那里坐了很久。第二天，我又去了那山上，还是没有见到那个小伙子。那个坟头的花却是更多了。第三天、第四天，连续好些天，都有人到那个山上去献

赤：异域风情

花。这个故事越传越远，也越传越神秘。有人说，那是个快乐的天使，下凡到人间来的。有人说，他就是一个凡人，有一颗不平凡的心，在得知自己患了绝症之后，并没有消沉，而是以另一种方式开拓生命的意义。但不管怎么样，我作为当事人之一，我真真切切见过那个小伙子。更为重要的是，从此以后，每年的情人节对我有了全新的意义：我不去等待别人来送花，而是自己设法将花送出去，将快乐和美丽的心情送出去……"

末末的眼睛突然发热，泪水唰地涌了出来。她赶紧低下头，轻轻说了一声："对不起，我要走了。"

店老板一看表，说："啊？对不起，最后一班公车可能已经走了。我送你回去吧？"

末末连连摇头，她不愿让自己感动的泪水再压抑下去，她冲店老板大声说了一句："情人节快乐！"转身朝公共汽车停靠站跑去。

已经迟到了六分钟，对于一向正点的最后一趟公交车，末末并不存太大的希望。如果公交车走了，她只有打电话叫珍妮开车来接她，毕竟走回去太远了。只是末末不一定能找到珍妮，何况她一定正跟很爱她的男友共享情人节的好时光，自己去打搅也不大合适啊。末末有点后悔，刚才店老板主动开口送她回去时，自己应该答应才好。但是现在，已经没有办法了。

末末搂着那束火红火红的玫瑰花，惹得路人纷纷侧头看她，并送给她无限美好的祝愿。末末心里很温暖，店老板的故事让她的心更宁静了。

"情人节真好——即便是没有情人的情人节。"末末在心里这么对自己说。

让末末意外的是，最后一班公交车竟然还在！末末远远地冲司机摇手，并且开始跑动起来。司机从车窗里探出头，大声说："别急！慢慢走！过马路小心来往车子！"

末末上气不接下气地跑上车子。司机高高兴兴地说了一句："情人节快乐!"然后发动车子,好像今天专门停在这里等末末上车似的。事实上,这个偌大的车子就只有末末一个人。这在新西兰倒是很常见,因为绝大部分人都有自己的车,公交车常常放"空车"。

末末坐定后,将花小心地放在座位旁——这是她二十五年来第一次在异国他乡收到的情人节的鲜花。她的心有些激动,她很幸福,真的很快乐。没有情人的情人节也能快乐,也能幸福。对了,末末还听店老板说,到她店里来买鲜花的人并不一定都是送人的,有些人买花就是送给自己的——"难道自己还不够资格当自己的情人吗?"末末想到这里,不由得微笑起来。

司机从反光镜里看到了末末的幸福表情,就开口说:"今天,世界上的每个人都应该高兴,我也不例外。"

"对了,你怎么不早点回去?"末末说,"这趟车子晚点了。"

"今天是例外。我就琢磨会有些人,比方说你,因为玩得高兴,忘了时间,"司机淡淡地说,"所以,我就不急。反正是最后一班车嘛。你看,载上了你,也算没让我白等啊。"

"太谢谢你了。"末末说。

"我还得谢谢你呢,"司机说,"我最怕开空车,你懂吗?"

"今天你有什么高兴的事吗?"末末记得司机说今天他也很高兴。

"是啊,我原谅了我的妻子,"司机毫不隐讳地说,"她现在还在医院,一会儿我去医院看她。"

"发生什么事了?"司机的话让末末吃了一惊。

"其实也没什么,"司机说,"妻子前些天老跟我闹别扭,今天一早她就开车出去了。我知道她去会别的男人了。我心里很痛苦,但我也没办法,可能是我不好吧。但是下午,她从医院打来电话,说她出车祸了。我当即跑到医院去看她,见她只是断了两根肋骨,我放心了。因为要上班,我安慰了她几句,就离开了。下班后我再去看她。"

赤：异域风情

"啊？"末末简直不敢相信：一个妻子跟了别的男人的人在情人节这一天，他居然还能以如此平静的心态对待他的工作和人生！"那个男的呢？"末末忍不住问道。

"唉，跟她在一起的那个男的更倒霉，可能有生命危险。"司机有点同情地说，"妻子见到我的时候，一个劲地哭泣，请求我的原谅。她反复声明，她没有跟那个男的干坏事，只是两人在一起感觉很快乐。现在她意识到，那种快乐是虚拟的，两个人心中其实都有负罪感。正因为此，出了车祸。"

"你的心胸真宽阔啊。"末末发自内心地说。

"谢谢。今天是情人节，我很快乐。妻子回到我的身边，真叫人高兴。"司机说。

下车的时候，末末捧着红红的玫瑰，她太喜欢这束花，但是，不知是一种什么样的冲动，她毅然将这一束花送给了司机，轻轻地说："这是送给你的，情人节快乐！"

末末没等司机反应过来，就飞快地跑回到自己居住的小街上。她听到了公交车"鸣谢"的长长的喇叭声。她的心在飞扬。情人节这一天，竟然有这么多感动的事发生！

"末末！——"一声尖叫猛地传来，末末抬头一看：天啦，竟然是珍妮和她的男友正站在她的家门口，手里捧着一束红红的鲜花！

珍妮飞快地跑上来，拉住末末的手，大声骂道："你这个小蹄子，这么晚还不回来，将我们急坏了。我们还以为你出事了呢，都急得快要报警了！"

"对不起，我、我……"末末的泪水冲眶而出，止都止不住：在这个天涯海角，在这个原以为孤独的地方，在情人节的特殊时候，却遇到这么多的热心人、热心事。

末末捧着珍妮男友送来的鲜花,她听见有人在她耳边真情地说:"情人节快乐!"末末滚烫的泪水将没有情人的情人节打得湿淋淋……

断　砖

罗女士来新西兰四年多了,一直住在汉密尔顿的东区静虚街。她有一个女儿,在这里上中学。她曾经有一个先生,可现在她已经不把他当做自己家里的人了。原因是,这个大男人在新西兰读了博士回国后,在上海一家大公司找了一份工作,同时也找了一个小女孩,两个人干柴烈火地住在一起,就将罗女士母女俩给忘记了。罗女士原是新疆一家医院的医生,人长得很漂亮,与这个大男人多年前曾先去日本留学。在那里,她一边读书一边打工,而她的大男人在那里读完了研究生。因为日本移民难,俩人就来了新西兰。在这里,罗女士与许多中国人一样,先与大男人一同上学,英文过关后,就迫不及待地在当地一家卫生诊所找了一份工作,用自己的双手将家坚定地支撑起来。她的大男人读完博士后,先去美国闯荡了一下,但花光了罗女士给的路费后,光着脑袋回来,没有捡到金子,还差点被曼哈顿一帮黑人小混混给砍了。这个大男人惊惶失措地回到新西兰,先在罗女士翼下安静了一段时间,然后便跑回国内,从此再也没有跟罗女士联系。俩人的婚姻关系还在,但早已不把对方当做配偶了。罗女士说她正在新西兰这边单独申请解除婚约。面对这些年的沧桑岁月,罗女士心平如水,仿佛讲述的是别人的故事。

罗女士最大的安慰是碰到一个好房东。老头叫安爵,人瘦得像一根竹竿,年轻时是建筑师,有自己的公司,虽然公司只有三个人,但那是他的骄傲。据他自己说,他一共给这个城市盖了二十多栋房子,现在退休在家没事干,每天除了遛狗,就是开着车去看他曾经建成的房子。要是发现房子哪个

赤：异域风情

地方不对，他会进去对房东说，甚至自己义务去将房子损坏的地方修理好。那感觉，好像他建成的房子是他自己的孩子似的，爱惜得不行，心疼得不行。可房子早已卖给了人家，再去唠叨还真是多管闲事，要是碰上脾气不好的房东，凶他几句或者叫警察来将他带走，也未尝不可。不过，到目前为止，安爵很得意地告诉罗女士，这种事情他从来没有碰上。他特地说，他也不希望这种事情发生，毕竟，他只是出于一种好心，并没有坏意。

安爵两年前死了妻子，至今家里养了五条狗和三只猫，每天让他忙得团团转。他有两个孩子，一男一女。男的继承了他的公司，现在也在汉密尔顿建房子，而且住的就是他自己建成的房子；女儿住在奥克兰，嫁了一个岛民后，一辈子大概就只管生孩子这一档子事。据说她现在生了六个，还远远不够，正准备与那个有干劲的岛民丈夫生他一个排的小岛民来。安爵的孩子很少回来，各忙各的，安爵也很少去看他们。他住的房子，独门独院，与罗女士的二房二室都是安爵自己建的，他俩共一个草坪，剪草的事当然不用罗女士操心，老头勤快得恨不得天天都要剪草似的。他每一次剪草都像理发师剪头发一样，要左看右看，生怕哪一根头发伸出来，破坏了整体美。有一回，罗女士见老头推着剪草机有点吃力，便想去帮他一把，被老头婉言拒绝了，说他担心罗女士会给他"帮倒忙"。

"住在自己建的房子里真踏实啊。"安爵常常这么感叹。他说，他不能出差，也不能在外头过夜，因为在别人建的房子里睡觉他感觉很别扭，睡不好觉。所以直到现在，一个六十三岁、身体特别硬朗的新西兰人居然连澳洲都没去过，其他国家就更不用说了。这在爱好旅游的新西兰人看来，安爵简直是个怪物。

当安爵老是说着自己的房子多么好时，罗女士就没由来地怀念起国内的老家来。尽管那房子不是她建的，却觉得那才是她真正的家。虽然她在新西兰住了四年多了，虽然她已经加入新西兰国籍，可她把家的位置还是定在国内那个让她伤心又让她觉得温馨的医院家属院的五层楼上。不过,如今,那地方早已成了别人的空间。事实上,那房子已经拆迁,正准备盖一个娱乐场所。去年回国时,罗女士没去上海看那个大男人(连电话都没有打一个),却带着女儿跑到原来的家属院,看了许久。工地上的几个小伙子看到一对美丽的母女在这里指指划划,就围了过来问她们在找什么。罗女士心一酸,说:"我在找我的家。"说完,便再也忍不住,哭了。临走时,她硬是坚持让十三岁的女儿从那里拿走了一截断砖。至今她把它供在家里的平台上,与齐白石的一幅醉虾图放在一起。她告诉安爵,现在,她在这个家里也睡得更踏实了,因为她在这个家里"安了一个自己的家"。可安爵望着那半截断砖,一脸庄重地研究了许久,然后小心地请求罗女士,说:"我可以将你那半截砖头修复起来吗?"从来不对安爵说"不"、脾气好得不得了的罗女士这一回却也十分庄重地回答道:"不行。"

安爵十分不解地问:"为什么?"据说他曾从砖头上弄下一点灰尘,做了化验,证明在新西兰,他完全可以找到同样性质的砖泥。换言之,新西兰的文明虽然没有中国那么古老,但这块土地完全有能力建设同中国一样高的摩天大厦。

罗女士的文化寄寓当然不在这里,但她又不便解释得太多。在安爵再三问"为什么"后,她就有点不耐烦地说了:"这原本就是一个残破的家,你一个新西兰人,能修补得完整吗?"

安爵看了罗女士有点变形的脸,赶紧道歉告辞了。罗女士望着安爵瘦长瘦长的背影,她的泪水又忍不住流了下来,心想:我这是怎么啦?不是说自己平静如水了吗?不是说自己已经不去想那个人了吗?为什么要将好心的安爵"凶"一顿呢?他没有在他建成后出售的房子那里遭到人们的"凶斥",却在自己家里遭到房客一顿责难,他会怎么想呢?

不过,罗女士虽然觉得自己有点过分,但并没去跟安爵道歉,而且已近

赤：异域风情

年关，她的工作突然比平时忙多了。她希望有朝一日心情平静下来再向老头作一点解释——如果到那时她还记得的话。

很快就是大年三十了。新西兰不兴过春节，因此也没有休假。当罗女士拖着疲惫的身子回来时，她像平时一样，简单地做了一点晚饭，吃完就准备休息。女儿却说："妈，这是大年三十啦。"这才让她一惊。但罗女士也没有什么表示，只是说，明天是周六，我不用去上班，你也不用去上学，两人可以在家好好睡一觉。

女儿很听话，就先去睡了。罗女士本来忘记过年的事了，经女儿一提醒，反而睡不着了。夜已经很深了，外面的月光如水，照得房子如同白天。四处是花，是草，是绿色的宁静——曾经一直渴望的梦想似乎慢慢褪色了。她起床来，来到齐白石的醉虾图下，轻轻地触摸着那块断砖，她突然有一种烫手的感觉。很奇怪，真是烫手。月光静静地照下来，李白那首古老的《静夜思》让她乡愁连连。她轻轻叹了一口气，再次摸了摸那块断砖，心儿飞到了那块笼罩着雾霭，笼罩着欢乐与苦痛，也笼罩着北方的沉重的喧闹的工地上……

整个那晚，罗女士没有再入睡，在床上翻来覆去，门外好像有什么响声，像下雨一样，断断续续地敲打着她的耳膜。罗女士便认为自己有了耳鸣，因为外面的月光好好的，根本不可能下雨。她也懒得起床去探个究竟，要是被女儿发现，还以为出了什么大事，会吓着她的。就这么乱乱地想着，一直到天亮，外面的声音也没有了，阳光出来了，水洗一般的阳光将罗女士的疲惫都暂时驱逐开了。

起床打开门，罗女士忽然发现门前有一个包裹，方方正正的，用淡蓝的布包着，上面还用红丝带做了一个蝴蝶结。罗女士很奇怪：这是谁送来的礼物啊？她匆匆忙忙打开，天啦，竟是一块完整的、上好的砖块！同时还有一张字条，上书："今天是新年的第一天。这块砖是一个月前我亲自选料精做烧成的。它虽然无法替代你的断砖，但让它伴随着你们一起，默默祝福你。它会告诉你：这就是你完整的家，这就是我送给你的新年礼物，好吗？"

正在这时，女儿在门外高喊起来："妈！我们的车子焕然一新了，是你将车子洗了吗？"罗女士赶紧跑出去一看，果真，车子洗得干干净净，并且还上了蜡。罗女士的车子很旧了，一年难得洗上一两回，更不用说上蜡了。因为车子老了，要洗一回，很费劲。但她不想换新车，觉得这车好开。更重要的是，她觉得这个车子里也沉淀了一些故事，她的生活、她的呼吸、她的香气、她的伤痛与泪水，一切的一切——她的车子最清楚，因为它是见证。

这时，罗女士看到安爵一脸微笑地走来，说："新年快乐。"

罗女士忽然觉得有点不自然起来。安爵走过来，指着车子，有点歉意地说："车子玻璃里面我擦拭不到，因为我无法打开车门。"

罗女士心一热，但只是干巴巴地说了一声："谢谢你。"立即扭头就走开了。

罗女士的女儿便大声喊："妈，你不请安爵去家里喝一杯茶吗？"

罗女士的背影进了房门，她没有回话。安爵倒是大大方方，拉着小女孩的手，说："你这个邀请非常正确。走，如果你妈不请我喝茶，我就赖在你家里吃饭！"

安爵拉着小女孩的手，尾随着罗女士进了家门。

新年第一天，阳光异常明亮。

公仆警察

阳光像一桶金，倒在我的窗口上。

赤：异域风情

我探出头一看，外面鸟语花香，天空蓝得像水洗过的玻璃。

天气真好，心情真好。我打开电脑，正准备大干一场。

突然有人喊门，声音老大。是哪个熟人，这么老大早"撞进"我的"领地"？因为一般人不会这么"没礼貌"的。

开门一看，竟是邻居的邻居露斯女士。

"出什么事啦？"我问。

露斯连连摇头，一副乱糟糟的样子。她说："先借个电话用用再说。"

她打的是给我们管区的警察的免费电话。

露斯对着话筒大声嚷道："我的门锁上了，进不去。快来帮忙。什么？十分钟？为什么要那么久？我要上班去呢，五分钟？行。我等你们！"

放下电话，露斯才说，昨晚看了一个好看的电视剧，睡得迟了。起来匆匆忙忙吃了块面包，喝了杯牛奶，就到了上班的时间。刚刚冲出门来，突然听到"星期六"和"星期天"在叫，她才记起还没有喂这两个家伙呢。本想进门将食物倒进盘子里让它们自己吃，一掏钥匙，才发现坏事了：钥匙丢在卧房里，唉！

我知道露斯有一对宝贝猫，一个叫"星期六"，一个叫"星期天"，的确很可爱。露斯三十五岁了，还没有结婚，也没有孩子，看样子，有了这两个"休息日"，她彻底满足了。

露斯站在我门口不停地看表，我安慰她说："别急，别急。警察一会儿就来啦。"

过了五分钟，警察还没有出现，露斯的脸越来越阴沉，嘴里不停地嘟哝：不是说好五分钟的吗？这帮家伙！

我心想：对警察大爷哪能这么苛刻的？他们说五分钟，要是五十分钟能来就已经不错啦。要知道，在我们国家，你就是到警察局去报案，手里不提点儿东西，或拿点儿点"小意思"去孝敬人家，人家大爷们还不愿理睬你呢。就连在警察局看门的老头,你不堆满笑脸、"孝敬"几支烟,说不定连门都不让你进哩。况且钥匙丢在家里这等小事,你岂能随便打扰警察大爷呢?

总之,在中国,不是万不得已,警察老爷的门槛登不起!

我当然没有将这些想法跟露斯说,她没法理解本是"公仆"的警察怎么会做了"老爷"。露斯仍在不停地嘟哝,说已经超过两分钟、三分钟了,她今天一定要迟到了,云云。

我忽然忍不住问道:"你不能先去上班,等回来时再叫警察吗?"

谁知露斯眼一瞪,说:"我不是告诉过你,'星期六''星期天'还没有吃东西吗?"

我说:"就算饿一天也算不了什么嘛。"

露斯忽然很奇异地看了我一眼,声音有些走调地说:"你怎么这么虐待我的'孩子'?"

不错,她用的就是"孩子"这个单词。我不再言语了,其实我也清楚,这里的人对动物都得讲"人权"。

警察终于风风火火赶到了。

片警诺基先生一下车就忙着对露斯道歉,说迟到了几分钟,因为路上是上班的高峰期,有点塞车。

露斯并不为诺基先生的道歉所感动。她冷冷地说:"你食言了。"

这话说得很重了。我看到诺基先生一脸的无奈,说:"对不起,我说过大约要十来分钟的嘛,可你硬要我五分钟赶到……"

不料,这话惹恼了露斯,她没好气地说:"这么说,是我应该向你赔礼了?"

"岂敢,岂敢!"诺基先生笑嘻嘻地说。他赶紧掏出万能钥匙:干活去!

不一会儿,门就开了。诺基先生对露斯做了个手势,用有点夸张的语调

赤：异域风情

说了声："请！——"

露斯还没进门，她的两个"孩子"就扑到了她的身上。顿时，"母爱"化解了所有的烦恼，她吻了吻两个小家伙，回头对诺基先生说："行了，没事了，你可以走了。"

诺基先生说："谢谢。"扬了扬手，就转身上车，"嘀"地按了声喇叭，去了。

直到诺基先生的车子消失，我才迟迟疑疑地对露斯说："一点手续费都不要？而且，你连感谢的话都没说上一句……"

露斯一脸惊讶地说："手续费？什么手续费？他们靠纳税人的钱吃饭，我们给的还少吗？感谢？他是我们的'公仆'做点事不是应该的吗？"她停了一下，又说，"说真的，我看到两个宝贝，心情好多了，不然的话，我还要说他几句呢。"

是啊，"公仆"为人民办事本是应该的，可是，在我的思维里，我总觉得它在理论上成立，可在现实上……

"嘎"的一声鸟叫，我如梦初醒：我如今生活在新西兰啊，怎么还用这种老思维呢？

回到家，我突然发现窗口上的那一桶金更浓更亮了：原来是一只红嘴鸟，坐在那里，像高贵的王。

加油站的打工仔

因为经常到大鱼加油站给车子加油，我认识了奥威尔。他穿得破破烂烂，一身的油渍。每次我去，他都会非常友好地跟我打招呼；在给我加油的同时，还主动地将我的车玻璃洗擦一遍。我问他做这些事要不要收小费，他微笑着摇摇头，说："不用，这是免费的。你只要付油费就行了。"

虹——多棱镜下的新西兰

有时因为加油的人多,奥威尔一个人忙不过来。人们也会自己将车玻璃洗擦好,因为加油站有工具,做起来挺快。

奥威尔大约二十三四岁的样子,有一次趁他空隙的时候,我们聊了起来。他告诉我,他只有二十一岁,正在大学管理学院读书。他自己在外面租了一间小房子,因为房租不便宜,所以要打工捞点外快。他说,他在加油站每周只做两次,是计时性的,每次只有三十元新币(相当于人民币一百二十元)。但他喜欢这个服务性的工作。更重要的是,他常常将一些车主的废油收集起来,拿到加工厂去卖。有时弄一箱废油去,能卖二十好几元呢。那口气,仿佛他发了大财似的。

我心想,这奥威尔真是穷学生一个呀。不过,我喜欢他,因为他总是乐呵呵的,从来没有愁眉苦脸的时候。他需要钱花,可从不要别人的小费,他认为帮人家做事,是加油站每一个员工应该做的,是优质服务的一种,也是吸引顾客的好方式。如果收了人家几元小钱,人家下一回就不会再来加油站了。他不会因为自己多得了几元小钱而损害加油站的利益。

我喜欢他的另一个原因是他肯干,他在想方设法自己赚钱。哪怕赚的是很少的钱,可他从不因为钱的数目少而有任何轻视或马虎。他告诉我,如果因为钱少而对他正在做的工作有所轻视或马虎,其实也就是对他自己的轻视或马虎,是"自己对自己的不敬"。

我从来没有过问奥威尔的家庭情况,他也从来没跟我主动提及。来新西兰几年后,我对这里的风俗习惯有所了解,人家不主动向你谈及家庭情况,最好不要多问,因为说不定一个什么问题——哪怕你是好心好意出于关爱,你可能就戳及人家的隐痛了,比如人家父母离异了,兄弟入狱了,或者别的更恐怖的事情来。凭我的直觉,我感到奥威尔的家庭一定又穷又破,所以他才在学习之余到加油站来打工、收集废油来赚一点小外快。

有一次,我问奥威尔:"你能靠打工挣得自己的学费吗?"

赤：异域风情

奥威尔摇摇头，说："我有点懒，我只是挣点外快供自己零花。"他见我有些不明白，就进一步解释道："我是说，如果我再勤快些，比方，去农场摘苹果，或者去码头搞搬运，或者做点别的什么，我就可以挣回学费来。我现在的学费还是靠政府贷款。"他有些羞愧，但立即又补充道，"不过，大学一毕业，我一定会找到工作，一定会尽快将学费还清的。"

奥威尔的这番话格外令我动心。因为不少人只知道向政府贷款，却从来没想过将来还要偿还。像奥威尔这样将政府的贷款放在心上的人我还是头一回碰到，而眼下他又是这么穷。

我又说："这里找工作很难吗？"我的意思是说，以奥威尔本地人又是大学生的背景，他完全可以换一个干净一点、工资高一点而且轻松一点的工作。

奥威尔明白了我的意思，但他摇摇头，说："我喜欢这份工作，至少目前是这样。"后来我才知道，他是新西兰环保协会的成员，收集废油不仅能够让他挣得一点小外快，更重要的是，能够让人家的废油有地方回收，不致到处乱扔，造成环境污染。

换句话说，奥威尔是在用自己又脏又油渍的双手收集新西兰的废物，以保持这里的干净和美好。正是由于有许多像奥威尔这样的热心人，天涯海角的新西兰才保持了"世界上最后一块净土"之美称。在国外，我常常感到，当地人，有些也许是"极不起眼的人"，他们考虑的可都是环保、能源和子孙后代的"大事情"，他们从来没有高喊"天下兴亡，匹夫有责"或者"亏了我一个，幸福多少人"之类的口号，他们只是发自内心地去做。他们与国人最大的不同就在于，他们用的是行动而不是口号——即便那口号多么有哲理、多么动人！

奥威尔十分节俭，生活朴素得让人吃惊。有一回，我请他去一家中国餐馆吃个便饭。我点了三个菜，奥威尔吃得赞不绝口，那样子，好像这是他生下来吃得最好的一顿饭似的。我心里陡然生出一丝怜悯来，心想：可怜的奥威尔，他过的是什么样的苦日子啊！

吃完后，奥威尔看见一只菜碗里剩有一些汤渍，他立即要老板再给他装点饭来，他将饭和着那些汤渍又津津有味地吃了，还用舌头将碗边舔得油亮发光，就像他平时给人家擦车玻璃一样。我去结账时，看见餐桌另一个菜碗里还有一点残渣，就要老板拿去倒掉，却被奥威尔一把拦住了。他有些吃惊地问我："你不打包带走它？"

我吃惊地反问道："你想？"

奥威尔毫不客气地说："如果你允许的话，我会很高兴的。"他原以为我自己要打包带走的呢！我朝他挥了挥手，奥威尔要老板拿个小纸盒，将一点碎肉泥和芹菜全部装进纸盒里。那一副珍惜的样子，竟让我想起那首古老的《悯农诗》来："谁知盘中餐，粒粒皆辛苦"啊！

经过这件小事后，我对奥威尔更加敬重了。穷并不可怕，可怕的是失去精神。从奥威尔小伙子身上，我看到了一种中华民族曾经有过的并为之自豪的美好的价值在闪光——而这种美好的价值却在年轻的一代中国人身上，特别是在这里留学的一些人身上难以找到了。

大约一个月后的一个周末，奥威尔突然打电话给我，说他父亲过生日，要他回去参加生日晚宴。他跟老爸说了，要邀请我去参加，他老爸很高兴。奥威尔问我能不能同他去参加他们的晚宴。

"晚宴"二字在他短短的电话里出现过两次，说得我差点要笑出来，心想，这个奥威尔也真逗，不就是一个小小的生日聚会吗？这么穷的儿子，他老爸的生日能"豪华"得怎么样？有多少人能够出席他们家的"晚宴"？

然而，去了以后，我才发现自己一直在做梦。我真不敢相信，奥威尔老爸是如此富有，他的家庭在当地是如此的享有声誉！当奥威尔拉着我的手走进那豪华的别墅、那宽阔的草坪、那蓝幽幽的室内游泳池、那网球场以及那

赤：异域风情

一切富人都会有的高尔夫球袋、健身房、全玻璃装置的室内花园时，我这才知道朋友们早就说过的有"汉密尔顿白宫"之称的豪华巨宅竟是奥威尔的家族的！

那么，奥威尔在加油站打工是不是"装酷"呢？他跟我吃饭时那种节俭是不是"演戏"呢？不是，奥威尔告诉我说，他家那房子、那财产都是他老爸的，不是他的。言下之意，他也会有自己的一块天地，那块天地也许还不明亮，但那是他自己的。

"重要的是，我才刚刚开始，而我的老爸已经奋斗了一辈子。"奥威尔平静地说。

什么是精神？奥威尔的故事说明的就是一种奋斗的精神、自信的精神、独立的精神。中国留学生要向外国人学什么？相信每个有志气的人心中自有答案了。

诗人就是痛苦

碰上杰姆是在大学图书馆门口。

那是一个星期六的上午，大约九点多钟的样子，那里竟是空荡荡的，平时这个时候一定热热闹闹。我以为又碰到什么"国休日"。在新西兰，这种假日很多，什么女王生日、怀塔尼条约日、老兵纪念日等，全国都是放假一天。新西兰人对假日从不嫌多，那样子，全国天天放假都行。一放假，他们有钱的就开着车，拖着私人船只到海边去度假；没钱的也要买点啤酒在家里开舞会，反正是尽情地玩。有时，你去银行或税务局办事，看见门边空无一人，你才知道，又是一个什么"国休日"，因为有些名字你永远记不住的。

"今天不是'国休日'，今天是上帝的休息日。"突然有人在向我说话，他显然听见了我的嘀咕。我一抬头，没看见有人啊。"是谁在跟我说话？"我心里有些发毛。

"是我，不是鬼！"一头乱发从图书馆门前的石柱后面慢慢地溜了出来。他懒洋洋地斜靠在石柱上，一件西装皱巴巴的，领带像是用一条破布做的似的。他似笑非笑地看着我，见我平静下来，便耸耸肩，说他叫杰姆，然后就问我是从哪儿来的。

我说从中国来。他马上用朗诵般的声音说："啊，中国！驮在龙背上的神！"

这是诗啊。我说："你喜欢写诗？"

"我本来就是诗人。"杰姆毫不谦逊地说。

就这样，我跟杰姆认识了。

杰姆今年五十七岁，结了四次婚，离了三次半。现在还剩下那半场婚姻，但我没有见到他的那一半。杰姆有一个农场，养了四百头奶头，五百只羊，二百只鸡，还有成百上千的野兔、野鸭和各类叫不上名字的稀奇古怪的动物——这些动物杰姆都用直升机将它们拍了下来，陈列在他的书房里。杰姆最得意的是三条牧羊犬，他当它们是三条男子汉。杰姆对它们的编号是"硬汉一号""硬汉二号"和"硬汉三号"。

我应邀去杰姆农场做客时，被三条硬汉团团围住。其时已是下午两点多了，太阳很大。我从车里出来，三条硬汉严阵以待。要不是杰姆帮我解围，我一定会与它们血战一番。杰姆说："硬汉不是希特勒，它们更愿意作丘吉尔。"

杰姆说话很诗意，跳跃性特别强。这就是为什么直到现在，我还不明白他将家里三条牧羊犬跟希特勒和丘吉尔作比较的用意所在。是不是杰姆用三头牧羊犬将四百头羊以编队或纵队的方式接受训练，就像当年的希特勒或丘吉尔用一个又一个将军或元帅组织军队一样？

那天下午，我在他家客厅坐定后，杰姆特地告诉我，等一会儿，会有一

赤：异域风情

个新西兰诗坛的"后起之秀"来。他要介绍这个"新秀"让我好好认识认识。

坐在杰姆的客厅里，我觉得自己是个傻子，杰姆是个疯子。他不停地说着什么，语词快速而急促，像打仗似的。我一句都没听懂，他却以为我听懂了，还不停地要我发表评论。我想，他大约在说他的诗吧。是不是因为憋得太久了，没地方发泄，碰到我这个天国之外的人来了，正好可以尽情地释放了？

不管怎么说，我是这样想的，因此，在杰姆再三要我发表评论时，我的确不知道说什么好，就头昏脑胀地说："我渴了，水在哪里？"

杰姆一拍大腿，尖叫道："对，我要的就是这种中肯的评价！"

我一脸愕然。可杰姆兴高采烈地去准备吃喝的了。新西兰人不会装熊的，可我真的疑惑，难道杰姆真的以为我听懂了？难道他真的把我的胡说当做中肯的评价了？评价什么，我自己都弄不清。我口渴了，才是真实的——他终于去准备吃喝的了，是在我提醒下去的，还是原本就要在我这里发泄后，心情轻松了才想起要给客人一点吃喝的了？

接下来，俩人变得正常起来，或者说变得更不正常了。我们谈到了读书的无味——杰姆说他那天去图书馆是因为先天晚上做了一个怪梦，他要到图书馆去查一查有关梦的解释，他声称他是最讨厌读书的。我们也谈到了中西文化的不同，谈到了全球经济和核能的威胁，谈到了最新的恐怖分子和"冷战"后世界的发展和趋势。像两个空洞政治家，又像两个寡头巨人，大有世界都在我们的管辖之下的气派，口气很像伊拉克的萨达姆或者得克萨斯州的牛仔布什。

我们无所顾忌，大放厥词。正在兴头上，门外有人突然咳嗽，杰姆说："新秀来了。"

我赶紧起身。

虹——多棱镜下的新西兰

一个高高的塔一样的人走了进来。他二十五六岁的样子,满脸络腮胡子,很像美国西部电影里的强盗或绿林好汉。杰姆懒洋洋地坐在沙发上,动都不动一下,却对我说:"这是罗尔斯,新西兰最伟大的诗人。"

我对罗尔斯肃然起敬,连忙自我介绍。罗尔斯说:"不用了,杰姆已经跟我说起过你。他说你是一条龙。"

我正要辩解。杰姆却说:"不是变龙色。"说完又一个人哈哈大笑起来。

罗尔斯说:"你是中国的大诗人。"

我连忙说:"不是,不是。是个诗歌爱好者吧。"心想,这个杰姆怎么喜欢给别人戴高帽?由此,我怀疑罗尔斯是新西兰最伟大的诗人这种说法了。我故意说:"杰姆说你是新西兰最伟大的诗人。"

罗尔斯大笑,点头说:"是的。"但他随即说:"不过,杰姆是我的老师,他比我更伟大!"

原来如此,这个杰姆有意思,夸自己的学生不就是变相地夸自己吗?杰姆一个劲地朝我做鬼脸,开心得像个小孩子。快到花甲之年的人了,心态还是如此童年!杰姆看了我一眼,他站起来去拿什么东西,同时像是有意让我与罗尔斯多谈谈一样。他一走开,我才发现阳光射了进来。原来杰姆一直坐在阳光里,怪不得他的脸红得像一只大龙虾。

我对罗尔斯说:"听说你手下有四百多人,那一定是个很大的公司或工厂了。"

新西兰把三十人的公司叫中型公司,一百以上都是大公司了,所以,四百多人那一定是个很大很大的企业了。

罗尔斯先是一愣,然后笑了起来,见杰姆不在,才告密似的对我说:"我是他家的挤奶工,他家四百头奶牛全靠我打理。这个老小气鬼!"

杰姆走过来,说:"你们在密谋什么?不会要谋杀我吧?"

罗尔斯笑道:"谋杀你也没劲,挤不出一滴血来。"

赤：异域风情

杰姆将我手中的咖啡杯加满，又递给罗尔斯一杯，说："有新作吗？念来听听。"

罗尔斯便忸怩了一下，但随即朗诵了一首诗歌，叫什么《月光下的美人》。我没完全听懂诗的内容，但能领会诗的意境和对美好爱情的向往与追求。

罗尔斯朗诵完，就迫不及待要我也来一首。

我说："好吧，就用英文朗诵吧。"

罗尔斯说："不，就用中文吧。如果你写的是中文的话。"

我大吃一惊："你懂中文？"

罗尔斯说："我试试，总比音乐符号要好懂一些吧。"

杰姆拉了拉脖子上的领带，得意地说："这就是伟大的诗人与平庸的诗人之不同。"

我笑了，不再谦虚，用中文朗诵了一首二十行的短诗《寻找》。完了，问罗尔斯有什么感受。他说："噢，我看见一只鸽子在月光里跳舞。"

我疑惑了：难道诗人与诗或诗人与诗人真的凭眼神和声音就足以沟通了？

杰姆却笑笑说："他可能是瞎说。不过，我感觉你的诗是黑色的。"杰姆不说诗的意义，却说诗的颜色，这倒是让我耳目一新。

接下来，我成了一个局外人。但我却看见两个所谓的大诗人那天真单纯而又滑稽有趣的一面。

杰姆请我们去比萨行吃晚饭。上车不久，罗尔斯竟像小孩一样，向杰姆要钱买烟抽。

杰姆一脸可疑地看着罗尔斯，说："上次买了一条烟，就抽完了？"

罗尔斯说："都什么时候了嘛。要是靠你的烟，我早死了。"

杰姆不再吱声，将车子停到一个路边。他们俩走下车。我坐在车上无聊，也下了车，跟在他们后面。

　　杰姆让我跟上他，又转头对罗尔斯说："好吧，老规矩。"

　　罗尔斯无奈地冲我做了一个鬼脸。

　　杰姆不管这些。他吹着口哨，拉着罗尔斯慢悠悠地往路边小卖部走去。

　　于是，他们有了一场令人莫名其妙的对话——

　　罗尔斯："我一说去买烟，天就变黑了。"

　　杰姆："这条路可真不好走。"

　　罗尔斯："坑坑洼洼，像一条饥饿的响尾蛇。"

　　杰姆："旁边的大道干净清爽。"

　　罗尔斯："我不走。我喜欢走自己的路。"

　　杰姆："路灯瘦瘦的照了下来。"

　　罗尔斯："我诅咒一条影子，打着领带。"

　　杰姆一愣，随即赞许地点点头，示意罗尔斯说下去。

　　罗尔斯："紧紧套住我。"

　　杰姆："为的是把路走正。"

　　罗尔斯："我用自由交换香烟。"

　　杰姆："可有人用生命交换自由。"

　　罗尔斯："诗人就是他妈的痛苦！"

　　那天傍晚，我虽然跟不上杰姆和罗尔斯的对话，但觉得极有意思。我没有想到，那是杰姆在教罗尔斯写诗。或者说，他们在共同创作一首诗，而他们对这种方式已经习以为常。因为，一周后，我在新西兰最大的英文报《先驱报》上读到了一首署名罗尔斯的诗——

　　　　诗人就是痛苦
　　　　我一说去买烟，天就变黑了。

赤：异域风情

这条路可真不好走。

坑坑洼洼，像一条饥饿的响尾蛇。

旁边的大道干净清爽。

我不走。我喜欢走自己的路。

路灯瘦瘦的照了下来。

我诅咒一条影子，打着领带。

紧紧套住我。

为的是把路走正。

我用自由交换香烟。

可有人用生命交换自由。

诗人就是痛苦！

编辑发稿时将那句脏话"他妈的"删去了。我打电话问罗尔斯得了多少稿费。

罗尔斯说："十块。"

我笑了，说："可以买一包烟了。"

罗尔斯说："是的。遗憾的是，难得买到一包好烟。"

老人与狗

"走吧，孩子。"罗宾老人锁了家门后，对蹲在脚边的贝克说。

每天早晨七点半，罗宾老人就得出门，去赶那一班最早的火车。从罗宾老人的家到小小的火车站只有一公里的路程，他们走起来却得花上半个小时，可见他们速度之慢。他们聊着天，就像一对父子。路途中间有一个苹果园，罗宾老人与贝克走到苹果园时总要歇一小会儿。每当这时，贝克就要警惕地看着四周，仿佛随时会有坏人从有点阴暗的苹果园冲出来抢劫罗宾老人。

罗宾老人拍着贝克的头，轻轻地说："没事的，不用紧张。"

三年前的春天，罗宾老人就是在苹果园碰上贝克的。当时贝克躺在一棵苹果树下，一身脏兮兮的，又瘦又丑，还粘着血迹。罗宾老人听见贝克的呻吟，很吃惊地发现了它。在这么偏僻的地方，竟然有一只受伤的狗！

罗宾老人将贝克抱了回去，给它洗了澡，清理了身上的污渍，并给它的伤口抹了药。结果那一天，罗宾老人误了火车。这也是多年来，罗宾老人第一次误车。

没有人知道罗宾老人每天坐着那趟火车去哪里。有人说，他去另一个小镇，那里有一个身子瘫痪的人，据说还是他战友的遗孀，他去那里照顾她。也有人说，他去城里废品回收站做义工，将各种不同的垃圾分类整理。还有人说，他去奥克兰交通最繁忙的街头，为那些迷路的人指路，等等。

这些似乎并不重要。反正罗宾老人每天要去那个小小的火车站赶车，这是他生命的一部分，而贝克完全适应了罗宾老人的生活。它有着清醒的时间记忆，不但每天早晨送老人去车站，而且每天下午风雨无阻去那个小小的火车站接老人回来。常常是，贝克送走罗宾老人后，它就很快地跑回家，把家看好，那份高度的责任感让老人十分感动——当初他救下贝克，并不曾希望从它那里得到什么回报的。罗宾老人同贝克吃一样的饭菜，晚上睡觉时便搂着它在身边。不到半年，贝克就恢复了身体，并出落成一个英俊的小后生了。

有时，罗宾老人也这么叫贝克："英俊的小后生，我的乖孩子。"

他们的生活十分简单，每天重复着头一天的生活，没完没了：罗宾老人的小房子，苹果园，小小火车站，老人和狗。

火车站的三名员工都认识罗宾老人，当然也认识贝克。多数情况下的早

赤：异域风情

晨和傍晚，罗宾老人和贝克便是这个小站的三名职工唯一服务的对象。很难想象，如果罗宾老人不去乘车，站里的三个人还能做什么，这个小小的站还会不会维持下去。

每天傍晚，当回家的火车到站的时候，罗宾老人一下车，贝克就会欢快地扑上去。罗宾老人吻了吻它，再递给它一块巧克力。那情景，让火车站的人好生羡慕。

然而有一天，当贝克来到火车站迎接罗宾老人时，没有一人下车。火车开动了，罗宾老人的影子还不见。贝克急了，它飞快地冲向那刚刚关闭的火车大门，大叫了一声，似乎要向车上的人问个究竟：罗宾老人怎么啦，为什么没有回来呢？

没有人回答贝克的叫喊，火车开走了，贝克徒然地站在月台上。站里的三个人也很奇怪，罗宾老人为什么没有回来呢？站长拍着贝克的头，安慰着说："没事的，兴许罗宾老人误了车吧，或者有什么急事今天回不来了。"

贝克就一直蹲在火车的月台上。每一次火车来了，它都会怀着满满的期望，然而，大部分火车在这个小站根本不停。除了罗宾老人常搭的那一趟火车外，另一趟在该站停的火车是凌晨两点。但那一趟火车上也没有罗宾老人的身影。

贝克已经在火车站等了两天了。它不吃不喝，只是眼巴巴地望着无穷无尽的小小的铁轨，希望奇迹能够出现。站长给它水和食物，可贝克看都不看。它也不回家，就痴痴地等在那里，等着罗宾老人的归来。

站长到处打电话问有关垃圾站和老人院，帮助贝克查找罗宾老人的下落。很不幸，没有谁知道罗宾老人。站长及时报了警，继续安慰贝克说："没事的，罗宾老人很快就会回来的。"

然而，就在贝克苦苦等待的第五天，站长突然从当地新闻联播中发现了罗宾老人的尸体——罗宾老人的尸体是在奥克兰北部小湾被一个渔民发现的，警察说死因不明，而且死亡多久了也不知道。警察还在电视里说，请罗宾老人的亲属到奥克兰曼纽考警局来认尸，并协助警方调查。

站长获得这条新闻后，心情十分沉重。他不知道怎么跟贝克说。他闷闷不乐地走出来，发现贝克正怔怔地看着他，仿佛它已经知道什么秘密。对了，车站候车室是挂有电视的，贝克是不是已经听见了什么，或者看到了什么？

站长返身回到室内，从另一条小门进去候车室，急切地问在那里值班的小伙子："刚才贝克在这里呆过吗？"站长知道，打从罗宾老人失踪后，贝克除了等车，就是坐在候车室的木椅上，不知道它只是休息，还是真的在看新闻。

那小伙子说："没注意，可能没有吧。"

站长还是不放心。他要将贝克赶回自己家去，将它养起来。不然，站长担心凭着贝克的灵性和对主人的忠诚，它是什么事也做得出来的。

站长的担心不无道理，但是他的行动已经晚了一步。因为一辆火车就要进站了，那正是罗宾老人经常坐的那一辆火车。不管有人没人，站长必须值班。这一回，有两个男的和一个女的从这个站下车。很明显，罗宾老人不可能再从车上走下来了。站长有点怅然地摇动了手中的绿旗，发送火车开动的信号。

火车开动了，拖着重重的颤动。突然，站长发现有一团阴影扑向火车。他还来不及叫喊，那一团阴影飘到了火车轨道下。火车"咯噔"地响了一下，但并没有减速，好像只是碾碎了一个小小的苹果。

火车出了站。

站长和另外两名员工发狂地冲向铁轨，发现贝克已经被碾得稀烂，只有那双眼睛仍然迷茫而怔怔地瞪着，让整个小站都为之颤动。

赤：异域风情

与帕瓦罗蒂同台演唱

马克是个二十二岁的KIWI小伙子，他不喜欢读书，觉得书上的东西太枯燥乏味，尤其是他认为那些所谓的知识不能给他带来任何好处。他这样想是基于这样一种简单得有点可笑的理由："你们想想，那么多学生都学着同一种知识，大家头脑里都装着同一种东西，有什么意思呢？"

马克读完小学后便再也不愿上学了。他宁愿去送报纸，也不愿进教室。他说，他一进教室"头就痛"。但在新西兰这个免费教育的国家，大家如果都像马克一样，那就麻烦了。学校老师和家长好话讲尽，做了马克各种工作，好歹让马克熬到了初中毕业。此后，任凭谁去做工作都没有用。他说："我要做自己想做的事。"

十四岁那年从学校逃学之后，马克干了许多工作。先是送垃圾邮件，每天骑着破单车将一摞摞免费报纸、杂志、各类广告手册连同回收垃圾袋往一个个邮筒里塞。他干得很卖劲，有时还唱着歌，将垃圾品一堆堆往人家院子里扔，毕竟那时还不懂事。有一回，一对老人正在自己的花园里喝咖啡，回忆往昔的好时光，"啪"的一声，一摞垃圾品从空而降，溅了两位老人一脸的咖啡。即便饱经风霜，脸上的皱纹也不可能不怕烫。这对老人十分恼怒，一状告到邮品传送处，马克的第一份工作就这么泡了汤。

随后的两年，马克做过超级商场纸盒搬运工、汽车拍卖行的举牌工、花园里的浇水工、地下管道工，以及医院里的运尸工，等等，每一个工作还没做"热"就被炒掉，当然也有自己不愿干的。比方，当运尸工的时候，有一次，他搬运一个被汽车撞死的美丽女孩，他仅仅是多看了她几眼，就被死者的父母责备他心里不纯，气得他当即甩手而去，已经做了几天的工钱也懒得领了，后来还是医院派人送给他的。

虹——多棱镜下的新西兰

从十八岁起，马克一直是做环卫清洁工。他为自己找到一份满意的工作而庆幸。他认为他找到了世界上最好的一份工作。具体是做什么呢？他跟着一辆收运垃圾的大卡车，将人家沿途放在路边的垃圾袋一一收进车中。每天走着不同的街区，看着不同的风景，马克感觉自己很幸福。

马克虽然没有唱歌的天赋，却常常歌声不断。同事中有一个叫罗宾的打趣他，说："喂，马克，你天天那么高兴，天天在练唱歌，那样子，好像将来有机会跟帕瓦罗蒂同台演唱似的。"

马克不知道大名鼎鼎的帕瓦罗蒂是世界上最著名的男高音歌唱家，还以为是讲新西兰的一个并不出名的毛利男歌手呢，因此，他不以为然地回答道："跟帕瓦罗蒂同台演唱又有什么了不起，我的歌声还可以压住他的呢。"

罗宾是个帕瓦罗蒂迷，对一代歌王崇拜得无以复加。因此，当马克这么轻巧地回答他的嘲笑时，他强烈地感觉到马克的"轻薄"，同时也觉得马克简直玷污了他心目中的英雄偶像。于是，罗宾用挑战般的口吻对马克说："好啊，你要是能跟帕瓦罗蒂同台演唱，我就给你一百美元！"

罗宾主动将要求降低，不要求马克的歌声"压住"帕瓦罗蒂，只要马克能有勇气上台同他演唱就行。因为，他觉得自己的歌声比马克强过一百倍，可他没有胆量上台与英雄偶像竞技。

一百美元等于二百多一点新西兰币，也相当于马克三四天的薪水了。这可不是一个小数目。因此，马克一听也来劲了："行啊，我一定要拿回你的钱！"

不知天高地厚的马克跟罗宾打赌的时候还不知道帕瓦罗蒂是何方神圣，但他当天兴高采烈地回到家，跟家人说起自己的事儿时，一家人都被马克的打赌惊呆了。父母一致说："你疯了吗？明天赶快去跟罗宾赔礼道歉，收回你们的打赌；否则，你就乖乖地将一百美元主动早早地交给罗宾。"

赤：异域风情

马克被迎面泼了一盆冷水，才知道自己有些孟浪了。接着，几个兄弟姐妹你一言我一语地说起帕瓦罗蒂，一件件、一桩桩，都是惊天动地的故事。小妹妹还将一盘讲述帕瓦罗蒂的成长史、由帕瓦罗蒂自己主演的片子拿给马克看，马克这才了解帕瓦罗蒂是何方高人。

第二天，马克上班时，害怕与罗宾见面。但是，几天过后，当马克在路上与罗宾不期而遇时，罗宾只字不提帕瓦罗蒂的事。马克虽然乐得清净，可心里一直惦记着。他也不像以前那样在上班时乱吼乱唱了，但他常常偷偷地躲在一个山上练歌。由于没人指点，与其说是练歌，不如说是练肺活量。他本来是模仿帕瓦罗蒂的美声唱法演唱一些歌剧片断，但因为唱得太差，几乎跟驴叫马吼差不多。

有天傍晚，马克正在山上高歌呐喊，被山下一家居民喊来的警察逮住，这家居民说马克的"叫声"——他没有说马克是在"唱歌"——令他一家"无法忍受"！

警察对马克盘问了一阵子后，并没有觉得他神经质、有什么危险或不正常，因此，也没有叫他去警察局"走一趟"，只是警告他不要再在这里"吵闹"人家了。

马克跟罗宾打赌的事发生在他从事环卫工作的第二年。时光流逝，罗宾从来没有跟马克再提帕瓦罗蒂的事，仿佛他已经忘记了。第三年，罗宾干脆去了澳洲，并且同马克失去了联系。

可是，马克并没有忘记自己的诺言。虽然他明白自己的歌唱得并不好，但是他一直在努力。重要的是，他认为，每个人都有自己的特长，比方，如果他跟帕瓦罗蒂一同捡垃圾，他一定能赢。唱歌虽然赢不了帕瓦罗蒂，但至少他有同帕瓦罗蒂一同演唱的勇气。

而跟罗宾打赌的含义恰恰就在这里。

三年一晃而过。有一天，马克突然从报纸上获悉帕瓦罗蒂将来悉尼献歌，这个消息让他振奋。虽然他一直期待着帕瓦罗蒂能够来奥克兰开演唱会，但现在看来，这个愿望一时难以实现。从报纸上得知，帕瓦罗蒂太忙了，他的演出日程已经排到了2008年北京奥运会。看样子，如果不抓住在悉尼的这个机会，他一辈子都休想见帕瓦罗蒂一面，更不用说跟他同台演出了。

马克毅然请了三天假，飞到悉尼。他一下飞机，来不及去宾馆订房，就直奔演唱会组委会而去。负责接待的人认真听了马克的来意后，十分抱歉地告诉马克："马克先生，恕我直言，你的要求几乎是叫一个大胖子扯着自己的头发去登月球——没有一丁点一丁点的希望！"

马克固执地站在那里。那人又说："如果你要买票，我可以让你买前排的票，"但他又加重一句，"你想同大师同台演唱，那是没门的事儿。世界上有多少混混儿想跟大师同台演唱啊。它意味着什么，你知道吗？"

那人回头看时，马克已经不见了。他只好同情地笑了笑，并且摇了摇头，觉得这世界上患神经病的人还真不少。

马克的确不知道与帕瓦罗蒂同台演唱意味着什么。他压根儿没有想过电视转播率、知名度，甚至金钱——要说金钱，他想到的也只是与罗宾打赌的那一百元美钞。

也不知马克在外面想了些什么，等了多久。反正，他又一次站到了演唱会组委会门前。这一回接待的是一个妇女，马克又一次将自己同罗宾打赌的事跟这个妇女说了。这位妇女比先前那位先生富有同情心。但她仍然表示很为难，一则马克乃无名小卒，她不知道他演唱的水平；二则不知道帕瓦罗蒂会不会同意，因为没有这种先例。更重要的是，要是马克唱砸了，组委会要负责的不只是帕瓦罗蒂，更是那些花了大钱买了票的热情观众。

"我很体谅你的焦急和渴望，"这位女士说，"不过，我真的很为难。时间太紧了，即使人家大师愿意让你同他一起演唱，你们也没有任何机会排练。你的牌子砸了没关系，大师的牌子砸了我们可负担不起啊。"

"不会有那么严重吧，"马克笨头笨脑地说，"只要让我同台演唱就可以了，我不拿话筒也行。这样，我的歌声就不会传得太远。"

女士沉吟了一会儿，觉得还是不可以的。马克最后请求道："至少，请你跟大师说说我的事吧，说不定大师会成全我的。"

马克想：这是我最后的努力了。如果还不行，我也没办法了。如果不能同帕瓦罗蒂一起演唱，我就赶快回去上班，他的演出我在电视里照样可以看、可以听。

马克离开前得到了那位女士的电话号码，她告诉他明天打电话来问问吧。

谁知第二天清早，马克被招待所女服务员急促的敲门声惊醒："马克先生，有电话找你！"

马克很奇怪，谁会打电话到这里来呢？突然，他意识到了，昨天他入住招待所后，立即打电话去给那位女士，但是没人接，马克留了言，将自己的联系电话告诉了对方，以便万一有什么急事可以找到他。

这么早打电话来，一定是好消息。难道尊敬的帕瓦罗蒂先生真要成全我？马克想到这里，裤子都来不及系好就一气冲了出去。

果然，那位女士在电话里告诉马克，帕瓦罗蒂被他的真情打动了，破天荒同意了跟他同台演唱。马克听完电话后，抱着那个女服务员大声说："我成功了！我要与帕瓦罗蒂同台演唱了！"

那个女服务员以为碰上了疯子，吓得赶紧挣脱了马克，又惊又气地逃开了。

结果，在悉尼歌剧院金色大厅里，面对黑压压的人，面对全世界至少有数亿人在观看这台盛大晚会的热情观众，马克，这个二十二岁的新西兰的环卫工人，为了一个执著的信念，同帕瓦罗蒂一同演唱了《我的太阳》。虽然他的歌声不美，甚至有些难听，可他唱得极其认真，唱得汗流浃背。台下的观众掌声雷动！将晚会意外地推向了高潮。

演唱结束后，帕瓦罗蒂握着马克的手，有些感动地说："小伙子，你辛苦了。"

澳洲电视台最美丽的女主持人梅丽玛请马克向观众讲讲跟大师同台演唱的感受。人们的眼睛紧紧地盯着马克，以为他一定会感谢帕瓦罗蒂给了他这个机会，或者其他类似的感激话。然而，不，马克用有点带哭的声调说："我发现跟大师同台演唱，比我捡垃圾袋难多了！对我而言，我还是觉得当环卫工人最快乐！"

掌声，经久不息的掌声，几乎要将金色大厅的房顶掀翻。帕瓦罗蒂本来走进了幕后，听到马克的话，他又特地走出去，握着马克的手，说："我很高兴能与你同台演唱！"

就在这时，一个人突然冲上台去，手中举着一百元美钞，大声说："马克！你是值得的！"

警察正要上前拦阻这个鲁莽的人，马克却大声说："罗宾！——"两人紧紧地抱在一起，硬铮铮的好汉也留下了激动的泪水。

这时，帕瓦罗蒂走向主持人，接过她的话筒，讲述了马克同他演唱的缘由。暴雨般的掌声再次响了起来，观众纷纷起立，为一份平凡中的伟大表示由衷的敬意。

抓拍月亮的老太

老太是个开出租车的，芳名叫玛格丽特，很通俗的一个名字。

我一上车，老太就自报家门，说完就要我叫她"玛格"就行了。可这声音听起来就像是叫"妈怪"，这在我的老家可是一句骂人的话。因此，我没

赤：异域风情

有这么昵称她。老太觉得我不开化，并有点耿耿于怀的味道。

不过，老太很喜欢中国。她说她去过中国四次。

"中国太古老了，"老太像是有说不完的话，她握着方向盘，大声武气在说，"随便抓起一把土，就等于抓起几千年的历史。"

"可历史太久了，就有点沉重了，不是吗？"我故意这么反问她。

老太笑了，说："那当然。不过，人还是沉重一点好，不然，岂不是像太空人一样，飘起来了吗？"

我知道老太也是故意将我的意思往别的方面挪。这很让我有点儿感动。

老太然后聊起了她的家人和狗，说她家有四个"男子汉"和六个"小姐"。

我说："真是一个大家庭啊。"

老太似乎明白我误会了，就特地加上一句："事实上，我只有一个儿子和两个女儿。"

我立即弄清了，她是将家里的猫啊狗啊都算成了"家庭成员"。在新西兰，这种情况很常见。

我对猫狗不大关心，因此没去核实老太家究竟有多少只猫、多少只狗。

老太告诉我，退休前，她是电力公司的高级工程师。这倒是让我吃了一惊。

我说："既然退休了，干吗不在家里呆着？你们不是有退休金吗？"

老太说："我不喜欢待在家里。我就喜欢跟各种各样的人接触。至于退休金，等我动不了的时候再去领吧。"

第一次坐出租车，就让一个高级工程师给"逮住"了，看来，我运气还真不坏。

我说："你不介意我问你多大年龄了吧？"

"六十八"，但她立即又补充一句，"我觉得自己才三十八呢。"

我说："你还真看不出有六十八岁了。"

老太说："这话我爱听。"

我说："可是这么高的年龄了，还开出租车，能行吗？"

老太不乐意了："我不是开得好好的吗？"

我知道自己没表达清楚，就进一步说："警察那里能让你过关吗？"

老太说："你是指我的驾照？没事啦，多检查几回就行啦。你没看见电视里一个老姑妈都八十八了，还在开车吗？"

这倒是真的。我常常在电视上看到这么一个老太太，她是为一个出租车公司做广告。

老太放起了摇滚音乐。她的身子还随着音乐的节奏扭动。我怕她开车出事，就很有礼貌地告诉她，我不喜欢这音乐。

老太撅着嘴，嘟哝着什么，关上了音乐。

我感到有点歉意，就问老太年轻时候都干了些什么，希望借此能勾起她一点美好的回忆。

谁知老太耸耸肩，颇不以为然地说："我不知道什么时候算是年轻的时候。反正我当过一回女子橄榄球队队长，拿了两个博士学位，嫁了三次。第一次结婚后，蜜月还没过完，他就在一次车祸中撒手不管我了。"

我大吃一惊，连忙说了一声"对不起"。

老太摆摆手，接着说："第二个男人也命不长，与我生活了三年，帮我弄出两个孩子。然后去澳洲度假，在海里游泳时，被鲨鱼给吃掉了。"

我倒吸了一口冷气。

老太说："他牛高马大，那鲨鱼竟敢吃他，一定是海里的王。"

老太叙述得很平静，仿佛说的是别人的事。我真佩服她的乐观精神。

我说："你现在的先生对你一定很好吧？"

老太说："好有什么用？他瘫在医院里，每天还要我去打理他呢。"

赤：异域风情

我不敢再问老太的丈夫是因为什么事住院的。昆德拉说，生命中不能承受之轻。可是，对这个老太而言，这话似乎不大适用。生活的沧桑居然磨不掉她的乐观。

好不容易有一点空隙，我们都不说话。我以为老太一定沉浸在对往日忧伤的回忆中。

可是不！

"坐好，年轻人！"老太一边说，一边掏出相机。

老太看见了一轮明月挂在湛蓝的天空中。

那真是一轮美好的月亮。

公路上没有别的车辆和行人，干净宽敞的公路像一个偌大的球场。老太几次站起来，双手握着相机，想将月亮抓拍下来。因为没人控制方向盘，车子有点不听话。她的身子便晃来晃去，吓得我赶紧抓住车后座，并希望老太放弃这种努力。

我极力镇定自己，说："抓拍月亮可不容易。"

可老太想都不想地答道："重要的是要抓拍到好的月亮。"

老太按了三四次快门。我不知道这好月亮是否被她抓拍到了，因为很快我就下了车。

谢天谢地，我长长地舒了一口气。

"年轻人，告诉你吧。躺在病床上的那个家伙最喜欢看我抓拍的月亮的照片了。他老跟我吹牛说要带我去月球呢。你信吗？"老太说完，开心地鸣了一声喇叭，然后笑了笑，朝我吹了声口哨。

我一抬头，发现那口哨竟吹红了月亮。

橙：一瓢乡愁

隔海的乡愁

在国内过年是一年中最紧张、最忙碌、最幸福的时刻。实在有太多的事情要做，比方寄贺卡、贴对联、打电话拜年、吃团圆饭、走亲戚，等等，真是忙得不可开交。日子一进入腊月，天气越来越冷，很难有风和日丽的时候。阴沉沉的天空、冷飕飕的风以及漫天飞舞的雪花丝毫没有影响人们过年的情绪。物价的上涨和不时听到的因车超载而车毁人亡的惨剧成了人们茶余饭后的谈资。人们变得格外能够容忍。奔波了一年、辛苦了一年、劳累了一年，图的就是把个年过好。平时有吃没吃、吃好吃坏怎么都可以。但是过年一点都不能马虎，把最好的酒酿好，把最好的肉切好，把最好的心情捧出来。有什么烦恼以后再说，有什么苦水以后再倒。过年了，一切不利于把年过好的念头统统消灭在萌芽状态吧。何况，有什么想不开的，你已经想了一年了，不管是什么解不开的结也不用再想了，再想也没有用，只会把年过糟。而且这样一来，新的一年里，你的愁结会积得更大。

过年就是什么也不想，只顾喝酒、吃肉、聊天、打牌、看电视、走亲戚。你瞧，天上的雪花被鞭炮炸得纷纷扬扬，漫天的笑声随风飘舞，酒香、肉香将暗红色的道贺、祝福擦得荧光发亮。古老的土地都为之感动。

在我的老家，大年初一很是有些讲究的。每每是天刚蒙蒙亮，人们就被此起彼伏的鞭炮炸醒。放鞭炮叫"开门红"，是一年运气好坏的征兆。鞭炮要放得又响又快。如果不响亮，或者放得不流畅就预示着新的一年里可能会过得磕磕绊绊，甚至有病灾的隐忧。所以有经验的人买鞭炮格外小心，生怕买到伪劣产品。买回鞭炮后还要将它放到灶上烘一烘。有一年，我父亲放"开门红"放得断断续续，还没放完，母亲就唠叨开了，父亲也满脸的不高兴。结果，那一年，父母双双病了一场，很是验证了某些神秘。

我的记忆里，每年大年初一，父亲起床后的头一件事是到堂屋供的神灵牌下烧几炷香，放一些供品。然后在他老人家的带领下，我们兄弟姐妹都到神灵牌下磕三个响头，求菩萨保佑我们健康平安。

家乡流行一句话，叫"初一崽，初二郎"。意思是大年初一这一天，分了家的儿子带着家眷来老父亲家拜年，初二这一天，出了嫁的女儿带着子女回娘家拜年。大年初一出门叫"出行"，这也是一年最重要的"彩数"。"出行"出得好，你一年就会顺利。俗话说得好，人往高处走，水往低处流。因此，"出行"通常是辈分低的往辈分高的家庭去。不少人还选择家大业旺、德高望重的家庭作为"出行"的最佳处，以此沾点光彩、得点鸿运。

橙：一瓢乡愁

总之，要讲究的东西还有很多，身临其境的人有时未免觉得繁缛，其实，这就是一种文化，一种与生俱来的、浸透骨血的东西。

来到国外，一切都显得很淡漠。洋人过的是圣诞节，对中国人的春节，他们不感兴趣。而我们对圣诞节也很陌生，怎么过也觉得索然无味。尽管触手可及，可那些圣诞树，那些美丽的彩灯，那些热气球、唱诗班、火鸡以及慈眉善目、白须飘飘的圣诞老人离我们是那么遥远，遥远得像一首充满异国情调的朦胧诗。

特别是，国内过年正是雪花飘舞的冬天，而此时却是新西兰阳光灿烂的夏天。太阳下的春节我们怎么也过不出像样的年来。虽然也竭尽所能，买了好吃好喝的，搞好了环境卫生，甚至还开了文艺晚会，可怎么也弄不出一点过年的气氛来。

后来我就想，原来有些气氛是不能人为制造出来的，制造出来的东西太假、太虚、太空洞、太不可信，好比是一个薄气球，一触就破。与过年相类似的是，爱情、家庭都不能虚构，不能制造，一切都只能顺其自然，就像我们老家过年那样。

今天又是大年初一，我没有"出行"。隔海的乡愁，一年重于一年。写下这些文字，想努力摆脱某种束缚，用心灵去畅游世界，以此作为我新年平安、幸福的见证。

陪父亲喝老酒

天气愈来愈冷了，空中不时飘洒着几片鹅毛般的雪花。每天忙忙碌碌的，一晃竟到了过年的时候了。也好，终于可以松一口气，回老家，陪陪父亲喝喝酒了。

我特地给父亲买了两瓶洋酒。父亲爱酒，但一辈子都只喝些自酿的米酒。那酒寡淡寡淡的，没什么酒味，不过是哄哄自己的嘴巴罢了。即便如此，母亲怕他年事已高，不胜酒力，遂限定他每餐只准喝一杯。父亲拗不过母亲，但又贪杯，便每每趁舀酒的机会大抿一口，那满满的一杯酒一抿便下去了，父亲"理所当然"还要加满。因此，实际上，父亲每餐都要喝一杯半的样子。有时在酒缸边抿酒被母亲看到，母亲免不了要说上几句，父亲便像做错了事的孩子，羞愧地笑笑。

父亲每每盼我回去陪他喝酒。因为只有此时，他才可以畅快地喝。母亲也不会唠叨什么，听凭我们父子俩大吃大喝。然而，我真正陪父亲喝酒的次数屈指可数。尤其是出国后，这种机会就更少了。

不过，每年我都会向父亲许诺：今年过年，我一定陪你喝酒！

眼看就是大年三十了，今年别的活动我啥也不干，就是想陪父亲喝喝酒。

没什么可犹豫的了，买张机票，一箭回来了。

父亲真老了。听说我要回来，白发苍苍的他一大早起来，硬是挤上那辆最早的公共汽车，赶到县城火车站来接我。

远远地我看到了父亲。那么冷的天，他棉衣都忘了穿，伸长脖子在风雪的天空下瞪着浑浊的老眼东张西望。我快走到他的身边了，他还在焦急而忘情地找我。我望着像枯老的树桩一样的父亲，鼻子一酸，轻轻地说："父亲，我回来了。"

父亲扭头一见我，显得十分生疏地继续四周张望。我不知道他在找什么。过了好一阵子，父亲喉咙响了一下，闷闷地说："就你一个人回来？"

"嗯。"我突然明白父亲在找什么了：父亲年年期盼我带自己的另一半回去，可是，我又让他失望了。

父亲重重地叹了一口气，像是对我，又像是自言自语："下雪了。过年了。"

橙：一瓢乡愁

到了家，母亲早已忙开了。我把两瓶洋酒郑重其事地塞到父亲皲裂粗大的手中。父亲把酒瓶上的洋文细细地端详了一番，然后走进屋里，把它们藏了起来。

出来时，父亲扛着满满的一缸酒，说："今天咱们就喝家里的酒。"

"行，行。"我连忙说。送他的洋酒本来就是让他以后慢慢喝的嘛。

雪花三三两两地下，漫不经心的样子。风虽然冷，却是浅浅的。屋后的平台上，一张木桌，一缸老酒，几碟下酒菜。我坐在空旷的天空下，陪父亲慢慢喝着老酒。邻居的狗在我们的脚边晃来晃去。

我说："年初我就盘算着，过年的时候一定回来陪您喝几盅。"

"嗯。"父亲应了一声，把满满的一杯酒喝了下去。我赶紧为他斟满。

记得有回出差，路过家门，我陪父亲好好地喝了一回。那是傍晚时分，薄薄的夕阳淡淡地照在身上，我们俩没有多余的话，只是你一杯我一杯地喝着。陪父亲喝酒，感觉真好啊。

可是今天，没有阳光，只有雪花，以及不时从远远的地方传来的鞭炮声。

这时，父亲突然抬头，怔怔地望着我，说："你出国也有五六年了吧？"

"没有。不到三年。"

"你答应过，过年的时候就回来陪我喝酒。"

"我这不是回来了吗？"

"你答应过，过年的时候把媳妇也带回来。"

我一时语塞。

父亲说："你答应过，无论出国，无论走到天涯海角，你都会想办法回来看我。"

我喉咙猛地一哽，叫了一声："父亲……"这时，我听到身后有轻微的抽啜，扭头，竟是靠在门槛边的母亲。

母亲见我看她，就干脆走过来，一边揩眼泪，一边往手里搓围巾，说："云乃崽，我看你父老子活不了多久了，天天叨念着你，天天叨着要跟你喝酒。每天早晨一起来就到堂屋的菩萨下面去许愿，生怕自己一觉睡了过去，再也见不到你似的……"

停了一下，母亲又说："他还天天担心你出事。说你到了那么远的地方去，莫说朋友，连个亲戚都没有。这世道又很乱，万一你跟别人打架了，连个帮手都找不到，还不是眼睁睁地让人欺负？"

父亲冲母亲一瞪眼，硬硬地说："你又不是一样？天天守着电视，看又看不懂，瞎着急。昨天听说崽要回来，一通晚都不睡觉，还嚷着硬要跟我去县城呢。"

母亲见我低着头，就说："行了，老头子。你们喝酒吧。雪都飘到酒杯里了。"

母亲说完，慢慢挪回到灶屋去了。

我的酒杯飘进了两朵雪花，父亲没看见，给我酒杯加了酒。

父亲说："你们那地方，也兴过年么？"

我说："不兴。洋人只过圣诞节。"

父亲说："那是个什么破地方，年都不过。你还到那里去干什么？国内不是好好的吗？"

我无言以对。

父亲忽然轻柔地说："你看你，头发都白了不少，是不是在那里受委屈了？"

我摇摇头。

父亲叹了一口气，说："我知道你有事也不会告诉我。你在那里好坏我不管，可我已是望八的人了，黄土快掩到脖子根上来了。你告诉我，你什么

橙：一瓢乡愁

时候让我看到孙子？"

不知什么时候，我的脸上已有了冰冷的一滴。我弄不清那是眼泪还是雪花。父亲老了，真的老了，我不忍再给他一个空洞的许诺。

可是，除了陪他老人家喝酒，我还能说什么、做什么呢？

喝吧，父亲。我知道您酒量好。我知道您从来喝不醉。啊，父亲，今天过年了，我好想陪您喝醉一回啊……

门外突然响起了汽车声，有人在叫我的名字。我幡然醒来：天啊，窗外阳光灿烂，我仍在新西兰。泪水不知不觉从我粗糙的脸上缓缓滑落……

辣椒的故事

俗话说，四川人"辣不怕"，贵州人"不怕辣"，湖南人最厉害，叫做"怕不辣"。没有"辣子"吃不下饭的我，刚到新西兰来的那阵子，因为对当地情况不熟悉，到城里几家超级商店转了又转，没有发现辣椒卖，心里可急坏了。严格地说，也不是没有辣椒，可洋人种出来的辣椒，一个个像萝卜一般大，吃起来就像是吃红薯，哪里有半点辣味！如果长期这样，没辣子，日子过得没滋没味，我可就要打道回府了。忍不住心里骂道，这是什么破地方，连辣椒都没有！

往家里人打电话，就说起了这件事。"民以食为天"，吃不下饭，这可是件大事。家里人也没同我商量，就到当地农贸市场买了一公斤最辣的"朝天椒"，晒干，弄成辣椒灰，用快件给我寄来。

这一寄不打紧，光邮费就是二百元人民币。

然而，就在我给家里打了电话没多久，当地中国朋友告诉我，这里怎么没辣椒呢？每个星期六的中国市场就有新鲜辣椒卖啊。我说，是不是洋人那种"大胖胖"，好看却不辣？朋友说，哪里，只怕辣得你吃不下！

结果，在福里马克市场，果真买到了广东人种的特别辣的新鲜辣椒。卖辣椒的人说，这种辣椒是从泰国进的种，辣得让人受不了。他们从不吃，即使是摘，都要戴着手套，唯恐那辣椒汁不小心弄到手上，火烧火燎，几天都消不了。

我心里可高兴了。回到家，做菜时，真正感受了这种"小个子"辣椒的威风，呛得我眼泪直流。家里装的防火报警器也响个不停。助人为乐的洋人邻居闻讯赶来，以为家里出了大事。可一到家门口，见我系着围裙，正在掌勺，就明白是怎么回事了。我请他进来尝尝，他做了个鬼脸，躲都躲不赢地逃走了。

这一顿饭，吃得我五脏六腑都要"跳"出来了。领教了这一番，才真正想到，所谓湖南人"怕不辣"之说该大大打一番折扣，那是因为大伙没有碰到真正的辣呢。

就在快接到家里邮来的昂贵的辣椒时，我又知道这里有两家中国食品店，也有类似的辣椒出售。只不过，这两家店里的辣椒更中国化，更地道一些，青椒是那种长条形的，肉厚，味纯，又带有香油的味道。店家告诉我，这种辣椒是一些中国朋友（主要是湖南和四川的）从国内带来的种子，自己在这里种出来的。

不久，我又在一家韩国人开的店里发现了韩国辣椒，在泰国人开的店里发现了纯正的泰国辣椒，甚至还在印度店和马来西亚店里也发现了它们国家的辣椒。

可以说，这些国家的辣椒，我都尝过。在我的印象中，似乎是泰国的辣椒最辣。泰国朋友告诉我，因为他们国家是热带国家，那里的辣椒是被太阳油浇出来的。我去过泰国，当然知道这不是妄说。

一次去参加一个朋友的聚会，按当地习惯，自己带了一份家常菜去。在聚会上，一个韩国朋友说他特别能吃辣。我就说我也是，并劝他尝尝我做的菜。结果,他只吃了一口,那餐饭便再也没有吃了,因为辣得他肚子痛得去了一家私人诊所。

当我随后赶到那家诊所并满怀歉意地说"对不起"时,韩国朋友一脸的不幸。他喘着气结结巴巴地说:"那是什么辣椒,明明是毒药嘛!"

两天后,他碰到我,特地上来拍着我的肩膀说,他刚刚读了一本关于中国的书,知道毛泽东爱吃辣的,然后说:"爱吃辣椒的人有一种暴力倾向。这本书说,你们中国的文化大革命就是毛发动起来的。"我没有告诉他我就是来自毛泽东的家乡,只是故意轻描淡写地说:"上我家吃晚饭去吧。"

那兄弟如同遭蛰子咬了一下,神经质地瞪了我一眼,转身逃走了。

第二天,我收到了家里寄来的辣椒粉。可是,这昂贵的辣椒粉,我大约只吃了一半,另一半因为发了霉而只好丢掉。

第二年,我也学着大部分中国人的样,在家门口的菜地里种起了辣椒。我种的当然不是泰国辣椒,也不是韩国的或别的什么国家的辣椒,我种的是地地道道的中国辣椒,地地道道的湖南辣椒。每一顿饭,当我从家门口摘下那一串串辣椒的时候,我也摘回了一串串思念,一串串由辣椒连结起来的浓浓的乡愁……

又闻腊肉桂皮香

小时候只有过年的时候,才能吃到父母亲手熏烤的腊肉,因而对于腊肉的美好记忆一直延续到今天。

原以为出国后吃不到乡里腊肉了,没想到中国人真会想办法,咱们在洋人的眼皮底下,硬是弄出了上等的桂皮香腊肉。

说来还有点故事。

新西兰的猪不是放在猪栏里养,而是放在山上,实际上就是野猪。刚来时不知道，从食品店买回猪肉，就按照中国传统的做法，或炒，或炖，或红烧，但吃起来不仅味道不像中国的猪肉那样鲜嫩，还总是吃出一股膻味来，怎么弄，那股膻味都较重。后来干脆就不买猪肉，觉得这地方真怪，人一个个好好的，为什么偏偏猪肉那么难吃。

后来一打听，才明白我们吃的是野猪肉！

食品店里卖的猪肉一般都切割得好好的，几乎都是精瘦肉。洋人是用火箱烧烤，因此吃起来没有太重的膻味。这里的猪肉十分便宜，最便宜的还是猪头、猪脚、猪肝和猪心等内脏，洋人基本上不吃这东西。据来得早的人说，多年前，他们从没在商店里看到这类东西卖。也就是说，屠宰场将猪杀掉后，将那些东西都埋葬或集中烧毁了，从不卖给人吃。后来慢慢有卖了，但当地人也是把它们当做狗的食品，人是不吃它们的。

后来亚洲人，特别是中国人越来越多，这些"狗食品"一到商店就很快脱销。开始商店经理还以为当地人养狗陡然增多了，后来才明白，亚洲人，特别是中国人爱吃这些东西。

这并不是说，亚洲人或中国人就特别下贱，实际上是洋人不会弄吃的。我就常常听一位广东来的老太太可怜当地人。有一天，她对我说："哎呀，这些洋人真蠢，他们吃些什么东西？他们晓得吃什么东西？好好的猪心、鸡杂，他们全部丢掉！我真是又气又可怜他们呢。"

这老太太说的也有道理。因为有一次，我邀请一个洋人来家里吃晚饭，就炒了一份酸辣鸡杂，结果吃得他大汗淋漓，临走时还问那鸡杂是什么原料做成的。但我没有告诉他，他吃的就是他们以为是"狗食"、从来不知道有多么好吃的鸡杂。

因为当地人不吃猪头等"狗食"，亚洲人或中国人毕竟不多——而且不少中国人嫌麻烦也不买，洋人买去喂狗也是训练狗的牙齿，真正的狗食是做成一卷一卷像香肠一样的熟食。因此，直到今天，食品店里的猪头仍然十分便

橙：一瓢乡愁

宜，一块钱半个猪头。而猪肝就更便宜，大食品店没有卖。有一回我去一家中国人店里，他给了我足足十多斤的猪肝，说没人要，你要就出两块钱拿去吧。因为我的冰箱放不下，也就作罢了。

有一个湖南老乡，他的父母移民来了，经常买猪头或猪脚吃。我问他们怎么吃，他们说吃腊肉。哈，这倒是个好主意，这猪头一熏，再放点桂皮，就再也没有膻味了，而且吃起来就像小时候过年吃的腊肉一样，真是又经济又实惠。

我问他们具体怎么做，他们说首先要做一个熏火盘，一般就用大的硬纸盒，穿几个挂孔就行，再找一个废弃不用的锅，没有锅就放在地上也行。最重要的是要锯木灰。我问他们怎么弄来的，他们笑着说，山上经常砍树，到处都是。或者，你也可以去附近林场，那里你要多少都可以免费去拉。总之，办法有的是，就看你愿不愿意去做。

在老乡的具体指导下，我也花了两块钱从食品店买来两边猪头，先把它们放在火炉上将猪头上的残毛烧去，再用开水烫好，将不洁的皮屑刮干净，然后慢慢将猪头肉和骨头分开来，猪骨头还可以炖海带。而两边猪头光上好的猪肉就有六斤多，先在肉上撒一层盐，如果可能，再在太阳下晾干一下，最后用棍子穿起，一串串，就可以放到火炉盘上点火熏烤了。

当然，点火前，最好在锯木灰里放一点桂皮，去膻增香，效果十分理想。

一天一夜后，拿出来，那金黄金黄的、香喷喷、油嘟嘟、散发着桂皮香的猪头腊肉，光看一眼也会让你胃口大开。要是用青辣椒爆炒，或用豆瓣酱与腊鱼合蒸，那味道，真是盖了冒！

学了这一手"中国功夫"，我就经常从市面上买回一些价廉物美的肉类食品，大部分都是熏起来。有一回因为要请客，我花了四块多钱买来十五只猪脚，熏了两天两夜才弄完。左右邻居只闻到腊肉桂皮香，又羡慕又不知道我在干什么。

事后,一个邻居认真地问我:"你一顿饭怎么连吃两天还香喷喷的?"

我先是一愣,接着便忍不住哈哈大笑了起来。

缘　分

出国两年多后,那年5月我回国来做一个课题。到了湖南湘潭,说什么我也要去拜见一下我读研究生时的导师刘庆云先生。

细说起来,我跟刘老师还真有点缘分。

1991年,我报考复旦大学知名教授朱立元先生的研究生,虽说各项分数都已超过录取标准,无奈名额有限,朱先生只招收三名研究生,其中两个名额已分别由复旦大学和山东大学推荐的应届本科生占去,最后一个名额由我和另外一个学生竞争,他高出我两分,我只有认命。朱先生也很为我感到惋惜,他立即将我推荐给他的同行、湘潭大学美学教授潘老师,并郑重其事地给潘老师写了一封信。遗憾的是,湘大该专业没有硕士点,潘老师要我去研究生处问问其他的专业怎么样。结果,我碰上了刘庆云老师。

当时刘老师是湘大中文系的系主任,因为忙,她平时不大去办公室,可那天下午她竟然就在,当研究生处主管招生的同志试着给中文系打个电话时,接电话的正是刘老师。她当即要我去见她。当我大汗淋漓地跑到办公室,拿出我的考试档案和一本新出版的诗集以及包括《人民文学》在内的一摞杂志交给刘老师时,我发现她的脸上流露出一丝惊讶的微笑。我很快被确定单独参加面试(因为其他人的面试早已结束)。而两天后主持面试的是另外的老师,刘庆云老师外出参加一个学术会议去了。

真是好悬!如果那天刘老师不去办公室,或去了早走一会儿,我都不会成为她的弟子。最巧的还是我原来的姓名叫陈庆云,除了姓氏不同外,名字竟完全一样!

如果说,上面这些因素还有某些巧合的话,那么,这次我万里迢迢来看她,且能幸运地见上一面,就不能不说是缘分。

先天晚上,我给刘老师家里挂电话,没人接。我以为她去哪个教师家聊天没回来,第二天我仍然按照计划赶到湘潭。下午两点多我再给刘老师打电话,响了几下铃声后,我就听到有人拿起了电话,一个气喘吁吁的声音传来:"请问,你找谁?"

我惊喜地喊道:"刘老师,我是聂茂呢。"

"聂茂?"刘老师猛地停住了,以为听错了,又重复了一次,"你是聂茂?"

"对呀,我回国来看你了。"

"我的天呀,你现在在哪里?"

从有点颤抖的声音里,我感觉得到刘老师的激动。我告诉她我已经到了湘潭,一会儿我就会来湘大拜望她。

刘老师连连说:"好、好,你快快来吧!"

半个小时后,当我买了一点礼品,兴冲冲地赶到湘大时,刘老师已站在家门口等我。她说的第一句话就是:"聂茂,咱们还真是有缘分呢!"

见我有点发愣,刘老师就笑着解释说:"其实,我是刚刚才进屋的。你来电话时,我还在门外。你可能不知道,打从去年以来,我和老伴一直住在福州,很少回湘大来。"

"真的这么巧?"我也大声叫道,"我原想晚几天来呢。"

"早一天来或晚一天来都见不到我,明天我就要去张家界参加一个会,"刘老师说,"说真的,要不是参加这个会,我也不会这个时候回湘大的。我真是做梦都没有想到我会在这里碰到你!"

"这就是缘分!"我说。

其实，人生有各种各样的缘分，无论师生之间、朋友之间、情侣之间，都有缘分在里面。聚散合分都是缘分的具体表现。相聚是缘，但人生没有不散的筵席，分手因而也是缘。维系缘分最重要的一环是情谊。缘可尽，而情不灭，这才是缘分的真谛。

歌唱的天空

4月1日，这是西方人喜欢过的愚人节。我就在这个特殊的节日里抵达新西兰。我清楚地记得从奥克兰机场出来，迎接我的是劈头盖脑的一场大雨。但当地人压根儿不在乎它，老外们神色悠闲地在雨中走，偶尔也有人看看天空，甚至不经意地笑一笑，仿佛它是一个淘气的孩子。接待我的朋友说，这儿的天空特别干净，淋一点雨没关系。

大约过了两个多月，我对这里的天空有了更深的了解。因为靠海，气候多变。大家都说，新西兰一天有四季，早、中、晚温差较大。也许刚出门的时候，天空万里无云，蓝得像透明的玻璃，一尘不染，阳光水洗一般，暖暖地照着大地。当我们正在对大自然的恩赐表示某种感激的时候，当我们因为身处异乡而深深思念故土的时候，当我们怀着朴素的情怀准备学习或工作的时候，雨落下来了，飘飘洒洒，沸沸扬扬，大大咧咧。它完全不像国内的雨，有准备，有计划，有目的，有高潮，就是没有情趣，没有意外，没有惊喜。所谓"山雨欲来风满楼"，让人感觉特沉闷，特紧张。而新西兰的雨则不然，它像是一个毫无拘束的孩子，想说就说，想唱就唱，不刻意，不张扬，没有大起大落，没有起承转合。可它委实让人痛快。它像是一个没有预约的朋友，性情所至，前来拜访。倘若你不在家，他也不失落，只冲着你的门口耸耸肩，兴许还要做个鬼脸，然后吹着口哨，摇头晃脑地走了。倘若你正巧在家，他也不过是进门问个好，喝口茶，甚至连门都不进，只冲你会心

橙：一瓢乡愁

地笑笑，道一声安；甚至连这都不用，只若无其事地瞥你一眼，便掉过头，兴高采烈地走了。

新西兰的天空是歌唱的天空，是充满灵性的多雨的天空。有云的时候下雨毫不为奇，奇的是没云的时候也下雨。常常是头顶没有一丝云彩，可那银针般发亮的雨在阳光的照射下纷纷扬扬，音符似的洒满天空，给人一种梦幻情调。遭遇阳光雨在新西兰是一件极平常的事，也是一件很惬意的事。最令人兴奋的是那横空而出的夺目的彩虹。这里的彩虹三大五粗，层次丰富，立体感极强，赤、橙、黄、绿、青、蓝、紫，书写得格外分明，红得如火，绿得似玉，蓝得像海。它们有时像巨龙，从云端脱颖而出；有时像彩桥，稳稳地架在海平面上，光芒四射。每一种光芒都洋溢着诗意的热烈和奔涌的宁静，它们紧紧地贴在一起，互相激励，互相辉映，共同铸造天空的辉煌。

因为天空的不可预测性，这里的人晾衣服特别有意思。他们把衣服往房前屋后一挂就不再管它，让一会儿雨水一会儿太阳地打磨它，往往要挂上个三五天甚至更长的时间才收起来。有人干脆在晚上晾衣服，还美其名曰"晒月亮"。因为污染少，这里的天空更高，月光更明更亮。夜空下的新西兰，像娇媚羞涩的处子，柔美而安详。

白天的躁动已经停息，白天的张扬已经平静，白天的喜怒哀乐已经收藏到夜莺的翅膀下。它呈现给我们的是赤裸裸的风景，是没有荆冠修饰的田园诗，是不要任何伴奏的牧歌。我们仰望天空，触摸柔软的月光，呼吸清新的空气，充分感受大地的宁静。

一支灵魂深处的歌在黎明时分唱个不停。

净水之思

在国内时爱看外国影片。可每当看到片中人物无论高兴或悲伤，总是一到家就鞋也不脱，仰面躺到床上，我总是觉得不可思议：他(她)们干嘛不脱鞋呀，难道不脏吗？

出国之后我才发现，人家还真的是一尘不染。

在新西兰，这种感觉尤其强烈。

每每想起我在国内的工作单位——湖南日报社门前的那一长溜擦鞋者，心里就觉得闷得慌。那时每天擦三次鞋还嫌脏，往街上转一圈回来，头发、鼻子全是灰，至于衣服更是要脱下来抖落好一阵子。

天空总是灰蒙蒙的，一年四季见不到彩虹。

在那样的环境中，人们心情之压抑可想而知。

来到新西兰，来到这个白云升起的地方，我感觉到了环境对生命的重要，也感受到了新西兰人对环境的重视。

记得刚到这里时，飞机在奥克兰机场降落前，两位空姐用小喷雾龙头将机舱内洒满了消毒剂。走出机场，公路两旁到处都是鲜花绿草，空气中弥漫着一股淡淡的芳香。最令人称道的是新西兰的水。这儿的水可真正是名副其实的净水，自来水可以饮用。汽车站、图书馆、影剧院等公共场所都装了饮水器，用手指一压，就有一股小柱升起来，你尽可放心饮用。

刚来不久，一位朋友给我讲了一个故事。这位朋友姓韩，他的父亲在国内患了心脏方面的疾病，很严重，据说光开刀就得花十多万。对于工薪阶层来说，这个数字无异于一张死亡判决书。

韩听说后急得不行，就想方设法将父母一起移民过来。

到了新西兰后，由于十多个小时的长途飞行，加之时差太大，韩父病情加剧。

第二天，韩就匆匆将父亲送到医院急诊室。医生认真检查后，当机立断要开刀。两个多小时后，韩父顺利地被推出手术室。

翌日换药的时候，护士小姐将韩父胸口上的纱布揭开后，竟然要用自来

橙：一瓢乡愁

水擦洗伤口，吓得韩父捂着肚子坚决不干。护士小姐不懂中文，她不明白这个看似文质彬彬的中国老人为何如此惊恐地拒绝她的服务。她十分焦急，生怕怠慢了病人，遂反复比划，但韩父仍然拒不配合。无奈之下，护士小姐只好报告主治医生。主治医生也劝说无用，只好通知家属。

韩以为出了大事，与母亲匆匆赶去。一问，才知道他老人家怕用自来水擦洗伤口引起感染，遂安慰老人家说没事，这里的水特别干净，别担心好了。

再说韩母上楼时因为年岁大了，加之心急，不免走得脸色苍白，上气不接下气。医护人员一见，立即将她送到急诊室抢救。韩母急得跺脚，以为要花掉儿子一大笔钱。韩赶来后，医生告诉他说，他的母亲也要住院。

韩母听说要住院，坚决不同意。

韩劝慰母亲道：住院有什么不好？有病治病，无病疗养，反正又不要花一分钱！

韩母一听不要花钱，遂放心了。

结果，两个老人住在同一个病房。韩父感慨万千地说，这地方不仅人好、水好，而且医疗制度好！

新西兰的水常常令我想起故乡的井水，清澈，甘甜，沁人肺腑。因为这儿的自来水可以随便饮用，为我省却了许多麻烦。比方，到外面郊游或钓鱼不用带茶或买矿泉水；饭菜咸了，加点自来水就是；到郊外打高尔夫球或到大学操坪打网球，用瓶子装点自来水就走。家里不用烧开水，客人来了有的是水果，实在口渴，就自己去水龙头喝。

一切都简单明了。

我的日子就这么过的。我们赖以生存的水是如此亲切、平易近人，它让我保持丰富的联想，让我真情地对生活感恩。

如果说，是故乡的井水哺育了我，使我的黄皮肤充满了韧性，那么，是新西兰的净水滋润我的心灵，使我的血液多了一层浓浓的乡愁……

沉重的测试

据朋友讲，不久前，德国慕尼黑大学教授鲍尔·日瓦兹作了一个特殊的测试。他在该校留学生中分别找了一些中国学生和日本学生来答题。他的测试题是："当你听到'德国'二字时，你会想到什么？"要求答题者在半个小时内交卷。

第二天测试结果出来了。几乎每个中国学生的答卷都写得满满的。他们提到了马克思、恩格斯和李卜克内西等革命家；也谈到了托马斯·闵采尔领导的德国农民起义和马丁·路德的宗教改革；还谈到了黑格尔的哲学以及法西斯集中营；也有同学写了关于莱比锡博览会和柏林墙的故事，还有伟大的作家歌德、席勒，等等。总之，从历史、哲学到文学，无所不包，熟悉得就像德国出生的当地大学生一样，甚至比本国学生还要强。

日瓦兹教授当然很高兴。

可是，让日瓦兹教授很恼火的是日本学生的答卷。他们大都只写了一两句，有的干脆就是几个不成句子的德语单词，意义十分模糊。其中，好几个学生都写到了希特勒和慕尼黑啤酒以及贝多芬。还有一个学生差不多交了一份白卷，他只画了一个纳粹的符号。日瓦兹教授拿着这些答卷悻悻地说：日本学生对德国的了解太肤浅了，难道德国只是由希特勒、啤酒、贝多芬和纳粹符号构成的吗？

然后，日瓦兹教授又找了十名德国大学生来参加类似的测试，但试题换成了"关于中国，你知道什么？"和"关于日本，你知道什么？"，要求学生任选一题回答。结果有九名学生选择了"中国"。他们在答题上提到了孔夫子、老子，还有万里长城、敦煌壁画、北京烤鸭、著名的乒乓球选手、二胡、笛子和大熊猫，等等。唯一选择日本答题的学生只写道："黑色的头发、黄皮肤,他们吃饭用筷子,饭是用大米做成的,他们每天都要喝很多茶。另外,他们喜欢樱花和富士山。"

日瓦兹教授指着这份卷子说,如果这个学生没有在答题中提到"樱花和富士山",他可能会认为这又是一份关于回答"中国"的答卷。

朋友讲完这个故事就走了。我不知道日瓦兹教授作这个测试的目的是什么。换言之,我不知道他测到了什么。可是,不管怎么样,我听完这个故事心里很不平静。

在这个测试中,中国学生几乎可以打满分。可我一点也感觉不到这种"满分"的光荣。

当然,日本青年学生对德国的无知反映了他们的自大狂心理,这个总是喜欢将"入侵"别国改为"进入"别国的民族,对希特勒和纳粹符号的怀念与牢记除了让世界各国特别是亚洲人民对他们的军国主义的丑恶行径认识得更加清楚并保持高度的警惕性外,日本国内部分政客狭隘的"岛国心态"究竟让他们的民众得到什么好处呢?有一点至少是清楚的,日瓦兹教授从日本学生身上测到了"德国"二字的分量——差不多是个"空洞的符号"。

颇具反讽意味的是,这个"空洞的符号"却又如此巧合地被德国学生退回给了日本——德国青年学生对日本的了解不同样是很无知的吗?这究竟是日瓦兹教授的悲哀,还是日本学生抑或德国学生的悲哀,甚至就是德国和日本的悲哀呢?

另一方面,中国学生交出了一份"满意"的答卷,却也是一份沉甸甸的答卷啊。"五四"以来,中国的历史,特别是中国人民的心灵(尤其是广大知识分子)总是被德意志民族的思想烙了一道又一道印痕,从尼采到马克思、恩格斯,可以说,他们对中国的影响完全渗透到国民的血液中。

像任何东西一样,文化的交流也要平衡才能获得应有的尊重。然而,当代中国的历史,德国对中国的渗入太多太深,大而言之,西方(尤其是美国,倘若有人用美国作同样的试验,恐怕任何一个有中学教育的中国人都能交上满满的一份答卷)对中国的渗入太多太深,中国输出的极为有限。这当然与国力的强弱有关。德国青年对中国知识的了解大抵上是古代多于现代,这是因为古代中国在世界上是一个强大的国家。但近代以来,中国落后了,落后的中国人失去了应有的自信。"外国的月亮都要圆些",出国留学潮涨潮涌,而这些学子对西方的了解更是上了一层高楼。因此,对日瓦兹教授而言,他从中国学生身上也测到了"德国"二字的分量:他一定感到做一个德国人是多么的骄傲啊!

笔者之所以感受不到中国留学生得"满分"的光荣,也正是担心"德国"的"超重"和"中国"的"失重"将成为国民"焦虑"和"不自信"的证据。因此,在我看来,日瓦兹教授究竟测到什么并不重要,重要的是,"中国"二字在中国留学生和整个国民自己心中应有的分量。

爱国的歧途

在新西兰生活期间,我很注意当地人对中国人的看法。

洛尔是我的好朋友,他去过中国多次,能说较流利的普通话,最近他还在怀卡托大学交了一个中国女朋友。

一次在聊天中我问他:"你好像特别喜欢中国?"我以为他一定会脱口而出,说:"那当然。"然而,他迟疑一下,说:"确切地说,我喜欢中国的语言、文化、风俗和结交的一些中国朋友,当然还有很多啦。不过,都不是你们指的那个'中国'。因为我发现你们所指的'中国'加入了太多的虚荣和政治因素的东西了,好像不这样就不'爱国'。"

洛尔并不在乎我的难堪,他坦率地说:"我觉得一些中国人并不真正喜欢或关心中国的事,但他们强烈地维护着'中国'的感情,他们甚至维护中国

橙：一瓢乡愁

国民性格中不好的一面。"

他举例说，几天前，他和女友去车行准备卖掉一辆旧车，女友拿起表格看了看，说回去填写吧。他说为什么不一次弄好呢？女友说，回去好好琢磨一下，看怎样填能少交一点税。他觉得那样做不诚实，因为逃税是一件很丢人的事，所以坚持要如实填报，并试图耐心说服女友："我知道逃税的事在中国很普遍，可是如果我们都少一点算计，多一点诚实，事情就会改变的。"谁知他的话还没说完，女友就很严肃地说："你可不要说咱'中国'的坏话！"

洛尔说，中国人总喜欢自称是文明古国，是礼仪之邦。可他觉得中国人根本不像他们自己说的那样"尊老爱幼，优待外宾"。有一次他在西安公交站等车，他和一位老太太等了两个多小时都没有等上车，每次车一到，人人奋不顾身，他甚至发现一个肚子很挺的孕妇被挤得东倒西歪，勇敢地上了车，车上当然没座位啦。那情境真让人惊心。看来，靠排队上车是不可能的，最后他只好叫了一辆的士，并把老太太送回了家。

老太太很感激，可下车后，她竟意味深长地说："你早就应该打的士嘛。"

洛尔告诉我，当他将这个故事说给一个中国朋友听时，那人很郑重地说："这种事，哪个国家没有？"

还有一次，洛尔跟一个中国学生谈及中国到处是假货和他在中国上当受骗的事，那个学生也很不高兴地说："你可不要给咱中国抹黑呵！"

洛尔感到很奇怪，说："明明是你们自己给'中国'抹黑，怎么会是我呢？"

我很能理解洛尔的奇怪，也很理解中国人那颗敏感而又脆弱的爱国心。其实，洛尔算是一个真正喜欢中国的"老外"。他是一个很随意、很宽和的人，他对一些中国人言行的不理解并不是他的偏激或对中国人的苛求，而是这些貌似爱国实是爱自己的中国人的反理性所致。

不是吗？我发现当地一些中国人有一种残酷的迫害狂心态。比方，美国"九一一"事发当天，怀卡托语言学语的一些中国学生竟然欣喜若狂，令洋人朋友大感意外。不久后，又有一架从法国飞往美国迈阿密的美航飞机差点被装在鞋子里的炸弹炸毁，幸亏乘客和机组人员奋不顾身制服了歹徒。消息传来，大家都捏了一把汗。可也有少数中国学生说："唉，真遗憾，没炸成！"他们居然残酷地希望机毁人亡！当美国世贸中心的死难人数最终确定是在五千左右的时候，竟也有人说："不是原来报道有一万多人的吗？"似乎不多死一点人心里很不痛快。要知道，这些死难者中有2600多人来自六十五个国家，其中据说还有六十六个是中国同胞呢！

这种"自私"和"残酷"心理与其说是"爱国"，毋宁说是"害国"。激进的民族主义并不能拯救一个有着狭隘和偏激情绪的国家的堕落。我真为一些国民的言行感到脸红。我要大声说：朋友，如果你真正想赢得别人的尊重，你首先得尊重他人，从小事做起；如果你真正想爱国，你首先得爱人。因为，大写的"人"比任何堂皇的概念更重要！

营造过年氛围

新西兰不少华人赶在大年三十之前装好卫星电视。我在安装之前跟中华电视网打预约电话时特地强调，一定要在大年三十之前装好，否则我就不装了。每月要出六十多元新币为啥？当然首先是为了看CCTV-4现场直播的春节联欢晚会啦。

卫星电视如期装好，我的心情高兴极了。

十多年来，在我的印象中，每次想起过年，总是具体到春节联欢晚会上。无论别人怎么说东道西，无论节目多么假、大、空、全，反正我是铁杆

橙：一瓢乡愁

观众，雷打不动。我定居国外的头一年，因为家里没装卫星电视，没能及时看到春节联欢晚会，心里总感觉有些失落。后来，中国驻奥克兰领事馆给汉密尔顿中国学生学者联谊会送来了一盘春节联欢晚会的录像带，传来传去，轮到我头上的时候，已经是半年后的事情了。

我常想，洋人过圣诞节，我们总有一种局外人的感觉，怎么也进入不了他们的生活圈；而到了春节，这里的华人毕竟太少，加之新西兰阳光灿烂，风和日丽，一点也没有国内那种寒风凛凛、爆竹声声、人叫马欢的热闹气氛。因此许多华人的日子照旧：该上学的上学，该上班的上班，该打工的打工，还自我安慰说"天天过年"。

可是，一年毕竟只有一个春节，一辈子也就是那么数十个。因此，我的思想特传统，心想，别的时候马虎一点没关系，这个年还是怎么都得想办法过好。

没有氛围可以自己造嘛。

可以说，装卫星电视就是我营造氛围的第一招。

由于新西兰与国内有四个小时的时差，此刻实行夏时制，又往前拨快了一个小时，因此实际相差五个小时。中央电视台春节联欢晚会是晚上八点钟开始，对新西兰来说，就是翌日凌晨一点开始。

旧历年最后一天，我从怀卡托大学回来时，已经是下午四点钟了。我立即给国内年逾古稀的双亲打电话拜个早年，因为到晚上十二点钟再往国内打电话就会十分困难，全世界那么多华人都想赶在那一段时间给亲朋好友打电话，国内的电讯容量毕竟有限。前年三十晚我守在电话机前，拨了一整晚也没法接通。这年我吸取教训，提前打保险一些。

当然，另一个潜在的原因是，晚上我要集中精力看春节联欢晚会。

给双亲打完拜年电话后，我洗了个澡，想痛痛快快地睡一觉，以便晚上能精力充沛地看电视。可躺在床上，怎么也睡不着。听了快两个小时的英语广播后，我觉得春节气氛远远不够，于是从床上爬起来，将朋友的岳父岳母特意从国内带来的春联贴好，又把别人去年送来的红红的"福"字倒贴起来，还将一对自己精心制作的红纸蛇挂在进门的大厅上。

哎，这么一折腾，效果还真出来了。过往的洋人见我的门前红红绿绿的，都好奇地投来一瞥。还有三个老外跑上来，竖着大拇指，连声说："wonderful(妙极了)!"当得知是为了庆贺中国传统的新春佳节时，就十分友好地道一声："Happy New Year (新年快乐)!"

忙完这些后，家里已经是酒肉飘香了。虽然不像国内那样搞得满满的一大桌菜，但精致的海鲜、自制的腊鱼熏肉、自种的新鲜蔬菜和烤鸡更令我胃口大开，尤其还有我平时怎么也舍不得喝的酒鬼酒，让我感觉过年真好。

按照老家的风俗，大年三十要吃猪蹄，说吃了后能多"抓钱"。猪蹄在新西兰十分便宜，我早几天就从超市买回了一大袋，并早早地烧好了，待到看春节晚会节目时再吃。

吃团年饭前，因为当地不准燃放鞭炮。没鞭炮，总感到气氛不足，于是我便放上了一盘鞭炮声十足的磁带。

这磁带是我请一位朋友特地从国内录制带来的。

吃完团年饭，看看离看节目还有四个多小时，我就想先睡一会儿。可是，刚躺上床，电话就响了，原来是一位老乡要来我们家看电视。

我要她晚一点再来。

放下电话没几分钟，电话又响了，是一位远在澳洲的朋友打电话来拜年，说到时候，他也要守在电视机前，没工夫去做其他的事。

我听完就大笑起来。

大约过了半个小时，电话又响了起来。一位大学的同学，要我将春节晚会录下来。我说我的录像机不好用，他就说他带机子、空白录像带来。

放下电话，我胡思乱想，哪里还睡得了觉？不如干脆坐起来，打开电脑，看看有些什么新闻。

橙：一瓢乡愁

结果，一接上中央电视台的网站，跃然出来的竟是春节联欢晚会的节目单！

我喜出望外，立即将它下载下来，打印好。本着"有福共享"的原则，我又将节目单迅速传真给几位装了卫星电视的朋友。巧的是，其中两位也从电脑上下载了这张节目单，正准备打电话问我们要不要。

这么一说，我们的心都热乎乎的。

随后，先前两位打电话来的朋友都开着车来到了我家。晚上十一点多，我们又开始吃夜宵了，而这时间，恰恰是国内大多数同胞吃团年饭的时候。当国内朋友们高高兴兴吃完团年饭时，我们也快快乐乐地吃完了夜宵。

北京时间晚上八点，新西兰时间凌晨一点，我们都不约而同地坐在了电视机前，细细地感受那鞭炮背后的湿漉漉的氛围，正如孙悦和陈晓东演唱的那样："今天真好"！

故乡在我心中

> 故乡在我心中
> 不要把故乡这个高贵的名字
> 给予我们居住的国家；
> 真正的故乡在我们心里，
> 她不会被压迫，也不会被偷走。
>
> ——【斯洛伐克】简·科勒（Jan Kollar）

在北方的黑雨占领的阴暗的天空下，一群粗犷的汉子赤足行走在泥泞的路上。他们走得十分艰难。大片大片油菜花发出蜜蜂般的声音。那些油画的面孔和苦难的场景总是悲哀地深入我的记忆。我无法摆脱那些草垛、凝固的山脉,以及洪水冲走后留下的泡沫。多少回在梦中,在真实的大地上,我努力逃避这一切,我诅咒着天空为什么如此灰暗,命运为什么如此刻薄?我在诅咒中发誓要像逃避瘟疫一样地逃避这块伤痕累累的故土。

终于有一天,我成功走出了这片黄土地,一起走出来的还有我的身份、天空和河流。我像一只挣脱了束缚的鸟,我飞呀飞,可是,才飞了一会儿,我就感到我是多么的孤独。我飞翔的影子被风冲散;我发出的声音被金属的鸟声彻底淹没。没有人与我伴行。没有人为我喝彩。我是我自己的自由,我是我自己的影子,我是我自己的孤独和伤心。

我明白,有一种情结,像血缘一样,与世俱来地刻进了我的心灵。

我清楚地记得,当我拿到新西兰政府颁发给我的留学签证,而去办理相关手续的时候,我是多么的犹疑、多么的忐忑不安。当飞机腾空而起,冲向蓝天的那一刻,一束太阳刀子一般直插下来,我觉得自己的根被拦腰斩断了。从此,我就是一株浮萍,在一片陌生的土地上,在未知的暗涛汹涌的水域,飘荡一辈子。也许一阵小雨就能把我淹没,也许一阵轻风就能把我吹走。

从没有这样,我的脆弱如此触目惊心地暴露在我的眼前。

为了对抗这种脆弱,为了拯救自己,临走的前一天,我特地跑到祖坟上,取了一把故乡湿漉漉的泥土。皱纹历历的父亲说,这一把泥土能保佑你平安;白发苍苍的母亲说,在那个陌生的地方,水土不和的时候,摸一摸这把泥土,你就能吃得了饭、安得了心;而乡里的一位老郎中一脸真诚地告诉我,如果我感冒了、生病了,用这种泥土泡水喝,包我百病尽去。

神奇的故土啊,为何只有此时,我才发觉你的魔力?发觉你的平静像河流一样饱满,发觉你的春天像皮肤一样充满弹性,甚至你的苦难、你的血痂、你一再破裂的伤口,都烙上了时间的印记,听凭风雨的打磨,在我的心灵,总是如此温情地舒展,像跑马一样扬起一阵阵旋风?

橙：一瓢乡愁

在与白皮肤、蓝眼睛们的交往中，我的标识是如此醒目。我不用介绍，人家也能猜出我来自何方。一位当地人对我说，你不用文身，可你的文字、你的声音和你的气质成了你文身的旗帜。

是啊，多少次睡去又醒来，我做着同一个梦。连我的梦都飘着南方的潮湿、农人的汗臭和稻花的芳香。我仍然是那片厚重的土地上放牧过牛羊的农家青年啊！

两年多的洋装，无法改变我乡土的形象。尽管我不得不说着洋话，我的口音却是如此浓重。我的根依然停留在被"斩断"的小巷里。阴雨天的小巷散发着奇特异味，我的根就在那个被"斩断"的地方长出了茂密的森林。

像爱情思念着玫瑰，身在国外，我无时无刻不思念着故乡，无时无刻不思念家里的一对老人。

啊，故乡！你的月亮还是那么圆、那么亮吗？你的牛羊、草垛和井水还是我去时的模样吗？偶尔，你是否还能记起，与你厮守了三十二年的那个瘦瘦的戴着眼镜的小青年？

我知道年迈的双亲望穿秋水地盼我回去，而我又何尝不是如此呢？外国就是外国，无论他们的楼房有多高，我宁愿住在家乡的泥瓦房；无论他们的汽车有多漂亮，我宁愿穿着布鞋，悠悠行走在乡间小道上；无论他们的环境有多优雅，我宁愿躬身于田垄，让烈日、蚊虫、臭汗缠绕着我的手臂。

我知道我迟早是要回去的。在梦里我不知道回去过多少次了。我相信，最后的梦想一定会成真。

黄：鸽哨声声

与总理擦肩而过

仿佛是一个梦，在奥克兰大街上，我与新西兰女总理擦肩而过。

那是一个星期天，一个清风白云、平平淡淡的日子。我从汉密尔顿驱车来到奥克兰，去看望一个已定居新西兰四年的老乡。新西兰的国土面积与日

虹——多棱镜下的新西兰

本和英国差不多大小，而人口却只有三百八十多万人，其中奥克兰就有一百多万人。许是因为对人多声杂的余悸记忆犹新，我对奥克兰这个国际知名的大都市并没有什么特别的好感，因此，我很少到这里来游玩散心。这次因为老乡再三相邀，我不好一拒再拒，加之也想放松一下由于攻克语言"拦路虎"而绷紧的神经，遂松松垮垮地驾车来了。

真没想到，在这里，我与新西兰女总理海伦·克拉克迎面相遇！

我几乎是猝不及防地看见克拉克的。当时大约是下午两点，我与老乡大大咧咧地从超级商场出来，老乡拉着我去广场上喂鸽子。我一抬头，一眼看见克拉克正快步朝我走来。我一下子惊呆了：克拉克依然穿着在电视上常见的那件铁灰色西装，肩上挎着一只简式女包；她的头微微往下低，似乎仍在思考着什么问题。

"你怎么发起呆来啦？"老乡用力捅了我一下。

"我，我没有做梦吧？"我因为激动而有点恍惚起来。

"你中什么邪了？"老乡骇然地看着我。

"看，前面那人是不是总理克拉克？"我悄声对老乡说。

"是她，当然是她啦，"老乡不以为然地说，"我早就认出来了，这有什么大惊小怪的呢？"

"堂堂的国家总理，出门连个保镖都不带？"我几乎不敢相信这是事实。

"要知道今天是星期天，老兄，连上帝都休息呢。"老乡习以为常地说，"保镖也是人，总理也是人，既然是礼拜天，大家都有权利休息嘛。"

其实，老乡的这番道理我并不是不懂，可是想到国内一个小小的县长或别的什么长出门总是前呼后拥、警备森严，我的脑子很难一下子转得过弯来。

这时，我发现克拉克已走到我的身边来了，我很想冲上去向她问声好，或者合个影什么的，但是被老乡狠狠地拉住了。

"别去打扰她，让她在属于自己的时间里过一个平民的生活吧。"老乡轻轻地说。

老乡的话虽轻，但我受到了极大的震动：老乡已是新西兰公民，从他质朴的话里看得出他对操劳国家的总理是多么的敬慕和爱戴啊！

其实，我想去跟克拉克问个好或合个影并不是与她套近乎或用与她的合影去炫耀什么，而是日后写文章的时候有个见证。既然老乡不希望我去打扰克拉克的私人生活，我也只能作罢。因为老乡的劝告是对的：如果我去问个好或合个影，别的人也这么做，那么，克拉克这难得清闲的一天就彻底毁了。

我怀着崇敬的心情注视着克拉克。我发现街上有不少市民也认出了他们的总理，但大伙好像什么事都没有发生一样，依旧悠然自得地散步、遛狗、逗鸟、闲聊，偶尔也有人朝克拉克招招手或点点头，而克拉克也像对待老朋友似的，一一予以回应。

两目相碰，会心一笑。

一切都在不言中。

克拉克刚才是从办公室出来还是从家里出来，这不是我想要知道的。我想要知道的是：她上街来干什么？

很快，我就有了答案：克拉克总理竟是来买面包的！

我目不转睛地看着克拉克快步走到一家面包店。不巧的是，前面已有两个人在站队，克拉克就静静地站在后面。面包店老板一定认得这老主顾，他冲克拉克轻轻一笑，就低头忙他的活去了。

约摸过了五分钟，克拉克终于买到面包。她付了钱，朝店主挥了挥手，转身朝另一个路口走去。

克拉克高大的背影在人群中消失了许久，我依然能够感觉到她的存在。她坚定的步伐和平和的笑容像火一样在人群中闪烁。

我最震惊和得意的不是因为碰上了堂堂国家总理，而是因为一个国家的总理能够正正当当地过上平民生活。

这，难道没有一些值得国人深思的地方吗？

当特约演员的总理

复活节期间，朋友们拉我去南岛玩，就兴冲冲地去了。

一天，我们在距基督城不远的一个非常出名的小镇玩，突然撞见了新西兰总理海伦·克拉克正与一帮摄制人员在忙忙碌碌。

我问朋友："那不是克拉克总理吗？"

朋友点点头说："是的。"

我说："真有意思，去年在奥克兰我撞见总理自个儿去买面包，今年在这里又碰见了她。这里的总理也太平常了一点吧。"

朋友说："这有什么奇怪的？总理又不是'珍稀动物'。她跟我们一样，该吃饭的时候吃饭，该休息的时候休息。"

我说："此话不对。比方，我们此刻在这里玩，我不相信总理此刻跟一大帮摄制组人员在一起也是玩。"

朋友怔了怔，说："这倒也是。"但一会儿，他又说："不过，她拿的年薪比我们高得多，辛苦一点也是应该的。"

我说："总理跟他们在干什么？她要当演员？"

朋友说："我听一个在奥克兰一家旅游公司工作的老乡说，克拉克要给一部旅游系列纪录片当特约演员，大约指的就是这个吧。"

我知道，新西兰有"白云升起的地方"的美称，作为一个旅游国家，这里的历届政府都不大重视发展重工业，说是怕污染和破坏生态环境。可

黄：鸽哨声声

是，在后工业社会和全球化浪潮的冲击下，新西兰这个岛国像一个坚守贞操的女人，越来越感到生存的艰难，经济状况前景堪忧。连一向悠闲惯了的国民都感到"狼来了"的威胁和恐惧，作为一国总理，岂有不急之理？

想到这里，我觉得我理解了克拉克为一部纪录片当特约演员、为这个国家做宣传的重大意义。不过，我心存疑惑：堂堂一国总理当特约演员，出场费该是多少？

我明明知道这可能是一个隐私问题，还是忍不住问了出来。

朋友哈哈大笑："出场费？从没听说过。你把克拉克看成什么人啦？"

我固执地说："可她毕竟也是人。"

朋友止住笑，很严肃地说："那么，我可以认真地告诉你：总理的出场费是零！"

见我一副不相信的样子，就说："你若是不信，觉得直接去问克拉克感到有点唐突，待一会儿你可以直接问摄制组的工作人员。"

我面呈难色。朋友叹了一口气，摇摇头，说："兄弟，咱不是说你无知，可我知道这里的制度。要是克拉克胆敢收取哪怕是一分钱的出场费，我可以给你担保：她什么时候收钱，什么时候立马下台！"

我一时失语，十分震惊，真不知道说什么好。摄制组人员在距我们二百米以外的地方，正紧张地拍摄着，周围没有一辆警车。我看见克拉克总理被导演大声嚷着："不行，总理，你的笑容太严肃；再来一遍！"或者被另一个声音喊住："对不起，总理，你的脸太靠近那棵古树了，遮住了光线，请往左边挪一挪。"可摄影师的声音又喊起来："啊，总理，你看，太阳出来了，天更蓝了，白云也更纯粹了。我们是不是再拍一遍？对了，还有山下那一片蔚蓝色的大海呢……"

导演接过话茬："对极了，还有大海上的那些低飞的白鸽子！"

克拉克就这样被指挥着，"演出着"，可她一点也不烦躁，总是积极配合需要，而且每次拍完一个镜头，她都不忘问一句："你们觉得刚才的效果是最理想的吗？"

我的心在怦怦地跳，我的手心也捏出了汗。我从没有近距离地看到过镜头的拍摄，我看到的电影、电视都是通过一审再审、剪辑之后的成品。我真幸运，在南太平洋的岛屿上，我不仅看到了这里的摄制人员那一丝不苟的工作作风，而且还看到了原生态的新西兰总理，她像一个虚心的、刚刚"触电"的实习演员，有点儿紧张，又有点儿兴奋，当然，更多的可能是内心对未来的美好憧憬。

朋友大约也感觉到了，自言自语地说："总理利用复活节的假期，分文不取地辛勤拍片，真难得。光凭这一点，明年大选时，我还要投她一票！"

休假回来，我原以为新西兰媒体都会就此事大张旗鼓地歌颂克拉克总理，可是，令我大吃一惊的是，我几乎没有找到有关这一方面的任何消息。

大约过了十多天，我终于在当地一家华文小报纸看到了一则短短的百字简讯，全文如下：

（本报讯）4月6日，总理海伦·克拉克为旅游系列纪录片——新西兰专辑开镜。作为这一专辑的特约演员，海伦·克拉克与影片摄制组的工作人员在许多她所钟情的旅游胜地共同拍摄了五天。新西兰旅游公司为此片投入资金二十五万元新币。预计该片将有二亿家庭成员在世界各地观看。总理海伦·克拉克说："该片将给新西兰旅游业带来不可估价的宣传效果。"

总理代人受过

大年初一那天，太阳出来暖洋洋，天气好得让人嫉妒。朋友们约我上科罗曼多的金色海滩去"洗太阳"，说忙碌了一年，去那里痛快一洗，把所有脏的、坏的、晦气的东西全洗掉，以便在新的一年里轻轻松松地大干一场。

黄：鸽哨声声

我笑着回绝了，说，要"洗太阳"在家门口就可以洗，何必一定要跑那么远呢。况且这儿的太阳看似清新细嫩，实则老辣得很，一不小心，就会让你"洗"掉一层皮来。

其实心里想的却是，去那儿，要开四五个小时的车，人累得贼死，哪有呆在家里懒洋洋地看电视好？

后来的事实证明，我的决策是英明的。那些朋友说是"洗太阳"，实际上是被太阳"洗"得他们黑不拉叽的，特别是一位白白净净的爱美的小姐，这一"洗"，归来时就成了当年回城的"女知青"，虽说吃了不少鲜螃蟹，终是感觉得不偿失。

尤其重要的是，他们忘了看电视，没能亲眼看到新西兰总理在为这里的华人拜年时，郑重其事地向早年在这里受到歧视和排挤的华人先辈们表示真诚的道歉。

我看到了这一幕，看到了海伦·克拉克脸色凝重、十分庄重地代表新西兰政府向这里的华人"道歉"，她十分清晰地用上了"apologize"而不是用"sorry"，反映了她忏悔之真诚，因为前者是非常正式的、只能用在庄重场合上的书面语；后者却是随意的，甚至是敷衍式的大众化口语。比方，西方人一般有身体"禁忌"之习惯，在大街上，你不小心碰上了一个人的身体，你还来不及说"对不起"的时候，对方反而先说了"sorry"。严格地说，这并不是一种认真的"道歉"，而类似"没关系"式的搪塞。

正因为此，有鉴于曾搅得沸沸扬扬的美国飞机闯入中国领空，而美国政府却只是应付式地向中国人民说了一声"sorry"，相比之下，我感到新西兰总理真伟大。

更重要的事实还在于，克拉克是代人受过。

需要交代的背景是：二十世纪初期，一些广东或福建的渔民驾着小舟，历尽千辛万苦，来到了这块土地上"淘金"。这是新西兰最早落户的华人，他们在这里受到了当地人的大力排挤和歧视，当时的新西兰政府不但要他们交特别的人头税，而且还不允许他们办理移民。

换言之，他们只能当"无根"的"打工仔"，干着最苦、最脏、最重的体力活。他们不会英语，过着十分封闭的、清教徒式的生活。实际上，他们并不想在这里扎下根来，只想多挣一点钱快快回去，以便建房娶亲，颐养天年。这些最早的华人的生存能力令新西兰人十分惊讶，他们在当地人淘过的、以为不再有金子的废弃的河床上淘金，居然大有收获。慢慢地，当地人对他们的成见有了改变，可以说，他们靠自己的耐力、毅力和不折不挠的精神感动了新西兰政府，也赢得了当地人的同情、理解和尊重。他们不再上交人头税，也不再上交比一般公民高几倍的商业所得税。新西兰政府还修改议案，接受了他们的移民，他们也慢慢地将家人和亲人一拨一拨地移了过来。

从上述简单的背景里可以了解到，新西兰政府对最早一批华人的排挤和歧视早已进入历史封盖的尘土，但是多年来，华人社区一直有人要求政府对此给个"说法"。金斯伯克执政期间甚至在这之前，新西兰政府就听到了民众"伤痛"的呼声；克拉克的前任金妮·谢普莉里政府也收到了华人议员递请的提案，但"道歉"之说一拖再拖。

现在，克拉克总理终于打破"沉默"，利用中国新年传统佳节之际，她在参加华人社区的集会上异常庄重和真诚地向华人作出了"道歉"，并且承诺，新西兰现政府将对当事人的后裔作出应有的赔偿。

这，怎能不让作为华人一员的我感到欢欣鼓舞呢？

不错，克拉克也可以种种理由推诿，诸如"此事不发生在我任期内"或"此事历史上已经有了说法"之类的陈词滥调来搪塞。因为克拉克深深地知道：搪塞只能拖延一时，而不能拖延一代又一代。而且，时间越长，背负越多，既然认识到错误，为什么不能承认呢？因此，她不愿逃避现实，而是勇敢地承担起历史可贵的责任。这责任于克拉克来说，不仅仅是情感上的，更是良心和道义上的；而对那些长眠地下者来说，尤其具有实质性意义，是对他们早年流血流汗、开拓进取的充分肯定，是给不宁的灵魂以最大的安慰。

克拉克公开向华人作出了真诚的"道歉"，对她个人而言，非但无损于她高贵的人格，反而赢得了全体华人的尊敬和拥戴；对新西兰政府来说，其国际形象也因为能正视自己的错误而变得更加高大挺拔！

海伦·克拉克"道歉"的行为已过去数月，可她的镜头深深植入了我的灵魂，抹都抹不去。我在当天的日记上重重地记下了这么一行：历史翻开了崭新的一页……

总理道歉

最近一个多星期，新西兰全国各大媒体都在大肆报道总理海伦·克拉克因个人"行为过失"而严肃"道歉"的事。

我发现电台、电视台的"铁嘴"主持人和各个媒体的"挑刺"记者对堂堂国家总理一点都不讲情面，有些用词用语，我甚至都感到有些过分。

跟当地人闲聊时，他们却颇不以为然，认为克拉克的行为"太离谱"。

那么，究竟是什么样的大事让新西兰人对自己心爱的总理大加弹劾呢？

原来，三年前，在一次为慈善机构募捐的活动中，当时还是"反对党"领袖的海伦·克拉克在一幅小小的油画上签下了自己的大名。她当时大约没有想得太多，只是想到既然自己还不是很有权力的名字能让这幅小小的、普通的油画增值，签个名算得了什么呢？

我觉得她当时一定是这么想的，因为，她在同一幅油画的背面竟接连题签了"海伦·克拉克"两次。

中国人一定想象不到，现在大批特批克拉克总理并让她在电视上公开作出"道歉"的竟就是这么一件小事。

虹——多棱镜下的新西兰

在没有认真了解到这件事情以前，我看到克拉克总理一脸不幸地在电视上"apologize"（道歉），便以中国人特有的思维想：这克拉克一定拿了人家一笔大大的签名费。虽然当时她还不是总理，谈不上有如雷贯耳之盛名，但"在野党"头目的身份也够沉甸甸的了。我想起在中国，不用说是堂堂国家的政府总理，就是一般高级一点的干部或所谓名人的"题名""题字"或"题词"费就高得吓人（我的出生地湘南某县的一个"七品"都够不上的局长每年还总能收到一些企业恳请的"墨宝费"呢），一些单位还变着法儿让有"恩"于己的领导或关键"衙门"的"老爷"肥赚一摞所谓的"润笔"费，这样贿赂起人家来，让受贿者将"红包"笑纳得心安理得，谓之"辛苦费"或"血汗钱"。君不见多少大厦或城市标志性建筑上那些歪歪扭扭的"大手笔"不都是这种"血汗钱"浸泡出来的吗？

然而，当我了解事情的真相后，我为自己的想法感到"羞耻"！

不错，海伦·克拉克题名后，那副小小的、普通的油画身价倍增，最后竟以两千元新币被一阔佬买去。有人开玩笑说，克拉克当时的名字值一千元。可是，克拉克本人没有收取一分钱的"签名费"，这些钱当天就被慈善机构悉数拿去。

那么，当了总理后、民众支持率一直很高的海伦·克拉克为什么在此事上要严肃认真地向公众"道歉"呢？

关键的问题是"签名权"。

在新西兰这个法制十分健全的国家里，油画像书籍一样，作为一种精神产品，只有作者本人有权在作品上签下自己的大名，否则就是侵权，是欺骗，是不诚实的行为，哪怕是善意的。一如克拉克为慈善机构作奉献，都不允许。在这儿，评价一个人的头一条就是看你是不是诚实，如果你不诚实，那么，无论你有多高的智慧、多深的学问、多富的财产，对不起，一票否决：你在这儿不受欢迎。

现在,"总理油画事件"随着海伦·克拉克的认真"道歉"而渐渐平息下来,可这件事,对我心灵的冲击很大。我觉得这儿的总理真不好当,每年,她总要有那么几起在电视上公开"道歉"的事发生。总理有没有"心理包袱"我不清楚,反正当地人对此早已司空见惯。在他们的意识里,总理不是中国人爱称的什么"大家长",他们说总理是他们的"大管家"。既然是"管家",出了问题,当然就得向大家赔礼道歉。她做错了,道了歉,仍是"好管家",大家仍然"拥戴"她,反之,她尽早走人。

有一次,我对邻居老大妈说,在新西兰当官真没啥"油水"。老大妈看了我一眼,不紧不慢地说:"先生,我可以骄傲地告诉你:我二十年如一日,在市政府调查室作义工,天天吃自己的饭,开自己的车,除了我接触的人知道有这么一个老婆子外,人家连我的名字都不知道呢。我有'油水'吗?可是,我工作者,快乐着,"老大妈最后一挥手,意味深长地说,"值啊!"

老大妈那高高举起的手,像一面旗,在我的心中久久地飘扬。

警察与猫

伊莎贝尔又不见了。这只调皮的猫,我原以为它躲在什么地方跟我捉迷藏,过一会儿就会自动冒出来。没料到,一整天我都没有见到它。这可不常见,我急了起来,四处找,没找到。

突然一声猫叫从屋后的栗树传来,我跑出去一看,伊莎贝尔竟然爬在树上!它仍然在跟我捉迷藏。不过,这回把事情闹大了:它在树上下不来了。

"有困难找警察。"我头脑里本能地作出这种反应。

片警接到我的电话,不到五分钟就赶到了。片警是个大胖子,他比我显得更焦急。我说我到树上去把猫捉下来。片警说,这是他的责任。说完就尝试着去攀树。

可是,他庞大的身体很不胜任这项工作。

我说，还是让我试试吧。见片警有点发窘，我就准备爬树。

但在我攀爬前，我对片警说了一句：万一伊莎贝尔受到惊吓而从树上摔下来，可不是我虐待它。你要替我作个见证。因为新西兰的《动物保护法》执行得很严，谁家的猫狗受了伤，一旦有人举报，处罚很重。

正因为此，片警一听，马上制止我的行动。他让我帮他一个忙，说只守在树下，什么也不要动，五分钟就够了。

说完开着车子匆匆走了。

果真很快就返了回来。片警带来四块厚厚的垫子，认真地铺在栗树周围。然后，他坚持自己去爬树。

他说，他有足够的经验让伊莎贝尔安全回到我的身边。

尽管有些笨拙，他却真的爬上了栗树，并通过"对话"让伊莎贝尔相信了他。片警小心翼翼地抱着猫，慢慢地往下移。快接近地面的时候，调皮的小猫突然窜出片警的手，跃下地面，跑到我的身边。就在这一刹那，片警心一急，伸手去抓，结果重重地摔在地上。

好在地面铺了垫子。片警汗渍渍地从地上爬起来，看见伊莎贝尔在我身边亲热，他松了一口气。

我握着胖子片警的手，说："对不起，让你受到了惊吓。"

他摇摇头，说："我的技术还不到家，谢谢你的宽容。"

片警走了，小猫也走了，我站在栗树下，将片警最后的话回味了许久。

市长请客

"亚洲文化艺术节"在新西兰的汉密尔顿市开幕，包括中国、泰国、日本等十五个国家的代表团参加了这一盛会。国人一定不敢相信，这么一个大会，居然不卖一张门票，演出的场地就在市政府前的草地上，所有的工作人员都是热心的志愿者。

黄：鸽哨声声

我是其中的一个，主要是跑跑联络、清理场地、维持秩序，等等。原来主要是被作为翻译安排的，事实上，每个团都有自己带来的翻译，所以，我们这些志愿者被临时派作其他用途。不过，由于中国的代表团比较大，主要有陕西威风锣鼓队、小香玉艺术团和湖南的皮影戏团等，这么多人，他们一个翻译显然不够，所以，我便抽空给他们做些了"沟通"的工作。

开幕式后，各个国家的演职人员将在新西兰全国巡回演出，因此，他们实际上在汉密尔顿只有一天的时间。

那真是极其紧张的一天。

开幕式前，按照惯例，先要在全市举行游行。警车开道，各个国家的代表团自成一队，依次行进。汉密尔顿当地各大公司、机关和大专院校也组织了花样别出的游行。从上午八点半开始，一个多小时后，全部人员都集中到了市政府大门前的草地上看开幕式的演出。

首先照例有几个人讲话，如新西兰的文化部长等。作为"地主"的汉密尔顿市长弥尔登先生，本来是要说几句话的，可是，轮到他讲话的时候，他竟不见影子。

没有等他，演出如期进行。

大约过了一刻钟，弥尔登先生大汗淋漓地赶了来。工作人员凑上去，问他还说不说几句，他连忙摇摇头，像一个做错了事的孩子，满脸通红地说了一连串的"对不起"。

工作人员又劝他上主席台就坐，他也连忙制止，并小声说："别影响了人家的演出。"

就这样，弥尔登市长就跟普通市民一样，盘腿坐在前台不远的草地的一角，认真地欣赏着台上的演出。

一台节目过后，文化部长等几个要员借口有事，离开了现场。弥尔登先生也没有上去跟他们打招呼，好像忙完了组织工作后，他就不再是市长，而成地地道道的"观众"了。

因为是流水式的演出,就是说,观众可以挑选自己喜爱的节目看。他们可以拍照,可以聊天,也可以到处走动,甚至可以回去吃中饭,吃完饭再来,反正演出是不断地进行。

事实上,街道两旁的餐馆生意真是好得很。有两家小餐馆还将桌子摆出了店门,还有临时小贩搞起了烧烤,生意也是好得很。

人们一边吃喝,一边观看节目,评头品足,悠闲自得。

没有人去跟市长套近乎。弥尔登先生也没有一点中国人心目中的"市长气派",他坐在那里看节目,规矩得像个小老头。

中午的时候,演出暂时结束,有一个半小时的吃饭休息,下午再接着演出。

这时,弥尔登先生走到台前,对主持人说,对不起,他来迟了。因为头天晚上忙得太厉害了,到早上三点多钟才睡觉,结果睡过了头。

具体负责场地指挥兼导演的女士开玩笑说:"你迟到一刻钟,急坏了我们,怎么补偿我们呀?"

市长说:"我请你们请中饭吧。"

大伙一听乐了,连声说:"行啊!市长请客,多牛啊!"

弥尔登先生果真带着女指挥、主持人和我们这些志愿者共十三人,高高兴兴地往场外走去。

我边走边想:好啊,今天倒要看看我们的市长是怎样请我们吃中饭。同去的另外两个中国朋友还商量该将刀子磨利一点,点菜时不怕贵,狠狠地宰他一把,反正市长难得请一回客,不宰白不宰。

然而,大出我们的意料,弥尔登先生竟带着我们走进了麦当劳快餐店。

同去的洋人倒没觉得什么,照样谈笑风生,而我们几个中国人却有点儿傻眼了。

弥尔登先生待我们全部走进去后，他才同服务员说："今天是我请客，将好吃的东西全摆出来。"

服务员小姐笑嘻嘻地说："好啊，难得你这么豪情一回。"

另一个服务员却说："市长，我们店里的东西全摆着卖的，从来不隐藏什么，想吃什么你们自己挑吧。"

弥尔登先生点点头，说了声："女士优先吧。"

大家就真的点了自己爱吃的。不过，怎么点，也是大同小异，无外乎鸡腿、三明治、喜普司、鱼块和果汁之类。

结果，我点了七块钱标准的"麦当劳"，吃得满嘴流油。

吃完后，女指挥将信将疑地对弥尔登先生说："你真的替我们付钱？"

弥尔登先生自豪地说："那当然。"说着就走到服务员那里，用自己的信用卡付了账。

走出麦当劳快餐店，一股热浪扑面而来。女指挥和主持人不再管市长，只顾催着我们快跑："下一个节目是你们中国的威风锣鼓呢，你们快去给他们加油吧。"

我仿佛听到了锣鼓激昂的响声从很远很远的地方传来……

信　赖

新西兰人从不设防，他们几乎相信你说的任何一句话。在这种互相信赖的国度里生活，我感觉到人与人之间的关系就像童话一样单纯和美好。

国人也许不信，我给大家说一件小事吧。

春上的一天，我跟一名中国朋友开车去罗托罗瓦风景区玩，没料到，朋友的车子中途抛锚，开不动了。我一看就急了，朋友却不慌不忙，说，没事，找AA的人来拖车。

虹——多棱镜下的新西兰

所谓AA，其实是一家汽车服务公司，在新西兰没有谁不知道这家公司的。我们的车子都是这家公司的会员，公司有责任和义务为我们的车子提供免费服务，其中包括拖车一项。

可是，当时我们都没有带手提电话，怎样跟AA联系呢？

朋友说，甭急，车到山前必有路嘛。

原来，他看到路旁不远的地方有一家商店。

我们便直奔商店，希望借店里的电话用用。

店主是个五十开外的欧洲人，他一见我们来就十分客气地问："先生，我能为你们帮忙吗？"

朋友点点头，说："我的车子坏了，要借你的电话给AA打个电话。"

"找AA？"店主连忙说，"前面不远就是他们的一个服务站。"

见我们犹疑地站着，店主又立即说："这样吧，你们替我看着这个店，我去服务站给你们叫人来，怎么样？"

"这样最好不过。"朋友说。

店主二话不说，把整个店子交给了我们。他迈开双腿，直奔AA而去。

我的眼睛瞪得老大：天啦，这欧洲佬怎么不怕我们把他的店子都搬走吗？

朋友仿佛看出了我的心思，说："你瞧，店子抽屉里的现金还不少呢，店里的货物也很值钱。可是，你会动它一下吗？"

朋友说得很轻巧，我的心却震动很大：是啊，他是那么信赖我们，贴心帮助我们，我们能忍心动他店里的一丝一毫吗？

不一会，店主气喘吁吁地跑了回来，说："行了，AA的车子马上就会开过来。"

果然不到一分钟，AA的车子开了过来。店主说："谢谢你们。"

我的心又是一震：这话应该是我们说的才对呀！

在回家的路上，朋友淡淡地说："这里的人都是这样，你千万不要因为人家帮了你就过意不去。人家反过来说谢谢你，是因为他从帮助你这一行为里得到了快乐和满足。况且，说不定什么时候他也需要你的帮助嘛！"

是啊，大家都相互信赖，相互帮助，这世界怎能不美丽呢！

有彩的感谢

当艾丽斯纳从警察手中接过被"绑匪"抱走的儿子贝贝时，八天来，我头一回看到她在摄像机前热泪如注。

一岁半的儿子贝贝在母亲怀里露出甜蜜的笑，他压根儿不知道，这些天他成了全新西兰人关注的焦点。

小家伙的手尖触及妈妈的脸孔，让暖暖的泪水润湿了。

我发现艾丽斯纳的泪水比她宁静的微笑更动人。

八天前，艾丽斯纳带着贝贝在奥克兰一家公园玩。当她去公园旁的河边取个什么东西转来时，车上的小贝贝不见了。

四处寻找、喊叫，可是，小贝贝有如断线的风筝，让艾丽斯纳的手空空荡荡。

如遭惊雷，艾丽斯纳完全吓呆了。

但很快就镇定下来，艾丽斯纳报了警。

回到家，艾丽斯纳接到了"绑匪"的电话："赶快拿一百万来，不准报警，否则小孩的命就没了。"

绑架一个一岁半的小孩，勒索一百万！这在新西兰历史上都是罕见的恶性案件。

一石激起千层浪。全国的电话、信件和传真等如雪花般涌向国会、议会，涌向电台、电视台和报界。

第一天过去了，警察忙得团团转，电话铃响个不停，可是毫无线索。

艾丽斯纳在电视上接受采访，讲述事件经过。

令我大惑不解的是，她居然十分平静，脸上还露着淡淡的笑容。

比较那些焦灼的警察和关心小贝贝的市民，艾丽斯纳的表情在我看来有点儿"残酷"，心想，这也太缺乏"母爱"了。

第二天又过去了。负责此案的高级警察马克胖子心情十分沉重地说，随着时间的推移，小贝贝生还的希望越来越小，但他们在没有发现尸体之前，绝不放弃自己的努力。

艾丽斯纳又平静地出现在电视上，脸上仍然是淡淡的笑容。她只是说，请"带走"她孩子的人不要伤害她的孩子。她没有用"绑架"二字。她还请求市民帮助她寻找小贝贝。

第四天后，马克胖子在电视上说，小贝贝生还的希望十分渺茫，但他们仍在作最后的努力。

因为每天的电视都跟踪报道了这条新闻，"绑匪"一定天天在看新闻，因此，打完第一个勒索电话后，便再也没有与艾丽斯纳联系。

我一直没有看到孩子的父亲露面，心想，这小贝贝一定是个私生子。因此，艾丽斯纳对小贝贝有点"冷漠"和"无所谓"便在情理之中了。

我觉得自己的推测很对，因为哪怕马克胖子宣称小贝贝生还的希望渺茫，她仍然是那副宁静的淡淡的笑容。按照我在国内当记者的经验，受害人的家属此时一定是披头散发、声嘶力竭、觅死觅活，哪有像艾丽斯纳这样"轻松"的！

接下来的两天，我对这条新闻不再感兴趣，心想，小家伙早就被人家"撕了绑票"，警察的努力也是白搭。

可是第七天，峰回路转。打开电视的晚间新闻，头一条就是"小贝贝还活着"！

黄：鸽哨声声

果真到了第八天，"绑匪"实在"忍"不住了，交出了小贝贝，自己也到警察局投案自首。

作案者竟是一名男青年！

当记者采访他为什么过了八天又将小孩送了回来时，他蒙着自己的头，低声说，他从没有带过小孩，小家伙哭闹时，他几次想动手杀死他，可是，他一看到电视上艾丽斯纳那宁静的、淡淡的笑容就觉得有一股巨大的强力将他从"罪恶"的身边拖开。他感谢艾丽斯纳没有叫他"绑匪"，尽管他知道自己做了什么。

马克胖子也在电视上露了面。记者一见面就开玩笑说，胖子，你这回可扎扎实实减了肥。

马克胖子的嘴笑得像切开的西红柿，他答道，是的。他说，直到小贝贝抱到他的手上，他压在胸口上的那块石头才算彻底落了下来。百年难遇的一个案件，压力太大了啊。

我以为此时记者一定会采访警察局局长等领导是如何重视、亲自指挥、制订详细的破案方略等典型的中国式的报道。可是，在这里，领导的镜头一个也没有。

接下来，我觉得自己被一个又一个小小的细节所感动。

记者问马克胖子，在破案过程中，你有什么感受？

马克胖子竟突然有点羞涩起来，他的声音也温柔而低沉下来。他说："我感受最深的就是这是一个小小的生命，就像我的孩子，因为将来的某天，我也会有孩子的。"

记者又问，你有什么感谢的话要说的吗？

马克胖子很动情地说："是的，我要感谢艾丽斯纳和她的家人。艾丽斯纳宁静的、淡淡的笑容，增加了我的自信。她不喊，不闹，这就是对我们最大的支持。其实我也知道，她把滚烫的情感深深地埋了起来。"

至此我才恍然大悟，并为自己对艾丽斯纳浅薄的"误解"感到内疚。

这时，记者采访了艾丽斯纳一家。我看到了她的先生。他是一个生意人，小贝贝出事后，他哪里也没去，只是在自己房间里读《圣经》，并不停地祈祷。记者问他此时此刻有什么话要说，他只轻轻地说了一句话，他相信上帝会保护每一个热爱他的人。

记者请艾丽斯纳也说几句，让我大吃一惊是，她说，她要感谢那个"带走"贝贝的男青年，小孩安然无恙地回来，这很不容易。小家伙不好带，他一定费了不少心思。

最后，艾丽斯纳没忘补上一句，当然，警察也是好样儿的，谢谢啦。

记者开玩笑说："就不谢谢我们？"

艾丽斯纳甜甜一笑："哦，如果你认为必要的话。"

从总统到平民

2001年1月20日，克林顿的任期到了，这一天，是他的卸任日。

21日是克林顿卸任后的第一天。我很感兴趣，从总统到平民这种强烈反差，他是如何适应的？因此，我待在新西兰汉密尔顿租住的屋子里，密切关注有关克林顿平民生活的全方位报道。

克林顿是在纽约的新家里度过八年来第一个普通老百姓的日子的。

当天，纽约下起了雪。人们都想看一看究竟克林顿一家谁来扫雪，他家那条曾经是"美国第一狗"的巴迪谁来遛它？

有意思的是，克林顿起得很晚，没有看报纸，也没有看电视，而是直接奔向了饭厅，吃早饭。

吃完早饭，克林顿开门去清扫门前的积雪。他扫得是那么仔细，那么认真，俨然一名专职清洁工。

黄：鸽哨声声

扫完了雪，然后又开始喂他的"宝贝狗"，他甚至轻松地哼起了一曲无名小调。

然后，他以一条淡色的牛仔裤和一件淡黄色的羊毛衫在公众场合亮相，由保镖开车送到附近的一个熟食店去采购。

当地的人们似乎很喜欢这位新邻居，他们热情地和他打招呼，有的人甚至还打出标语，要求他再连任两届。

克林顿对此非常高兴，他走下车来与热情的人们攀谈、握手、合影、签名，并且还逗小孩子玩，仿佛又回到了当年当总统时风光无限的感觉。

他对在场采访的记者说："当你下台后还有人想让你继续留任，这种感觉真好！"

克林顿还说，他感到很累，想多睡一会儿懒觉。他下周将好好计划一下以后的事情。他称目前有写书的打算。

当天，克林顿的老婆、美国新任参议员希拉里在家中收拾屋子。她于22日到华盛顿参加国会议会。

克林顿的爱女切尔西因为失恋，心情忧郁，不愿见人。

从总统到平民，在克林顿看来，就像日出日落的太阳一样，是再自然不过的事了。他早有心理准备。

众所周知，克林顿在位期间，经历过桃色新闻和种种风波，正如1999年中国春节联欢晚会甚至流传一句顺口溜："苦不苦，想想人家萨达姆；顺不顺，看看人家克林顿。"克林顿屡经磨难由此可见一斑，但此公生性豁达，对事业兢兢业业，八年来，美国经济持续增长，并不是某某人的运气或所谓经济的潮起潮落的结果，而是以克林顿为首的当权派与全国人民一起奋斗的结果。

克林顿功不可没。

让人喝彩的是，此公在卸任前，就已请人制作了一卷私人生活的录影带。录影带里的克林顿还原为一个最普通、最本色的平民。他自己端着水管洗车，在花园里栽花、剪草，在厨房里为老婆、孩子烧饭，展现的是一个远离权力宝座后的美国中产阶级男人的平凡生活。很难想象录影带里的这个人就是那个乘坐空军一号专机、运载几货柜的刀叉与衣服、大批要员伴随外访以及防弹玻璃豪华房车开道的那个克林顿。

克林顿还没有下台，就先拍了一套有喜剧风味的录影短片，主题是嘲讽权力。权力来如风，去如电，一个人坐上权力宝座的魔椅，像当了神仙，上了瘾就不肯下来。克林顿的短片，虽然在自嘲，其实也在间接地自我褒扬，向全世界人显示：一个曾经掌握导弹密码按钮、可以在一瞬间令地球化为一团核子蕈云的主宰者，可以舍得放手，离开那个藏有密码的公事包，转而在家侍弄家人。

想到国内不少官员退休后还要坚持"发挥余热"，又是兼职，又当顾问，仍然到处插手，不遗余力地施加影响力，舍不得从办公室搬出来，对权力恋恋不舍，甚至一些人得了退休狂躁症，这也不舒服，那也不顺眼，在家发牢骚，出门遭人嫌，既可悲，又可怜……再看看克林顿的退休生活，难道他不值得国内的公仆们学习吗？

威廉王子洗马桶

在新西兰留学的时候，有一天，我突然从电视上看到一则消息，是关于英国王室威廉王子去一个穷地方做义工的事。

事情说起来其实很简单，威廉王子自愿参加了一个由十六人组成的"志愿者行动小分队"。他们去一个穷山僻壤的地方，为当地人盖房子，给小孩上课，等等，颇有点像国内流行的"扶贫队"。

就这么简单。

可是，当我看到电视里的镜头，听了威廉王子的谈话后，我觉得这小子

黄：鸽哨声声

还真不简单。

威廉王子虽是查尔斯王子与戴安娜的长子，年方十八，一表人才，可他干起活来毫不含糊。挑水、砍柴、做饭，都抢着做。数十公斤重的长木梁，人家一次扛一根，他硬要试着扛两根，将嫩嫩的脸憋得通红，汗流浃背也毫不在乎。他自己洗衣服，自己做饭，能干得像一个没娘的孩子。

这小子最不简单的是洗马桶。结着黑色污垢的马桶散发着一股恶臭，可威廉这小子居然认认真真地刷洗着，不但没有抱怨的表情，而且露出一脸的幸福，颇有一股"党叫干啥就干啥"的光荣劲儿。当电视记者问他有什么感想时，小威说："It is very nice experience. (这是很好的经历。)"

人生在世，"经历"二字十分重要。每个人一生都只能有一次生命。因此，许多人为了丰富自己的人生，千方百计把自己投身于社会，投身于人类美好的未来。小威作为王子，他本来不会有洗马桶的经历，可他通过自己的努力，不但争来了，而且做好了。他有王子的桂冠，却并没有让这顶高贵的桂冠成为他与平民打成一片的绊脚石。他有王子的身份，却得到了平民的幸福。

在电视上，我看到小威自己装着满满的一碗饭，一屁股坐在地板上，坐在浑身散发着泥味、汗味、臭味的大人小孩中间，很坦然，很惬意。

是的，他其实坐在了厚厚的、洒满了汗水(包括他自己洒下的)的黑色土地上。他一定忘记了自己的身份，他一定饿了，因此，他吃得一点不斯文，一点不装腔作势。他因为忘记了自己的身份而得到了自由。他因为真正饿了而尝到了普通人生活的快乐。

人们也并没有因为他是王子就特别地"关照"他，要说"关照"，那是另样的一种。

比方，那么多人可以洗马桶，可队长偏偏把这项光荣的任务交给了他。

小威不但不记恨队长，反而觉得人家信任他、看得起他，他因此干得特别来劲，用洗涤剂刷了，用除臭净喷了，用清水冲了，还要用手去摸洗，用指甲剔去任何一个可疑的小斑点。

总之，小威干得任劳任怨，一丝不苟。

仅此一点，我就觉得小威真不简单！

装满信赖的葡萄酒

刚来新西兰的那会儿，因为心急，在二手市场花八十块钱买了一个冰箱。将就用了两个月，觉得这冰箱冷藏效果不好，加之有点杂音，耗电量也大，就想着将它卖掉，另外再买一个。

因为买一个新的冰箱要花一两千新币甚至更多的钱，我觉得没有必要。只要好用，买一个二手的、质量好一点的冰箱也不错。

由于不是很急，我懒得出去跑，就写了一个小广告，将自己对冰箱的大小、款式和三百元左右的承受价格都写上了，用传真的方式发给了免费刊登这类商品信息的《路特报》。

广告登出后的当天晚上，我就接到一个当地人打来的电话，说他家有一个冰箱，用了不到四年，大小、款式和价格都符合我的要求，他想卖掉，问我是不是感兴趣。我问他住在什么地方，他说在剑桥镇。我一听这地方，有点犹豫了，因为那是距我们住的汉密尔顿市有三十多公里的路程。但我又知道，只用了四年的冰箱买的时候花了一千二百多，现在卖给我才三百块钱，实在很划算。在新西兰久了，对洋人说的话从来不怀疑，他说是四年就一定是四年，决不会把本来用了七八年的说成四年。而且他说是结婚时买的，他还尽可能找到收据给我看。我说那倒不用了，只是远了一点。我说，我的车子后面没有拖把，而且即使我从朋友那里借来一个带拖把的车，我也不敢开高速，因为我知道去剑桥镇有一段是高速公路。他说，他可

黄：鸽哨声声

以送货上门。

既然如此，那就敲定了。我说："行，我不用看了，你明天送来给我吧。"因为，一般来说，买这样的大件，是要提前看看"货"的，以免人家送上门来而被拒收，弄得彼此尴尬。

那人说："对不起，我现在还要用一阵子，大约一个多月吧。"接着他告诉我，他正在办理去美国的移民，一切都差不多了，只要签证到手，他就将冰箱送到我的家里。

原来如此，怪不得冰箱这么便宜。洋人就是这样，他只要觉得给你造成了不方便，他就自动降下价来。

正因为这样，我就更加相信他所讲的冰箱的质量。

我说："行了，你先用吧。等签证到手了，就送来给我吧。"

那人很感谢我的宽容和信赖。

谁知这一等可真是考验了我的耐心，因为事情有了变化。

一个多月后，那人突然打来电话，对我说，对不起，签证还没有批下来，他还在等待之中，因此，冰箱还不能送来给我，并问我是不是还要买他的冰箱。

我想了想，说："行吧，你继续等吧，我还是买你的冰箱。"

这一回，他没有说要等多久，大约他知道那不是由他说了就做数得了的。我也没有问，既然已经答应等他了，再问也没有用，何况已经等了这么久，何况我还有个不大好的冰箱凑合着用。

这期间，又有两个当地人给我打电话，说他们有符合我的要求的冰箱，我甚至还忍不住去距我家较近的一个老太太家看了看那个冰箱。的确也是个很不错的冰箱，只是体积大了一点，使用得久了一点，但还可以讲一点价，大约二百八十元就可以买下来。

我对老太太说，让我回去想想，再给她回话。

虹——多棱镜下的新西兰

其实用不着多想，我完全可以当时就拍板买下来，对剑桥镇的那个卖家，打个电话告诉他就是了，反正我一分钱押金也没有出。他还不知道要等多久呢。我相信，即使买了这个冰箱，他也觉得在情理之中，一点也不会埋怨我的，而我也不觉得亏欠了他。

但是，回到家，我还是给老太太打了个电话，说谢谢她了，让她卖给别人吧。我在心里对自己说，不买她的冰箱有两点理由：一不是最理想的冰箱，我以为剑桥的那个冰箱最理想；二是为了一份信赖，我是一个中国人，我要让洋人觉得咱中国人是讲信用的。我的确是这样想的，一点也不想把自己拔高。只有出国后，你才能真正意识到"中国"二字在你心中的分量。

这样一等，居然等了半年。就在我因为学习忙差点都要"忘记"冰箱的时候，一天晚上，我突然接到一个电话，是从剑桥打来的。那人有一点不好意思地问："你还要我的冰箱吗？"

"你的签证来了？"我反问道。

我们都很兴奋，说好第二天他将冰箱送上门来。

翌日一早，他与一个朋友开着货车果然按照我提供的地址将冰箱小心翼翼地送到了家。

啊，真棒的冰箱！是最流行的款式，无氟，全封闭的，乳白色，真比我想象的还要理想。一个朋友买了一个二手冰箱，比这个差些，还花了五百元呢。

我真是太高兴了。

两位洋人不让我动手，将冰箱完全摆好，才笑盈盈地看着我，仿佛在说："怎么样，哥们？"

我赶紧付钱，并请他们喝中国茶。

但他们说，不了，太忙了。

黄：鸽哨声声

　　就在他们转身出门时，卖主变戏法似的从兜里掏出一瓶葡萄酒，像发奖般庄重地交到我手里，一字一句地说："这里面装的全是信赖。"

　　我握着这瓶葡萄酒，握着这带有洋人体温的沉甸甸的信赖，我的眼眶慢慢潮湿了……

绿：海外传真

嫁给死亡

在去但尼丁市圣心医院做关怀"临终病人"的义工之前，阿丽尼的心情既兴奋又沉重。兴奋的是她终于可以直接同这个特殊的群体打交道了，可以倾听他们的所思、所想、所感、所悔以及他们的种种遗憾和回忆，可以近距离地接触他们的声音、眼神和咳嗽。但同时，她又感到有些沉重，毕竟这些人都是走到生命尽头的人，都要以自己独特的方式向这个值得留恋的世界写下最后的一笔。

阿丽尼是个22岁的女孩子，刚刚从医科大学毕业。她学的是护理专业。当别的同学都立即投入工作以获得可观的薪水时，阿丽尼选择了义工为她踏入社会的第一步。阿丽尼并不是不需要钱花，并不是不需要用金钱来将自己的青春打扮得更加亮丽。但她是一个虔诚的基督徒，有一颗感恩的心。按照她参加的基督徒的教规，正式工作前，必须做一至两年的义工，以感恩上天让她平安地学到了知识，并服务于社会。因此，眼看就要毕业了，阿丽尼向但尼丁市政府义工服务部寄去了自己的简历，希望做一位特殊的义工。

"你愿意做'临终关怀天使'吗？"几天后，阿丽尼接到义工服务部工作人员打来的电话。

"是给那些濒死的人送去自己的关爱和祝福？"阿丽尼心中一惊，问道。

"对。这是一份特殊的工作。你不是希望做一位特殊的义工吗？"

"好吧，我愿意去。"阿丽尼答道。实际上，她并不知道"临终关怀天使"应该做些什么。她只是从电影里看到过，但电影毕竟与生活是有距离的啊。

市政府义工服务部的工作人员很热情地给阿丽尼介绍了这份特殊工作的有关事宜，叮嘱她"要有耐心，要注意倾听"，等等，然后就是"祝你好运"的客气话。

直到要去圣心医院的前一晚，阿丽尼还在想如何跟病人说第一句话，如何用一种"特别"的方式和态度去向他们问好，并取得他们的信任。然而，真正进入医院时，阿丽尼突然觉得，所有的设想都是幻影，她显得有些措手不及。

"你好吗？"阿丽尼向一群病友进行了简单的问候，大伙平静地朝她点了点头。一位老婆婆接过阿丽尼的话，说了一连串的"今天的天气实在很好，天空很美，蛋糕很好吃"之类的话，让本来想要来"安慰"他们的阿丽尼，突然之间不知道该说什么才好了。

"别站着，小姑娘，"那位老婆婆说，"过来，坐到我身边。咱们聊聊，怎么样？"

"行啊，"阿丽尼走到老婆婆身边，说，"你的身体很硬朗啊。"话一出口，阿丽尼就觉得后悔了：我这不是在诅咒人家没病歪歪死去吗？

老婆婆却不以为意，回答道："是啊，我的身体是不错吧。可医生说我是肝癌晚期。据说我的肝部正在一天天溃烂，然后就会死去。你看我这个样子，会是这样的人吗？"

阿丽尼大吃一惊。真没想到一个患了肝癌晚期的病人还有如此乐观的人生态度。阿丽尼学医的，她明白患这种病的人将要承受多么巨大的苦痛。可以说，最后的死，完全是痛死的。她本来十分同情老婆婆的不幸，没料到，老婆婆的表现却让她怀疑医生诊断得是不是有误。

"医生真的认为，你患了肝癌吗？"阿丽尼有点犯傻地问。

"瞧，你也不相信了吧。"老婆婆有些得意了，她并没直接回答阿丽尼的问话。

"你的肝部经常闹痛吗？"阿丽尼继续问道。

"闹痛？嗯，痛当然是有的。不然，我怎么会住到这个地方来呢？"老婆婆望着阿丽尼说，"痛倒是不怕。可我闹不明白的是，为什么老是不想吃东西。医院给我送来了蛋糕，年轻的时候，我一气能吃三个。现在真是老了，吃一小块都不容易。"

"你今年高寿多少了？"阿丽尼问。

"88岁了。"老婆婆说着，又将一块蛋糕十分费力地塞进嘴里。她慢慢咀嚼着，不断地咽，似乎怎么也咽不下，急得满脸通红，并喘着粗气。

"你慢慢吃,别急,别急。"阿丽尼替老婆婆轻轻捶着背。老婆婆终于将蛋糕咽了下去,她像是战胜了一个敌人,高兴地对阿丽尼说:"瞧,我又赢了。那些胆小鬼说我吃不下这块蛋糕,我偏不服输。医生说,多吃一块蛋糕,可以少打一支杜尼丁。"

"啊?"阿丽尼轻轻地叫了一声。她明白,患肝癌的病人最后阶段十分难熬,大多数人被迫打杜尼丁止痛,但这种针一打就停不下来,并且很快失效,用量越来越大,结果便是患者很快死亡。老婆婆不想打这种针,可见她用了多大的毅力!阿丽尼对老婆婆肃然起敬。

"需要我为你做些什么吗?"阿丽尼问。

"你就待在我身边一会儿吧。"老婆婆说着,就请阿丽尼坐下来。阿丽尼只得照办,盘腿坐在她身边,像祖母跟孙女似的,享受着从窗外照射进来的淡淡的阳光。

"你是一个很漂亮的女孩,"老婆婆拉开了话匣子,说,"你谈过恋爱吗?"

阿丽尼不好意思地摇了摇头。

"有人追求过你吗?"老婆婆继续问。

阿丽尼不置可否地望着老婆婆,心里在想,这老婆婆是否意识到她生命的时间已经不多了?倘若知道的话,她怎么还要跟我唠叨这些呢?

"别害羞嘛,"老婆婆说,"我在你这个年龄的时候,可是不断地谈恋爱。恋爱真好啊。"

"每次恋爱你都很投入吗?"阿丽尼受到老婆婆的情绪感染,慢慢忘记了自己的工作职责,也慢慢忘记了老婆婆是一个濒危病人了。

"那当然。"老婆婆十分肯定地答道。

"如果投入后,恋爱失败了,怎么办?"

"既然恋爱,又怕投入,那是谈什么爱?假爱?"老婆婆不以为然。

绿：海外传真

"轰轰烈烈地恋爱了一场，一旦失败，自己不也被折磨得九死一生吗？"阿丽尼说。

"你说话像个懦夫似的，"老婆婆直言不讳地说，"因为害怕失败而逃避恋爱，那是胆小鬼，永远得不到真爱。"

"你得到过真爱吗？"阿丽尼顺着老婆婆的话问下去。

"可不嘛。我一生中至少谈了八次恋爱，每一次都有收获，都是真爱，"老婆婆说，"我没什么可后悔的。"停了一下，又说，"我知道你要问具体细节了，那可是一本厚厚的书啊，怎么能一下子讲完呢？以后吧，你来这里，我每天给你讲一个故事，怎么样？"

"好啊，太好了。"阿丽尼说着，忽然发现老婆婆嘴唇发紫，脸孔剧烈地抽搐了一下。她连忙问："你、你怎么啦？"

"我、我觉得有一把该死的刀子在我的肚子里捅我。啊哟，真、真是有点厉害呢。我、我不能再跟你谈话了。这肚子里的刀子一点不好玩、哎哟，真是痛得厉害……"

医生护士赶紧走了过来，将老婆婆抬回了病房，其中一个主治医生对阿丽尼说："你是新来的义工吧。以后对这里的人不能说话太多，更不能让他们的情绪出现激烈的波动。明白吗？"

阿丽尼连忙点头，心中有些歉意：怎么一下子就忘记了老婆婆是一个濒危病人了呢？

第二天来的时候，阿丽尼多了一个心眼，尽量不跟一个老人说太久的话，免得消耗他们太多的体力和精力。在这一天里，阿丽尼先给一个叫保罗的男病友做肌肉"复健"运动，两人聊了一会儿天，她觉得保罗跟昨天的老婆婆一样，也十分乐观。奇怪的是，保罗老人也问阿丽尼是否谈了恋爱，当阿丽尼摇了摇头，并试图岔开话题时，保罗又总是往恋爱的问题上扯。

"年轻真好啊，年轻可以谈恋爱，"保罗老人说，"年轻有使不完的精力，谈不完的爱。"

阿丽尼没有在这个问题上同保罗老人交谈太多，她怕重复昨天的错误。同时又因为没有见到那个老婆婆，心里有些不安，生怕老婆婆出了问题，甚至已经"去世"了。

直到中午，阿丽尼还没有见到那位老婆婆。吃午饭的时候，因为有炸鸡在餐床上，喜欢吃炸鸡的保罗老人显得很开心，他不停地说："要感恩，要多吃，要将身体养得棒棒的。"同时十分感谢所有"义工"为他们所做的一切。保罗老人的话得到了病友的共鸣，一个长满老年斑的病友说："我要积极配合医生，争取早日康复出院，然后也像这些义工一样，去帮助那些需要帮助的人。"

阿丽尼听了十分感动。她知道这些人说的都是肺腑之言。吃饭原本是件再平凡不过的事，人们每天都要吃饭，可是有多少人是抱着感恩和愉悦的心去吃饭的？

"他们让我看见生命中的平凡之美，感恩他们让我学会用更积极更愉悦的方式去感受生活中的点滴。这些人频频招呼我们吃蛋糕，吃三明治，也很乐意告诉我们的心愿或心事，并倾听我们诉说自己的事。那份人与人之间的信任感真让人心里热乎乎的。"阿丽尼这么想。

由于放心不下那个老婆婆，阿丽尼决定去寻找她。可她到处看了，也找不到昨天那位乐观善良的老婆婆，心里好生焦急，难道真的再也见不到她了吗？

由于阿丽尼不知道老婆婆的姓名，只好比手画脚地形容她的特征，向工作人员打听。找了大半个下午，后来得知老婆婆因为身体不舒服下楼活动去了。

"谢天谢地，她还活着。"阿丽尼在心里这么说。

一下楼，阿丽尼老远就看见一个老婆婆坐在草地的木椅上，正弯着身子，认认真真地做着什么事。阿丽尼看了好一会儿，老婆婆没有感觉身后有

绿：海外传真

人，她忘情地做着自己的活。阿丽尼咳嗽了一下，老婆婆猛地抬头，待看清走到身旁来的是阿丽尼时，她大笑起来："你在后面偷看什么？小心我报警将你抓起来，然后以偷窥隐私的名义控告你。"

"什么隐私？"阿丽尼正说着，忽地捂住嘴巴：天啦，这个老婆婆竟然在给脚趾甲涂油，红红的香油十分光亮，被夕阳一照，显得美丽而动人。

"你真美！"阿丽尼由衷地赞美道。

"你看我可以再做新娘吗？"老婆婆眯着眼睛望着阿丽尼，十分认真地问。

"你要嫁给谁啊？"阿丽尼心中涌出一阵伤感，有道是"夕阳无限好，只是近黄昏"啊。

"嫁给死亡啊，"老婆婆笑嘻嘻地说，"这是我最后的婚礼，也是我最后的爱。我一定要将自己打扮得楚楚动人。"

阿丽尼张口结舌，真不知该说什么好。是什么力量使老婆婆面对死神，坦然如斯呢？

"你知道死亡是个棒小伙还是一个糟老头？"老婆婆突然问阿丽尼。

"这个、这个……我从来没有想过。"阿丽尼心里发慌，她压根儿没想到老婆婆在这种时刻还会有这种稀奇古怪的想法。

"嗯，我知道，你们年轻人是从来没有想过死亡的，"老婆婆说，"可实际上，我发现世界上最爱我的还是死亡，他每时每刻都在我身边，追求我，关照我，从不气馁，不是吗？"

阿丽尼点了点头。她觉得老婆婆像一个哲学家了。有人说，老人既是儿童，又是哲学家，看来此话不假。不过，阿丽尼真没想到老婆婆能说出这种有深意的话。是啊，从出生的那一天起，每个人都将面对死亡的不懈追求，并且最终都会成为他的"心上人"。

"我告诉你一个秘密吧，"老婆婆突然压低声音对阿丽尼说，"死亡是个善变的家伙。他可以是个年轻的后生，比方对那些英年早逝的人来说就这样子的；也可以是像我们这种年纪的老头子。你想想，不觉得挺有意思吗？"

阿丽尼眼中涌出了泪花。她赶紧掉转头去，不愿意正视老婆婆。

"你怎么啦？"老婆婆似乎感觉到了什么，她用几乎命令的口吻对阿丽尼说，"好啦，不跟你多谈了。快给我涂指甲油吧。涂了一个下午的脚趾甲，我的背都佝痛了。"

阿丽立即照办。她发现，老婆婆用的香油十分名贵，不知道是她自己买的，还是哪个情人送给她的。夕阳浅浅地照了过来，草地上绿茵如毯，阿丽尼盘坐在柔软的草地上，十分仔细地将名贵的香油认认真真地涂在老婆婆的趾甲上。

这时，一首抒情的歌贴着草地缓缓升起。阿丽尼抬头看时，只见老婆婆闭着眼睛，嘴唇轻轻蠕动，她的脸安详宁静，她的歌声如诗如梦——

> 死亡，我的好宝贝，
> 死亡，我的情哥哥。
> 你追求了我一辈子，
> 从没有背叛我。
> 你几次抓住了我的手，
> 都被我粗暴地甩开了。
> 最后的时刻终于来到，
> 嫁给你，我无怨无悔……

在南太平洋钓鱼

约瑟夫给里尔克打电话的时候，他还躺在床上睡觉。

绿：海外传真

"里尔克，你明天愿意跟我一起去钓鱼吗？"约瑟夫在电话那一端大声武气地喊道。

"我、我想去，可是，我没有鱼竿。"里尔克懒洋洋地说。

约瑟夫是从南非移民来新西兰的，里尔克是一个中国小伙子，他的真实姓名不知道，好像姓陈，来自广西。他俩是语言学院的同学。约瑟夫在南非是个木匠，他有一个漂亮老婆，在新西兰做护士。他们还有一个小孩子，刚出生不久。约瑟夫老是对里尔克说，千万不要讨老婆，即使讨了老婆也千万不能要孩子，麻烦死了，睡不了一个安稳觉。因为老婆要上班，约瑟夫便要带孩子。这里请保姆可不划算，工钱太贵。如果你要请保姆，那你最好不要工作，就请你自己。因为你花的工钱比你挣的钱少不了多少。这样，再把孩子交给一个陌生人，何苦呢？

约瑟夫在南非待的时间也不长。事实上，他的祖宅地在前苏联的一个小小加盟共和国。苏联解体后，约瑟夫逃到南非，并有幸娶了个白人老婆。但在南非，约瑟夫对曼德拉把黑人地位弄得跟白人一样高十分不满，因此不愿跟那些人生活在一起。于是，便与老婆商量，移民到了新西兰。新西兰护士十分紧俏，许多医院留不住人才，护士纷纷跑到澳洲或英国或美国等薪水高得多的地方去了。

"我的最终目标是去美国。"约瑟夫碰到里尔克后，毫不掩饰自己的亲美情绪。由于约瑟夫带小孩经常迟到（他必须等老婆下班回家后才能来上学），他常常跟不上功课，加之他在南非讲的是简单的英语，不懂语法，因此，学习起来十分吃力。里尔克不仅给他抄听课笔记，还总是跟他搞配对。约瑟夫对此感激不已。

实际上，里尔克除了单词量比较大、语法比较好外，他的听力和口语还不如约瑟夫。这也是里尔克愿意跟约瑟夫在一起的原因，各取所需嘛。

混熟后，约瑟夫问里尔克有什么爱好。里尔克说爱好很多，但到了新西兰后，只有一条爱好，那就是读书。约瑟夫听后很同情地问他愿不愿意跟他去钓鱼。

里尔克说可以考虑。

新西兰是个钓鱼的好地方。但这个国家制定了严格的鱼类资源和贝类资源保护法，对各种鱼类有最小可捕捞尺寸的规定，一般要求长度不小于30公分，也就是说，如果你钓的鱼不够大，你必须将它放回海里去。而对于可采集各种贝类也有不同的数量限制，不能大桶大桶地滥采，否则当地人看见会找你的麻烦的。

里尔克在国内没有钓过鱼。但到了新西兰后，他还是跟朋友们去附近的地方尝试过。里尔克的手感不行，技术太差。有一回去雷格朗钓鱼，一个上午居然没有钓到一条海鱼，真是让人沮丧。他原想在南太平洋钓鱼，挺神气。可是那里的鱼就是不听话，不来上钩。那一次，唯一让里尔克记住的是，虽然雷格朗离汉密尔顿市只有四十公里的路，是个很小的镇，可那里居然也有机场和足球场，沿途还有很多的垃圾站。新西兰的垃圾处理得很好，家家都会用塑料袋装好，分区分片定期将垃圾放到公路边。然后，环卫工人跟在垃圾车后跑，将一袋袋的垃圾扔进车里，大件垃圾如烂冰箱、彩电或家具之类，也有固定的收集点，一年只有几次集中处理。

里尔克记住的细节是，那天中午，他们在汽车里吃自己做的三明治，因为天上下起大雨来。五个人挤在一辆车里，吃得津津有味。吃完，里尔克下意识地将剥掉的桔子皮顺手甩到了车门外。他立即意识到不对。车内有人马上笑着对里尔克说：瞧，又把中国带来的恶习拿了出来。里尔克赶紧下车将垃圾捡回，装在一个塑料袋里。结果那一天回家的时候，鱼没有钓上一条，手里一直握着那个装有桔子皮的塑料袋。

有了这些经历后，里尔克对钓鱼兴趣并不是很大。但约瑟夫太热情，他已经邀请过里尔克好几回了，没办法，里尔克只好同意去。

绿：海外传真

第二天是星期六，约瑟夫的妻子在家里带小孩，他一大早就将一辆破车开到了里尔克的家门口，然后走下车，用力擂起门来："里尔克，咱们走吧。"

里尔克开门出来，发现约瑟夫全副武装：罗伊斯大草帽、本尔牌防强光的太阳墨镜、厚厚的衣服、长长的皮靴子，等等。

"去这么早啊？"里尔克打着哈欠。

"早去早回，"约瑟夫兴致很高，"况且，一会儿太阳就很晒人了。"

"那你为什么还穿这么多的衣服？"里尔克不解。

"你可不知道，我们要去南太平洋钓鱼，"约瑟夫说，"要去一个很凶恶的悬崖下钓鱼，那里风高浪急，可冷着啦。"

"这样的地方能钓到鱼吗？"里尔克有点怀疑了。

"别啰嗦了，快跟我走吧，"约瑟夫有点不耐烦了，"钓不钓得到鱼，那就要看你的本领了。反正我知道，那里是钓大鱼的地方。"

"我要带什么东西吗？"里尔克问。

"我什么都带好了。鱼竿、鱼饵、鱼钩等，都准备好了，"约瑟夫说，"当然，包括中饭，我也带了。如果你不怕饿的话，我可以分一半给你吃。"

里尔克说："谁要你的中餐？我自己做了三明治。"

"别忘了带一瓶水！"约瑟夫跑进了汽车里，又伸出头来对正在锁门的里尔克喊道。里尔克只好又进屋去弄了一瓶水。

里尔克上了车后，约瑟夫像憋足了劲似的，将一辆破车开得箭一样往前窜。太阳出来了，约瑟夫手舞足蹈，对着太阳直晃动。车上放着南非流行歌曲，节奏十分强烈，刺激着约瑟夫将车子开得更快。

"这是市内，车子不能超过五十码。"里尔克提醒道。他一方面担心约瑟夫被警察逮住要吃罚单，另一方面担心约瑟夫的车子会突然坏在路上，因为这车子也实在太旧了。

"放心，警察还在床上呢。"约瑟夫说。

"别忘了有隐蔽摄像机！"里尔克再次提醒。

"我知道，"约瑟夫不以为然，"这条路我很熟悉，莫说隐蔽摄像机，就是什么地方有一个坑，什么地方有一个洼，我都清清楚楚。"

里尔克无话可说了。

约瑟夫又跟着录放机唱起南非歌来。由于汽车里的录放机效果太差，声音太刺耳，加之约瑟夫的嗓子实在不敢恭维，因此，两种声音合起来简直有着杀猪般嚎叫的恐怖。

"求求你了，别唱了，别放了，我受不了！"里尔克对约瑟夫说，"我有神经官能症。"

"你真不像个男子汉。"约瑟夫闭了嘴，也关了机，情绪大受影响。

"你在南非也经常钓鱼吗？"里尔克问。他希望缓和一个刚才的气氛。况且，在汽车上练习说英语，这倒是个不错的主意。里尔克对能钓什么大鱼，并不寄予太多的希望，但中国人总是善于抓住一切机会进行学习的。退一步说，没钓到鱼，要是提高了英语水平，也是值得的。

"那当然，"约瑟夫听里尔克这么一问，果然来了精神，他说，"我今天带来的两根鱼竿特地从南非弄来的。"

"你们喜欢吃鱼吗？"里尔克下意识地问。

约瑟夫摇了摇头。"我的妻子根本不吃鱼，我也不是很喜欢吃鱼。"

"那你为啥还喜欢钓鱼？"里尔克瞪大了眼睛。

"钓鱼跟吃鱼有什么关系吗？"约瑟夫也瞪大了眼睛，觉得里尔克问了一个很奇怪的问题。

"钓鱼不吃，岂不是白钓了？"里尔克说。

"不对，"约瑟夫连忙摇头，说，"我们钓鱼是钓心情、钓快乐啊。我们的目的不是鱼本身,而是自我放松,从中得到乐趣。"

"如果没钓到鱼,你也快乐吗?"

"那当然,"约瑟夫说,"快乐有大有小,有深有浅。没钓到鱼有没钓到鱼的快乐。"

"你这话听起来像个哲学家。"里尔克觉得约瑟夫在故弄玄虚。

"我没想过什么哲学家,我说的是真话,是生活的体验或者感受。"约瑟夫认真地说。

里尔克想想觉得也对。在国内,那些钓鱼的人,特别是那些贪官污吏在河里、在海里、在人家的池塘里钓鱼有几个是真正为了吃鱼而去的?不过,那种钓鱼,怎么看都显得小家子气,哪有南太平洋钓鱼这么豪气万分!这么一想,里尔克觉得自己也有些兴奋了。

约瑟夫专心开车,速度已经达到了一百八十码。里尔克的心突然悬了起来:这小子把车子开得这么快,万一出了事,那可得了?他倒是有老婆、孩子了,可自己还没有成家的啊。里尔克想到这里,感到一股冷气扑面而来。

"约瑟夫,请你将车速降下来,"里尔克大声喊道,"这路面不行,你的车子也不太好。车技再好也得有个基本条件。"

"你怕什么啊,"约瑟夫并不减速,也不看里尔克的脸色,他兴冲冲地说,"我有老婆孩子都不怕,你光棍一条怕什么啊。"

同一件事,这小子竟能这样想。里尔克觉得以前小看了约瑟夫,总认为人家没读过正规的大学,而自己却是名牌大学的研究生,在国内是副教授级的人物了,哪里把南非的小木匠算在眼里?现在看来,能够来到新西兰的人个个非等闲之辈,即便是个木匠或清洁工,他们也有自己的绝活。

里尔克不再同约瑟夫争论什么,心想,算了,各人自有天命。他爱怎么开就怎么开吧。说多了,他分了心,反而容易出乱子。他干脆闭上双眼,不看反而不急。

就这样，两个小时后，他们来到了一个十分陡峭的悬崖，下面海水一片乌黑，白鸥在海面上飞翔，与大风掀起的海浪组成了一幅白晃晃的动感画面。约瑟夫对里尔克说："这地方来的人不多，但这里绝对是钓大鱼的好地方。"说完，他指着下面的一小片浮岛，告诉里尔克，他们就要站到那里去钓鱼。

"这地方好险恶啊。"里尔克倒吸了一口冷气。

"是的，我们得小心！"约瑟夫说，"你紧紧跟着我走就是。"

约瑟夫硬是从没有道路的地方一步一步走了下去。但里尔克看得出，这里的确有人来过，因为有好几处，是用绳子吊着下去了。那里的绳子绝不是天生就有的，当然是冒险家们留下来的。

"你以前来这里钓过鱼？"里尔克忍不住问道。

"来过一回，半年前吧，"约瑟夫说，"那一次，我钓了一条鱼，二十三公斤，差点将我拖入大海中。"

"哇！"里尔克很吃惊。心想，但愿等一会儿钓鱼时，千万不要让他碰上这么大的鱼，他技术不到家，到时鱼没钓上来，人倒是掉下海里去了。

一条大约只有五百米的悬崖路，两人足足走了三十多分钟。当两人站到那片浮岛时，里尔克突然感到一种从未有过的兴奋和冲动，仿佛实现了什么梦想，又好像突破了什么界限。他禁不住双手合着嘴巴，冲着南太平洋大声用中文喊道："老天爷，你看吧。我站在了南太平洋的脊背上！我要在这里钓鱼！我要钓一条一辈子也吃不完的大鱼！"

"你在说什么？"约瑟夫听不懂中文，问道。

"我在说，老天爷，感谢约瑟夫将我带到了这里！让我一睹南太平洋的风采！"里尔克机灵地说。

约瑟夫得意地笑了。忽然他神秘地对里尔克说："你知道吗，我们贴近了南太平洋的心脏，你能听到它的心跳吗？"

绿：海外传真

"我也听到你的心跳！"里尔克心花怒放。他猛地觉得，即便现在就回去，他这一趟也是值得的。"原来钓鱼的过程比钓鱼最后的结果乐趣大得多。"里尔克在心里这么想。

约瑟夫把鱼竿弄好，又为里尔克上了鱼饵，然后交给他，说："你用力甩进海里去，再慢慢等吧。"

里尔克点点头。

约瑟夫又转身去忙自己的。

"鱼！我钓到了条鱼！"里尔克突然惊叫出来。他的手明显感觉有什么东西吃了他的鱼饵，并且在鱼钩上挣扎。

"慢慢收线，慢慢收线，"约瑟夫连忙来帮忙，叮嘱道，"小心，别让它跑了！"

"哇，这么沉，只怕是条大鱼！"里尔克说。

"算不上大鱼。"约瑟夫摸摸鱼竿说。突然，他大叫道："哎呀，你钓的不是鱼！"

"什么？"里尔克吓了一跳！

"鱼摆动的不是这样子的，"约瑟夫说，"可能是只鳖！"

结果弄上来，果真是一只两公斤左右的大海鳖！这可把里尔克惊喜坏了。然而，里尔克高兴得太早了，原因是，约瑟夫没有经过里尔克的同意，就迅速而十分虔诚地将海鳖放回了大海。

"你怎么将我的海鳖放生了？"里尔克大声问。

"海鳖是有灵性的，与神相通。伤害它会遭报应的。"约瑟夫严肃地说。

"就是算是放生，也应该由我来放啊。"里尔克说，心想，这种阴德你抢着干，真有你的啊，约瑟夫！

"呵，对不起，我没想那么多，"约瑟夫说，"我只想着它回到海里去，越快越好。"就在这时，约瑟夫叫了一声："好了，来了一条大鱼！"他很快弄了上来，竟是一条六公斤左右的金枪鱼。

"如果你喜欢，这条鱼归你吧，算是我对你的赔礼道歉。"约瑟夫说。

"嗨，没事。"里尔克见约瑟夫这么说，反而不好意思起来。试想，如果没有约瑟夫，自己能到这里来吗？平时跟老乡出去，搭个便车，都要分担汽油费，约瑟夫压根儿没提这事。

何况，自己只来了一个光光的人，带了一个小小的三明治，除此外，所有的东西都是约瑟夫的，既然如此，你钓了一个海鳖，被他放了，你还有什么怨气的呢？

接下来，两人奇迹般地不断地有新的突破出现，一会儿是一条大鱼，一会儿是一只大虾，甚至还钓了几只大大的海龟，不过，海龟也被及时放生了。大约钓了两个多小时，他们俩一共钓了二十一条鱼！直到这时，他们才看到，邻近他们小岛的地方，也有几个人在垂钓，不过运气似乎远远没有这边的好。

约瑟夫掏出带来的中餐，说："咱们歇一会儿吧。我饿了。"

里尔克也将自己的三明治拿了出来，喝了一口水后，说，"今天真是太过瘾了！这地方风大水急，怎会有这么多饥饿的鱼在附近寻食呢？"

"这些被钓上来的可怜虫也不一定是因为饿了，"约瑟夫一边吃面包，一边打趣道，"这样的地方，一般是鱼们谈情说爱的好地方，那些上了钓的鱼说不定是为了它们的对象而献身的呢。"

"你是说，这些被钓上来的鱼是为了抢食给它们的情人才遭殃的？"里尔克笑了。

"我这样推测难道没有道理吗？"约瑟夫说。

"不过，要真是那样，我们未必也太残忍了。"里尔克说。

约瑟夫一听，把拿到嘴边的面包放了下来，想了想，说："你说的也对。咱们吃了饭回去吧。"

"那这些鱼怎么办?"里尔克问。

"当然带回去嘛,"约瑟夫说,"有些已经死了,没死的也伤得不轻,再放回海里,也活不了多长时间。要是让它们的恋人看见,反而更加伤悲。"

于是,里尔克将鱼一条条装进带来的大麻袋中,说:"这些鱼的尸体可不轻啊。"

"别说了,"约瑟夫说,"回去时比来的时候还要难,我们必须小心攀岩!"

结果,他们又费了四十来分钟,才大汗淋漓地爬到崖顶。约瑟夫背着钓鱼的工具,里尔克背着钓到的鱼,两人放下东西,躺在草上,伸开四肢,望着碧蓝碧蓝的天空发呆。

"你在想什么?"里尔克忽地问。

"我在想我的老婆孩子。"约瑟夫轻声答道,脸上竟也露出一丝羞涩来。

"我们回去吧,"里尔克说,"你们的家人一定在等着你。"

那天回去的时候,约瑟夫开车开得极为稳重,速度明显偏慢。回到家的时候,天已经完全黑了下来。约瑟夫将全部的鱼留给了里尔克,说:"你知道,我们家没有人吃。"

里尔克一个人望着那一大堆鱼,浮想联翩。当晚他一条鱼都没有留,全部分给了同学和老乡。忙完这些,已经到了半夜。他累得筋疲力尽,洗了一个澡,上床睡觉。

一合眼,那一条条谈情说爱的鱼连同它们的恋人海水般地朝他涌来……

争来的机会

说来令人难以相信,在新西兰,他居然有机会自编自导自演了一部短电影。这件小事,是对"机会,是争来的"这句话的生动印证。

虹——多棱镜下的新西兰

那是三个月前,他报名参加了由政府资助的当地人免费职业培训班。培训班共有四十多名学员,分成四个学习小组。根据课程安排,每个小组要在两个星期内拍一部十五分钟左右的短电影。

学习任务下达后,每个小组的成员都很兴奋,个个摩拳擦掌,讨论得十分热烈。

他们小组共有四名女生和六名男生,除了他和一名伊拉克小姐外,其余的人都是当地人。大家的兴致很高,纷纷献计献策。有人建议表演中要有舞蹈成分,有人说化装不要流于形式,力求突出自己的特色。还有人提出应以纪实的风格为主,人物对话要简洁明快,务去说教意味,等等。

从大家的发言中,他发现新西兰人的个人表现意识和参与精神很强。不过他们说的虽有道理,但却不是首先要解决的问题。于是,他发言说,现在他们首先要解决的问题是拍一部什么样的短电影?是言情片、恐怖片、警匪片还是西部片?影片主题是什么?

他的问题一提出,大家顿时愣住了。但仅仅沉默了两分钟,大家又七嘴八舌地议论开了,气氛较前面更热烈。经过讨论,他们决定拍一部恐怖短片,片名就叫"Bad hair day"(《乱糟糟的一天》)。影片主要讲述的是一个性格暴躁的女教师自己没有能力讲清教学内容,面对学生的迷茫不但不自责,反而态度粗暴地同两个学生发生激烈争吵。在全班学生的抗议下,女教师更是走向极端,竟然在一天之内先后诱杀了与她发生争吵的两名学生。警察及时赶到,等待女教师的是法律的严惩。

接下来讨论的是谁来编写这个剧本?

他举手表示自己能够胜任这个工作。他明白在这里,你如果不主动去争取什么,你就永远只有做旁观者的份。当地人决不会主动放弃任何一个有益于自己的尝试或机会。

果然,一个叫彼特的男孩当即表示反对。彼特反对的理由很简单:对他的写作能力表示怀疑。

他当即反驳说，在中国，他是一名作家，他出版过好几部著作，他也写过电影剧本。

彼特又说，中文和英文是两码事。

这时，那位看似有点害羞的伊拉克小姐站出来大声为他说话。她问彼特中文是不是世界上最难学的语言。在得到肯定的答复后，她便理直气壮地说："能够用世界上最难学的语言写书的人，你还会怀疑他的写作能力吗？"

伊拉克小姐的话得到了另外三名当地女学生的共鸣。男生们见状也附和起来。彼特于是冲他笑了一下，不好意思地说："那好，我也赞成。"

揽下了编剧的活儿，他的目光又投向了导演的位置。

一个叫汤姆的学生说他想揽下导演的活儿。

一名女生马上说："你只是想试试，过一把瘾，对不对？"

汤姆诚实地说："是的。"

那女生连连摇头，说："不行，你导演，我一定严肃不起来。"

另一个男生也说："我恐怕也进不了角色。"

于是，有几个同学居然把目光投向了他。

又是彼特最先表示反对。彼特说，不能把所有的机会都交给一个人。

他毫不客气地说，拍一部电影短片不是为了搞摊派、搞平均分配，而是为了把电影短片拍好。既然他有能力和信心导演好这个短片，为什么不给他这个机会呢？

他的话虽然有道理，但另外两名当地学生也想搏一搏，争执不下，最后只好由投票来决定。没料到，他竟然得了六票。

其中一票是彼特的。彼特握着他的手，说："我想了想，觉得还是你更合适。"

至少演员，每个学生都得参加。女教师这个主要演员则是由一名胖乎乎的当地女学生担当。他自己在剧中扮演另一个重要角色：一名因不懂老师的提问而与之发生争执，最终被杀害的学生。

一下子揽下了这么多的活儿，他既兴奋紧张，又感觉刺激。因为时间只有两个星期，他排除一切干扰，全力投入拍摄电影的工作中。由于摄影、音乐的穿插和剪辑是由老师统一安排专人完成。他的最大任务是编剧和导演。

还好，剧本的初稿写出来后，在小组讨论会上，除了几句对话被提出修改或删除外，大的框架得到了肯定。润色后，他拿给一名老师看。这名老师看完虽有些吃惊，但因为各个小组的电影要参加最后的评比，他不能给任何人以任何形式的提示和修正。因此，老师只能耸耸肩，对他说："Good Luck!（祝你好运！）"

经过两个星期的紧张劳作，他们的心血没有白费。由他自编自导自演的这部电影短片，不仅获得了综合成绩第一名，而且获得了"团结拼搏"的光荣称号。当指导老师宣布这一让人兴奋的结果时，他们小组的十名男女紧紧地抱在一起。大伙喊着"中国"和他的英文名字，他激动的泪水再也忍不住了，哗啦啦地流了下来。

那一刻，真是他人生中最得意的时刻。

"革革"的命运

比尔先生一早起来，就听到"革革"在牛栏里叫春了。"革革"是一只加拿大种牛，去年5月，比尔先生通过熟人介绍从南岛一个农场主那里买来的，花了一百元新币。这价格算是很便宜了。原因在于，当时的"革革"气色很不好，长得瘦不拉叽的，要块头没块头，要肌肉没肌肉，要精神没精神。这也是南岛那位农场主贱卖它的原因。

但是，比尔先生是个很好的驯牛师，对种牛的培养尤其有一套独特的方

绿:海外传真

法。一般来说,种牛不能太膘,太膘就会没劲,活力不够,配种的效果差,严重的时候,种牛会变得像"被阉者",无法工作。但种牛也不能没一点膘,全是骨头的种牛,母牛一见就怕,配种效果也会很差,同时,配种的时候,种牛消耗的体力比较大,没有一点膘也无法保证它能够良性运作。

因为比尔先生很了解种牛的性情,所以,"革革"一来的时候,比尔先生并没有急功近利,让它"风流"地到处惹事,而是认真豢养,并且训练它的攀爬和蹬腿等配种本领。比尔先生一方面增加"革革"的营养,让它长"膘",另一方面他做了一个假牛架子,每天要让"革革"在上面攀爬数十次,让它减"膘"。就这样,短短两个月后,"革革"已脱胎换骨,变成了奶牛们所向往的"公子哥儿"。

比尔先生的农场有四百头奶牛,还有五百多只羊,以及一些野猪和鸡鸭。这算是一个很大规模的农场了。他每年要向国家交纳不少的税,作为奖励,政府让他拿税款去消费汽车或摩托车。因此,比尔先生有三辆丰田、一辆宝马以及一辆越野吉普。他祖祖辈辈都生活在农场,对城里生活很不习惯。"革革"来了后,他把全部心思放在了配种上。以前,每年农场的奶牛,他要到外面去借种,而那些新西兰种牛既懒惰,又散漫,对自己的工作毫无热情,配种后的孩子一代不如一代。正因为此,新西兰政府向加拿大政府求助,从而获得支援。

"革革"长成"棒小伙"后,比尔先生给它单独做了一间房子,当然是露天式的。与四百头奶牛比邻而居。这样一来,"革革"骚动不安,那些奶牛们也骚动不安。每次"革革"一声哞叫,总能获得奶牛大面积的回应。

"革革"正式工作那一天,比尔先生十分激动。他将"革革"从房子里放出来,让它大胆地、自然地与奶牛交配。每交配完一只,比尔先生要在被交配的奶牛尾部作个标记,并让"革革"休息一阵,给它一些好吃好喝的。有一回,比尔先生一高兴,还将自己喝剩的半杯啤酒让"革革"喝了，好在也没造成太大的事情，只是让"革革"更加激动地投入工作。比尔先生担心"革革"会"虚脱"，实际上，这是他的多虑。牲畜永远只是牲畜，哪怕它是加拿大的牲畜，它仍然按照自然界的规律，它不会"只要工作，不要生命"的。

大约过了一个来月，"革革"将比尔先生农场的四百多只奶牛全部顺利地配种完毕。这种高效率是罕见的。以前，比尔先生多次想将自己农场的奶牛配种，让它们生下一大批小奶牛，然后出售这些小奶牛，也能肥赚一把。但他请过几回新西兰的种牛，太贵，效率又不高，只有不到十头奶牛获得配种，后来生下的孩子也没有特别优秀。因此，他没有把自己农场内的奶牛一次性全部配种。现在这件事让"革革"在短短的时间内实现了，这岂不让比尔先生高兴呢？

"革革"的英雄事迹很快被传开了。不少农场主跑来探看虚实，发现"革革"果然长得一表人才后，他们也纷纷拿出重金，邀请"革革"到他们的农场去"大显风流"。

从此，比尔先生就多了一件事。他时不时要送"革革"去"巡回演出"。每当这时，比尔先生就带上一箱箱啤酒，将"革革"装进一个大车厢里，然后开着车，赶到邀请"革革"的农场去。当"革革"在努力工作时，比尔先生就与他的农场朋友坐在草地上喝啤酒，聊天，偶尔看看"革革"工作进展。一般来说，比尔先生不会让"革革"在一天时间内跟十只奶牛"发生关系"。他必须控制"革革"精力和体力，不让它过于疲劳。

现在，"革革"又在牛栏里叫春了。比尔先生知道，今天又是一个忙碌日。他答应了北岛一个农场主的要求，让"革革"前去配种。

正当比尔先生收拾停当，准备将"革革"装进车厢出发的时候，家里的电话突然响了起来，响得急促而尖锐。比尔先生以为是那个农场主在催他了，因此，拿起电话，想都没想就说："我们正准备出发。"

绿：海外传真

谁知电话那头很沉着地说："我看你暂时别出发，比尔先生。"

比尔先生一愣，这是谁啊？声音怎么这么陌生？"请问你是谁？"

"我是农科院的，比尔先生。"

"尊姓大名？"比尔先生一时弄不清对方是谁，因为他跟农科院的几位科学家关系都不错。

"我叫博兰尼，"对方说，"我想向你了解一件事情。"

"请讲。"比尔先生说，他不认识博兰尼，但听说过他的名字，好像是农科院一个副院长。

"你那里是不是有一头牛，叫'果果'？"博兰尼问。

"没有。"比尔先生很果决地回答，心想，这个博兰尼也真是一个糊涂虫，好端端的打听一头牛的名字干吗？因为这些牛的名字完全是瞎叫的，有时仅仅是个阿拉伯数字符号。

"也许你改了它的名吧，"博兰尼继续问，"那么，你是不是在南岛一个农场主那儿买了一头加拿大种牛？"

"哦，你说的是'革革'啊。"比尔先生恍然大悟，他并不知道"革革"以前叫"果果"，还以为它没有名字呢，"怎么，你对'革革'感兴趣？"

"它还活着吗？"博兰尼说。

"什么话？它活得可精神啦，"比尔先生有点自得地说，"我将它豢养得棒极了。"

"对了，你刚才说要出门，去干什么？"博兰尼突然想起了这个问题。

"有必要告诉你吗？"比尔先生说。

"如果不是秘密的话。"博兰尼回答道。

"好吧，也没啥说不得的，"比尔先生说，"我正要装车，送'革革'去外面配种呢。"

"好啦，听我说，你千万别出门。我已经到了离你家门很近的地方，"博兰尼说，"我有重要的事情要告诉你！"

果然，比尔先生放下电话不久，博兰尼就开着车，急冲冲地赶到了。随着博兰尼来的还有好几辆车，架势很大。比尔先生不知道发生了什么事，只好先打电话辞掉了那个邀请他的"革革"去配种的农场主。

"出什么事了？"比尔先生见着博兰尼后，急急地问。他同时见着了他熟悉的农科院的几位专家。

"你知道吗？加拿大发生了疯牛病，新西兰农业部曾于1999年从加拿大输入十六只配种公牛，我们现在要搜寻的就是这些公牛的去向，"博兰尼说，"这是一件十分棘手的事情，你想想，你的公牛不单是给自己农场的奶牛配种，还让它给别的农场的奶牛配种。这太可怕了！"

比尔先生心中也暗暗叫苦。他知道，"疯牛病"一向让人望而生畏。一年前，英国发生"疯牛病"，从电视上，比尔先生看到不少农场主被迫将无数的奶牛射杀后埋掉，搞得农场主倾家荡产。当时新西兰也有好几家大农场主因此而破产。现在，加拿大的"疯牛病"要是在"革革"身上查出潜伏的基因，不但是他的农场，还有让"革革"配种的好几个农场主都会遭殃。

"值得庆幸的是，到目前为止，除了两只加拿大配种公牛已经确知死掉外，其余十四只公牛都被发现，并且都活得很好，"博兰尼安慰着比尔先生，说，"我们费了许多周折，总算找到了你，比尔先生。'革革'是我们找到的第十四只加拿大配种公牛。我希望你能配合我们的工作。"

"我一定尽力配合。"比尔先生说。

"很好，"博兰尼说，"今天，我们就要将'革革'带走，送到有关部门去做检疫测试，如果证明'革革'没事，我们将给它注射保护疫苗，然后立即放它回来。好吗？"

"也只能这样子了。"比尔先生哭丧着脸，另外几个农科院的老熟人上来安慰他道："放心吧，但愿它没事。我们会尽早让它回到你身边的。"

绿：海外传真

"谢谢。"比尔终于流出了眼泪。

一个礼拜后，新西兰农业部动物生物安全局代理董事哈里博士对当地媒体表示：从加拿大输入的十六只配种公牛除了两只已经确知死亡外，其余十四只仍然存活的公牛将被严格检验。这十四只进口牛是农科院的"搜寻小组"费了许多周折，花了大量的人力、物力，最终幸运地在五个北岛农场里全部找到了。所有农场主都积极配合政府的这项工作。这十四只进口公牛将于本星期内得到检验，半月内，这些牛将会继续得到监控，直到确信没有受到"疯牛病"的感染，我们才会将它们归还原主。

针对记者问及如何开展检疫工作时，哈里博士说，所有由外国进口的牲畜都有一个法定的耳朵标签系统，它们在全国登记册内已被记录备案。农业部对这些牲畜的移动都有记录。

这位发言人最后表示：新西兰农业部正在搜寻从加拿大进口的牲畜。我们对"疯牛病"有很严格的监控制度，以防止这种疫病的传入。农业部每年检验超过三千个的牛脑样本。这项工作对于以农业和畜牧业为主的新西兰来说，意义十分重大。

轻松的活法

阿峰刚搬到毛利人区居住时，是听了毛利大汉詹姆斯的劝告，图的是房租的烂便宜。在别的区，租个一室一厅的Unit（共墙共垛的房子），至少得每周一百新币（合人民币四百五十元左右），但在这里，租一套三室一厅的House（独门独院的房子）才八十五新币。阿峰在中国节俭惯了，来新西兰只带了两千美金，早就用光了。他有老婆和两个孩子，没钱就不停地打工。幸亏是新移民，可以合法打工，加之英文不错，所以，一来后就直奔打工市场。然后能省就省，能节约就节约。反正出国的人，除了家底特别殷实的外，创业时每一个人都有一部艰苦的奋斗史。

阿峰先后干了搬运工、清洁工和临时投递员，后来他在高尔夫球场找了一份捡高尔夫球的工作。与他搭档的就是毛利大汉詹姆斯，肥胖得像一只河马。可这个家伙十分有劲，令身强力壮的阿峰都自叹不如。

捡球的工作枯燥而简单，他们要将打出的球收集好，再用一个大筐装满，运到几十米远处的车边倒进去。詹姆斯在运送脏球时总是将装满球的大筐举过头顶，大汗淋漓地走到车边。

阿峰刚去，觉得一筐球高擎过头顶太重，便对詹姆斯说这样太吃力，不如每次搞半筐，多搞几个来回就行了。可詹姆斯不干。他五十多岁的人了，举起球筐轻松地走了过去。

阿峰问他为什么要这样子干。

詹姆斯说他有四年工作经验，这样做效率高。做完后，还可回来帮老板洗球，使球不至于堵塞水孔。阿峰说，只用两根铁丝插进水筒，让球分流就行了。詹姆斯一看，嘿，这一着还真管用。从此，他对阿峰刮目相看，觉得这个年轻的中国人"挺有智慧"的。两人就这么交上了朋友。

有一次，詹姆斯问阿峰住在哪里，阿峰就说他现在住宝石街，一室一厅的Unit，每周一百元房租。当詹姆斯听了阿峰一家四口就住在只有一个卧室的Unit时，十分不解：你们怎么睡觉啊？阿峰说，他和老婆住在卧室，让两个孩子住客厅。詹姆斯说，你这不是虐待孩子吗？说得阿峰惭愧不已，心想：这样的条件不错啦，老兄，你知道咱在中国是怎么过来的吗？四世同堂才两间破房子呢。这样的条件在中国已经够得上"小康"了。

詹姆斯于是劝阿峰搬到毛利人区去住。但是詹姆斯也直言告诉他：这里是烂便宜，但条件相对要差些，主要是流动人口太多，人员住得太杂，住在这里的人大多没有工作，只知道吃政府的救济，平时吵闹和打架是常事。

阿峰想，这算什么？他在中国时，住的小区不是天天这样吗？至于吵闹

绿：海外传真

声，每天的推土机和抽水声以及不间断的刺耳的电流声搅得人都快散架了。因此，他很快选中了一套三房一室的房子，一家子人兴高采烈地搬了过去。

"唉，早知道可以申请这样的房子，为什么不来这里住呢，"阿峰对老婆说，"住在宝石街还是有点憋！"

"在中国那么憋不也过来了吗？"老婆不以为然。

"此一时彼一时嘛，"阿峰说，"正因为觉得在中国太拥挤，所以才要历尽千辛万苦来新西兰，咱们图的就是能过上好日子嘛。"

然而，住在毛利人区还真有不少的麻烦，阿峰渐渐感到，房子宽敞了未必就算得上是好日子了。

比方，阿峰搬来的头一天晚上，他家的玻璃门就被人砸烂了。这个"下马威"给阿峰一家人迎头泼了一瓢冷水。

"怎么会发生这样的事？"阿峰的邻居走了出来，十分不平地对阿峰说。

"在这里，这样的事是不是经常发生？"阿峰问。

邻居摇摇头，说，"我住在这里二十年了，从来没有发生这种事。"

"欺负我是新移民？"阿峰又问。

"谁知道你是新来的还是在这个国家生活了很久了啊。"邻居眨眨眼睛，说。

"那么，欺负我是黄皮肤中国人？"阿峰慢慢来气了。

"谁知道你是中国人还是日本人或韩国人啊。黄皮肤人，亚洲国家甚至别的国家的人都有啊，"邻居说，"再说，如果人们真知道你来自中国，当地人还不敢欺负你。"

"为什么？"阿峰奇怪。

"你们中国功夫那么有名。谁敢惹啊？"邻居边说边做了一个劈手的动作，阿峰明白了，功夫"皇帝"李小龙和后来居上者成龙都是他们的崇拜英雄。

阿峰伸出手，介绍了自己的名字，并请邻居日后多关照。邻居说："我叫西蒙。咱们以后就是朋友了。"

"你认识一个叫詹姆斯的毛利大汉吗？他现在在高尔夫球场工作，"阿峰说，"就是他介绍我到这里来住的。"

西蒙说："詹姆斯当然认识，出了名的赌鬼。"

阿峰倒不知道詹姆斯是这种人。他也不想介入人家的隐私，他只是望着砸烂的玻璃门发愁。

"你去报警吧，"西蒙说，"对付这帮狗崽子，警方是有办法的。"可阿峰听人说，警方对毛利人小区发生的事大多睁一只眼闭一只眼，他们想管都管不过来。不过，既然西蒙让他报警，他觉得这是公民的权利。何况，报警又不要收他什么钱，警方来看看，也让小区里那些小混混知道咱中国人不是好惹的。

可是，当阿峰正准备打电话时，才突然意识到刚搬来，还没来得及接通电话。

"到我家去打吧。"西蒙认真地建议。

阿峰想，这个西蒙不坏嘛。有这么热心的人做邻居，日子应该好过。阿峰遂跟着西蒙到了他家，但警方接到阿峰的电话后，要他去局里说清楚——后来阿峰才知道，由于毛利人区这类事出得太频繁了，他们早已见惯不怪了。

"他妈的，这些饭桶！"西蒙一听警方要阿峰自己去局里，火冒三丈。他抓起电话，大声吼："我们这儿的玻璃被人砸了，你们管不管？要管，五分钟内必须赶到，否则你就趁早下岗！"吼完，他"啪"地挂了电话。

"你对警察这么凶，他们还会来吗？"阿峰对西蒙说。

绿：海外传真

"他们敢不来？"西蒙眼睛一瞪，说，"他们靠咱纳税人吃饭，不给咱们干活，还要他们干什么？"

果然，几分钟后，警察开了两辆警车迅速赶到。一个大胖子片警从车里出来，对西蒙笑笑，说："对不起，兄弟，事情太多，推辞了一下，你别见怪。"

阿峰心想，这些家伙也是敬酒不吃吃罚酒。

警察将阿峰家被破坏的地方认认真真地看了，还取了指纹，又对周围环境也仔细察看了一番，然后又详细询问了阿峰当时的情况，他们作了笔录。忙了两个多小时，好歹弄完了。

阿峰的老婆沏了几杯中国茶叫警察喝，他们连忙说："下回吧，时间太紧了。我们必须得走了。我们回去后会认真调查的。不过，你们自己也要多加小心。出门时一定要关好门。"

"这里的警察倒真是为民办事。"阿峰老婆说。

"只怕他们心有余而力不足，"阿峰说，"你没听说警方的悬案多如牛毛，他们只管登记，能不能破案，那就靠造化了。"

"我们也并不期望通过他们破案获得赔偿，只希望以后能有一个安定的生活就行了。"阿峰老婆说。

第二天一早起来，阿峰去高尔夫球场上班，一眼看见西蒙的老婆懒洋洋地坐在自家门槛上，叼着一支烟。阿峰冲她打了个招呼。

西蒙老婆说："我叫古丽玛，你叫什么名字？"

阿峰告诉了她名字。古丽玛又说："听说你跟詹姆斯在一起工作，你知道他是谁吗？"

阿峰说："西蒙说他是个赌棍。"

"西蒙总是瞎说，"古丽玛说，"告诉你，他是我的前夫。"

"你、你怎么会……"阿峰想说詹姆斯年龄那么大了，你还这么年轻，怎么可能呢？

"我14岁那年就被他搞破了，"古丽玛说，"后来我给他生了一个孩子，可他说那孩子长得不像他，不是他生的。那一年我才16岁。"

"后来呢？"阿峰急着要去上班，但古丽玛的话让他将信将疑，很有诱惑力，所以忍不住问了一句。

"后来我就离开了他，"古丽玛笑笑说，"那时我还很漂亮呢。詹姆斯不要我，可是有好多男人喜欢我。"

"结果你看中了西蒙？"阿峰明知故问。

"西蒙当时才15岁，可他像个情场上的老手，"古丽玛眯起眼睛说，"他跪在地上，用玫瑰向我求爱，我禁不住就上了贼船。"说完哈哈大笑起来。

那天，阿峰上班时故意问詹姆斯："你认识我的邻居古丽玛吗？"

"哦，那是个好吃懒做的蠢婆娘，"詹姆斯淡淡地说，"她一定跟你说了我跟她的那点臭事吧？"

"你让她怀了孩子，为什么又不要孩子了呢？"阿峰问。

"我承认，她的处女身是我破掉的，"詹姆斯说，"可是，当我一心一意要跟她过日子时，她同时跟另外的男人在外面瞎搞。后来肚子大了，她自己也不知道孩子的父亲是谁。她最后便将责任甩到我的身上来。"

"不管怎么样，孩子是无辜的。"阿峰干巴巴地说。

"古丽玛是个烟鬼、酒鬼，我甚至怀疑她吸过毒，"詹姆斯说，"坦率地说，我跟她的第一次是一种交易。"

"啊？"阿峰几乎不敢相信。

"她当时急着要钱。我答应给她两百元。我当时身上只有那么多钱，"詹姆斯一点也不隐瞒，说，"她看我实在拿不出更多的钱了，就说行吧，以后有钱了再给她一点。我答应了。于是我们有了那种事。"

"后来那孩子怎么样了？"阿峰问。

绿：海外传真

"孩子生下后，我一看，一点都不像我，"詹姆斯有点激动了，说，"我问她是不是跟别的男人有事儿，她倒是承认有几个男人跟她上过床，因为我没有足够的钱让她吸烟喝酒。我气坏了，不再理她。据说后来那孩子被别人抱去了。"

詹姆斯说完，就急着走开了，似乎不愿意再提起那些事来。阿峰只好就此打住。

从此，阿峰对西蒙一家多了一份好奇，经常暗暗地观察他们。阿峰发现，这个古丽玛可真是个懒婆娘，每天早晨起来头一件事就坐到门槛上，嘴上叼着一支劣质烟，吸得烟雾萦绕，并不停地咳嗽，西蒙也不管她。古丽玛总是要等到太阳晒到她的脸，她才肯起来，拍拍屁股，嘟嘟哝哝地走进房里去。

有一段时间，西蒙在外面砍树，每天有八十元，砍了四个多月，赚了一笔钱，他们一家便有一个多月没做饭。每天睡到十点起来，接着就开车去外面吃。中午一点后又出去吃，一直吃到晚上十点多才回家。那一段日子，他们一家欢声笑语不断，每次一回家，就把音响放到最大挡，让整个街区的人都知道他们吃好了、喝足了，生活美得令人羡慕。

坐吃山空，很快，钱就花光了。西蒙一家重新陷入寂寞和冷清之中。

阿峰家装了电话后，西蒙家不知什么时候用不起电话了。

"嘿，借个电话打打。"西蒙大大咧咧地走进来，对阿峰说。

"打吧，打吧。"阿峰起初还很热情。毕竟，第一次来时，用的报警电话就是西蒙家的。

"我打的是市内电话，你们的电话是包月的，反正不用花钱。"西蒙进一步说。

阿峰说："那是，那是。"心里却是想，包月是不错，可也要交包月费啊，每月三十八元多哩，一分不能少。

"走了啊。"每次打完电话，西蒙就这么说一声，连一句"谢谢"都没有。阿峰倒也不计较，朋友嘛，不在乎那些小细节。

但事情总得有个量，超过了，人便会烦。最先感觉烦的是阿峰的老婆："他们家那么多电话，干吗连电话都拆了啊。该省的不省，不该省的反而省去，真不会打算。"

阿峰没有说话，心里当然也有些看法。

西蒙打电话找工作不算，他的老婆古丽玛也经常来打电话，而且几乎每天都要打，一周至少要打三四次，什么叫家庭医生啦，叫车送小孩子上学啦，等等。

有一次，西蒙打电话叫了一份肯德基。

可是，当人家送来后，却敲了阿峰的门。

阿峰奇怪，自己没有叫人送肯德基呀。很快就明白是邻居西蒙一家叫的，阿峰便带那人去敲门。西蒙明明在家，就是一直不开门。

"西蒙，快开门！你叫来了肯德基，干嘛不要啦？"阿峰在门外大声喊。

屋里静悄悄的。

那个送肯德基的小伙子最后只好怏怏离去了。

当天傍晚，阿峰看见了西蒙，便问他："你怎么回事啊，叫了肯德基，人家送上门来，你们又躲着不见人！"

西蒙实话实说："咱们没钱。银行出了问题。我叫了就后悔了，又不好意思上你家打电话取消它。"

阿峰真想说："你们过日子也得计算一下嘛。哪能今天有酒今朝醉呢。"这话他当然说不出口。毕竟他们这么多年都过来了，这就是他们的生活习惯，改不了！

"身上有烟吗？"西蒙说。

绿：海外传真

阿峰递给他一支烟，说："找到新的工作了吗？"

"快了，"西蒙深深地吸了一口烟后，很快来了精神，"我寄出了二十份简历，总有单位聘用我的。"

阿峰万万没有想到，西蒙在简历上留下的家庭电话号码竟是阿峰家的。由于西蒙事先没有告诉他，因此，起初几个电话，阿峰都以为是人家打错了。直到第5个电话问他是不是西蒙，他才意识到，这可能是收到西蒙简历的单位打电话来约见西蒙了。一问，西蒙忙说："是的，我留了你家的电话，忘了告诉你了。以后有我的电话，你就叫我一声吧。"

阿峰真是哭笑不得。

阿峰老婆实在忍不住了，便笑着对古丽玛说："你的电话太多了，得想想办法啊，否则，我们家成了你们的传达室了。"

"我们正在想办法。"古丽玛不卑不亢地说。

果然，西蒙和古丽玛想出了好办法，他们竟然用上了手机。阿峰对他老婆说："你看，毛利人也挺狡猾，口口声声说没钱装电话，现在好了，他们竟然用上手机了。"

"这样花钱不是更多吗？"阿峰老婆问。

"我觉得这里面好像有什么文章。"阿峰说。

第二天，阿峰看见西蒙正坐在门前的草地上很牛气地用手机跟别人说话。等他们通话完毕，阿峰走过去，试探性地问："发财了？"

"屁！工作的事还要等一等。"西蒙耸耸肩。

"没钱怎么用上手机了？"阿峰直截了当地问。

"呵，我哪里用得起手机。这是邮局搞促销，免费试用一个月，"西蒙笑着对阿峰说，"我们抓住这个空当，也享受享受高科技嘛。"

阿峰一听，恍然大悟，心想，都说中国人会钻空子，看来，这毛利人钻起空子来也不比中国人差到哪里去啊。

不一会儿，阿峰老婆在外面叫："西蒙，古丽玛从外面打电话回来，快来接！"

"你告诉古丽玛，让她打我的手机吧。"西蒙头都不回地答道。

"唉，这些毛利人啊，真是……"阿峰老婆自言自语地回到屋里，说，"走几步路，接个电话可以省下几块钱，平时都是这样子的，现在有了手机，就要过手机瘾了！真是败家子！"

"你别发感慨了，"阿峰走进屋来，"我们杞人忧天，人家可是快乐得很呢！"

这时，只见西蒙躺在草地上，正用手机跟古丽玛情意绵绵呢："甜心，今天救济金到账了，咱们去吃海鲜还是去中国餐馆好好吃一顿？"

阳光在草地上跳跃，暖暖的风将阳光拨弄得一荡一荡的，金光闪亮。西蒙接完电话，坐在草地上唱情歌。

阿峰突然说："老婆，今天是礼拜天，天气真好。咱们带着孩子们，也出去吃一顿吧。"

"你今天怎么啦，出门吃饭要花多少钱啊？"阿峰老婆吃惊地望着有些憔悴的老公，说，"咱们不正在一分一厘积攒钱，准备换车、添置家具和将来买房子吗？"

"管什么将来呢？在中国，我们天天算计着明天，可谁知道明天会发生什么呢？"阿峰认真地对老婆说，"咱们也该换一种轻松的活法了。"

"你的酒瘾又发作了？"阿峰老婆嘀咕了一句。

"是的，我憋得太久了，该好好喝一顿了，"阿峰说，"快把孩子们叫上，让他们也好好地吃一顿吧。"

白云下的阳光将毛利人区的每一个人都照得真实而生动。

远远的一声喊叫与各个窗口里滚动般飘出的音符纠缠在一起，使柔弱宁静的新西兰多了一分骚动，一分粗狂，一分热烈……

绿：海外传真

心在别处

彼特是个只有八左右岁的男孩，可他天生就是一个幻想家和冒险家。早在六岁的时候，有一天，他突发奇想，在放学回家的途中，他走到一个停靠在路边的大卡车后面，将自己反绑在汽车后门的靠把上。车子开走后，他兴奋得大喊大叫。路人见到后完全吓呆了。

由于大卡车的司机看不见背后出了什么事，当看到许多汽车在后面追赶他时，他还以为自己的车子开得太慢，妨碍了大家，因此加快速度不停地开。直到闻讯赶来的警车和高音喇叭的大声叫停，卡车司机还以为可能是自己的车子出了问题。他将车子停靠在路边，下车到后面一看，彼特冲他做鬼脸，那情景吓得那个卡车司机以为自己做了一个荒唐的梦。

"你怎么将自己绑在了我的车上？"卡车司机惊魂未定地说。

"是你绑架了我嘛。"彼特故意激他。

"你、我可不能乱说啊，"那个卡车司机连忙说，"我可没犯你什么，你要是栽黑赃，我可就惨了。"因为卡车司机知道，如果彼特坚持在警察面前这么说，他是有理说不清的。没有人会相信一个小男孩会把自己反绑在一辆大卡车后面。

警察很快就上来了。

"怎么回事？"一个警长问。

"没事，我想搭个便车，"彼特竟沉着冷静，颇为老练地对警长说，"没想到搭错了方向。"

一句话说得在场的警察和卡车司机都笑了起来。

"你没吓着吧？"警长又问。

"你自己没吓着就行啦。"彼特大大咧咧地说。

"有目击者报警说，你被绑在了卡车后面，"警长还是不放心，继续问，"这是怎么回事？"

卡车司机最怕这个问题了，他的心提到了嗓子眼，目光紧紧地盯着彼特。他生怕这个小家伙不知天高地厚，瞎说一通，让他有理都说不清。

"没什么，我自讨苦吃。"彼特说。

"什么意思？"警长说。

"我将自己反绑在卡车后门的靠把上，"彼特昂头答道："我想试试自己能不能把自己绑起来，结果发现还真行。"

"没有谁威逼你这么说吧？"警长问。

"除了你之外，没有别人。"彼特没好气地说。

警长本想教训教训这个小家伙便作罢，但彼特那副神态自若和满不在乎的样子惹恼了警长，他一气之下，将彼特带到了警察局，并很快将彼特的父母叫了来。

"你们的小孩扰乱公共治安，"警长对彼特的父母说，"他的年龄太小，我们无法起诉他，但你们是他的父母，我们有权起诉你。"

彼特的父母好说歹说，最后交了一点罚款了事。当然，彼特是必须写一份保证书的。

彼特回到家后，他的父亲问他："你头脑又发热啦？尽给家里惹麻烦。"

"我知错了。"彼特说。

"每次犯事后，你都会这么说。但下一次，你又再犯。"彼特的母亲说。

彼特便不再吱声。父母拿他没办法，只能叹了叹气。

从六岁到八岁，不到二年的时间里，彼特在警察局在案可查的就有五次，其中一次是爬到市政府大楼的顶端，声称要从上面"飞"下来；另一次是在动物园，他只身跳进了关有野猪的禁地，吓得园内职工赶紧报警。警察建议彼特的父母带儿子去看医生。医生作了各种检查后，告诉彼特的父母

绿：海外传真

说：一切正常。

"他是不是患了少年幻想压迫症啊？"彼特的父亲不知从哪里学来这么一个怪病名。

医生肯定地说："不是。"

既然医生说得那么肯定，彼特的父母也就无话可说了，对彼特的幻想和冒险也只能暗暗着急和祈祷罢了。

不久，彼特认识了一个五十多岁的街头杂耍者，叫霍布金斯。这两个一老一小可谓臭味相投。彼特放学后总是不回家，而是先到霍布金斯那里去。据说，这个霍布金斯原来是一个富裕的农场主，拥有五百多头奶牛和三百多只羊，生活十分自在。但后来被一个耍魔术的老头鼓动，将农场卖了，跟着那个老头浪迹江湖。霍布金斯老婆气愤不过，与他离了婚，唯一的一个儿子判了给霍布金斯。

"法官大人，我求你将儿子改判给前妻吧，"霍布金斯在法庭上要求，"我无力培养他。我的心在别处。"

法官只好照办。

从此，霍布金斯跟着那个耍魔术的老头消失在人们的视线中。有人说他中了邪，有人说他造了孽，这是上帝对他的惩罚。

十多年后，当霍布金斯重新出现在大家面前时，许多人都不认识他了。他改了名，蓄了长发和胡子。那个耍魔术的老头神秘地消失了。他打扮得像那个耍魔术的老人。彼特在街头看见他时，霍布金斯正在耍魔术。

"我的经历充满传奇，我只告诉你，"霍布金斯说，"但你必须向我保证，不跟任何人谈起我的事。"

彼特答应了他。

就这样，有很长一段时间，彼特与霍布金斯厮混在一起。这件事连彼特的父母都知道了。但彼特信守诺言，没有告诉霍布金斯的真实身份和他的生活背景，只说他是一个异乡人，在外闯天下，一辈子流浪，人很孤独，很想找个人说说话。

"他很可怜，我去陪他说说罢了。"彼特这么对自己的父母说。

彼特父母见儿子有这样的善心，也不便阻止他与霍布金斯的交往，只是叮嘱他不要乱爬车，不要做危险动作，似乎生怕他再弄出什么大事来。

奇怪的是，自从彼特与霍布金斯交上朋友后，彼特内心狂乱的想象和激荡的冒险情绪基本上收敛了。但他爱说的一句话是："我的心在别处。"课堂上，当老师看他思想开小差时，就问他："彼特，你又在幻想什么了？"彼特老实地答道："我的心在别处。"惹得同学们一阵大笑。在家里也是，父母明明跟他说着什么东西，他忽然前言不搭后语地说起另外一件风马牛不相及的事，他的父母就问他："你想到哪里去了？"彼特也说："我的心在别处。"这样的回答对于一个只有八岁的小孩来说，让人听起来总有点怪怪的味道，但彼特的父母也没往别的地方想。

有一天，霍布金斯突然忧心忡忡地告诉彼特："我的儿子患了癌症，现正在奥克兰医院里住院。"

"你怎么知道的？"彼特不信，"你们不是有十多年没有联系了吗？"

"是的，我们有许久没有联系了，"霍布金斯说，"他不知道我，但是我天天能看见他。"

"凭什么？"彼特瞪大眼睛。

"凭这里，我的心，"霍布金斯说，"我的心特敏感，特灵验。"

"你不是经常说，你的心在别处吗？"

"是的，我的心在别处，"霍布金斯说，"可儿子的心在我处啊。"

"那你怎么办呢？"彼特将信将疑。

"我要去大学读书，学医，学好后，只有我能够将儿子的病治好。"霍布金斯以不容置疑的口吻说。

绿：海外传真

"你这么大的年龄了，能行吗？"彼特问。

"我的心跟二十岁的年轻人一样充满活力。"霍布金斯说。

让人吃惊的是，霍布金斯果然停止了街头杂耍，到怀卡托大学去学医。因为他没有钱，只好从政府贷款交学费，晚上便住在自己的破汽车里，点着油灯，认真看书。

"我能为你做什么呢？"彼特找到霍布金斯，问他。

"什么都不用做，只为我祈祷吧。"霍布金斯说。

"你的孩子叫什么名字？"彼特问。

"问这个干什么？"霍布金斯反问道。

"好奇嘛，"彼特说，"兴许有一天我能见到他。"

"你的心也在别处？"霍布金斯指着彼特的肚皮说。彼特笑着点了点头。然后，霍布金斯从皮夹子里掏出一张发了黄的小照片来，说："这就是我的儿子汤姆，我离开他时，他才九岁。现在也是二十多岁的小伙子了。"

彼特默默记住了小汤姆的容貌。

周六一早，彼特从父母的钱夹子里抽出几张纸币，他一个人坐车从汉密尔顿到奥克兰医院去。公交车司机见他一个小男孩没有父母陪同，起初还不让他上车。彼特就说，他的父母在前面站里等他。然而，上了车，他就不肯再下来。司机也不能将他扔在路边，只是说要将他送到警察局去。

没办法，彼特说，他一定要到奥克兰医院去看望一个十多年没有联系的朋友。

司机一听，便以为这个彼特脑子有毛病。试想，一个自己才八岁左右的人怎么就有一个十多年没有见面的老朋友了呢？司机想，等到了终点站，将乘客卸下后，再将车子直接开到警察局去就行了。

没料到，彼特一到终点站，车子还没停稳，他就第一个冲下了车。司机只有拨打110报了警。但奥克兰茫茫人海，他们到哪里去找彼特呢？

警方派出一架直升飞机，在奥克兰上空巡视。一些便衣也提前进入奥克兰医院，等待彼特的到来。

没想到，彼特还真的来到了医院。他没想到，一下出租车，就有便衣警察在等着他。

"你们为什么要抓我？"彼特跟警方算是老朋友了。他一脸无辜地说。

"你到奥克兰医院来做什么？"警方将彼特的名字一录入电脑，有关彼特的资料一下子全出来了，"你年纪轻轻，却是我们的常客了。"

"这一回，我有正事。"彼特十分着急。

"有什么正事，不能跟我们说吗？"警察问。

彼特犹豫了一下，终于狠狠心，将霍布金斯的事说了出来。警方听了很动容，破例帮助彼特去医院寻找霍布金斯的儿子汤姆。还真的在骨科找到了正做化疗的汤姆。当彼特看到骨瘦如柴的汤姆时，他想起霍布金斯给他看的汤姆儿时的照片，竟然感动得哭了起来。

"你怎么哭了起来？"汤姆奇怪地问彼特。然后又掉头问警察，"他是谁，你们怎么陪他来看我？"

彼特什么也没说，拔腿就往外走。出了医院，他求警方："麻烦你们快快送我回去吧。"

"你不说，我们也会安排的，"警方说，"我们可不敢让你一个人冒险搭乘公共汽车。"

警方将彼特送回汉密尔顿后，彼特立即跑到怀卡托大学旁霍布金斯经常停车的地方，然而，霍布金斯的车不在那里。彼特到处找，也没找到。

霍布金斯再次神秘地消失了。

一周后，彼特在自己的信箱里读到了一封便签："你破坏了我们的诺言。我的心在别处。"没有署名，没有地址，也没有日期，彼特望着这封便签，心也早已飞到了别处……

绿：海外传真

家庭动物园

刘琴到赛蒙家做Homestay（寄居学生）的时候，别人就告诉她，毛利人家的房租是很便宜，只怕你不大习惯他们的生活，住不了多久就要搬出来。但刘琴没理会这些，她来自中国南方一个教师家庭，父母将积攒了一辈子的钱全拿了出来，好歹让她交了第一个学年的学费。剩下的时间主要靠她自己打工挣钱来交学费和生活费。四年的大学生活，刘琴算了算，再怎么勒紧裤带也要三十多万元人民币才能对付得了。而这个数字对她和她的家庭来说，都是一个天文数字。因此，刘琴能省的地方就尽量节省。

赛蒙一家住在汉密尔顿莎士比亚街，紧邻这条街是艾略特街，旁边还有华兹华斯街，以及拜伦街。这是一个用英国文化名人命名的街道，刘琴很喜欢，觉得在这种地方居住的人应该是不错的。

但是很快，刘琴就知道，那是整个汉密尔顿最差、最乱、最糟糕的贫民窟。住在这里的人有吸毒的、卖淫的、杀人的、偷抢的和各类社会不安分子。起初，刘琴还不知道，当别人问她住在哪里时，她很自豪地说，住在莎士比亚街。问的人一听，立即不吱声了，有的甚至用奇怪的眼神望着她，仿佛她是一个恐怖分子，看得人心里直发毛，感觉怪怪的。一个生活在这个城市的老乡最后告诉了刘琴实情：你怎么住在那个多事之区呢？要知道，住在那个地方的人都会受到社会歧视的。

刘琴忙问为什么。

老乡说，新西兰人最担心的是社会治安。他们宁愿多花几倍的钱也要住所谓的"高尚区"。住在莎士比亚街的人都是毛利人，人们称为毛利人区。那里的房子都是政府的贫民房，又旧又破。住在那里的人又脏又穷又多病。但他们还常常大喊大吵，有钱了就立即喝酒，没钱就坐在门口傻傻地等待政府的救济早点发来。他们既不上班,也找不到工作。他们大多有过蹲监狱的前科,袒胸露乳、放肆大笑,将音乐放到最大声的都是他们。总之,那地方,你要小心。如果有合适的地方,你就早点搬走吧。

刘琴听了后心里有点发毛。老乡的话很快得到了验证。这个街区的吵闹声从来没有断过。新西兰是个很安静的国家,住在这个国家久了的人对一点吵闹声都特别敏感,新来的中国人常常觉得这地方静寂得有点过分。但莎士比亚街是个例外,与中国的大街小巷没什么两样。无论白天黑夜,街头巷尾总能听到刺耳的笑声,头顶上的电线上还挂着来历不明的几只破鞋,每一个人的房门都开着。毛利人特别喜欢音乐,因此,每个家庭的音乐都开到最大声。整个街道让人感到群魔乱舞,猫狗乱跳乱叫,小孩的哭声和大人的叱喝以及不时传来的咒骂声和摔碎的碗盆声,搅得刘琴的神经极为紧张。

不久以后,刘琴还发现,别说莎士比亚街,就是靠近这条街的房价都特别低,低得让人不可思议。比方,她从免费送到信箱里的垃圾邮件里看到了一座三房一厅、占地面积六百多个平方米的房子,开价只要九万新币即可,原因是这房子就在莎士比亚街附近。几个不明真相的人去看了后,立即掉头就走。那样子,再倒贴钱给他们,他们都不愿住在这种鬼地方。

不过,刘琴发现赛蒙家还算不错。她住在这里每周只要交八十元新币就行了,吃住全包了。连市内电话都包了。这样的条件,全汉密尔顿怕是找不出第二家了。

刘琴还打听到,赛蒙一家在这条街可以称得上五好家庭了。赛蒙原来在政府部门当小差,后来不知因为什么事不干了,他也就没有再去找工作。他是一个三十多岁的大汉子,脸上长着络腮胡子,个子有一米九八以上,用牛高马大来形容一点也不过分。他有一娇小玲珑的老婆,是汤加来的难民,叫什么名字,刘琴老是记不住。每次见到她冲她笑笑完事,实在要叫名字了,刘琴也只好叫她赛蒙太太。

绿：海外传真

赛蒙没有孩子，不知道是他太太生不了孩子还是他们不想要，反正三十多岁的男人成了家还没有孩子，这在毛利人看来就是不正常的。毛利人崇尚多子多福，大多数毛利人家庭都有五到六个小孩。那些在中学就怀孕并生了小孩子的大多是毛利女人。这些女孩子背着小孩上学，读完义务教育的课程后，她们就嫁人，或者不嫁人也得在家带孩子。反正她们的一生基本上定了型，没有什么太多的发展空间，毕竟太早生孩子是件可怕的事情。因为新西兰人不主张计划生育，更不能随便流产，有了孩子，哪怕只是一个受精卵，你也算是孩子的母亲了，流了产，在人们的意识中，你就杀了自己的孩子。

对此，正当青春年华的刘琴来说，她觉得还是中国计划生育好。她能认同婚前男女同居的事实，但不认同一旦"中标"就一定要生下来。

总之，赛蒙家没有小孩，这让刘琴暗自庆幸。同时，赛蒙也没有蹲监狱的前科，更不像某些毛利人那样不爱干净。赛蒙很爱干净，他特爱出汗，每天至少要洗两个澡。他还爱笑，一笑就有两个大大的酒窝，这都让刘琴感到亲切。而赛蒙太太是个虔诚的基督徒，每天除了洗衣做饭，剩下的全部时间就是读《圣经》。有一回，刘琴忍不住问她："你天天看《圣经》，你明白上面所说的东西吗？"

赛蒙太太说："我当然明白。"

"那你天天看没有感到乏味的时候吗？"

"怎么会呢？"赛蒙太太很奇怪地望着刘琴，觉得她真是人间迷途的羔羊。因此，她劝刘琴："你也读读《圣经》吧？这比读什么书都强。"

"我看不懂。"刘琴说。

"不要说自己看不懂，"赛蒙太太说，"当你看时，并不一定要明白每一个字，每一句话。但是在你心里，你一定要记住：你看懂了它们。每一次看，你都看懂了，但每一次你都有新的发现、新的收获，这就是我百读不厌的原因。"

"不懂装懂？"刘琴不客气地问。

"你要这么认为也行，"赛蒙太太说，"这不是教科书上的简单内容，这是一本人生的书。什么叫人生的书，你懂吗？"

"就是要读一辈子的书？"刘琴很聪明。

"你的悟性很高，"赛蒙太太说，"你千里迢迢跑到新西兰来读商业管理，真是糟蹋了你的聪明才智。你不读《圣经》，我为你感到可惜。"

这番话说得刘琴惭愧不已，从此，她再也不敢跟赛蒙太太讨论《圣经》的事了。

开始一段时间，刘琴在赛蒙家还挺安心的。她甚至养了一只小猫。因为赛蒙家养了三只猫两只狗，每天逗着它们玩，为家里平添了不少乐趣。当刘琴眼中流露出要养宠物的念头时，热心的赛蒙很快从朋友家免费给刘琴抱回了一只小花猫，把刘琴高兴坏了。

但是，养一只猫或者一只狗本没有想象的那么简单，这里的宠物都很高贵。新西兰人对动物也讲"人道"。第一天，当刘琴按照中国的方式将一些剩饭剩菜倒在一只小碗里准备喂猫时，赛蒙连忙叫住了她："你干什么？你怎么能叫自己吃剩的东西喂给猫吃呢？"

"这有什么不对吗？"刘琴不解地问。

"你应该到商场里去买专门的猫食，"赛蒙大声说，"不然的话，即使我不举报，也有别的人举报的，到时，动物协会的人来了，说你虐待动物，罚你的款小事，闹不好还要将你告上法庭！"

刘琴吓得出了一身冷汗。她也听朋友说过，这里的人对宠物很重视。当地动物协会老有人来检查，看是否有人对动物不公，吃的东西是不是国家规定的。一旦发现例外，处罚是很严重的。正因为此，为了应付他们，刘琴特意从商场买来两盒猫食，如果有人来检查，她就将猫食拿出来，其他的时间,她就把猫关在房间里,继续用自己的剩饭剩菜喂猫。

但是,因为吃饭是在一起的,刘琴要将饭菜留下来还不容易办到,同时因为心虚,老担心赛蒙在她关在房间喂猫时被他当场抓住。因此,有一天,刘琴对赛蒙说,她吃不惯毛利人的食物,想自己开火做饭吃。赛蒙没有说什么,他的太太立即表示同意,那样子,她正好可以多空出一点时间去钻研《圣经》呢。

当然,这样一来,刘琴住房的性质也就变了,不再是Homestay(吃住全包),而只是Boarding(管住不管吃),住房价格也从每周八十元下调到每周五十元。刘琴决心将每周的生活费控制在二十元以内,包括喂养那只猫。每周她还能省出十元来。刘琴很高兴。

可是,刘琴高兴得太早了。她一个人吃饭时,赛蒙和他的太太便不再管她。有一回,刘琴做好了饭菜,刚出去拿个什么东西,回家一看,桌上的饭菜已经一扫而光了。原来,隔壁的毛利人小孩从篱笆洞里钻进来将刘琴的饭菜干掉了。由于这儿的人都用玻璃门或习惯于不关门,所以,你吃我家、我吃你家的半"共产主义"现象屡见不鲜。赛蒙见惯不怪,因而也没有制止小孩子。

当刘琴问他为什么会这样时,赛蒙大大咧咧地说:"这有什么了不起的?不就是一点饭菜吗?没事,有人吃了,没浪费就行啦。"说得刘琴吃惊不已。

第二天,刘琴想起昨天的事还在生闷气,邻居大妈却把一大盆没有煮熟的饭菜端过来,十分客气地让刘琴吃,并说,昨天她的孩子们吃了刘琴做的饭菜,回去后都说很好吃。谢谢刘琴了,也希望刘琴能痛快地吃下她亲手做的饭菜。

刘琴望着那半生不熟的饭菜,觉得实在没胃口,便婉言谢绝了。邻居大妈愣了一下,然后一言不发,端着饭菜回去了。

虹——多棱镜下的新西兰

一会儿工夫，一个毛利大汉闯了进来，见到刘琴后，凶狠狠地说："我老婆给你饭菜你尝都不尝，要是换了别人，我会从背后用木棒将你打死！"

大汉走了后，赛蒙对刘琴责备道："你要尊重咱们的文化传统嘛。昨天，人家的小孩将你的饭菜吃得精光，回去后礼貌地告诉他们妈妈，说很好吃。今天，人家特意做了好东西来给你吃，有心要与你交个朋友，却被你毫不客气地拒绝了。你怎么能这样呢？"

天啊，事情怎么会是这样子的？刘琴发起呆来。

一个礼拜后，又发生了一件小事。刘琴将一双运动鞋洗好后晾在家门外，被对门的毛利人拿走了。刘琴发现对门家的姑娘穿上自己的鞋，就跑过去问她父亲，谁知这位毛利大爷回答说："我家姑娘以为你不要了呢，丢在门外面好可惜。况且你们中国人很富，这样的鞋穿到这份上你也不会再穿了，对不对？"

刘琴听了又气又恨又惭愧不已。鞋子自然没要回来，只在心里告诫自己：以后得当心点！

那些天，赛蒙早出晚归，不知在干什么。他的太太照旧天天读《圣经》，有时很激动，有了"心得"，硬是要与刘琴"分享"。无奈刘琴没兴趣。过了几次后，赛蒙太太便不再找刘琴，也不到刘琴房间来探头探脑了。刘琴倒是落得个清净。

一天中午，刘琴正躲在房间里偷偷地用剩饭剩菜喂着猫，房外突然响起一阵脚步声。刘琴从门缝里往外瞧，只见几个动物协会的人正急匆匆地朝刘琴家走来。刘琴叫声不妙，立即将两盒猫食拿出来，又迅速将剩饭剩菜藏到一个秘密的地方。

动物协会的人走进刘琴的房间后直接问刘琴："你用什么喂猫的？"

刘琴将两盒猫食晃了晃。

动物协会的人又问："你买了多少这样的猫食？"

绿：海外传真

刘琴说："我每周定期去买。"

动物协会的人得意地说："看看你猫食上的标签吧。别以为我们不知道，告诉你，你经常用剩饭剩菜虐待动物，我们必须警告你，并且给予罚款。"

刘琴一下子像泄了气的皮球，脑袋里发出一阵阵轰鸣。动物协会的人走了后，刘琴突然看见赛蒙太太躲在一旁偷偷地望着她笑。原来是这个小女人举报的啊！刘琴气得在心里直骂她"贱货"。

刘琴的老乡听了她的哭诉后，先是说："你也真是，条件这么艰苦，你还有心思养猫，这不是自讨麻烦吗？"然后他开车过来，仔细看了看刘琴买来的猫食标签（谢天谢地，动物协会的人只拿走其中的一盒猫食）说："没事，你别怕。他们没有当面抓住你，你不承认就是了。这盒猫食并没有过时，标签上的日期还是有效期之内的。只要猫食没有变质，你就没事。即使猫食变了质，也不能说你买猫食是为了应付他们检查的。猫食变质了，你可以向生产厂家和商店索赔。放心吧，新西兰是个法制社会，什么事都要讲究实据。"

临走，老乡告诉刘琴："毛利人看似心地善良，憨态可掬，你不得罪他们，他们将脑袋给你当凳子坐都行；你要是得罪他们，他们就会设法让你活得不舒服。还是那句老话，人在屋檐下。能搬家尽早搬吧，不要贪图便宜。真要出了什么事，你省下来的钱，一下子全补上都不够。"

"谢谢你。"刘琴十分感动。这种肺腑之言，不是老乡不会讲的。刘琴开始考虑是不是真的要搬家了。

就在这时，也不知是怎么回事，赛蒙家里全乱了套。他家里本来是铺了地毯的，但是太脏，两只狗，三只猫，大小便随处拉，赛蒙太太也懒得理会，只是一味埋头读《圣经》。他们的床上乱七八糟，人住不下，就住到客厅，让三猫两狗住到床上。每天晚上，猫狗打闹得让刘琴读不下书去。

这还不算，一天深夜，刘琴肚子饿，准备去厨房冰箱里取一点东西来吃，突然发现家里来了三十多只大小动物，有一只狗足足有一头公猪那么高大，吓得刘琴尖叫一声，赶忙退回自己房间去。

第二天，那三十多只动物又像是在开会一般，集中在赛蒙的客厅里，赛蒙家的三猫两狗混迹其中，刘琴再也分辨不出来。而且，刘琴自己养的猫也趁机混入其中，不再回到刘琴的房间。赛蒙和他的太太坐在动物们中间，像它们的王。赛蒙用毛利话给动物们训话，刘琴一句也听不懂。一会儿后，赛蒙太太给动物们读《圣经》，她读得抑扬顿挫，极富感染力，连一向吵吵嚷嚷的小猫小狗们都安静地望着赛蒙太太，那一幕给刘琴留下了太深的印象。

大约忙了一个多小时后，刘琴终于找准机会，跟赛蒙说："你把家里变成了动物园？"

"这有什么不好吗？"赛蒙微笑地反问道。

"这些天，你早出晚归，原来就是训练这些猫狗去了？"刘琴又问。

"这都是些无家可归的猫狗，在市动物保护协会那里。因为没有人领养，协会那边的人说，如果我不领走，他们就考虑要对它们进行'人道毁灭'了。你忍心这些可爱的动物被杀死吗？"

"你将它们领进来，看来，我得走了。"刘琴无可奈何地说。

"我看也只能这样了，"这时，赛蒙太太插话进来，说，"如果你没有意见的话，今天你就可以走。这个礼拜的房租我们不要你的了。"

当老乡把刘琴的两个箱子从赛蒙家里搬出来时，赛蒙站在门槛上冲着刘琴的背影说："你可以经常来看看，我们欢迎你。"

"哼，我才不去呢。"刘琴头都不回，上了车，对发动了车的老乡说。

"你看，这也是毛利人不好的地方，"老乡说，"你明明是被他们的猫狗赶出家的，可他们还要说欢迎你再去。"

"看来，某些毛利人比咱中国人还圆滑！"刘琴说着，苦笑着，摇了

绿：海外传真

摇头。

"我看你还是住到我家里去吧，"老乡说，"我家房子虽不宽敞，但是安静啊。我想了想，你就跟我女儿住吧。那房间可以放两张单人床。如果你不习惯，就住我的房间去。我到客厅打地铺吧。"

"那怎么行啊？"刘琴眼睛潮湿了。

"有什么行不行的？我比你早来十多年，这里的情况我熟悉。你一个女孩子到这里来闯天下，不容易啊，"老乡说，"就这么定了。我不收你过多的钱，你在毛利人家出多少钱，我就收你多少，好不好？不然，你的事，我还真是老惦记着呢。"

刘琴抓住老乡的手，叫了一声："叔叔，太谢谢你了。"说完，泪流如注……

特别的圣诞礼物

圣诞节就要到了，怀卡托大学语言学院的同学们决定给汉密尔顿市"美的"敬老院的老人们送去一份特别的礼物。

这个班共有二十六名学生，来自九个国家和地区。班长托尼是西班牙的小伙子。他起初建议给老人们送个圣诞蛋糕去，但没有得到班上其他同学的同意，因为蛋糕和贺卡一样，都太普通，一点也显示不了这个礼物的特殊意义。

后来反复讨论，最后达成共识：送给老人们一个大大的"中国结长寿龟"。这个主意还是班上的中国女学生李晓晓提出来的。李晓晓来自中国南京，对自己的主意被选中十分开心。

为什么要给"美的"敬老院送圣诞礼物？因为语言学院的同学们与这个敬老院的老人们有过亲密的"互动活动"：每周三下午，同学们要到敬老院去当义工,在帮助老人的同时,尽可能多地跟老人们交谈,特别是一些方言俚语,你不到他们中间,还真不知道是什么意思。语言学院的老师用"走出去"的教育方式,想看看效果怎么样,结果反应奇佳。同学们既帮助了老人,结下了友谊,又学到了知识,特别是对当地的风俗人情有了更深入的了解。有些老人平时没人同他们说话,正闷得发慌,这些语言学院的学生一去,可把他们高兴坏了。他们认真地纠正同学们的发音,告诉同学们一些特殊的语法和语句,不断地督促同学们要大胆说,不要怕羞,还时不时考考同学们是不是记住了某个句子。老人们的耐心特别好,只要你愿意问,他们一定再三解释,直到让你明白为止。一个学期下来,同学们都感到语言有了较大的进步。

学期结束的时候,语言学院的同学们与敬老院的老人们举行了联欢。大家都有些依依不舍。敬老院的老人们说:"你们任何时候来都欢迎。我们互陪互乐,各得其所。"说得同学们都笑了。

第二天回到学校,眼看圣诞快要到了,同学们便议论着应该给老人们送一点什么礼物,以表心意。经过集体讨论后,最后选中了"中国结长寿龟"。同学们很快凑齐了钱。

可是,大家为了买齐制作八十只长寿龟的材料,找遍当地的中国结饰材料商店,然后跪在店里数六千三百四十多颗珠子——因为只要一颗不小心,就得重算。

"这个活真不容易啊。"班长托尼发出感叹。

"太容易了,还叫特殊吗?"李晓晓笑着说。

"从这件事里,我发现中国传统文化真是博大精心啊。"一位来自斯里兰卡的黑人小伙子说。

最有意思的是,商店的华人老板虽然不认识同学们,但当他得知这些东西是要送给敬老院的,他二话不说,便宜了四十多元钱。

绿：海外传真

"如果不够的话，尽可以再找我，"华人老板热情地说，"一定要让你们满意为止。"他虽然长得很严肃，却有着一颗非常善良慈悲的心。

回到学院的路上，由于心情太激动，李晓晓的车撞到路边的一棵树上，车子撞坏了，人也被拉到医院去做检查，气得她直怪自己不小心，"我怎么在关键的时候倒下来呢？"李晓晓对同学们说。

"没事，班上还有另外两个中国同学，他们知道如何做。"托尼安慰李晓晓。

另外两名中国男同学也劝李晓晓不要焦急，先到医院检查再说。

"身体检查后要是没事，你还要先报保险公司。这里的事，你不用担心。后天送敬老院去的时候，你如果抽得出时间，参加一下就行了。"其中一名东北小伙子这么告诉李晓晓。

材料买齐后，原以为班上二十五名同学，都来做"中国结长寿龟"，一定很快就做好了。没料到，大家的手艺不精，两名中国男生以前也从来没有做过这个活儿，只是看到商店里有卖。他们按照李晓晓画的图纸，做来做去，怎么做都不像，忙了一整天，也没有几只成品出现。

时间越来越紧，大家的心情也越来越急躁，有同学甚至怀疑这是不是一个好主意："为什么不弄一个简单一些的活儿呢？"

两名中国男生肩上的担子越来越重，要是在圣诞节来临前不能将"中国结长寿龟"做好，不仅辜负了同学们的一片信任，而且也会让敬老院的老人们极度失望。两名男生你看我，我看你，不知如何办才好。一方面他们的英文有限，一些专业用语他们无法解释得清；另一方面，他俩自己的手艺都不好，又怎么能够言传身教地让同学们依葫芦画瓢呢？

"不行，咱们赶紧去请行家来。"东北小伙子对同胞说，"我住的那家是中国台湾人，不知道他们会不会干这个活儿？"

真是凑巧，正在这时，东北小伙子一眼看见台湾房东朝他走来。小伙子连忙迎上去，急忙问："你会做中国结长寿龟吗？"

"你一个通宵都没有回，电话也不给我打一个。我们一家人都急坏了，还以为你出了什么事呢。"台湾房东没有理会小伙子的问话，只顾自己急促地说。

"噢，对不起。我急糊涂了，"东北小伙子拍了一下头，说，"我忘记了。"

台湾房东见同学们都趴在地上干活，这才明白他们在做圣诞礼物，并且是"中国结长寿龟"。"这个活儿我可是个里手了。"他不请自做，边说边动起手来。

"做得怎么样了？"一个女孩子的声音急急地传了进来，是李晓晓！

大家顾不上回答，只是埋着头做着自己的事。李晓晓一进屋，见八十只长寿龟还没做出几只成品，心里发急了。她冲着东北小伙子叫道："怎么还是这个样子？"

"我、我已经尽力了。"小伙子抬抬肩，说，"实话说，我自己都不知道怎么做。"

"嗝，"李晓晓说了一声，然后叫大伙都停下来，"时间不多了。你们现在要跟着我做，否则，做得既难看，又费事。"

李晓晓突然间发现房间里多了一个人，"嘿，你做得又快又好呢。"李晓晓走到那个房东身边，有些吃惊地说。

"我也是刚才赶到，"台湾房东说，"你告诉同学们怎么做吧。我自个儿做就是了。这活儿要有耐心，否则做不好。"

通过李晓晓的言说，同学们很快掌握了要领，做得快多了，而且也好看多了。

"我总觉得中国的文化很深奥，经你这么一说，我发现其实也很简单嘛。"班长托尼笑嘻嘻地对李晓晓说。

"别耍贫嘴了，快做吧。"李晓晓说。

绿：海外传真

于是，同学们默默地、拼命地赶，看着大珠珠一颗颗地减少，心中一阵阵宽慰。等到大伙把"长寿龟"做完，竟是第二天凌晨四点半了。

"真累啊。"同学们一个个从地上爬起来，伸了伸懒腰。然后望着红红的"中国结长寿龟"，又小心地用手摸摸，觉得十分神奇。

"我们创造了奇迹。"班长托尼大声说，"敬老院的老先生老太太们接到我们这个特殊的礼物，他们一定会长命百岁的。我们然后天天去那里，免费学英语，好不好啊？"

有人鼓起了掌，也有人吹起了口哨。这时，东北小伙子走到李晓晓身边，小声问："身体检查没什么问题吧？"

李晓晓心里一热，没想到这个看似马大哈的小伙子竟在默默地关心着自己，她轻轻地说："没事。谢谢你。"

"保险公司也通知了？"东北小伙子又问。

李晓晓摇了摇头，仍旧轻声答道："我心里惦记着这长寿龟，怕万一弄砸了，也丢咱中国人的脸。"

东北小伙子也眼睛一热。但他很快控制住自己的情感，说："今天已经是圣诞节了。圣诞快乐！"

"据说，明天保险公司就有人值班了。"李晓晓说，"明天你能陪我去吗？"

"这个、这个是我送给你的圣诞礼物。"东北小伙子忽然有点害羞地拿出一个小小的"中国结长寿龟"，说，"这是我结的第一个长寿龟，虽然有些丑陋，但心特虔诚。你不觉得这份圣诞礼物也有点特殊吗？"

"我、我得走了。"李晓晓有些惊喜而慌乱。

"你的车在修理，别打的了，挺贵的。坐我的车吧。"东北小伙子说，"明天去保险公司，也是这样。我去你家门口接你，怎么样？"

李晓晓没有吱声，只是默默地跟在东北小伙子后面，轻轻地上了车。

稚子之爱

飞飞是个六岁的小女孩,长得虎头虎脑,憨态可掬。飞飞是在新西兰土生土长的,人们因此又叫飞飞为"小KIWI"——KIWI是国人对当地人的称呼。

新西兰小孩大多很寂寞,特别是在那里生活的中国小孩,因为大多数华人家庭都不会花太多的钱买玩具给小孩子,同时大人都有自己的事,或是忙着读书拿学位,或是忙着找工作,或是已经有工作了没有时间照看小孩子。因此,当地的小孩子多是自娱自乐。许多人整天玩电脑,小小年纪电脑水平却堪称专家,自己设计网页,跟世界各地的小孩在网上交谈成了一种时髦。大人们想管都管不了。

飞飞不玩电脑,但她玩宠物。她不断地换宠物,但很少有让她中意、能陪她玩上三两个月的时候,飞飞的父亲就跟她的母亲开玩笑说:"这小姑娘长大后一定是个水性杨花的女孩子,善变,感情不专一。"

话音未落,飞飞的母亲就一个巴掌打了过去,并且叱喝:"放你的酸狗屁!"

飞飞的父亲头一偏,让飞飞的母亲巴掌落了空。当然,飞飞的母亲也不是真打,不过是不愿意听到丈夫对自己的小女孩说那么难听的话。

但是,在飞飞的父亲看来,飞飞就是这样的人。说来真有意思,飞飞两岁的时候从来没有见过蝙蝠,却闹着要养一只蝙蝠作为宠物,弄得大家怀疑这小姑娘前世是不是蝙蝠变的?不然,怎么才知道喊爸爸妈妈,就闹着要养一只蝙蝠作为宠物?去问家庭医生,医生问飞飞的母亲:"你怀孕的时候,是不是经常看有关蝙蝠的书或电影?"

飞飞的母亲说:"没有啊。"后来她仔细想了想,承认自己曾经的确多看

绿：海外传真

了几回电影《蝙蝠侠》。可飞飞的母亲想不通：难道看过几回电影就会影响到胎儿？医生说，胎儿对某些东西特别敏感，对某些东西特别迟钝。

当然，医生最后不忘补充一句："人体结构还有许多的谜语没有解开，咱们不必究根问底了。"

飞飞的父亲生气地说："你这废话应该早说呀。"

飞飞的"蝙蝠情结"只持续了大约一个月，然后，当她再次看到有关蝙蝠的图片时，她竟显得漠然起来，一点也看不出她曾经有过的狂热。这情景令飞飞的父母大为惊奇。

不久，飞飞开始对果子狸感兴趣起来。果子狸在新西兰到处都是，它们常常成群结队流窜到公路两旁，也经常可以见着被汽车撞死的果子狸陈尸公路无人理睬。据新西兰有关部门统计，这个国家共有八百万只果子狸，人均差不多两只半了。但新西兰人从来不吃果子狸，有时一些狩猎爱好者拿到政府颁发的执照后，便开始用果子狸来练枪法，每回下来，总有几十只成为枪下鬼。然后，这些狩猎者将果子狸的尸体弄到一起，挖一个大土坑，将它们埋进去，然后，再在上面栽一些果树。

有一回，一只果子狸跑到飞飞的邻居家，偷喝了人家的两瓶啤酒，结果醉得歪歪斜斜地跑到飞飞家的菜地上撒野，被飞飞的父亲一把抓住。飞飞的父亲原本要将这只醉鬼拿去动物园去喂老虎，不料，醉鬼酒醒后知道犯下了致命的错误，不断地叩头，希望飞飞的父亲发发慈悲，放了它，让它逃走。那样子，逗得飞飞咯咯直笑，觉得好玩极了。

"这不是一个活玩具吗？"飞飞的母亲对她的老公说。

"你喜欢它吗？"飞飞的父亲明白老婆的话外之音，便扭头问飞飞。

"喜欢极了。"飞飞连忙点头。其时，飞飞离四岁的生日不远了。

然而，等飞飞过四岁生日的时候，她的宠物果子狸已经不见了。飞飞的父亲问哪去了，飞飞说："它回家去了。"

"你为什么要放了它？"飞飞的父亲问。

"它告诉我说，它还有一个小孩子在家里等着它。我看它可怜，就让它走了。"飞飞大人般地说，"再说，我也烦它了。它身上有一股怪怪的气味。"

果子狸逃回山林后，有一回，飞飞的父母带她去动物园玩，这家伙对一只野猪情有独钟，站在栅栏外，目不转睛地看了它许久，吓得飞飞的父母赶紧将飞飞拉走了。你想，要是家里养一只野猪，那还有安宁之日吗？

飞飞从动物园回来，她突发奇想，坚持要养一只公鸡。飞飞的父亲很为难，因为当地市政府明文规定：禁止在家饲养鸡鸭。但飞飞说，"我养它当宠物，又不是养它来吃的。"这话倒是有理。可是，鸡毕竟是鸡啊。要是它到处乱叫乱飞，邻居不报警才怪呢。

但大人还是拗不过小孩，飞飞的母亲从农场给飞飞买回来一只大公鸡，告诉她："如果你能将这只鸡变个样，让人家不认为它是鸡，你就可以养它了。"飞飞母亲的本意一是为了刺激女儿的想象力，二是万一不行，她也可以顺理成章地杀了它吃掉。

没料到，飞飞的想象力出乎寻常的好。她将公鸡身上的毛全部脱光，为它穿上漂亮的衣服，并且叫它弗克斯将军。当时天气还冷，穿上小衣服后，那只公鸡倒是富贵得像个公子哥儿，整天高兴得打鸣。

飞飞的母亲问飞飞："如果天气热起来，你怎么办？"

飞飞胸有成竹地说："天热时就涂上红漆。我要让它变成狐狸。"

这样的回答当然令做大人的喜出望外。飞飞的母亲同时明白了飞飞叫这只公鸡为弗克斯将军的深意了，弗克斯就是英文fox的读音啊，它的中文意思就是狐狸啊。看来小家伙心中早就有打算了。

"飞飞这小家伙长大后一定能当新西兰总理。"飞飞的母亲得意地对她的老公夸耀道。

绿：海外传真

"我只盼她别真的成了狐狸精！"飞飞的父亲倒是很冷静，"她对任何事情都好奇，但热情只有三分钟。"

"还不是像你？"飞飞的母亲没好气地说。

飞飞跟弗克斯将军玩了大约两个来月。天气也渐渐热了起来。她真的将公鸡涂上红漆，让它赤条条地在草地上乱走，其滑稽可笑之情状令左邻右舍都围着来看。

有一天，弗克斯正与飞飞在公路边的草地上玩耍。突然，弗克斯看到公路对面走着一只母鸡，母鸡的主人是个穿戴时髦的女性，她用小绳子牵着母鸡正悠然自得地散步。不料，憋急了的弗克斯大大地打了一声鸣，那只母鸡一见弗克斯这副怪状，先是一愣，然后立即作出了愉快的回应。母鸡的女主人和飞飞都还没有反应过来，弗克兰箭一般地冲过公路，并旋风般地骑到了母鸡的屁股上。母鸡的女主人吓得尖叫一声，她不知道是什么怪物趴到了她的母鸡身上进行淫乱，便本能地飞起一脚朝弗克兰踢去。

"不准你踢我的弗克斯将军！"飞飞见状，大声叱喝。

但是晚了，只见弗克斯身子一歪，倒在地上。那只母鸡翻了个身子，很快就站了起来。当那个时髦的女人看清她踢中的其实是一只脱光了毛的公鸡，不禁哈哈大笑起来。就在这时，飞飞的一块石头击中了时髦女人的屁股。她扭头一看，见一个小女孩正恶狠狠地瞪着她。

"你是谁？叫什么名字？"时髦女人大约意识到公鸡就是这小女孩的宠物，因此态度和悦地问道。

"你踢伤了弗克斯将军，"飞飞哭丧着脸，说，"它会死的。"

这时，弗克斯艰难地站了起来，面对主人，一脸羞愧。飞飞抱起它，说："你好了一点吗？你为什么要跟这只母鸡打架？"

"它不是打架，它是……"时髦女人试图解释，忽然觉得对于一个小女孩来说，她的解释说不出口，自己的脸也红了。

这时，飞飞的母亲闻讯出来了，立即将飞飞和她的弗克斯将军带了回去。这个可怜的将军再也打不出鸣了，几天后便郁郁地去了极乐园，做了一个"风流鬼"。飞飞不准家里人炒了吃，而是挖了一个土坑，认认真真地埋了它。同时，飞飞还在小小坟堆上挂了一些白条，上书："弗克斯将军永垂不朽"和"弗克斯将军之墓"，云云。飞飞临走时还流了泪。

飞飞的母亲对老公说，"你看看，孩子那么小，就懂得什么是真情了。你还说她水性杨花，亏你说得出口！"

见飞飞的父亲不吱声，飞飞的母亲又意味深长地说："不是她不知道动情，而是她没有碰到值得动情的东西；也不是她善变和移情，而是没有碰到能够守住她的心、让她专一的东西！"

一个星期后，飞飞恢复了平静。而且，每次经过弗克斯坟墓前，她也不再投以深深的目光。她在寻找新的目标。

很快就有了。

一个老乡从门前的地里抓住一只刺猬，送给飞飞，将飞飞高兴坏了。起初不知道刺猬背上长刺的厉害，飞飞伸手去抱，结果刺得她尖叫，并出了血。但她并不怪刺猬，而是对它刮目相看。

飞飞郑重其事地告诉父亲：以后如果有人欺负她，她就用刺猬去报复！那语气、腔调令飞飞的父亲十分吃惊：这小家伙怎么成熟得这么早？这么小的年龄她就知道了"报复"二字，将来长大了，要是谁玩弄了她，她不宰了人家才怪！

在接下来的几天里，飞飞忙得不亦乐乎，又是喂牛奶，又是喂果子，对刺猬真是关怀备至。尽管气味难闻，可她一点也不在乎。她还给刺猬做了一个窝，是用一个硬纸盒做成的，像竹篮一样，可以提起来。每次出门，飞飞要将刺猬放进汽车里。飞飞的父母拿她没有办法，也只好听之任之。

谁知，飞飞的快乐并没有持续多久，刺猬竟然短命而去！原来，飞飞的

绿：海外传真

邻居家有一个八岁左右的南非小女孩，她不知从哪里学到的知识，一番好意地对飞飞说，刺猬要天天洗澡，不然，刺猬身上会被各种虫子吸血吸死的。飞飞不知道怎么给刺猬洗澡，南非小女孩又自告奋勇帮助飞飞给刺猬洗澡。没想到，刺猬洗不得澡，一洗，不小心竟给弄死了。

飞飞气得号啕大哭。那个南非小女孩见状后也傻了眼。

飞飞知道哭不活刺猬，只好也将它掩埋了。坟墓就在公鸡弗克斯将军旁边。飞飞对着两个小小的坟堆说："好了，现在你们两个可以在一起快活了。我会天天来看你们的。"

掩埋完刺猬后，飞飞跑到邻居家，要那个南非小女孩赔她两元钱。

"凭什么要我赔你钱？"南非小女孩说。

"因为你弄死了刺猬！"飞飞振振有辞。

"是你要我做的。"南非小女孩说。

"我是要你帮它洗澡，可没要你把它弄死。"飞飞像个谈判的老手似的，说得那个南非小女孩竟然找不到合适的词儿来回击她。

"我没有钱。"南非小女孩无可奈何地说。

"没钱向你爸爸要。"飞飞给她出主意。

"爸爸不会给我钱。"南非女孩十分为难。

"那、那你至少要写个欠条给我。"飞飞坚持道，"等你有钱了，就给我。"

"好吧。"南非女孩有些不情愿地说。说完，她转身走到卧室，拿出纸和笔，写了一张两元钱的欠条，交给了飞飞。

飞飞将欠条折叠好，放进口袋里，说："我会随时来收钱的。"

南非女孩的脸上有些难看，但飞飞顾不上那么多了，神气十足地回到了家。

不久，南非女孩为了去筹款，自己跑到商场里，将商场里几毛钱一双的袜子拿来，挨家挨户上门去，卖几块钱一双，说是义卖，为学校做的，其实不是。飞飞的母亲知道后，不准飞飞跟南非小女孩玩，说她不诚实。飞飞不吱声，心想：她还欠着我的钱呢，现在她有钱了，该来还我的钱了。

可是，过了好些天，都没有动静。飞飞跑到南非小女孩家，问："你现在有钱了，为什么不还我的钱？"

"我又没欠你的钱。"南非小女孩耍赖。

"这是你的欠条，"飞飞生气了，"你敢抵赖？"

"我、我忘记了。"南非小女孩没词了。

"给我钱。"飞飞伸出手去。

"我没有。"南非小女孩说。

"你卖袜子不是赚了钱吗？"飞飞追问。

"总共赚了二十五元多，都被我妈拿去给我买裙子了。"南非小女孩可怜兮兮地说。

"那好吧。我再等你几天，"飞飞也拿她没办法，说，"你会继续卖袜子吗？"

"嗯，可能吧，"南非女孩说，"可是，袜子越来越难卖了。周围的人都知道我撒了谎，都不愿再买我的袜子了。"

"那你不打算还我的钱了？"飞飞盯着南非小女孩问。

"我会还你的，你放心吧。"南非小女孩答道。

没料到，几天后，飞飞所在的幼儿园老师要每个学生从家里搬一件东西捐献给幼儿园。头天晚上，飞飞的父母选了一张折叠桌，准备第二天送去的。没料到第二天一早，飞飞的爸爸妈妈都有急事，将折叠桌的事给忘记了。飞飞一个人搬不动桌子，只好跑到邻居，向南非小女孩求助。

"我可以帮你，但你也得付我的钱。"南非小女孩抓住了机会，一本正经地要求道。

绿：海外传真

"你要多少钱？"飞飞有些生气。

"四元。"南非小女孩说。

"哪里有这么贵？"飞飞大声说，"你以为你是谁啊？"

"至少三元，"南非小女孩退了一步，"这是力气活。不能再少了。"

"不行，最多两元。"飞飞说，"反正你还欠我两元。你帮我搬过去，咱们算是两抵了。"

"再加二十五便士。"南非小女孩似乎觉得上次好端端帮她洗刺猬反而欠了两元债，心里很不舒服。所以，她总想多一点，让飞飞欠她一回。

"如果你再加钱，我就不要你搬桌子了，"飞飞说，"但是，你必须现在就还我的钱。"

这话可是杀手锏。南非小女孩傻眼了，只好恨恨地说："好吧。咱们也得写个合同。"

飞飞很快写好合同，两人都在上面签了字。然后，南非小女孩和飞飞一起，将折叠桌搬到了幼儿园。

"好啦，咱们从此以后两不相欠啦。"南非小女孩抹了一把汗，高兴地说。

然而，第二天，飞飞走到南非小女孩家，又一本正经地要她还钱。南非小女孩瞪着眼睛说："咱们昨天不是说好了，两抵了吗？我还有你写下的合同呢。"

"那你好好看看合同吧。"飞飞笑嘻嘻地说。

南非小女孩读合同书："露丝（南非小女孩的名字）欠飞飞两元。露丝帮飞飞搬桌子，飞飞付给露丝两元。此事两清了。"南非小女孩迷茫地问："合同书不是写得很清楚的吗，咱们两清了。"

飞飞诡异地一笑，说，"合同书上说我付给你两元钱了，你帮我搬桌子这件事两清了。但你还欠我前面的两元钱啊。"

"我没有拿你的钱啊。"南非小女孩发急了,"你怎么能这样理解呢?"

"行了,"飞飞拍了拍南非小女孩的肩膀,说,"我是开玩笑的呢。"说完,将手中的欠条撕掉了。

"你原来是吓我的啊。"南非小女孩转怒为喜,说,"刚才你真将我吓坏了。但是现在,我写给你的欠条你已经撕掉了,我就放心了。"

"我不会乱来的。"飞飞说,"咱们以后就是好朋友了,对不对?"两人拥抱在一起。

当飞飞将事情的来龙去脉告诉她的父母时,飞飞的母亲高兴地说:"飞飞干什么都很投入,很棒。谁说女子不如男?"

但飞飞的父亲听完后却很骇然,心想:这小女子真不简单啊!这样的人长大后不是绝顶的好人就是恶毒的坏人。他感觉自己肩上的担子更重了。

母亲节的祝福

五月的第二个星期日是西方人十分重视的"母亲节"(Mother's Day),早在一个星期前,电视、报纸和各类免费的垃圾邮件里就连篇累牍地登起了销售广告,从精致的化妆品、女性用品到养颜补品等,应有尽有,价格优惠得让人心动,有八折、七折、六折,连五折的都有,各大商家互相竞争,恨不得将顾客兜里的钱都掏出来。

他们虽没有中国人常见的那种所谓的"跳楼价""大吐血"等令人毛骨悚然的叫喊,但也有号称"大清仓"、"换季大甩卖"等诱惑人的举措。

最让我感兴趣的是电视上有一则广告,讲的是中国十分美丽的丝绸简便套装,由几个洋模特穿着在T字形看台上转来扭去,很是抢眼,一看价格才二十九元,原价也只有四十二块。

我想,这样的衣服要是在中国的精品屋至少得要三四百元人民币一套

绿：海外传真

吧，这里竟是这么便宜！再看卖这种衣服的地方，是威尔豪斯商店。

这是一家全国连锁店，里面的日常生活用品很齐全，大部分产品来自中国。当地人也知道，这里的价格特别便宜，但质量的确令人伤心。

一个洋人朋友去这里买了两回单车内胎，每一回换上没两天，又坏了，气得他找到商店经理问这是怎么回事。经理苦笑一下，说：对不起，这么廉价的东西，也只有这么耐用了。否则的话，你花两块钱买了一回再等五年十年后再来买一回，那么，人家商家和我们这个商店也早早地关门大吉了。

那洋人朋友想想觉得也是，他买的这个内胎是别人价格的四分之一。尽管如此，当他有一天对我说起这件事时，还是对威尔豪斯表示由衷的不信任。

但是，威尔豪斯的商品以低价闻名，毕竟吸引了一大批顾客。我到这家商店去买过几回东西，每一次去店里都是人山人海，这在新西兰可是很少见的。以薄利甚至是赔本销售，得实惠的终究还是顾客。虽然商品总体质量比别的商店差一点，但并不是每一件商品都像那个洋人朋友买的单车内胎一样"不耐用"，我发现一些中国制造的衣服、鞋帽和电器，在这里的价格兑换成人民币后甚至比国内还低，这让我很纳闷。我曾就此事问过中国驻奥克兰的商务参赞，他笑笑说，现在没办法，该赔本的还得赔，为的是保持市场的占有率。

实际上，据当地媒体披露，最近几年从中国进口到新西兰的贸易额年年大幅度增加，而日本和韩国的贸易额则在减少。

我相信，在这一增一减的背后，中国一些厂家一定忍受着巨大的伤痛。

"母亲节"就要来了，看看威尔豪斯商店推出的降价女式丝绸套装，我心里有一些不是滋味。因为，这些丝绸套装的质量可是一流的。中国的丝绸制品一直很闻名，当地人都知道，我想，商店这一回打出这样诱人的广告，一定会在当地消费圈里造成震动的，说不定会发生抢购风潮呢。你想想，要是买上这么一套精致的丝绸套装作为节日的礼物送给母亲，母亲该是多么的高兴啊。

然而，情况并不像我想象的那么乐观。因为去大学要经过一家威尔豪斯分店，我顺便去看了一下，发现那些漂亮的丝绸套装挂在商店里像一道美丽的风景，但前去购买的当地人并不多。我问一个流动的工作人员，他回答说，一天能"走"好几件，已经卖得不错啦；况且，五月十二号的高峰期还没来。相信那一天生意会更好。

回到家，我正好碰见邻居老太太在阳台上读《圣经》，她笑眯眯地跟我打招呼，我就问她："母亲节"就要来了，你估计你的两个女儿会送点儿什么礼物给你吗？

老太太抬了抬肩，仍旧笑眯眯地说：但愿不再是送一条花短裤了。

我大吃一惊，心想，哪有在这种节日里送这种礼物的？

老太太见我一脸困惑，就解释说，其实也没什么。反正她们两人年年送短裤，我也习惯了。短裤是一定要穿的呵，不是吗？

老太太笑得更灿烂了。我说：这里面有什么故事吗？

我告诉你吧，年轻人。老太太说，有一回圣诞节，我给孩子们送的礼物就是每人一条小花短裤。没想到两个调皮鬼记我的仇，长大后，每年的"母亲节"她们每人都送我一条花短裤。我能说什么呢？

原来如此。我一时不知说什么好。我想告诉她，威尔豪斯有特别便宜、漂亮的丝绸套装卖，也许你的女儿看到了电视广告，说不定会一人买一套给你呢。

老太太见我不作声，就眯起眼睛，看着夕阳，像是对我，又像是对夕阳说：不过，说真的，我年年盼望着这个节日，我还真希望有一点儿意外的事发生呢。对了，你的母亲在中国吗？你给她送去了祝福吗？

我顿时语塞。我仿佛看见年逾古稀的母亲正乘着思念的独木舟，白发苍苍地向我哭来。多少次在梦中，多少次在心底，多少个夜深人静的时候，母亲清瘦的背影是多么生动地刺痛了我的眼睛。可是，为了节省电话费，也为了尽快地完成学业，我很少给母亲打电话，很少像城里人那样给母亲送去礼物和祝福。

于是，在中国不大时兴母亲节的特殊时刻，在邻居老太太善良的提醒中，我怀着复杂的心情，拨通了老家的电话，紧张而又略显生疏地叫了声："娘！您还好吗？今天是母亲节，祝您节日快乐……"话音未落，泪流满面。

螳螂卫士

亮亮不是螳螂，是因为亮亮养了一只螳螂当宠物。那种爱屋及乌的小模样让人怜爱不已。有人就叫他"螳螂亮亮"。

亮亮是个七岁的男孩。他的父亲在大学经济学院读博士，母亲在一家工厂打工。亮亮两岁的时候随父母来到了新西兰，当人们问他的老家在哪里时，他会很认真地回答："我的家在北京。"

亮亮爱动物是出了名的，他不仅爱猫爱狗，甚至爱一切生物。有一天，亮亮趴在门前地面上嘴里叽里咕噜里不知说些啥。读博士的父亲还以为孩子闹了什么毛病，走近一看，才知道这小子在跟一伙蚂蚁进行"亲切的交谈"。那一堆蚂蚁眼看暴雨就要来了，哪里有心情听亮亮说话，一只只忙得不可开交，嘴上衔着各式各样的材料，那样子，像要搬走一个国家或者重建一个国家。

不一会，暴雨果真就来了，夹着狂风、闪电和惊雷，阵势十分可怕。亮亮撑着雨伞硬是要为那些可怜的蚂蚁遮风挡雨，被他的父亲强行拉开了。结果太阳出来时，亮亮跑到门口看，那些黑压压的蚂蚁奇迹般地消失了。亮亮为此心情沉重了好几天。

"亮亮这孩子感情细腻、多愁善感得像贾宝玉，长大了怎么得了？"亮亮的父亲忧心忡忡地对他的妻子说。

"这有啥啦？他不就是喜欢动物世界吗？"亮亮的母亲不以为然，说，"说不定他会成为一个了不起的动物学家或昆虫学家呢。"

"跟你真是对牛弹琴。"亮亮的父亲一脸不高兴地说。

亮亮的母亲却开心地笑了。

不久，亮亮从一堆垃圾里翻出了一只半死不活的螳螂，非要养着它不可。亮亮的父母拗不过他，只好听之任之。亮亮将小螳螂用清水小心清洗得干干净净，又用棉球将它的腿擦拭干，然后就琢磨着怎样将它培养成无产阶级事业的接班人。亮亮的父亲曾劝亮亮丢掉这只螳螂，因为这家伙还少了一条腿，自然界那么多好玩的东西，干吗非得将一只断腿的螳螂养起来呢。亮亮不赞成父亲的说法，还批评父亲太残忍。他大人般地说，这螳螂正因为缺了一条腿，所以更需要我们人类的帮助，否则，它不只有死路一条了？这话说得做父亲的哑口无言。亮亮的母亲就打趣她的丈夫：看，连儿子那点觉悟都没有。还读博士呢，书读多了没有爱心，有什么用呢？

"好啦，我不管你们啦。"亮亮的父亲便十分懊恼地说。

亮亮不管父母的打情骂俏隐含着什么，他不懂，只知道每天捕飞蛾给他的小伙伴吃，并给这只螳螂取名查尔斯。亮亮取这个通俗的名字完全是因为他们班上有一个黑人男孩也叫这个名字，他可不知道英国有个出名的王子也叫这个大名。

实际上，亮亮以前养过一只螳螂，这只感情不专的螳螂跟了亮亮五周多后，突然飞走了，从此再也见不到它的身影。亮亮不知道眼下养的这只断腿的螳螂是不是与前面的螳螂有血缘关系。不管怎么说，有了螳螂后，亮亮的

绿：海外传真

生活也更加亮堂起来了。

这只受伤的螳螂在亮亮的精心照料下幸福地长大了。它的伤口慢慢愈合了，虽然走路有点一拐一拐的，但一点不妨碍它的自由行动。它有时还飞到窗口上，好像在探看他的主人是否从学校安全回来了。

亮亮每次从学校回来，放下书包的第一件事就是寻找飞蛾。螳螂便很懂事地跟在他身边。有时还站到他的头顶上，挺神气地东张西望。亮亮抓到飞蛾后，就坐下来，并不急于喂螳螂，而是训练螳螂感恩戴德。亮亮在螳螂面前画了一个圈，不准它越出圈子。刚开始时，螳螂不明白主人是啥意思，心想，你抓了飞蛾干吗不给我吃呀，我都饿坏了呢。于是急急地往前走，并很快越过了划出的圈子。亮亮便叱喝一声，抓住螳螂的一只腿往后拉。多弄几回后，螳螂领悟了主人的用心，它终于能乖乖地绕着圈子走了。常常要走完五圈，亮亮才把抓来的飞蛾塞到它的面前。这时，螳螂显得急不可待，用腿抓住飞蛾，很快就吃了下去。

亮亮要看到飞蛾被螳螂全部吃下去，他才轻轻地松一口气。眼看着飞蛾慢慢从螳螂的脖子上滑下去。由于螳螂的躯体透明，飞蛾进入腹部后的情况看得一清二楚。如果你有耐心，能将整个消化过程看个透彻。

有一天，亮亮的父亲忽地大声叫道："你来看，这只螳螂是母的。"

亮亮的母亲过来一看，果然是这样子的，螳螂的腹部有三个小蛋，有一个都快要出来了。她对丈夫说："什么母的，真是外行话。它是雌性的。"

"谁跟你抬杠啊。"亮亮的父亲没好气地说。

"要不要处理它啊。"亮亮的母亲故意逗着说。

"怎么处理？"亮亮的父亲等待的就是这句话。

"将螳螂结扎啊。"亮亮的母亲笑出声来。

"胡说八道，"亮亮的父亲没好气地说，"每次跟你谈正事，你都故意将话岔开。"

"我这不是没文化吗？"亮亮的母亲仍旧笑嘻嘻地说。

"行了，我不跟你争了，"亮亮的父亲说，"反正要想办法，将螳螂崽子消灭在它娘胎里。"

"那你得问亮亮同意不同意。"亮亮的母亲止住了笑，显得认真起来。

"这家里作什么决定还用不上他最后拍板吧？"亮亮的父亲一本正经地说。

"可毕竟亮亮才是螳螂的主人。"亮亮的母亲说，"如果他不同意，你私自处理了螳螂，因为没有尊重他，后面的安抚工作恐怕不容易做哩。"

"这小子被你宠坏了。"亮亮的父亲无可奈何地说，"你要知道事情的严重性，这只母螳螂要生孩子了，我担心它日后生会出一大窝螳螂来，满屋子里乱飞的。"

"家里有一堆螳螂，五颜六色的也很漂亮啊。"亮亮的母亲说。

"他妈的，说了半天，原来你是赞成这只螳螂将孩子生到咱们家的！"亮亮的父亲气呼呼地说，"真是对牛弹琴！"

两位大人正说着，亮亮放学回来了。亮亮的父亲正要告诉儿子不幸的消息：这只螳螂怀孕了，肚子大得要生小家伙了。没想到，亮亮率先说开了，他兴高采烈地告诉父母："爸爸，妈妈，告诉你们一个好消息：查尔斯女士要做母亲了！"

亮亮的父亲一时还没反应过来：谁是查尔斯啊？但他的母亲一下子明白了，对亮亮说："你别高兴得太早了，有人要驱逐查尔斯女士呢。"说完，故意拿眼角瞟亮亮的父亲。

"爸爸，这真是你的阴谋吗？"亮亮仿佛明白了母亲的话，他一脸严肃地望着父亲。

亮亮的父亲气得半天说不出话。

从那天起，亮亮把螳螂看得可紧了。他不但带着螳螂去上学，而且晚上

绿：海外传真

将螳螂放进自己的卧室，真正做到了形影不离。有时为了让螳螂活动一下，就把它放在家里的花盆里，可是它的肚子太大了，走不动，只是慵懒地躺在花盆里，感激地望着亮亮。

亮亮的父亲被儿子细心守护的精神感动了，心想，这小子有这样的精神，长大后，他要是真的从事昆虫研究，说不定还真能成为人才呢。因此对他说："上学的时候不要将螳螂带到学校去，那样会影响你的学习，也影响同学们的学习。这样吧，我向你保证，决不伤害你的螳螂，它爱生多少孩子我都欢迎。只是请求你上学的时候，将螳螂放到家里，由我来看守，好不好？"

亮亮用将信将疑的眼睛望着他的父亲。在一旁打毛衣的母亲发话了："亮亮，你爸爸不会骗你的，你就放心去上学吧。再说，还有我呢。"

"好吧，我相信你们。"亮亮放下心来，说，"我们订下合同，在小螳螂出生前，我每次上学都由你们俩轮流照看，出了事我就找你们！"

亮亮将写好的文字让亮亮父母签字。做父亲的却愣住了：这小子干吗这么认真啊？倒是亮亮的母亲爽快，拿起笔，就签上了自己的大名。

亮亮的父亲说："我就不用签名了吧？亮亮，你难道不相信你爸爸吗？再说，要是出了什么事，即使我签了名，又有什么用吗？你会因此将我告到法庭上？"

"爸爸，我是按规矩办事的。"亮亮没有商量的余地，"如果你不签，我就将螳螂带到学校去。"

"好吧。"亮亮的父亲有点窝火地签了名。

"你应当为儿子感到骄傲，他这么小就有了法律自保意识了。"亮亮的母亲等儿子出门后，她这么对自己的丈夫说。

亮亮的父亲觉得妻子此话说得也在理，心中的不快顿时释然了。他果真认真地照看起螳螂来。

虹——多棱镜下的新西兰

一周一晃而过,螳螂的肚子越来越大。有时,亮亮都不忍喂它飞蛾了,怕它吃下飞蛾后将肚子胀破。亮亮的父亲建议给它喝牛奶,可螳螂根本不喝牛奶。亮亮的母亲会想办法,替亮亮找了一些小蚊蝇,甚至是蚊蝇的卵,亮亮很感谢母亲帮他的忙。

然而,就在亮亮满心喜悦地等待螳螂生产时,它却突然消失了。那天,当亮亮兴冲冲地回来,老远就冲父亲喊:"今天生了吗?"只见他父亲抱着头,呆呆地望着亮亮,一言不发。

"查尔斯怎么了?她怎么了?"亮亮一下子哭了起来,满屋子里找螳螂,可是没有找到。

"我只是出门去信箱里拿信,一会儿的工夫,当我回来时,螳螂不见了。"亮亮的父亲一脸的痛苦。

"我不信!"亮亮狂叫道:"一定是你杀死了它!刽子手,你是刽子手!"说完,拿头去撞他的父亲。

亮亮的母亲也一脸严肃地问:"你不会真的杀害它吧?"

"我干吗要杀了它?"亮亮的父亲也火了,"它肚子那么大,走都走不动,我还忍心杀它,我是人吗?"

亮亮的母亲见丈夫这样说,相信他一定没有杀螳螂。但亮亮坚持是父亲杀害了查尔斯,为此,他报了警:"我爸爸杀了查尔斯。"

接报的警察吓了一跳,赶紧问亮亮住在什么地方。两分钟后,三辆警车火速赶来。然而,当警察了解所谓的"查尔斯"不过是只断腿的怀孕的螳螂时,他们不禁哑然失笑。当然,笑归笑,但他们办事还是极其认真的。

警方听取了亮亮的汇报,认真作了文字记录,他们还看了亮亮与其父母签的协议书。亮亮坚决要求将他的父亲绳之以法,但警方遗憾地说:"小朋友,你的心情可以理解。不过,要逮捕你父亲,我们必须要有绝对确凿的证据才行。"

绿：海外传真

亮亮的父亲没有计较儿子的"大义灭亲"，不过，他感到不解的是，这只螳螂为什么在这个关键时刻突然失踪了呢？为什么偏偏在他"值班"的时候出事了呢？以螳螂当时的情状，它不可能飞走，那么，它是不是被什么东西吃掉了呢？比方说鸡？

突然，亮亮的父亲记起来了，邻居家最近养了一只鸡，是不是邻居的鸡将可怜的螳螂给吃掉了呢？这么一想，他立即打电话给警察，将自己的发现报告了警察。

警方认为这是一个极其重要的情报，立即驱车赶来。一查，邻居家果然养了一只黑鸡。按照新西兰法律规定，城市居民不能随便在家养鸡，违者重罚。

邻居是一家越南人，刚来新西兰不久，不懂这里的法律，听说自己因为家里养了一只鸡就要受到重罚，连忙求情，并当场将那只黑鸡杀了。结果，警方真的在鸡胃里发现了还没有消化的查尔斯，亮亮看到惨不忍睹的查尔斯，哭得死去活来……

一个月后，亮亮受到了市政府的特别嘉奖，市环保协会和动物保护协会联合送来一块匾额给亮亮，上书："螳螂卫士"。当地发行量最大的报纸也以"螳螂卫士"为名，用大特写的方式报道了亮亮的事迹，亮亮的照片也登在这张报纸上。

一些华人朋友打电话给亮亮的父亲说："都说华人没有环保观念，你的儿子给大伙撑了脸。你真是教子有方啊。"说得亮亮的父亲羞愧不已。

"真是因祸得福啊。"亮亮的母亲自言自语地说。

可是，亮亮脸上的阴影和心灵的伤痛并没有因种种荣誉而消退。此后半年多，他再也不敢养螳螂了，而且他也从来不跟越南邻居说话，他还在越南邻居的信箱里塞过几回字条，上面写有"你是刽子手"几个字。

直到这个倒霉的邻居搬走，亮亮的眼神才重新光亮起来。

青：诗意柔情

带个女孩去新西兰

多少年来，我一直在做一个梦，一个同样的梦，一个在蔚蓝的天空下像岩鹰一样翻飞的梦，一个痴情的梦，心动的梦，小草的梦，浪漫的梦，温馨的梦，诗意的梦，露珠的梦，透明的梦，静谧的梦，呐喊的梦……一个想着这个梦就浑身发热发烫发紧、就有一种冲动一种心疼一种想抓住什么不放的、遥远而又触手可及的开花的梦啊——带个女孩去新西兰！

虹——多棱镜下的新西兰

带个女孩去新西兰。我不会轻易带着一个人走的。我花了三十多年的时间在寻找，我一出生就开始寻找，我还会继续寻找，继续追求，继续流汗、流泪甚至流血，继续满怀信心地跋涉和奔跑。为了这个女孩那高贵的额头不再受到风暴的打击，为了这个女孩那杨柳般的手指不再受到寒风的侵蚀，为了这个女孩那纯洁的花瓣不再受到野蜂的袭击，命中注定，我会在风暴的正午、在闪电的黄昏、在打马的黑夜、在剪枝的黎明一路漂泊一路寻找。

带个女孩去新西兰。一个百分百的女孩，一个心仪已久的女孩，一个有着蕨叶般韧劲、水仙般柔软、霞光般娇媚的慧美的女孩。

……飞机腾空而起，带着巨大的蜂鸣，我的心随着飞机的腾空而掏空。我紧紧地抓着柔软的座垫，看乳汁般的云朵从眼前迅疾滑过，那么快，那么无声地洗涤着我的情绪。十三个多小时的分分秒秒，我就这么把自己抛在空中，我不知道到了什么地方，只看见机座后的小小电视机不停地闪烁着一个又一个陌生而又熟悉的国家、城市和著名风景区的名字。那些英文的字母带着符咒般的力量将我的情感牢牢地镇住：再见了，生我养我的黑色故土；再见了，像大地一样诚实而又苍老的父母；再见了，我记忆中的山村、水井、农田和浮萍一样栖身过的一座座大大小小的城市、车站和码头，还有我善良的同事，我真心的朋友，我无依无靠的兄弟姐妹……我在高高的天空感到了天堂的宁静，感到了圣洁而朦胧的美是如何从脚跟直逼我的指尖。为什么飓风比我抱住的还要猛烈，为什么云彩比我触摸的还要柔软，为什么无边无际的山川、峡谷和河流比我见过的还要博大、辽阔和宁静。我的坚定、我义无反顾的决心，都是因为你，一个女孩，一个值得我放弃所有、不顾一切去追求的女孩。

天啦，这是我的想象还是我的梦？此刻的你竟然就在我的身边！你紧紧地靠在我的左肩，信任并且满足地靠着，你轻柔的呼吸和睡梦中恬静的笑容

青：诗意柔情

便是我幸福的全部。我的苦、我的累、我的血、我的泪，在这一刻都雾消云散，随着一缕青烟从我的身边悄然而逝。

你曾对我说，你看过电影《钢琴课》和《指环王》，新西兰迷人的风景彻底征服了你。夜深人静的时候，你的脑海一次又一次掠过这样的情景：在水草鲜美的无名山坡上，棉絮般的白云悠然地挂在头顶，水洗般的阳光黄澄澄地倾泻在半山腰，透明的风儿带着新鲜的水果味若有若无地吹，成群的奶牛、马匹、小羊尽情地享受大自然丰厚的馈赠，一股清洌的泉水像一条白色的带子将黛绿的山脉一分为二，山下晚岚轻起，偶尔的马叫、羊咩使山谷显得更加宁静。此时的山坡诗情画意：一个母亲坐在草地上，满意地看守着周围的孩子们，一个，二个，三个，四个，五个，甚至更多。孩子们或大或小，或胖或瘦，或男或女，像原野里的花草，充分展示着各自的个性，他们无忧无虑，在嬉闹玩耍，在追逐摔打，在奔跑、哭泣和放声喊叫……幸福的母亲面带微笑，从容自信，一脸镇定，她偶尔折下一根小草放在嘴里，或者随手拍打着身边的小蚊，甚至不经意地吆喝一声，却从不对孩子们的娇性、任性和野性加以修剪、阻拦和制止。母亲想着自己的心事，一幕幕的心事电影般地在青山绿水中寂然放过。母亲的梦想连同她的青春美丽就在无名山坡上像映山红一样一叠叠折起变成了或深或浅的皱纹，生动、琐碎、真实、传神。不知不觉，孩子们在一天天的打闹中收割着快乐的童年，茁壮成长。当母亲的心事变成一绺绺白发的时候，孩子们的快乐连同种下的树苗长成连绵不断的草地和森林。无名山坡上又有了新的牛羊、马匹和水草，又有了新的母亲和一群天真无邪的孩子们……

多么令人神往的生活啊！从你诗意的叙述里，我知道你多么希望有一天能成为其中的母亲、并且拥有一大堆围绕在你身边的孩子！

带个女孩去新西兰。我曾经想把自己的一生都维系在你的身上，把自己的精神、自己的肉体和自己的苦与痛、欢与乐、悲与戚都连着你心灵深处最敏感的部位。我曾经想，我一切的一切都是因为你，因此希望你能成为我的唯一。可是，我终于发现这于你并不公平，你在毫无觉察的时候已经成为我情感上的债主，我怎么能把自己的单相思连同它的利息都强加给无辜的你呢。不，你就是你，一个属于我也属于任何人，尤其属于你自己的你。我不能用爱的借口购买你的自由，我更不能用新西兰的风景作为世俗的筹码消解爱情的神圣，我只能说我爱你，但我无权要求你也爱我，尤其无权要求你像我爱你那样地爱我。

带个女孩去新西兰，是因为幻想着某一天我在高速公路上疾驰的时候，你的手能够轻轻地拍着我，让我安全地主宰自己的生命。

带个女孩去新西兰，是因为在科罗曼多小岛上享受浪漫的阳光浴时，你能娇媚地陪伴在我的身边，任小风小浪、海鸥晚霞复印我们的呢喃私语，播散着一种异国情调，让纯洁的母语带着一对东方恋人的缠绵体温在广袤的沙滩上写下大写的"LOVE"。

带个女孩去新西兰，是因为南太平洋的风夹着斐济的水果香飘过我的住宅时，我剪着房前屋后的花草，经营着自己开垦出来的菜园，怡然自得地吟着"采菊东篱下，悠然见南山"的诗句。而此时，屋顶上的烟囱飘出一丝淡淡的饮烟，你以中国女性古老而又经典的姿势系着做饭的围裙斜斜地靠在门槛上，看我在天空下劳作，在异国他乡耕耘着自己的梦想，让邻居的洋朋友带着羡慕的表情把神奇的东方文化尽情传递给周围的人们。

带个女孩去新西兰，是因为当我站在吉斯本迎接每天世界上第一缕阳光的时候，你能像鸟一样张开翅膀，去拥抱一份喜悦的心情，并许下一个美丽的心愿。"在长白云的地方迎接第一缕阳光"，在这样的一块神奇的净土上，我怎能独占醉人的风景、怎能不与你共享一片明媚的蓝天呢？

带个女孩去新西兰，是因为终有一天当我病倒的时候，当我的眼睛不能睁开的时候，当我的心越来越被另一只手强硬地从你的身边夺走的时候，你能紧紧地拉着我的手,不喜不悲,只轻轻地说:"Dear,你累了,你疲惫了,你该好好休息了。"我在你温情的絮语中慢慢进入昏迷状态。随后,你便在我的耳边为我歌唱,我感受不到你的悲痛,只有南太平洋处子般深邃的宁静。你的歌词模糊而清晰,我看到飞机穿破了厚厚的云层,看到阳光瀑布般倾泻下来,看到《钢琴课》和《指环王》里天堂般的风景,看到久违的映山红悄然开放了,看到无名山坡上幸福的母亲带着她的孩子们在嬉戏打闹,看到高速公路上驱车狂奔的洒脱、科罗曼多海滩上纯粹的阳光、小洋房旁新垦的菜地和菜地上的一丛丛新绿、吉斯本山顶上的第一缕阳光……当然,还有很多很多,包括在那片古老的土地以及在那片古老土地上滚爬过的难忘的一幕幕。

歌声静如水。我在你的歌声中看见自己的灵魂正慢慢飘向天堂。

啊,天堂,带个女孩去新西兰。我不知道这个女孩在哪里,但我知道,这个女孩就是我的天堂。新西兰,就是我和这个女孩的天堂!

为狗打工

碰到罗尔斯的时候,他正在擦洗一辆出租车。我有些吃惊,心想:他怎么干起了这个行当?

"小伙子,别用这种眼神看着我,"罗尔斯说,"我们有多久没见面了?"

"大约有半年多了吧。"我随口答道,接着问,"你是不是在家闲得发慌,出来洗洗车,活动活动身子骨?"

罗尔斯哼了一声,摇摇头说:"世道变啦。咱们做邻居那会儿,我的确在家赋闲了好长一段时间,大约有十多年吧,可是现在……"

"发生什么事了?"我心里发凉,"你怎么干起洗车工来了?"

虹——多棱镜下的新西兰

"我原本要去开出租车的,可警察说我年纪太大了,真不像话!"罗尔斯冲我一笑,说,"你看,我今年虽然七十二岁了,可身子骨还健壮得很。既然不让开车,洗车总可以吧?"

"我不明白,你们国家福利高,特别像你,年轻时出人头地,退休时十分风光,国家用高薪供着你,一辈子都花不完,你还出来给别人洗车,岂不是犯贱?"我直通通地说。

"小伙子,你不知道,"罗尔斯习惯性地耸耸肩,说,"开销太大,不打工挣钱不行啊。"

"究竟出什么事了?"话一出口,我猛地拍了一下手掌,大声说,"哎呀,我猜着了,你是不是做起了第五回新郎官啊?"

我知道罗尔斯自第四任妻子茜茜去世后,他就一直独居着。我跟他做邻居那会儿,他总是跟我说起他对茜茜的思念,并发誓再也不会谈婚论嫁了。可是现在,他这把年纪了还出来打工,不是再入新婚还能是什么?

然而,我错了。罗尔斯一脸不高兴地望着我说:"我不是跟你讲过,茜茜是我最后的爱人吗?"见我不吱声,罗尔斯埋头继续去擦洗车子。

"对不起,罗尔斯!"我道歉后,继续问,"可是我真的不理解,你为什么要出来打工?"

"告诉你吧,露丝病了,很严重。"罗尔斯一脸不幸地说。

露丝病了,而且很严重?露丝是谁?我一时丈二和尚摸不着头脑。因为在我的记忆中,罗尔斯的三个儿子和一个女儿都在外地工作,跟他住在一起的没有谁叫露丝呀……突然,我明白了:罗尔斯指的是一条卷毛狗。

"露丝得的是什么病?"我连忙问。

"糖尿病,"罗尔斯说,"很重的糖尿病。每周要打两回胰岛素,真要命,我有限的积蓄都打光了。"

"你没有替露丝办理医疗保险吗?"我听人说买了狗后,主人可以去保险公司办理各种保险。

"唉，怪我当初太大意，"罗尔斯感到很懊恼，说，"你不知道，露丝跟了我四千零二十一天了。我记得大约是露丝进我家后的第五个年头，有一回她病得很重，我花了一万多元才治好她。就在那一次，我去为她办理医疗保险。可保险公司说，他们不愿为一只病狗作生命担保。要保就在当初，或者要交一笔昂贵的补偿款。我听了火冒三丈，一边高声嚷嚷要到法院去告他们，一边气鼓鼓地回来了。"

"结果你一直没有替露丝办理医疗保险？"我明知故问。

"可不嘛，"罗尔斯将抹布扔进泛着泡沫的桶里，说，"不过，也没啥。听医生说，露丝病情很重，最多还有半年的生命。我想，以我目前的情况，陪她去见上帝是没有问题的。"

"如果那一天来临，你会让露丝去陪茜茜的吧？"

"小伙子，你真聪明，"罗尔斯说，"你知道，失去露丝我会难过的。但想到孤独的茜茜因为露丝的到来而解除寂寞，我的心多少有些安慰。"

停了一会，他突然有点兴奋地说："重要的是，将来某一天，我和茜茜、露丝都会见面，对不对？"

我一惊，随即向老人投去敬慕的目光，并且大声说："保重！罗尔斯！再见，我的朋友！"

我怕来不及，我要抱着你

> 题记　他的真名叫 Ray Gooch，我常常亲切地叫他"雷"。他是我的忘年交，年近六十，有着典型的英格兰后裔那种绅士举止和骑士风度。他的天蓝色的眼睛时刻不停地提醒我：世界是可以让人相信的；人是可以互相温暖的；爱情，像他心中的上帝一样，是存在的。一天黄昏，他静静地坐在我家花园的藤椅上，向我讲述了他对妻子无尽的怀念和那深如海底般的爱……

虹——多棱镜下的新西兰

妻子离开我已两年多了。可直到今天，我仍然感觉到她时时刻刻陪伴着我。我的心洋溢着她的柔情、她的爱。

一辈子的爱真是不够的，那是一段多么难忘的日子啊。

每天上班，我至少要给家里打两次电话，看她是不是过得开心。她总是在电话里说着同样的话："我很好，亲爱的。我爱你，我等你回来。"

一到下班时间，我就迫不及待地回家，不愿在路上耽搁一分钟。路上的风景再好，也没有家的风景好。妻子在家里温柔地等待你，这比什么都重要。

我回来了。我在心里默默地说：有人在看着我下车，多好啊。

真是这样子的。她总是笑容可掬地站在门口，静静地看着我走下车，朝她走去。她像一只张开翅膀的鸟，迎接我，说着一辈子也听不厌的话："亲爱的，我十分高兴看到你平安归来。"

轻轻的一句话，让我忘记了一天的疲劳。

然后，她总要先拥吻一下，再接过我的公文包，牵着我的手走进屋里。

有时她故意将我从头到脚细细地打量一下，那种神情，仿佛担心我因为劳累而休工的时候，忘记将身体的所有部件都装配好就回了家。

有时她还一边走，一边拉着我在屋里跳舞。

每个周末，我们都是到餐馆去吃饭，彻底放松一下。

我开车的时候，她总是将一只手轻轻地放在我的手臂上，让我感觉到她的存在、她的温暖。

当我向她会心一笑时，她就轻轻拍打一下我的脸颊，让我感受到跟她在一起是多么的温馨、浪漫和美好。

我们心有灵犀，配合默契，为彼此的爱而感恩、自豪，并且光荣。

青：诗意柔情

忘不了我们在一起的那些日子。我们总是觉得一辈子太短，我们爱不够、爱不完。

我们珍惜在一起时的分分秒秒，充分享受生活给予我们的阳光雨露。

我们从不怨谁怪谁。

重大决定我总是让她给我拿主意。她是一个特别会作决定的人。我信任她，这是她总能正确作出决定的原因。

有时，我唱意大利民歌或某些著名的歌剧片断给她听，而她总是喜欢让我躺在她身边听她那优美的阅读，她读《圣经》、读爱情故事、读美丽的诗歌来回报我对她的爱。

那些日子，我真是充实啊，真令人怀念。

后来，她不幸得了乳腺癌。当她感觉不行的时候，她选择了一个阳光灿烂的日子，让我选一段我最喜欢的文字，她要用她那特别的嗓音，温柔地读给我听——最后一次细细地读给我听。

她说，她以后喉咙发不出声音了，即使能发出声音，那也不是她想要留给我听的声音。

因此，当她朗读我选的文字时，我录下了她美丽的声音。

那声音是那么纯粹，那么富有质感，温柔缠绵得让人感到世界上竟有这么美丽的声音。

我决不相信，这样的声音会突然暗哑。

然而，命运是无情的。

现在，我经常放这一盘磁带。

我好想她好想她啊，常常是老泪纵横。

有好几次，当我流泪时，外面恰好是倾盆大雨，雷声隆隆。我心想，老天也跟我一起感动了。

我记得她是在我的手臂上静静地睡过去的。她让我放着背景音乐：《是说再见的时候了》。她走得没有一点痛苦，很平静，真的很平静，脸上甚至还流露出一丝淡淡的笑容。

因为她知道，她是被我抱着死去的。

我记得她最后对我的叮嘱是："亲爱的，这一辈子因为有你，我过得平凡而充实。我很满足，也很感激。而今，我就要走了，我会在天国默默地看着你。你下班回来后，我照例会在门口等你，照例会拉着你的手跟你跳舞。你看不见我，但你一定能够感受到，真的，一定。"

她停了停，又鼓起最后的劲，说："亲爱的，不要难过。因为你的功德、你的善良，上帝会安排另一个有福的好女子来接替我，你不会孤单的，不会的。"

后来，声音愈来愈小，愈来愈低了。我伏在她的唇边，我听见她断断续续地说："呵，亲爱的，我真的要走了，上帝点了我的名。我要到最美的地方去了。你不要难过，我虽然孤单，可是因为惦记着你，我的心仍然充实。"

最后的几句话只有我能够听见，严格地说，不是听见，而是感觉到的："记住了，亲爱的，天黑的时候，你一打开灯，我就能看见你。你散步的时候要记住加一件衣服，出门别忘记了带咳嗽药……"

她瞳孔中的光芒灰暗了，上帝的灯终于熄灭了。

我一直握着她的手，感觉到她的体温像一股雾氤的潮湿正慢慢脱离她的身体。

真是一种奇特的宁静。

我静静地搂着她，静静地搂着，什么也不说，仿佛她睡去了，我不要惊动她。

直到孩子们说："爸，妈已经走远了。你搂得太久了，也该歇一会了。"

孩子们的话像夏天的田野一样平和，谁也没有掉下泪来。

青：诗意柔情

有一缕袅袅的心香像音符一样在我的心尖上弥漫开来，太阳下山去了，潮水也退了。

我这才恍然意识到，我的最亲最爱的人就这样走了，再也喊不应、回不来了。

顿时，泪水不知不觉地模糊了我的视线，无数洁白的鸽子像风一样向我飞来。

花园般的菜地

每天早晚要到菜地看看，在国内很难有这样的场地。新西兰土地肥沃，种什么长什么，长得比你希望的还要好。从中国来到这里的人，没有一个不种菜的。种菜不仅能使自己吃上新鲜的蔬菜，而且能够节约一笔开支，同时消磨时光，陶冶情操，使自己与土地的联系更加紧密。因此，他们种菜就像种花一样精雕细琢。

每次搬家前，在挑选房子时，菜地的好坏是决定他们是否搬来的一个重要指标。而一旦房子确定下来，他们要做的头一件事便是搬花运菜。像辣椒、茄子这种大众菜，他们连根带土整蔸整蔸地移来。他的一个朋友搬家，光运这些肥土就运了二十七大硬纸箱，这就叫"兵马未动，粮草先行"。

这些老菜整蔸整片地移来后，菜地有了些生机和鲜绿，但还远远不够。熟土少了，就要开垦新地。新地的开垦十分讲究，不能太零碎，要注意规划，突出整体美。新地开出来后，他们要运些草肥。新西兰每户居民都要剪草，有些人将剪好的草堆在菜园里，风吹雨打，很快就成为上等的肥料。中国人种菜，大部分就靠这种草肥，当地人不种菜，他们就在报上打广告，免费提供这些草肥。

虹——多棱镜下的新西兰

把菜地上的土整得平平细细、均均匀匀，并根据菜的长势和生命的长短搭配种菜，使菜地一年四季花花绿绿，美不胜收，这是一般中国人种菜的审美追求。有些人则像花匠一样，精细得令人感动。一位长沙老乡，撒籽时，他将行距和蔸距用卷尺量了又量，蔸与蔸之间精确得不差分毫。结果，菜籽一发芽就与众不同，红的、绿的、蓝的、白的，和谐得让人羡慕不已。

受这种大好形势的鼓舞，他家的菜种得也不赖。妻子虽是城里人，对菜地倾注的巨大热情远远胜过他这个农家孩子。她不仅天天浇水，每天要在菜地上转个五六回，特别是当她要用英文写五六千字的论文作业时，她总是恋在菜地上不愿回到电脑旁，说种菜比写作业容易多了，有时还由衷地赞成"劳心者治人，劳力者治于人"的"反动"观点。

针对蜗牛的疯狂进攻，妻子每晚睡觉前打着手电筒到菜地去捉蜗牛。常常一晚要捉上几十只。妻子十分仇恨蜗牛糟蹋了菜的幼苗，便将蜗牛塞进一个啤酒瓶子，让这些小畜生活活暴死于热辣辣的太阳下。

不过，妻子有点急于求成，一旦发现别人家的菜地欣欣向荣、而他家的菜地仍然默默无闻的时候，她便坐不住了，拔苗助长的心理暴露无遗。比方，冬瓜"觉醒"特别迟钝，种子埋下后，许久都没有动静。妻子按捺不住，就扒开土堆去看，一看那瓜籽发了芽，她赶紧封好土。过了一阵子，见那嫩芽还没有长出来，她又去扒开看，结果那嫩芽芽竟被"吓"死了！他们只好重新播种。

他家菜地在当地华人圈里属中上水平，蔬菜种类繁多，计有白菜、香菜、辣椒、茄子、豆角、黄瓜、南瓜、丝瓜、冬瓜、苦瓜、莴笋、葱、蒜、姜，等等。其中，白菜又有大白菜、小白菜和芽白之分；辣椒也有尖椒、灯笼椒和长椒之异。至于种子则来自世界各地，是典型的"世界大串联"。比方，白菜来自中国，豆角来自澳洲，南瓜来自越南，茄子和生

青：诗意柔情

姜分别来自日本和新西兰。因为按规定，菜籽是严格限制进关的，但华人自有华人的对策。大伙将菜籽藏进口袋里带入新西兰，还自我安慰道：到你新西兰来，我们自耕自种、自食其力还不好吗？

菜地很快就长了起来，为了给豆角和丝瓜等有藤的蔬菜搭好架子，他们早出晚归，去公园捡来一根根干竹，将架子搭得一样高，做成各种形状，让那些藤菜互相攀缘着，争先恐后地爬上去。有一位老先生，因为搭的架子太高，他的丝瓜和豆角长在上面的特别多，他从不去摘它们。

他问老先生，为什么要搭这么高的架子？

老先生说，大家不都在追求自己的特色吗？他家的菜地没有别的特色，就是架子高一点。

他又问，可是，你摘不到上面的"果实"。

老先生笑笑说，反正他家有的是菜吃。当初他搭这么高的架子时，本来就不指望从它们那儿得到"实惠"。

他说，你实际上得到了最大的"实惠"。你看，你的架子上还是硕果累累，而大伙的早已"换班"了。

老先生说：你能这样想，就跟咱想到了一块。

的确，花园般的菜地并不全是为了吃的。他们种的菜大都吃不完，去看望朋友，总是顺手从菜园里挑一些对方没有的菜送去。你来我往，互相交流，既联络了感情，又增加了情趣。华人圈里，谁家菜种得好，谁家菜种得不好，大家都有一本账。有一位农业专家退休后，定居新西兰，大家一有问题就毫不犹豫地向他请教，而他也总是不厌其烦地细心指导，充分发挥自己的余热。在这儿种菜，从不施化肥，从不用农药。在这块肥沃的土地上，他们洒下了汗水，他们收获的不仅仅是真正意义上的无污染蔬菜，更是一种精神享受。正如妻子常说的一样，只有脚下的这片土地，从不欺骗人，你投入越多，收获越大。

花园般的菜地伴他们走过了一个个苦闷的日子，让他们无论身在何处，总能对这片神奇的土地深怀感恩。

孤坟：别人的心肝宝贝

这个故事在当地流传了一百多年，每一次叙述，不同的人总会加进自己的观点，但有一点是相同的，那就是：人们对雷格尼由衷的敬意和怀念。

1861年，二十八岁的雷格尼只身来到新西兰。当时新西兰发现了黄金，世界各地的淘金者纷纷涌向南岛奥塔哥的金矿区。不久，雷格尼也来到这里，一住就是四十七年。

有一天，雷格尼外出工作的时候，发现了一具年轻人的尸体被河水冲到了岸边。当时金矿区经常有人被淹死，有些人可以叫得出名字，但是没有姓，有些人只能叫出他们的外号，谁都不知道如何联络他们的家人，死亡的记录上只好写上无名尸。

雷格尼发现的这一具尸体就没人知道他是谁，在无人认尸的情况下只好以无名尸处理，葬在乱山岗上了。

想到一个可怜的人，死在一个如此遥远的地方，既没有名字，又没有墓碑。雷格尼心中有点儿难过与不忍，毕竟他也是人家的孩子，也是父母养的心肝宝贝啊。在验完尸后，雷格尼把这具尸体埋掉，在坟上立了一个木制的碑，上面刻了几个字："别人的心肝宝贝"。

这个埋尸地点如今已成为一个风景点，叫做"孤坟"。这儿只有两个坟却有三个墓碑。一个是雷格尼用黑松木刻的，一个是大理石刻的"别人的心肝宝贝"；旁边，雷格尼自己的墓碑上则被人刻着"雷格尼：埋葬别人心肝宝贝的人"。

曾在1901年，雷格尼看了《吐帕克时报》登载的有关此墓的文章后，曾

青：诗意柔情

写了一封信给报社编辑，上面写着："编辑先生：这具无名尸不是我埋的，我搬来时，这个墓就已经在那儿了。直到有一天，一位名叫约翰的人和我一起替这座坟围上了篱笆。我用黑松木替他做了墓碑，漆成白色，并且用战斧及四英寸的钉子在上面刻了'别人的心肝宝贝'几个字。"

在当地图书馆，我在一张旧报纸上看到一则这样的报道：1865年2月22日在马蹄旅馆举行了验尸调查会报。一位名叫哈雷森的矿工说：2月7日，他在马蹄湾的河滩上发现一具尸首，脸朝下地趴在河滩上。死者的衣着和一位由蒂伐特区来的摆渡人所描述的相吻合，这位摆渡人经常在河上渡来渡去，对这个死者有印象。

而早在1865年1月25日，《奥塔哥时报》已登有一则新闻：一位二十五岁、住在里夫斯区的屠夫查理，在克莱堤附近赶牛群过河时，不幸被淹死了。所有的事实和证据，包括人的外形、衣着、年纪、时间和地点都和查理相符，人们也认为死者就是查理。但是由于尸体已经腐烂到无法辨认的程度，而且又没有正式的文件来确定死者的身份，根据当时法律规定是不能发给死亡证明书的。

除了报上所登的之外，其他什么记录都没有，也找不到死者任何亲戚和朋友。

因此，可以证明雷格尼是在这具尸体埋葬了几个月之后才到的。奇怪的是，既然有人知道，这个死者的名字叫查理，为什么不替他竖一个墓碑？同时没有人告诉雷格尼，死者就叫查理？

从相关资料了解到，死者查理住在里夫斯，距马蹄湾西北一百公里。他出事淹死的地方距他自己住的地方四十公里，距马蹄湾六十公里。当时的交通工具是马和双腿，他生前可能从来没有到过这么远的地方。至于摆渡人所住的地方距马蹄湾不远，他常在河中来来去去，认得的人会比较多。而马蹄湾的人如果要出去，只会往南走，往大市镇走，而不会走到百里外的小乡下里夫斯去，因此马蹄湾的人是不会认识查理的。即使在今天，该区也是被崎岖的山路所围绕。查理就是有朋友在克莱堤，他们也不一定会知道在马蹄旅馆的验尸报告，也不会到这么远的地方来看他的坟墓，更何况在验尸报告上虽然有人给了这具尸体一个可能的名字，但他对马蹄湾的人来说仍然是一个陌生人。

为什么雷格尼会对一个毫不相识的陌生人付出像是对待一个老朋友的感情呢？这可以从他写给《吐帕克时报》编辑的信中看出："我为什么会对这座坟有感情，因为我好像有一种预感，我将来死后也会像他一样：一座孤独的坟躺在荒凉的山丘上。"

雷格尼在爱尔兰是一个神职人员，可能由于这个关系，终其一生他都没有结婚也没有小孩。他的经济状况一直不好，但他做了自己想做的事。

雷格尼逝世后，人们根据他唯一的请求，将他埋在了那座孤坟旁边。这两位生前从不相识的人却在死后紧紧地靠在一起，永不分离。不管雷格尼是否发现查理的尸体、有没有埋葬他，也不管这个死者是不是查理，这都不重要。重要的是雷格尼至今仍给人留下一个很好的榜样，那就是：对陌生人的尊重以及爱人如己的精神。虽然他躺的地方是那么的荒凉和遥远，但是他的坟却给这个小小的地方带来了尊严。

手臂上的阳光

手臂上布满了斑斑点点，有些似小蘑菇状，有些呈三角形，有些像多角星，柔柔地一摸，我甚至能够感觉到有点摩擦的细小的触须。用指甲轻轻一拨，一层薄薄的皮屑像花蕾一样散开。我慢慢地将这些皮屑撕去。我知道撕去的其实是一层陈旧的阳光。

新西兰的阳光是纯净透明的阳光，是没有污染的水洗般的阳光，是握在

青：诗意柔情

手中充满声音的阳光。我爱阳光，更爱新西兰奔涌宁静的阳光。

几天前，我们清早启程，驱车去罗托罗瓦旅游。阳光穿过薄薄的云层，直接照射我的手臂。因为穿着短袖衬衣，手握方向盘，在高速公路上我无法躲开那连绵不断的奔涌的阳光。我没有擦防晒油，同时，出于对阳光的一贯热爱，我没有采取应急措施。在两个多小时的旅程中，我的手臂上堆满了一层又一层热情有加的阳光。我依稀感到有些灼痛，手臂也慢慢变红了。可我无法拒绝，无法将手臂扬起，无法对占据我心灵由来已久的阳光说一声"不"。

新西兰日照时间特别长，从早上五点多到晚上八点多钟，一直都是阳光四溢。而且由于污染少，阳光的穿透力特别强。尽管如此，当地人对阳光的热爱委实令人感动。这儿的人无论老少，无论男女，出门从不打伞，也不戴头巾或草帽。他们怡然自得地行走在阳光中，任熟悉的、有点淡淡海藻味的阳光拍打着他们的身子，融解着他们的喜怒哀乐。每天早晨，他们起床的头一件事就是到阳光下坐坐。他们伸展着胳膊，尽情呼吸着散发着芬芳的清新空气。傍晚回家后，他们也照例让阳光擦洗疲惫的身子，直到太阳下山，他们才恋恋不舍地走进家门。他们的脸被晒得黝黑黝黑的，他们的脖子被晒得通红通红的。一层又一层表皮脱落了，他们照晒不误。有些毛利人干脆借着阳光文身，从手臂到胸脯，到处刻满了太阳的图案。他们崇拜太阳，热爱阳光，他们把自己的爱淋漓尽致地写在大地上，接受阳光的检验。

当天下午五点多钟，我们兴致勃勃地沿原路返回。我的手臂再一次被金属般的阳光所包围。我真切地感觉到有一种细小的发烫的感觉像纤虫一样在手臂上爬行。我甚至能够体会到这种爬行正慢慢地沿着毛细血管渗入我的心灵。风从公路两边吹来，沿途的美景从我的视线滚滚而去。我努力集中精力，开好车。阳光白如雪，烫如火。时间在阳光里融化。

回到家，我卸下一身阳光，可感觉手臂仍在燃烧。我用水洗了洗，便不再管它。然而，手臂上的燃烧一直持续了三天。当地人笑呵呵地说，这回好了，阳光渗入了你的血液，你手臂上那一层没用的皮该脱落了。果然，两天后，我的手臂上开始出现斑斑点点，一种太阳的原始味道从四面八方向我涌来。

现在，我像当地人一样，大大咧咧地坐到门前草地上，慢慢地撕去一层没用的皮，一如撕去一层细碎的阳光。我知道，就在我慢慢撕的时候，我内心的阳光更加灿烂。

爱部长，更爱妻子

五月底的最后一个星期天，新西兰政府总理海伦·克拉克好不容易有了点空闲时间。她想让丈夫陪她去周围的农贸市场看看，一方面了解菜农的情况及其环境，另一方面了解市民的生活和市场行情，同时，可以让自己一直以来紧张的神经放松一下，陪陪丈夫，真是一举多得。打从当上总理，四年多来，克拉克很少有时间与丈夫一起散散步、谈谈心什么的，她觉得欠丈夫的实在太多。

可是，正当克拉克准备出门时，她家的电话突然响了起来。

竟是新西兰内阁部长马克·科斯克打来的。

克拉克忽地想起，科斯克上周三写来了辞职报告，她还没有最后决定是否接受他的请辞。因为，在克拉克看来，科斯克是一位十分难得的人才，对工作兢兢业业，任劳任怨。作为第一位出任太平洋岛事务部长的太平洋岛裔人，他也是惩教和赛马部长，也曾担任过房屋部长。在新西兰毛利人心目中有着崇高的地位和广泛的影响力。新西兰政府因为科斯克的任职，减少了与毛利人的摩擦和冲突，各个民族的凝聚力也得到了明显的加强。

因此，当科斯克写了辞职报告后，克拉克总理一直没有召开内阁会议就

青：诗意柔情

科斯克的请辞接受讨论。

"克拉克总理，你好，"科斯克在电话里说，"你看了我的请辞报告，并作了最后的决定吗？"

"报告我是看了，"克拉克说，"不过，你能否再缓一下请辞？"

"对不起，我可以缓一下，甚至不辞职，"科斯克说，"你知道，我是热爱这份工作的。可是，我妻子的病情不允许我这么做。"

"你妻子的病情怎么样了？"克拉克说，"对不起，我应该早点到医院去看看她。"

"谢谢你的关心。不过，她的病情的确严重，医生说，她的情况很糟糕，事情正在朝着恶化的方向发展，"科斯克说，"正是在此情况下，我才决定请辞的。"

"你已经请了三个月假，是否再请两个月呢？"克拉克说，"我的意思是说，你可以在这两个月内，看看病情的最终发展，然后再作决定嘛。"

"不行，我已经请了三个月假了，不能再多了，"科斯克说，"我不上班，又拿着政府发给的高薪水，这样做，我觉得对不起自己的工作。"

"没有人说你'占着位子不做事'，"克拉克说，"何况，你还抽空参加会议，阅读政府简报，打电话或发电子邮件继续着你的工作。"

"我正为此感到痛苦，"科斯克说，"我既不能全心全意地工作，又不能全心全意地照顾妻子。"

"我认为，你是一个称职的部长，"克拉克说，"目前你是有一些困难，但相信你能够克服。"

"对不起，总理，你不要劝我，也不要安慰我了，"科斯克说，"我决心已定。"

克拉克接电话的手有些微抖，她在寻找合适的词，试图作最后的规劝。

"实际上，总理，你知道，这个电话我可以不打，因为辞职报告我早已写给你了。"科斯克说,"可是,我还是在这个时间打电话给你,足见我对自己的工作是多么的重视。"

"既然如此,你就可以再考虑一下嘛。"克拉克说。

"明天就是周一了,"科斯克说,"新的一周又开始了,我不能再拖了。三个月时间已经不短了。此间,我曾多次对你说,希望你尽早物色一个部长。"

"你是这么对我说过,"克拉克说,"可我一直下不了决心,因为这个职位非常重要,找一个合适的人选并不容易啊。"

"不管怎样,我已经下了最后决心,"科斯克说,"我爱工作,更爱我的妻子,特别是她在生病的时候。"

"你是一个好丈夫。"克拉克有些心动了。

"工作辞了,以后可以再找,虽然不一定是部长,但只要是自己感兴趣的工作,我就能够全心投入,并且尽力做好。"科斯克说,"可是,妻子病成这样,我再贪恋官场,对不起政府,对不起纳税人,更对不起妻子。"

科斯克的妻子于去年五月患脑溢血,在首都惠灵顿医院治疗一段时间后,返回奥克兰作进一步疗养。当时,科斯克特地请假三个月照顾妻子。但他的妻子近期病情突然恶化,需要他更多的照顾。

"总理,我感谢你的信任,请你别犹豫了。"科斯克说,"每当我给妻子喂下一匙药汤,或者一口稀饭,看到妻子脸上露出苍白的微笑时,我的心就涌出一种深深的感动:自己的点点付出竟能让妻子获得活下去的力量,我还有什么舍不得放弃的呢?……"

"好了,科斯克,别再说了,"克拉克说,"你对妻子的爱也深深地打动了我,我没有理由再挽留你。"

科斯克静静地听着。

克拉克深深地吸了一口气,说:"虽然,我和所有内阁同僚都对你的离去感到遗憾，但是，你的决定是正确的。真心祝福你的妻子早日康复！"

"谢谢你！"科斯克轻轻地说。

"放心，我会尽量委任你的继任人，"克拉克说，"你有什么人选可以推荐的吗？"

"对不起，我的心思基本不在工作上了。"科斯克说，"我得挂电话了，妻子正在等着我喂药，然后陪她出去晒晒太阳。"

克拉克总理放下电话，发现丈夫正在门口怔怔地望着她。她正要张口说什么，丈夫率先说话了："刚才的电话我全听见了。如果你有事，就不用陪我去农贸市场了，我一个人出去走走就行了。"

望着丈夫强作笑容，克拉克的眼角有些湿润了。

晚霞中的红纱巾

是夕阳西下的时候，在河边，一男一女坐在一个木桩上。木桩下面是一座便桥，但便桥并没有伸到河的对岸去，便桥不到二十米长，拐了一个弯，便伸进了河水里。便桥上面还有木护栏，这是为那些喜欢喂野鸭子的人准备的。

"河水真是干净清洁。"男的开口说话。他是一个高大魁梧的白种人，脸上有着络腮胡子。他说话的声音很轻，河水不断地流，哗啦啦的，使落在上面的阳光产生一种奇幻的效果。

"我还是要将孩子流掉。"女的说，她的个子很高挑，模样很美，也是典型的白种人。她的脖子上系着一条红纱巾，使她的美丽又多了几分飘逸和妩媚。她说话的声音也很轻，但男的听了，却微微地抖了一下。

"那样不好吧，"男的说，"我是说，这样做，对你不公平，对孩子也不公平。"男的说着便拉着女的往河的便桥上走了几步。他俩扶着护栏，看水中的落日和河面上到处游动的野鸭子。

"我想了很久，"女的说，"政府不鼓励这么做，可也没说不能做。"女的说，用手轻轻地拍了拍护栏，"再说，亚洲人都主张这么干，我们为什么就不能干呢？"

"不是能做不能做的问题，"男的说，"我也说不好，我总觉得这件事很复杂。"

"我知道，在你心里其实很简单。"女的说。

"你说什么？"男的说。

"你就是要我生下来。"女的说。

"这是为了你好，也是为了孩子好，"男的说，"我都想好了，咱们在大学附近找个房子，住到一起吧。"

"你是不想让我读书，"女的说，"让我提前做家庭主妇。"

"这也没有什么不好，"男的说，"读完书，也要成家，日本女子就习惯于家庭主妇的角色。"

"这是新西兰，不是日本。"女的说。

"我知道。你担心有了孩子没能力把他养大，其实没有问题，"男的说，"政府有很好的福利，即使没有，我们也能将孩子养得好好的。"

"你的本事很大。"女的说。

"如果你答应的话，我可以先休学，"男的说，"等孩子长大了，咱们再去读书。"

"你真是个幻想家，"女的说，"等孩子长大了，我们也就老了。"

"老了读书才有味呢，"男的说，"没有功利，读书本身就是目的。"

"许多人都有你这种幻想，可到头来，还不是一失足成千古恨。"女的说。

"你说得太严重了。"男的说。

青：诗意柔情

"上个月，市政府有个报告，说今年一所女子中学竟有二十五个女孩子生下了小孩子，这些学生母亲和她们的孩子正慢慢成为政府的负担。"

"我也不赞成中学生就生孩子，"男的说，"但是，我们不一样，我们都是成年人了，知道自己在干什么，也懂得为自己的行为负责。"

接下来是一阵沉默。哗哗的流水声和偶尔一两声野鸭子的叫声使这座城市更显得幽静。

"我们再想想吧。"女的打破沉默。

"好的，我不逼你，"男的说，"走吧，咱们喂野鸭子去。"

女的抓住男的手，沿着便桥，慢慢往河心走去。两人蹲下来，男的取出几块面包，说："午饭你也不吃，现在想吃一点吗？"

"还是留给野鸭子吃吧，"女的说，"这些家伙一定比我们更饿。"

女的说完，将脖子上的红纱巾扎了一个活结，免得被风吹得乱飘。然后撕下一小块面包，往河中一扔，那些寻食的野鸭子立即成群结队地往便桥下游来。正在对岸河边休息的野鸭子看见有人喂食了，也张开翅膀，急急地飞了过来。

"看，真是饿急了。"女的说。

"我们喂饱了它们，过些天，就有人要来射杀它们了。"男的说着，也撕了一些面包扔进水里。

"每年都有一回，"女的说，"只有一周时间，杀不完它们的。"

"现在办理射鸭的执照比以前更严格了，"男的说，"许多市民对射击兴趣也不大。"

"亚洲人相对多些，"女的说，"是不是这样子的？"

"不会吧？"男的说，"我们搞射击，乐趣不在鸭子，而在射击本身。亚洲人射击的目的可能更多的是为了将这些鸭子弄回去吃。尽管如此，我不相信亚洲人都是这样子的。"

"对了，我明天去市卫生局去一下，"女的说，"听说流产要办不少手续，挺烦人的。"

"咱们不是说好了不再提那事吗？"男的说，"你看，将面包屑撒向空中，竟然那么多的野鸭子飞到空中接住吃！"

女的如法炮制，真有几只饿坏了的野鸭子飞起来，并稳稳地接住了面包屑。"可见，只要努力，没有什么事办不成的，包括流产。"

"你看，你总是走神，"男的说，"那事会过去的，不要将事情想得太糟糕。"

"会很痛吗？"女的说，"我以前看过一部中国电影，里面讲述一个女子流产的事。我记得有一个情节，一个医生拿着一把镊子，一把刀，在女子肚子里乱弄一气。"

"你别说得那么恐怖，"男的说，"那是多少年前的事了？现在的科技发展很快。"

"包括流产技术？"女的说。

"我上了一下网，说有一种药物流产，一点儿都不痛。"男的说。

"你查过这方面的资料？"女的说，"了不起。"

"看，你又想到哪里去了？"男的说，"我的原则是，不同意流产。"

"但是如果我坚持，你会同意流产的，"女的说，"你已经上网找到流产的好办法了。"

"我说不过你，"男的说，"还要面包吗？"

"给我一块。这儿还有几只野鸭子，特笨，吃不到，每次我放下去，总是被别的野鸭子抢去了。"女的说，"会流很多血吗？"

"你看你，怎么又走神了？"男的说，"不会的。"

"你有过经验？"女的说。

"你都说什么了啊？"男的说，"我是说，不会让你流产的。"

青：诗意柔情

"那个女的叫什么名字来着？露丝？挺俗气的一个名字嘛。"女的说。

"看，又来了，"男的说，"我跟你说过多少回了，那是很久很久以前的事了，跟咱们的事毫不相干！"

"露丝生下来几个小孩？"女的说，"一个？二个？你们还是中学的时候？"

"那不是我的孩子，"男的说，"你怎么不相信我了呢？你不是说过，以前的事就让它过去吗？"

"一把镊子，一把刀子，在里面刮……"女的说，"看，那只野鸭子多坏，骑到了别的野鸭子身上。"

"喝一口饮料吧。"男的说着，从挎包里拿出一听可口可乐，打开，递给女的，说，"抓住，别掉到水里去了。"

"我才不会让野鸭子碰它呢，"女的说着，接过可口可乐，喝了一大口，又交回给男的说，"你不觉得这味道有些酸吗？"

男的喝了一口后，说："没有呀。"

"那你都喝掉吧。"女的说。

此时，夕阳下了山，但水中还有一抹桃红。风浅浅地吹来，将女的脖子上的红纱巾吹松了，女的又将它系紧。女的看着水中的倒影，以及那些嬉闹追逐的野鸭子。

男的许是口喝了，果真仰起脖子，将可乐喝得只剩下一点，忽然想起什么，便又递给女的说："这里还有一口，你喝掉吧。"

女的心思不在可乐上，但她下意识伸手去抓，男的以为女的抓住了，手一松，那只几乎喝空的可乐瓶子掉入了水中。

"啊，可乐掉了？"女的说，"你没喝干它吗？"

"没有啊，"男的说，"里面还有，我让给你喝嘛。"

"可为什么丢进了水里呢？"女的说。

"是你没接住啊，"男的说，"噢不对，是我没……"

"可乐真的没喝完吗？"女的说。

"哦，对对，是个空瓶子，你说让我都喝掉，我就都喝光了。"男的说。

"空瓶子就应该被扔掉吗？"女的说。

"对对，我应该把它捡上来，"男的说，"不能污染清洁的河水。"

可是，此时空瓶子已经被水流走了好大一截，站在便桥边，男的根本抓不到空瓶子。

"我去将它弄上来。"男的说着，拉着女的手往河岸走。

眼看空瓶子被河边一棵小树挡住了，男的立即跑过去，然后，当他趴在地上，尽力用手去抓时，那空瓶子又被一股水冲了出去。

"小心！别掉进水里！"女的用力在后面拉男的，并且不停地叮嘱。她脖子上的红纱巾此时更像一团火在跳跃。

"我差一点抓住了它。"男的拍拍身上的灰土，对女的说，"它到了前面，你放心，我一定要将它弄上来。"

"我们看住它，只要它靠岸了，我们就设法将它捞上来。"女的说。

"得赶快了。你看，天慢慢暗下来了。"男的说，"要是天黑还没弄上来，明天一早，我就到河的尽头去找它。"

"你说的是真话吗？"女的说。

"当然。"男的说，"如果真是那样，我会在河的尽头，将别人弄出来的脏东西也捞上来。"

"啊？快看，空瓶子被一个漩涡转得看不见了。"女的说。

"别急，空瓶子永远是空瓶子，"男的说，"它沉不下去的。你看，它不又浮出来吗？"

"吓了我一跳。"女的说。

"好了，它被一根藤蔓给缠住了，"男的说，"这一回，我一定能够抓住它了。"

"我帮你,"女的说着,解下脖子上的红纱巾,找了一个小树桠,将红纱巾套了上去,做成一个简易的捞网,"有了这个,你就踏实了。"

"真好,"男的说,很快用捞网将空瓶子弄了上来。"明天,我要送你一条更美更红的纱巾。"

"你要把它套在我的头上,让我变成一个新娘?"女的说。

"我发誓:我要让你变成世界上最美的新娘!"男的说着,搂住女的腰,又低低地说,"我们还要生很多很多的小孩子,让你变成世界上最幸福的母亲!"

"行了,别吹牛了,咱们回家吧。"女的说,"肚里的小家伙在踢我了,一定是个男的,像你一样的坏!"

男的吹了声口哨后,便不再吱声。他用红纱巾将空瓶子小心缠住,塞进自己的挎包,然后搂起女的腰,朝灯火通明的城市走去。

懂鸟语的人

他是一个很穷很穷的人,穷得连名字都没有。

可他有手绝活:懂鸟语。

因为穷,没有人瞧得起他。因为穷,他交不到朋友。于是,他便与鸟说话,像麻雀、燕子、鸽子等,这些鸟类中的贫下中农,都与他有过开心的交流。

他甚至还为一只斑鸠唱过一首歌,那是他最最孤独的时候。

没有人知道他懂鸟语。

他也没有用这手绝活去赚钱。

他乞讨为生,流落街头。

一天,他走到一个名叫风石堰的小镇,那里的一个富商见他身材高大,有的是力气,就问他愿不愿意做苦力。

所谓做苦力,就是帮富商挑着货物去城里卖。

他觉得这活儿不错,就同意了。

第二天他们就上路了。

从风石堰去城里,必须经过一座大山。阳光很好。他挑着沉沉的货物跟在富商后面。进了山林,空气变得新鲜起来,也清凉起来。

有流水声传来,很清脆。

富商揩了一把汗,回头对他说,歇一下吧,我到河边去洗把脸,喝点水。说完就顺着流水声走下去。

他也跟着走下去。

是很小的一条河,或者叫溪更确切些。水十分清澈、干净。乍一那一会儿,他竟是很难发现这种溪水。

四周无人。

富商弯下身去洗脸。

突然,一阵尖利的喊叫声从树上传来。那声音阴冷、潮湿,像钢刷子刷锅一样,令人不寒而栗。

富商立即惊恐地抬起头来。

树上有几只大鸟,也许是秃鹰。声音就是它们发出来的。

富商不由得朝他的苦力喊了一声什么,身子发抖。富商不知道他雇的苦力懂鸟语,只发现他正朝树上的秃鹰大声说着什么。

富商一句话也没听懂。

那些秃鹰起初还呼啦吵嚷的,怪声怪气,但渐渐地,随着苦力朝它们一阵"胡言乱语"和几声冷笑,那几只凶恶的秃鹰最后竟灰溜溜地飞走了。

一切重归于静。

青：诗意柔情

富商对他的苦力说：你懂鸟语？

苦力说：嗯。

富商说：刚才发生了什么？

苦力说：那些家伙要我去杀人。

富商大吃一惊，说：要你去杀人，杀谁？

苦力说：它们说你身上有一大笔钱，还有满满的一担货物。这里没人，它们催我趁你在洗脸的时候杀了你。我取了你的钱，挑走你的货，我就不会再穷了，而它们呢，也会将你吃得干干净净。

富商倒吸了一口冷气。

停了一下，富商不解地问：那你为什么没动手呢？

苦力叹了一口气，摇摇头说：我为什么如此穷，穷得连名字都没有？就是因为我前世太贪婪，太算计别人了。那时我也像你现在这么富有，可我还是不满足，经常掠夺别人的财产，到死的时候，我身上缠着的全是钞票。现在我才知道，前世做的一切孽债，这一辈子必须偿还。否则，我的灵魂会永远飘在空中，入不了尘土。你想想，要是我再做蠢事，那将是多么的可悲啊。

富商听了苦力的一席话，沉思了许久。

空中，一只鸟欢叫一声，从头顶飞过。

苦力朝那只鸟挥了挥手，又若无其事地冲富商说了声"走吧"，便挑着货物，继续赶路。

那一天的阳光真美丽。

火苗在壁炉上飘动

外面下起了小雨，没有风。静静的雨沙沙地散落到地上，像六月里那懒懒的蝉鸣。妻捧来一摞劈好的干柴，鼓弄着给壁炉生火。

其实天气并不冷，新西兰四季如春，即便现在是冬天，室内温度也有十度左右。他穿着一件羊毛衫，压根儿没有寒冷的感觉。他说：这样的天，干嘛生火呢？

依你看，什么样的天才能生火呢？妻头都不抬地反问一句，见他没吱声，又加上一句：难道要真正等到下雪的时候才生火吗？真是小布尔乔亚一个。

他没同妻争辩，但是他想，下雪的时候生火当然更有情趣。不过，他居住的这个城市从来没有下过雪。他明白，如果真要等到下雪的时候才生火，他家的壁炉便永远用不上。事实上，新西兰几乎每家每户都有一个漂亮的壁炉。壁炉成为住房不可缺少的一部分。因为人口稀少，这儿的居民住的都是一两层的花园洋房，壁炉成为房屋的轴心。他家不例外，壁炉坐落在客厅中央，像是用青砖砌成的空心竖井。井口即是烟囱，从房顶穿出，直刺青天，井底是用小钢筋条做成的正方形结构，通气无阻。壁炉正面有一扇精致的玻璃门，为避尘挡烟用的。这样的壁炉是新西兰居民最常见的家用壁炉。

这壁炉真好！妻一边点火，一边嘀咕。你瞧，只用了三张报纸，就把火生起来了，真舒服！妻朝他瞟了一眼，又说，小时候，她最怕给家里生火做饭，每次弄得她眼泪直流，呛得人喘不过气来。现在想来，还起疙瘩。

谈起儿时在国内过的乡村生活，他有同感。不过，在这里生火之所以是一种享受，除壁炉本身的结构好外，还应归功于它的柴好。这里烧火用的干柴是一截一截的好木料，极便宜的。如果你愿意自己去农场拖，十元钱可以运回一拖车。有时，当地免费报纸上还刊有广告，无偿提供干木材。不久前，他花五元钱买了一大堆这样的干木料。当天下午，他将大一点的木料，用斧头劈成薄薄的条状，整整齐齐地放在杂屋里。妻说，看见他在夕阳下劈柴的样子，听着那泼剌的清脆响声，她一下子想起了小学一篇课文上讲

青：诗意柔情

的小林肯在雪地上劈柴的情景来，觉得生活好美好美的。

　　火生起来后，房里顿时暖和起来。他泡了两杯香茶，放起了有钢琴伴奏的背景音乐，彻底地放松自己。一种渴望已久的、宁静祥和的情愫从心灵深处弥散开来。妻拿起一本厚厚的英文书，坐在壁炉前暖色柔和的地毯上，让背部斜斜地靠着浅绿色的沙发，漫不经心地翻着书本，不时歪身拨弄炉中的火苗。那只叫做伊娜维亚的小猫在壁炉前俏皮地跳来跳去，一旦静下来，便将两只圆圆的、像透明的葡萄似的小眼睛投向跳跃的火苗。这只小猫是隔壁一家毛利人的，生下来大约才一个多月，可它活泼得很，总是爬过栅栏，跳到他家来找乐子。有时，它那威严的猫妈妈叫它，它都不回去，颇有点乐不思蜀的味道。它的主人每次见他，都笑笑说，这小东西真淘气。邻居家共有四只猫、一条狗和两只不知名的小鸟，是典型的动物爱好者。

　　室外的雨在静静地飘洒，室内的火在美丽地燃烧。他将印有墨竹花纹的天蓝色的窗帘放下来，虽是下午，光线不坏，但他还是扭亮壁炉前的座灯，让菊黄色的灯光将室内的宁静涂抹得更加富有诗意。

　　有火真好，这红红的、象征着青春活力的火总是让人想起那些富有诗意的日子，包括玫瑰的爱情、古典的月亮，以及像老酒一样、越品越酽的故乡的风景。难怪当地人老早就开始在家里生火。因为在家里生火，并不完全是为了取暖，有时仅仅是一种习惯、一种浪漫，甚至是一种点缀或装饰。新西兰不少人家里的壁炉是用煤气或电，即便是用电，他们也要将壁炉里的电阻丝弄得像生动的火苗一样，他们说，火苗是生命的核心。生活其实很平淡，不平淡的是家里和心里都有一堆闪动的火苗。

　　妻突然朝他"呃"了一声，说，我瞧着这堆火，就想美美地睡一觉。他说，想睡就睡吧。她果真裹着一床小被，躺了下来。那只可爱的小猫也想睡觉，它爬到妻的肩部，伸了一个懒腰，也躺了下来。妻遂一手将它搂到怀里，用被盖住它的身子，只让它露出两只童话般的眼睛。

音乐停了下来，他没有忙着去换一盘新曲。屋内的植物和花，绿的绿、红的红，特别是那一盆蟹爪兰，艳红艳红的，质感极佳。他站了起来，有一种冲动激发他想触摸这些可爱的花草。他甚至闻到了一股从来没有体味过的清香。这清香透过他的皮肤，直达他的灵魂。

火苗也慢慢地变小了，可他的心反而更热了……门外忽地响起一声猫叫，他轻轻扒开窗帘一看，是伊娜维亚的妈妈在叫唤。他赶紧将小家伙从暖暖的被窝里抱出来，说，快回去，你妈妈到处在找你。伊娜维亚不情愿地踱到门口，见猫妈妈正蹲在栅栏的柱墩上瞪着，它娇叫一声，一溜烟地跑了过去。

天黑下来，雨还在下……

向列队整齐的鸭子致敬

新西兰人爱好动物，环保意识特强。我来这儿三年多了，渐渐习惯了这里的生活，也懂得了"尊重生命"的真正所指。

比方，这些天，老是有一只螳螂爬在我的窗口上，赶都赶不走。要是在国内，我早就将它捏死了或摔死了，可是现在，我不忍这么做。今天早晨，我开窗户的时候，发现那只螳螂又坐在那里，像个退休的老人，一声不哼地望着我。我捧着它放到后面的草地里去，并且说：对不起，我没有时间陪你玩，你自娱自乐吧。

可是，下午我到前门去整理菜地的时候，那只螳螂又冒了出来。我一怔，这时我才看清，它已是一只螳螂妈妈了，肚子大得堕在地上，爬都爬不动。我忽然想起，莫非这小东西也有一些灵性，需要我帮助它？我记得刚到新西兰来时，住在一个洋人家，他的女儿就养了一只螳螂做宠物，每天捧着它玩。但两个月后，那只螳螂意外地失踪了，结果那小女孩哭得像个泪人

青：诗意柔情

儿，伤心了好长一段时间。后来，房东只好给她弄来一对刺猬，这才让她破涕为笑。

想到这里，我将那只大腹便便的螳螂抓起来，捧到手心。它似乎受过训练，一点儿不挣扎，不乱跳，不乱动，只静静地趴在我的掌心上，看着我。

我心里一动：这家伙真有灵性呢。

我把它放在一个精致的小纸盒子里，让它先休息一会。等我整完菜地，再准备给它吃点儿东西。

在菜地干活的时候，我眼前出现一幕幕人与动物和谐相处的画面，真是很美。我记得去奥克兰广场玩时，每次都会先买一点面包之类的东西，去那里喂鸽子。那些漂亮、干净的鸽子，你要是喂得多了，它们几乎能认出你来，总是飞到你身边，像老朋友似的，对你左看看，右瞧瞧。你想去搂它时，它就跳到你的肩膀上，很神气地向地上觅食的同伴发出一两声脆脆的叫声。

有时，你要走了，它们还像老朋友似的送你一阵子，真让人恋恋不舍。

正因为新西兰人一般不伤害这些小家伙，它们对人类便没有任何提防之心。我到新西兰不久，就听到一个故事，说一对年轻的中国移民被新西兰政府取消了他们的移民资格，作为不受欢迎的人被驱逐出境了。原来，这对嘴馋的年轻夫妻一天傍晚，到河边去喂野鸭子，见那成群成群的野鸭子肥嘟嘟的，就一边用面包屑做诱饵，一边将两只鸭子（谁知道是不是一对鸭子夫妻呢）慢慢诱到自己的汽车旁，掀开后盖，然后，以闪电般速度，将鸭子盖进了车的后备箱。

可怜这一对鸭子就这样被残酷地杀害了。

不过，这对刚刚拿到新西兰政府颁发的移民签证的中国夫妇也很不幸，他们的"残酷行为"竟被当地一好事者用微型录像机全部录了下来。结果，在"铁"的事实面前，这对年轻夫妻只好泪流满面地离开了这个美丽的国家，并且永远不能再次入境。

这个故事在华人社区流传很广，至今还在以不同的版本继续流传，每一个叙述者和听众都没给予那对年轻的夫妻以足够的同情，一个潜在的意思是：自作自受，活该！

说真的，听了这个故事后，我后来去超市买食品时，看到鸭子都不买。甚至在朋友家吃饭，大家都有点心照不宣，都不大爱吃鸭子了。我觉得自己越来越成为一个素食主义者了。

新西兰岛上有许多湖泊、溪水和小河，这就是野鸭子休养生息的场所。新西兰政府明文规定，每年只有一个星期的"杀鸭周"，但屠手们都必须有持枪证，否则就是违法。正因为有严格的规定，所以，一般人不会去杀鸭子。结果，野鸭子到处都是。

有一次，我在大学图书馆，看见几只野鸭子大摇大摆地在人群中悠然地散着八字步。一次去听课，竟还发现一只调皮的小鸭子在教室门口探头探脑，惹得同学们放声大笑。讲课的老师便很幽默地走近这只小鸭子，故作认真地说：小同学，你想来听课吗？欢迎你啊。

大约真的听不懂，那只小鸭子便摆了摆头，若无其事地走了。

不久前的一天，夕阳西下的时候，我去怀卡托河边玩，结果看到了最动人的一幕：一只高高大大的母鸭子带着一队小崽子大大咧咧地横过马路。所有的车辆都停了下来，没有一辆车按喇叭，只是静静地看着这一群列队整齐的鸭子。它们可能是第一次下水，都显得很兴奋，虽然走得歪歪扭扭，但尽量做到不掉队。而那母鸭子还时不时地回过头来，很威严地望了望她的孩子们。它们足足走了五六分钟，才横过马路。

直到这时，长龙一样的车队开始缓缓地流动起来。车上的每一个人都向列队整齐的鸭子行了注目礼，然后朝着溶溶的夕阳，开进暖暖的春天。

蓝：葱花物语

学会爱人

　　学会爱人，这是人生的第一课。许多人逃避这一课，也许他很会赚钱，也许他在世人的眼里取得了很大的成功，但因为逃避了这一课，他终生都显得刻薄，既不懂得爱人，又不懂得爱己，最后盖棺论定时，他整个一生仍然得了个不及格。

　　这里有一个故事，读完后，也许能够懂得如何去爱一个人。

虹——多棱镜下的新西兰

许多年以前,一个家住曼哈顿的非裔美国籍家庭从他们父亲的人寿保险中获得了一万美元的意外之财。母亲认为这笔遗产是个大好机会,可以让全家搬离哈林贫民区,住进乡间一栋有园子、可种花的大房子。

聪明的女儿则想利用这笔钱去医学院念书,以实现她当医生的梦想。

然而,一向老实巴交的儿子提出一个令人难以拒绝的要求。他乞求获得这笔钱,好让他和"朋友"一起开创事业。他告诉家人,这笔钱可以使他功成名就,并让家人生活好转。他答应只要取得这笔钱,他将补偿家人多年来忍受的贫困。

母亲虽然感到不妥,还是把钱交给了儿子。她承认儿子从未有过这样的机会,他配获得这笔钱的使用权。

不难想象,他的"朋友"很快带着钱逃之夭夭。

失望的儿子悲痛万分,只好带着坏消息,告诉家人未来的理想已被偷窃,美好生活的梦想也成为泡影。

儿子的遭遇令女儿咆哮如雷,她用各种难听的话讥讽兄长,用每个想得出来的字眼来咒骂他。她对没出息的兄长生出无限的鄙视。

当女儿骂得差不多时,母亲插嘴说:"我曾教你爱他。"

女儿嘴一撇,不屑地说:"爱他?他没有可爱之处。"

母亲平静地望了女儿一眼,显得有些不以为然,轻轻地说:"总有可爱之处。你若不学会这一点,就什么也没学会。"

女儿看了看母亲,不再吭声。

母亲叹了一口气,继续说:"你为他掉过泪吗?我不是说为了一家人失去了那笔钱,而是为他,为他所经历的一切以及他的遭遇。"

这样的话从母亲的口里说出,让一向认为母亲没文化的女儿感到很吃惊。

"孩子,你想什么时候最应该去爱人?难道是当他们把事情都做好

蓝：葱花物语

了，让人感到舒畅和为之骄傲的时候？"母亲猛地停下，盯着女儿的眼睛，以不容置疑的语调说，"若是那样，你还没有学会，因为那还不到时候。"

"我明白了，妈妈，"女儿已经泪流满面，"应当在他最消沉、不再信任自己、受尽环境折磨的时候。"

"孩子，经历了这一遭，你终于改变了人生态度。现在这个样子，才像一个长大的人。未来的路，我就可以放心地让你走了。"

说完，母亲张开双臂，女儿扑进了怀里。

母亲抚摸着女儿的头发，轻轻地说："孩子，衡量别人时，要用中肯的态度，要明白他走过了多少高山低谷，才成为这样的人……"

这时，一个满脸憔悴的大男人流着大颗大颗的泪，走了过来。三个人紧紧地抱在了一起。

"哥，原谅我，"女儿说，"妈妈说得对，这个时候，我应更加爱你才是！不是装出来的那种爱，而是发自内心的真爱。"

男人的泪流得更凶了。

母亲放开他们，说："行了。一个大男人的可爱之处可不体现在眼泪上。"

儿子记住了这句话。五年后，他成了曼哈顿有名的富人。十年后，他成为美国赫赫有名的家电用品推销商。克林顿执政期间，他获得过总统亲自颁发的"美国十大杰出人士"奖，包括哈佛大学在内的世界知名学府纷纷请他前去讲学。他给大学生讲的主题总是不变，那就是："学会爱人"。在演讲中，他喜欢重复母亲说过的话："一个大男人的可爱之处可不体现在眼泪上。"

他的名字叫汉德林。

他的妹妹叫尼娜。因为母亲教会她学会爱人，她不仅激发了兄长汉德林的推销天才，而且实现了自己当一名医生的光荣梦想。

这个从黑人贫民区搬进白人富人区的幸福家庭，一向勤俭的母亲仍然做着自己的传统手工，她不愿花儿女孝敬她的一分钱。

当美国《国家地理》电视专题片著名节目主持人盖斯先生问她为什么这样做时，这位满脸皱纹的可敬的母亲平淡地说："我一向主张学会爱人，当然也包括爱我自己。我现在能走能动，自己能够养活自己，干嘛要去依靠儿女们呢？"

看来，唯有懂得爱人的人，更懂得爱自己。这样的人才可以打满分。

遇人不淑

那时林森还在怀卡托大学语言学院读书。因为来新西兰时间不长，对情况不太熟悉，看到别人到处招房客，他也想用这种方式赚点小钱，不料，碰上了一个"馊饭女"，真可谓遇人不淑。

说来也是有些碰巧。一天中午，林森正在吃饭的时候，一个矮矮胖胖、满脸长着"青春美丽"痘的女孩子走到林森身边，自我介绍说："我姓徐，叫徐弘，刚从北京来。"

"有什么事需要我帮忙吗？"林森说。

徐弘告诉林森，她现住在语言学院临时安排的旅店里，很贵，她希望找个地方，又便宜，吃住又方便。

林森想到自己反正有一个房子空着，就说："去我家吧，这样咱们也有个伴。"

当天从语言学院放学回来，林森跟他的老婆说了，林太太表示同意，但房价每周100元。

第二天正好是周末（周五），下着大雨。林森将情况跟徐弘说了。徐弘很高兴，当即就说："好，今天我跟你去。"

徐弘当时住的旅店每周280元，还要自己做饭。林森说，住到他家后每周吃喝全包了，总共才100元。徐弘当然觉得合算。实际上语言学院老师也正给徐弘联系去当地人家里，每周170元。虽然也是包吃喝，但洋人吃的东西，对初来乍到的中国人来说实在是吃不惯的。林森本着一半帮忙、一半赚钱的心思去做这件事的，以为徐弘会感激他，毕竟都是中国人嘛。谁知两人后来成了仇人。

去林森家之前，林森必须要与徐弘去语言学院老师那里备案，并且林森要写一张保证书，说已经收下了徐弘。这是从保护中国留学生的角度出发的，语言学院有责任对自己所招的学生住在哪里有所了解。按照老师的解释，语言学院在给学生找房东之前，必须要对该房东的品格和为人很了解，他们不会轻易将自己的学生交到一个不相识的人手中。

林森领着徐弘办好了一些手续后，临走的时候，徐弘突然问林森班上一个中国学生："我这样去他家安全不？"

"没事。据我了解，林森很老实，人缘很好。你去吧，应该没事的。"那个中国学生对徐弘说。

这些话，当时林森就在现场。他听了虽然是赞扬他的话，但心里很不受用，心想：你这个小姑娘也真不懂事，既然不相信我，那为什么还要到我家去呢？你问这个中国学生，如果这个中国学生说我不好，难道你就会不去？你那么相信他，为什么不跟他去呢？当然，这些话他只放在心里，并没有说出来，只当是徐弘少不更事，不同她一般见识罢了。

"上车吧，"林森对徐弘说，"我们先到你的旅店搬行李。"

"好吧。"徐弘说。

外面的雨下得很大。从语言学院旁边的旅店里搬出行李后，徐弘坐在林森的车后座，不停地指挥着林森换音乐。林森在心里发笑：这小姑娘把我当成她的私人司机了。

突然，徐弘一本正经地对林森说："别看我个子矮小，我在国内学过功夫的呢。"

"是吗？"林森没有听出徐弘这句话的话外之音。

"那当然，"徐弘说，"我在国内时，就听不少人说，这里的中国人挺自私，互相搞名堂的多的是，所以我就学了点功夫。如果有人对我不客气，我就会让他知道，我也不是好欺负的。"

林森感到这话里有一点不善的东西。但他没有吱声，因为外面正下着大雨，刮着狂风，一不小心，怕出车祸。林森当时开车拿的是学习驾照，按理他不但不能载人，连单独开车都不行。要开车，必须有一个有两年以上正式驾照的人在旁边陪着才能开车。

"我还有个保护人，住在惠灵顿，是个当地人，长得牛高马大。一旦有人欺负我，我也会立即打电话叫那人来。"徐弘又说。

"你说这话是什么意思？"林森有点火了，"你是不是不想去我家？如果是，我现在就送你回去。"

"我不是针对你来的，你别多心。"徐弘忙说。

林森当时就想把她送回去，遗憾的是，他没有这么做。

头天晚上，林森老婆一共做了四个菜，三菜一汤。徐弘跟老爷似的，在房间磨磨蹭蹭，林森和他的老婆把碗、筷子全部摆好，叫了她几次，她才出来吃饭。

吃饭时，徐弘又说吃东西要讲究营养，吃豆腐没营养，她才18岁，正是长身体的时候，她父母还给她买增高药呢。如果这个时候吃得不好，一辈子就毁了。说得林森和他老婆一脸的不高兴，要知道这儿的豆腐比肉还贵。吃完饭，徐弘把碗筷一扔，就不管了。

林森老婆当时正在怀卡托大学读旅游专业的研究生，功课比林森的紧张得多。现在家里招了一个这样难伺候的"主儿",以后如何得了?不如尽早走人。

当晚,林森和他的老婆商量,准备将徐弘送回去。看来,这招房客的钱,林森他们赚不了。"我们也不想赚这种人的钱!"林森老婆态度更坚决。想想也是,当初林森老婆听丈夫说,徐弘是他的同学,才让她住进来试试的。

林森把徐弘从房间里叫出来,把要送她回去的意思跟她说了。徐弘说现在是周末了,没地方去。

"那好吧,我们就算是免费招待你一晚吧。"林森无可奈何地说。

到了第二天,林森让徐弘走,她又赖着不走,却对林森老婆就房租问题一再讨价还价,说如果每周只出90元,她就愿意住下来。林森的老婆很生气。

"怎么头一回招房客就碰上一个'馊饭女'?"林森老婆对丈夫抱怨道。

"谁知道现在的女孩子竟是这么厉害!"林森也无可奈何。

第三天,林森又劝徐弘还是走人算了。林森老婆话中有话地说:"我们的条件太差,吃得又不好。你正是长身体的时候,个子本来就矮小得很,到时身体长不上去,我们可负不起责任。"

徐弘只是听着,并不出声。

一晃到了晚上,吃了饭后,林森又开车去加油站买了一份报纸,上面有许多租房信息。林森的老婆英文好,帮徐弘打了几个电话,问问房价和住的环境等情况,但每一家包吃住算起来每周都要160元以上。徐弘想了想,觉得还是住在林森这儿划算,就不想走了。

"好了,我不走了,"徐弘下了决心似的,说,"这地方很好。"

从此,徐弘每天要洗两次澡,吃一次增高药和两次水果,还嚷着要吃营养饭之类。林森和他的老婆都感叹:这儿挣钱真不容易啊。

因为同在语言学院，林森每天接送徐弘。他认为反正自己要到语言学院去，做点好事算不了什么。实际上，这么一来，徐弘把接送她当成他必须要做的一件事。她甚至把这事跟房租联系起来，认为每周100元的房租，除了吃住外，还要包括上学接送。因此，徐弘每次一上车，就对林森指手画脚，一会儿说开慢一点，一会儿说换个磁带，弄得林森真是她的专职司机似的。

实际上，林森接送徐弘并不方便，由于她不跟林森在同一个班，放学的时间不完全相同，有时为了等她，心里很是光火。因为林森只有一辆车，他还要去大学接他的老婆呢。

徐弘出国前，参加过几次集中培训，英语口语较林森要好一点。有一回，林森想同她练口语，徐弘竟说是浪费时间，并要林森从音标学起，说得林森脸红脸白，心想：你这小姑娘也真是太狂了，练口语对你也是提高啊，你的语法和词汇比我还差呢。当然，林森没必要在这个事情上跟徐弘争个高低，只是从此不再跟她练口语就是了。

徐弘特别能吃。

半个月后，林森家里的生活费开支大大超标了，加之林森老婆和林森自己都太忙，没有时间餐餐做三四个菜，就提出让徐弘自己做，每周只收70元房租，徐弘满口答应。

真是不当家不知柴米贵。

林森带徐弘去商店买食品。徐弘专拣最便宜的买，力争每周15元。

这个"馊饭女"真是抠门得很。她一次做三天的饭菜，又舍不得放油。每次她炒完菜，林森要洗许久的锅。她做的饭菜黑乎乎的，那东西简直连狗都不会吃。这时她再也不讲什么增高和营养了。以前她还说这也不能吃，那也不能吃，特别不能吃辣，可她当自己做时，什么都能吃了。在林森夫妇看来，这样的"馊饭女"心地不善良。你节省也行，你不吃油盐也行，不吃营养也行，可当别人做得比你自己做的好得多时，你不用挑剔就行了。明明别人做的比你好得多，你还挑剔，这样的人心地就不善良。而一个心地不善良的人，谁都会瞧不起。

和徐弘各吃各的后，林森夫妇感觉轻松多了。

"我做饭做菜再也不用看她的脸色了。"林森老婆对林森这样说。

有一次，林森带徐弘去怀卡托大学图书馆。林森要去见自己的导师，就入学的有关事情求教于导师，他的老婆也正好有课，而徐弘说她也想去大学看看。由于大家都有事情要办，就说好下午五点以前林森办完事情后去图书馆找徐弘，如果超过了时间，她自己可以去车边等他们。

可是，当林森办完事到图书馆约好的地点去找徐弘时，不见徐弘的踪影。林森想，她可能去车边了吧。于是径直到了停车的地方，结果也不见她。

"等徐弘一会儿吧。"林森这样对老婆说。

不料，林森和他老婆在车里足足等了25分钟后，还没看见徐弘来，林森火了，想起以前每次坐车徐弘那副德性，心想：我凭什么就一定要这么善待你？你把我们对你的关照当做理所当然的事，现在我要让你知道，我们也可以不这样做。

"回去吧，我饿得不行了。"林森老婆也忍不住说。

于是，林森开车回来了。

谁知刚到家，徐弘的电话就打来了，她竟然是命令林森去接她，连一句道歉的话都没有。

"我借一个老外的磁卡打的电话，我在大学图书馆等你。"

没有"对不起"，也没有"请"，更不知道林森愿意不愿意或者有没有时间去接她，徐弘说完话，没等林森回话，就放下了电话。

"这个人我现在很讨厌她了，"林森说，"真的很讨厌她了。"

林森没去。过了10多分钟,徐弘见林森没去,又打电话来,说愿意付林森的汽油费,要他去接她。

"你自己叫一辆的士回来吧……"林森没好气地说,心想,既然你知道付汽油费,那你叫一辆的士不省心多了?

"啪"的一声,徐弘没等林森说完就怒气冲冲地挂了电话。

那天晚些时候,徐弘果真打的回来了。一进屋,好像林森和他老婆欠了她一身债似的,对人家爱理不理。林森见状,也懒得搭理她。

让林森吃惊的是,第二天,徐弘居然气呼呼地质问林森:"你知道昨晚我花了多少钱打的吗?"

"你现在才知道,打的士要花不少的钱,"林森也大声说,"你是否知道,我每天接送你,等于你打了多少回的士?你连一句感谢的话都没有,仿佛这一切都是我应该做似的。"

"哼!"徐弘居然冷笑一声。

"好吧。我现在告诉你,从今天开始,你去哪里都得自己去!"林森继续大声说,"我不是你的专职司机,我再也不愿意你坐在我的汽车里了!"

从此林森狠下心,再也不接送她了。即使同在一所语言学校,林森也做得绝,就是不让徐弘搭个便车。他要让徐弘知道:没有人愿意做了好事还受气的!

几天后,徐弘便四处散布谣言,说林森他们狠心"扔下她",还时时虐待她。

林森听了很光火,他的老婆也很生气。他们下了最后通牒:"你走吧,你在这里不受欢迎了!"

徐弘居然愿意走。

"你必须走,咱们没有商量的余地了!"林森一字一顿地说。

大约又过了一个星期,徐弘终于灰溜溜地搬走了。搬家前,她弄坏了林森家的烫斗，连说一声都不肯。这个又矮又胖的"馊饭女"心地极不善良，又特别不知天高地厚。她来新西兰后只想留在国外，她曾透露，她将来要学习牙医，还要去美国。她说她天天盼望中国出乱子，因为这样一来，她就能申请人道难民在新西兰留下来了。

"这种人出国，真给中国人丢脸！"林森的朋友们听了徐弘的事情后，纷纷这么说。

后来徐弘搬了一个新家，连电话号码都不告诉林森。有人找她，打林森家的电话，事情又急，但林森也没办法转告。因为徐弘怕留了她的电话后，林森会给她的新房东说她在这里的恶习。

真是小人之心，林森这么想。

据说，徐弘离开林森家后，搬到那个新家没住上一个礼拜就被赶走了，后来住到了一个人的仓库里。没有人喜欢她。在语言学院，徐弘参加三次雅思考试，每次成绩都在五分左右，没一次有突破。为了少花钱，徐弘精打细算，不去语言学院读全天，只读下午两个小时。她自视甚高，没料到每次都考不过，花的时间和金钱算起来比正常读书多得多。

最可笑的是，她从语言学院旁边的旅店出来时，竟是没结账就跑了。结果被人家告到法院，罚了她八百多元，真是又可气又可怜。

几番打击，处处不顺，徐弘再也不提要读什么牙医了，再也不提一定要成为美利坚公民了。因为读牙医的英文要求特别高，雅思成绩要在七点五分以上，照她这种进步速度，她要通过牙医入学的考试，不知要等到何年何月才行！

牙医读不了，新西兰公民也成不了，更不用提美利坚了！

"这种心理不健康的人注定会被碰得头破血流的！"林森的老婆说，"如果徐弘的性格不改，她还会吃更多的苦头，还会丢更多的人格，还会遭更多的白眼！"

"一言以蔽之：这种人压根儿就不应该出国！"林森对"馊饭女"作了总结。

丁香郡主

那风是看不见的，夹杂着丝丝的声音，从窗前吹过。

朱丽坐在窗帘下，望着外面一簇簇盛开的花，心里很不是滋味。想起今天又要去动物收养所，她就觉得烦。在国内，她一直盼望养一只猫。在她的眼里，猫是世界上最乖的动物，既漂亮，又柔静，温文尔雅，恰如她的性格。可是家里人没有一个赞成。父亲的理由很简单：玩物丧志。母亲说，女孩子养猫，容易变得消沉。她唯一的弟弟说出的理由更气人：他讨厌猫，养一只猫，拉屎撒尿，整个房间就有一股地下室的霉臭味。他还说，除非是养狮养虎，不然的话，家里养什么他杀什么。气得朱丽直骂弟弟是法西斯。但骂归骂，由于势单力薄，她不得不放弃她的美好愿望。

出国后，她像一只放飞的鸟，心里甭提有多高兴。来新西兰的头一个礼拜，她租好房，安顿妥当，并给家里写了一封报平安的信后，她就考虑要买一只猫来养养。当她从Loot报查找信息时，竟意外地发现一只Free（不要钱）的猫。打广告的人声称，他愿意将这只通人性的猫无偿地送给一位有爱心的人、真正爱猫的人。朱丽想，自己不正是这样一个有爱心、真正爱猫的人吗？她立即打去电话，诚恳说明自己的心愿，令电话另一端的先生十分感动，满口答应她的要求。为防夜长梦多，她叫了一辆的士，兴高采烈地将那只乖乖猫领了回来。

但国外养猫麻烦可真多。商店里琳琅满目的宠物食品美不胜收，所有宠物都要用从商店里买的正式食品喂养，丝毫不能马虎。各级动物协会的同志极为负责，经常上门查询，周围邻居也警惕性颇高，爱好举报，一旦发现你

蓝：葱花物语

用剩饭、馊菜或变质了的食品喂养动物，轻则处以经济罚款，重则法庭相见。朱丽在接养这只猫的时候，那位绅士反复叮嘱她要用心侍养，不要怠慢了猫，辜负他的一片信任。

　　朱丽的确没有辜负那位绅士的一片信任。她将这只猫取名为"丁香郡主"。这个名字并无特别含义，她只觉得有点诗意，有点好玩。她与小郡主同吃同住，像侍弄一个小皇帝，给她吃好喝好，为她洗澡，为她梳妆打扮，晚上搂着她入眠。刚开始时，丁香郡主身上有虱子，咬得朱丽特别难受。她并无怨言，将衣服、被子、毛毯等用开水煮了，洗了，然后坐在阳光下，将猫身上的虱子认认真真地捉了个干净。她甚至买了一件花猫衣，一只玩具老鼠。有意思的是，丁香郡主一见"老鼠"不敢扑上去咬它，似乎还有点怕，只是左跳跳，右跳跳。朱丽忍不住笑了，嗔怪地说：你这是干吗？不奋勇杀敌，反而跳舞邀宠，成何体统？其实，朱丽很清楚，因新西兰很少见到老鼠，猫的天性慢慢丧失，根本不知道老鼠就是它的天敌，又怎敢奢谈旺盛的斗志？总之，朱丽并没有期待丁香郡主为她抓老鼠，只要这小家伙开心就行。

　　丁香郡主被朱丽侍弄得乐不思蜀，变得更乖。每次朱丽去上学，她就坐在窗户下静静地看着她开车离去。下午四点钟左右，一听到车子响，知道主人回来了，她立即用小嘴将窗帘撩开一线缝，将鼻尖贴到玻璃上，静静地看着主人打开车门，下车，回家。主人一进屋，她就欢叫一声，跳到主人溢满香味的怀里撒娇。这种朴素的报恩方式让朱丽好生感动。

　　朱丽的生活方式极其简单。从大学院校到出租房屋，两点一线，清楚明了。与一般的留学生不同，朱丽不大爱交际。平心而论，她的家庭并非豪门巨富，父母都是一般国家干部，为送她出国深造，全家人已节衣缩食了好些年。每每想起这些，她就有些内疚。那有限的钱她要一分一厘花在刀口上。交朋友固然是好事，但出门连一杯咖啡都舍不得喝，还谈什么交朋友？

朱丽又特别不愿意花别人的钱，沾别人的光。因此，下课后回家，与丁香郡主厮守一起，是她唯一的选择。

但养一只猫费用还真不少。每天一筒猫食必不可少，每周要用一包拉石，供猫新陈代谢用的。猫很讲卫生，每次拉完屎尿，自己会主动用拉石将它掩好。朱丽算了算，一个月下来，一只猫差不多要花一百新币，合人民币五百块啦！这还不包括给猫打预防针以及为猫看病等。朱丽想，怪不得老爸经常说，养猫是资产阶级腐朽生活的表现。不过，既然爱猫，她认了。平时自己多节约，能省则省。有时想想老爸的话，她又觉得好笑，她甚至暗暗地问自己：我这是小资产阶级情调吗？

不过，丁香郡主通晓人性倒真是驱散了朱丽不少的寂寞。每当乡愁难忍、思家心切时，丁香郡主就会柔柔地跳到朱丽怀里，用细细的小爪轻轻拍打着她的胸口。朱丽落泪，她也落泪，少女脆弱的情怀被这小东西感动得一塌糊涂。朱丽将猫紧紧地搂在怀里，像搂着自己那颗易碎的心。

然而，两个月后，丁香郡主似乎变了，不再那么柔情温和了。有时朱丽去搂她，她要么躲开，要么显得不耐烦。晚上也不再乖乖地躺在朱丽身边，而是喷着气，来回不安地走动。朱丽以为她病了，就带着她去看兽医。那个兽医是个高鼻子的kiwi，他认认真真检查了那只猫后，笑嘻嘻地说，这猫没有病，只是她到了谈情说爱的时候了。朱丽恍然大悟，但她不知道该怎么做。兽医说，顺其自然吧。

朱丽不得要领地回到家，丁香郡主十分烦躁，蠢蠢欲动。朱丽本想替丁香郡主找个"心上人"，但她左寻右访，没有结果。邻居大多养狗，养猫的只有两家。但这两家无法遂朱丽心愿。原因是一家只有两只幼猫，根本不知道"春天来了"的感觉，另一家也是一只"嫁不出去"的母猫，主人愁眉苦脸地告诉朱丽，每年这个时候她都犯愁，唯一的办法是放任自流，让猫们出去自己解决。朱丽一个姑娘家，听到这些话不禁脸红心跳，也不敢细问，就郁郁寡欢地回来。

　　朱丽不愿丁香郡主盲目出去寻欢，因为她担心这小家伙一去不归，将无边的落寞留给她。但青春挡不住，丁香郡主由烦躁变成暴躁，整天叫个不停，满屋子里乱窜。因为要上学，朱丽无法每时每刻看守她，一狠心，用一根小绳子将猫套在床脚上。头两天倒是没事，朱丽上学回来，只见猫筋疲力尽又可怜巴巴地蜷缩一团。朱丽便摩娑她，安慰她，还细声细气地在猫的耳朵边说，别出去，外面太乱，要是碰上大坏蛋，可惨了……仿佛丁香郡主真能听懂她的话一样，说得那么情真意切。

　　然而，第三天出事了。那天，朱丽的一个课程需要小组讨论，回家晚了一点，她隐隐感到有些不妙。推开房门，丁香郡主果真不见了，床脚上的小绳子被挣断了，窗户半开。朱丽的心凉了大半截，想起这些日子与猫厮守的情形，自己付出的心血，眼泪不知不觉就流了出来。

　　当天晚上，朱丽什么也干不了。她想写一封家信，但刚开个头就再也写不下去了；她想做作业，可眼前老是丁香郡主的影子；她想看书、听收音机或看电视，可心里乱糟糟的，怎么也集中不了精力，上床后也昏昏沉沉地睡不着。

　　半夜时分，朱丽突然听到了丁香郡主的一声喊叫。起初她以为是幻觉，停了一下，那叫声再一次响起。这一回，朱丽听得真切，好像就在她的后院。她精神一振，跳下床，打开后院的灯，出去一看，果真是丁香郡主正与一只公猫在做"好事"。朱丽娇叱一声，抓起一块石头朝那只公猫掷去。那可怜的东西压根儿没料到有人袭击它，毫无躲闪，砸个正着，负痛叫了一声，从丁香郡主"的屁股上滚了下来，并迅速逃离了现场。

　　丁香郡主见主人一脸怒气，仿佛做错了事似的，一声不哼地走到朱丽身边。朱丽对她又怜又气。怜的是她脖子上有一条绳血痕，那是她为追求"自由爱情"而付出的代价；气的是她饥不择食，没有选择，抓着就要。刚才朱丽砸石头，气的就是这个。在朱丽看来，那只公猫，简直像头狼，奇丑无比，居然癞蛤蟆吃到了她家的天鹅肉，真是岂有此理！怪谁呢？当然只能怪丁香郡主自己太贱！

气归气，丁香郡主能够顺利回来终究是件好事。朱丽也不再责怪她，抱她回去认真洗了，仍然搂着她睡觉。那猫也平静了许多，不一会竟乖乖地睡着了。朱丽想了想，漂亮的脸蛋又红了起来，赶紧和衣躺下，蒙着被子，胡乱睡去。

翌日，丁香郡主又挡不住青春的诱惑，再次出去与"狼"幽会。朱丽回来发现了蛛丝马迹，但这一回，她看开了，反正就那么一回事，该发生的挡不了，这是自然规律。至于好与坏、丑与俊都没关系，又不是她朱丽找对象！何况，在丁香郡主的眼里，说不定那"狼先生"正是她心中的"白马王子"呢！人能够"情人眼里出西施"，而通晓人性的动物难道就没有这种感觉吗？

朱丽想开后，心情渐渐舒畅起来，不再生猫的闷气。而丁香郡主也很快恢复了昔日乖巧顺从的媚态。因为临近考试，朱丽全力心赴，一时减少了对猫的亲昵。圣诞节过后，朱丽突然发现丁香郡主的肚子大了起来！当她意识到是怎么回事时，她又不知道该怎么办了。"养一只猫麻烦还真不少。"她头一回有了这种不舒服的感觉。

日子慢慢地过去。丁香郡主的肚子越来越大。朱丽毫无办法，只好如那个高鼻子kiwi说的：顺其自然吧。

大约又过了两个多月，丁香郡主一箭三雕，竟产下三只小郡主。不过，第一只小猫产下第二天就夭折了。朱丽认为可能是房间温度不够所致，就打开暖气，热得她直流汗。丁香郡主对小猫表现出了足够的"母爱"。她将小猫叼到黑黑的角落，舔干血迹。喂奶的时候，她总是将小猫紧紧地抱在怀里……

蓝：葱花物语

朱丽望着三只猫，腿肚子有点发颤。她的功课越来越重，对付一只猫已感觉有些困难，何况大小三只！她的精力和财力都吃不消。一周后，待两只小猫能够在房间自由走动时，朱丽开始考虑将小猫Free 地送给别人。她给许多同学讲了这个意思，可没有一个人真正感兴趣。一个自称爱猫的来自印度尼西亚的女同学说，她愿意养一只小猫，但朱丽必须提供猫食，气得朱丽扭头就走。

朱丽也到Loot报上打广告，可运气很不好，连打三次都无人问津。第四次，好歹来了一位韩国小伙子，领走了一只小猫。但第三天，那小伙子又悻悻地将猫送了回来，原因是他对猫有过敏反应。朱丽望着小伙子脸上的一颗颗红斑，连忙说了几声"Sorry"。小伙子遗憾地耸耸肩，有点狼狈地走了。

朱丽心情越来越烦躁，但猫没送出去之前，她不敢有丝毫的懈怠，生怕被邻居举报或被动物协会的人找麻烦。因此，自己少吃少穿也要买好猫食，让三只猫过着幸福快乐的生活。但有时候朱丽实在难以满足三只猫的要求。比方一个很简单的例子：以前朱丽每晚搂着丁香郡主睡，现在三只猫她不可能都搂着睡。糟糕的是，两只小猫恋母，总喜欢跟丁香郡主睡在一起，而丁香郡主也总喜欢跟朱丽睡在一起。朱丽给三只猫做了一个暖窝，常常赶它们去睡，可这些"淘气鬼"总是不听话，有时深更半夜爬进朱丽的被窝来，气得朱丽打骂都不是，只好呆呆地生闷气。

最近两个星期，朱丽跑动物收养所跑得勤，她下决心要将三只猫至少送出去两只，最好三只都送走。她实在没有闲工夫、没有多余的钱养三只猫！但动物收养所早已大满贯，朱丽每次去，接待人员都和蔼可亲地告诉她要耐心等待，一旦有空位，他们会及时通知她的。但朱丽等不及，常常怀着侥幸的心理去"have a look"(看一看)。

这不，今天没有课，朱丽又想去碰碰运气。她看了看表，快八点半了。她不再瞎想，烤了两块面包，喝了一杯牛奶，又扫了一眼吃得饱饱的猫，正要出门，邻居一位老太太来串门，朱丽赶快让她进来。

老太太见朱丽似乎要出门，就问她去哪里，朱丽如实相告。老太太摇摇头，说，你已经在动物收养所登记了，再去没有必要。这儿的人办事很讲原则，既然没有他们的电话，去了也轮不上你。朱丽说，这个道理她知道，动物收养所的人早已告诉她了，可她就是忍不住想去看看。老太太笑了笑表示理解。

这时朱丽泡好了一杯茶。老太太边喝茶边朝三只猫看了看，然后问朱丽：再过半个月，那只母猫又会发情，又会怀上下一代小猫，你想过怎么办没有？朱丽一听，"哎呀"一声，说：我还真没想过！这一代一代的猫生下来，我如何受得了！老太太同情地说：可不嘛，你养一只猫就足够了。朱丽急切地问怎么办。老太太说，三年前，我养过一只猫，情况跟你的差不多。当那只母猫快要第二次发情时，我把它牵到兽医那儿，花了九十多块钱阉了。不幸的是，当天晚上，那只猫就失踪了。老太太说完，冲朱丽古怪地笑了笑，起身走了。

过了好一会儿，朱丽才缓过神来。她不知道老太太为啥要给她说这些。望着在屋子里走来走去的丁香郡主，一种迷茫的情绪夹杂着丝丝寒意向她逼来。朱丽突然想哭。一阵风吹来，她赶紧关上门，慢慢打开所有的窗户……

爱不是用来还债的

"铃声不是铃声，除非你去敲响它；歌声不是歌声，除非你去歌唱它。心中的爱不是爱，除非你去奉献它。"

每个人都知道爱的力量：爱能打开所有的门；你给予的爱越多，你收获的爱会更多。

人们缺乏的并不是这些老生常谈的概念，而是行动。

蓝：葱花物语

"爱需要行动。"

我有一个朋友，他在新西兰一家公司任高级主管。

有一天，他告诉我，他的妻子一再请求她一起去吃一顿午餐，可他总是用同样的借口回绝了："我的确很想去，亲爱的，可是，我太忙了。"

一天上午，他要去参加公司里一个很重要的会议。出门之前，妻子又一次提出建议："今天一起去吃中餐怎么样？"

他再次笑着摇了摇头："我还是没有空，亲爱的。再过几天就是情人节，到时，我一定陪你去，好不好？"

然而，就在他开会的时候，他的妻子出门去办事，途中遭遇了车祸，当场死亡。

朋友讲到这里时，泪流满面了。

他说，要是上帝赐给他一个机会，让他与妻子哪怕只有一个小时的团聚——带她去吃一顿中餐，告诉她他有多爱她——他愿意放弃他的一切。

是啊，只有当爱失去后，当爱不可能追补回来时，你才能感觉到它的珍贵。

不要以忙碌作借口，生命中的事是忙不完的。最重要的是，你忙的目的是什么？你挣钱、你上班不正是为了让妻子幸福、让孩子快乐、让家庭和谐美满？

如果妻子要你陪她去吃一顿午餐你没时间；如果孩子叫你陪他（她）去幼儿园看一看，你没有空闲，那么，你忙碌的意义何在？

更不要用情人节或这个节、那个节来作搪塞，因为这些节日，不是让你来"还债"的。

一定要记住：爱不是用来还债的！

世界上没有什么特别的日子，如果你有爱，每天都是特别的日子。如果没有爱，再特别的日子也是空洞的。

而爱就像是手中的铃铛，只有摇动才会响起。

如果你想要在一个特别的时间、特别的节日去摇它，说不定要听的人永远失约了。

此时，你的铃铛哪怕摇得再响，对永远失约的人来说，它已经成了哑铃，失去了应有的意义。

有人讲了这么一个小故事：那是他太太刚去世不久，他告诉一位朋友，他在整理太太东西的时候，发现了一条丝质的围巾，那是他们去纽约旅游时，在一家名牌店买的。

那是一条雅致、漂亮的名牌围巾，高昂的价格卷标还挂在上面，十分醒目。

他太太一直舍不得用，她想等一个特殊的日子才用。

讲到这里，他停住了。朋友看着他情绪有些激动，便用力拍了拍他的肩膀。

过了好一会儿，他才长叹一口气，说："再也不要把好东西留到特别的日子才用，因为你活着的每一天都是特别的日子！"

听的朋友受到启发，以后，每当想起这个故事时，他就会把手边的杂事放下，找一本小说，打开音响，躺在沙发上，抓住一些自己的时间。

比方，从落地窗欣赏淡水河的景色，轻轻擦玻璃上的灰尘，拉着太太到一个小店吃一顿便饭，抱着小孩去球场转一圈，将最得意的衣服穿出来，哪怕不去约会，只在家门口晒晒太阳，甚至，到一个一直想去的地方，痛痛快快地玩上几天。

生活就是过日子，每一天的日子都是同样珍贵。不要将幸福寄存在"将来""总有一天"这样一些虚构的字符里。

幸福无法预支，同样也无法增息。

因此，如果你有什么值得高兴的事，有什么得意的事，你现在就去听到，就去看到，就去触摸并且细细地感受。

生命就是由这样一个又一个小小的细节连结起来的。

如果你活了一百年，临死前，你仍然抓不住一个细节，那你岂不是白活了？

常听人说，老朋友该聚一聚了，但总是说："得找个合适的机会。"

常听人说，该到什么地方去玩一圈了，但总是说："时机还不成熟。"

常听人说，父亲年岁大了，该回老家看看了，但总是说："这一段太忙，过年回去吧。"

常听人说，好久没有某某的消息了，应该打个电话去问问了，便总是说："明天吧。"

我们就这样将一个又一个机会轻巧地推到了虚拟的"将来"，我们也因此失去了一段又一段友情、一寸又一寸闲情、一捧又一捧亲情、一波又一波恋情。

因为，也许等你找到自以为合适机会的时候，你要聚一聚的老朋友已经走了；也许等你自以为时机成熟的时候，你要看的美景已经凋谢了；也许等你过年回家时，你年高体弱的父亲已经出事，如中风瘫痪——你想跟他喝一杯酒都不可能，他甚至根本就不认识你或者已经驾鹤归去了；而等你明天想起要跟某某打去电话时，她的电话号码已经改了，你听着话筒里传来的阵阵忙音，你是否有一丝隐隐的伤痛呢？

快快行动吧。如果你手中有铃铛，就敲响它；如果你心中有歌，就歌唱它；如果你怀着真爱，就赶紧奉献它。

因为，敲着铃铛，唱着歌声，怀着爱心，满满的欢喜——这，难道还不是你所向往的特殊的日子吗？

撕裂的伤痛

> **题记** 这是一个在事业上成功的女人写给丈夫的离婚信。她妥协过无数次，试图将就不忠的丈夫，因为身边不少的女人就是这么生活的。然而，她突然发现自己在情感上无法将就，自己在人格和尊严上更无法将就。她迫使自己走出被丈夫养在家里的生活方式，也努力投身商界。通过几年的打拼，她获得了巨大的成功。她要离婚，可她丈夫不同意——而以前，她是多么担心被丈夫抛弃啊！
>
> 这一封信就是在这种极度痛苦的情况下写的。婚姻与家庭早已名存实亡，此刻丈夫要同她妥协，她又不同意了。
>
> 她来新西兰旅游时向我讲述了她的过去，有许多次泣不成声。回国后她寄来了这封信，并说她已经向法院申请离婚，估计很快就会有结果。
>
> 我将这封信几乎是原封不动地收录于此，希望它能够让那些还在痛苦的边缘彷徨不定者提个醒：女人，千万不能迷失自己，千万不能满足于做一个"影子女人"！自强自立，你不仅能赢得尊严，更能赢得人生！

感觉上是很多年没给你写信了，其实写出来的比说出来效果更好，更能一气呵成、不受干扰。我确实想离婚，这是近几个月脑子里挥之不去的东西。我似乎在等待着一个合适的机会，或者是能把自己调整过来回到从前，可直觉告诉我：一切都不可能了。

其实我说过，发生什么都没事，争过、闹过了也就够了，因为我从来就不敢想象真正离开你，我不能没有丈夫，我不能没有家，我不知道没有你的将来会是个什么样子。

你知道我这人挑剔，我怕再也遇不上让我这么喜欢的男人。

蓝:葱花物语

我曾经妥协地想:你可以在心目中给许多女人留位子,可我要坐最重要的那把。

后来,我突然发现自己"做偏"了。

我是个人,我不能过一种没有尊严的生活。

你无法想象,我是怎样站起来的。

你更无法想象,我又是怎样迎着风雨走出去的!

我不愿说。我宁愿一个人偷偷地流泪,也不愿让人用鄙视的目光看着我。

现在,我需要请个律师,商量一些细节问题:孩子问题、财产问题……这些东西都是些最痛心最麻烦的问题。

我可以负责地说,我无愧于这十年的感情八年的婚姻。

多年来,我们的辛苦和努力,好不容易有了事业、房子、车子和儿子——这一切都是我们的心血和汗水。如果决定离婚,决定出国,这一切的一切好像都要一笔勾销或者支离破碎。

这不是我愿意看到的,是你逼着我走这一步的。

人的生命短暂,一些物质的东西好一点差一点都无所谓,但人的感情不能将就。而感情的东西却是那么复杂,我们需要在一个曾经素不相识的人身上互相欣赏、互相默契、互相爱护、互相尊重——这是最基本的要求,也是最难的事。

这需要双方一起作牺牲,作努力、能体谅谦让。这些道理谁都会说、谁都会写、谁都明白,可就是难以做到,因为感情是感情,理性是理性。

重要的是,感情不是一个人的事。

我们不能保障什么,更无法制约谁。

你了解我的性格,知道我的为人。

你说过,我做到了一个传统的女人社会要求她、道德要求她、家庭要求她应做的一切。说真的，要把多年来对婚姻的真实感受和生活轨迹和方式叙述一遍，我都觉得我有病。

我只能挑精神状态好的时候来写这个东西。

实话说，我常处于精神崩溃的边缘，恐怕你深有体会吧，我都快疯了。

你知道的，我到过精神病医院做"电击治疗"，希望借此忘记许多东西，也试图让我能知道的所有的宗教来帮助我，还在心理医生那里治了好长时间的病。

可是，在大街上，在汽车里，在朋友面前我常常泪水长流，伤心至极！

放了我吧，我求你了！

一句话，我们缘尽了。

我仔细想过，这尽头是怎么到来的，好像不知不觉，但确确实实是很多不愉快的积累，一点一滴，想追究一下谁对谁错都显得没有意思。

也许我周围人心中有些概念化的东西，比方有人说，我能干，是女强人，因此我生活中出现的问题肯定是因为我太能干。

还有，我不会生活，不会撒娇，不会小鸟依人，不给丈夫足够的面子，不懂风情万种，不会穿衣打扮……真是"欲加之罪，何患无辞"！

我不愿再解释什么。

我唯一想说的是，我一直在努力做你的好老婆，总想尽我所能帮助你，让你开心，让你快乐，协助你实现你的梦想。

我热爱生活，深爱儿子，也深爱你。

我对生活尽到了一个妻子和一个母亲应尽的责任，但生活不是一个简单的"对"和"错"所能包含得了的。

我尽力了，也未必能使生活美满如意——这比做一个女强人难多了。

总之，分手让人痛，要分离你身体的一部分，是为了保全你我宝贵有限的生命——很多日子，很多过程，很多方式是一起完成、一起经历的，不管痛苦、开心都是有血有肉联系在一起的，要分开能不痛吗？

我告诉你，我痛，痛极了。但长痛不如短痛。希望我的伤痛能够让你清醒，希望我的泪水能够让你安静。因为你欠缺的就是清醒和安静，你被那些在你身边打闹的妖媚的女人弄昏了头。行了，我不再说了，这一切都与我无关了。

我用切割自己的方式来解脱自己，我将自己剩下的这一半小心收藏好。当你用一座座房子、一辆辆车子或者一摞摞钞票换取那一具具醉生梦死的肉体之后，你最后的光景我已经看见——你被抽空了，连同我给你的一切。

名主持失窃记

对新西兰普通市民而言，知名度最高的可能不是政府总理，而可能是国家电视一台著名节目主持人波尔·霍姆斯（Paul Holmes）。这位年过花甲的社会闻人的一举一动对新西兰都有广泛的影响。

有一则玩笑说，如果霍姆斯先生在电视上一脸严肃或者显得垂头丧气，那么，当天的股市一定显现熊市。虽然这只是一则玩笑，但从一个侧面反映了霍姆斯先生举足轻重的影响力。正因为此，如果他的记事本被人窃走了，那么，给社会造成的冲击当是不言而喻的。

3月8日，正是世界妇女节这一天，霍姆斯偕同其新婚妻子蒂白斯在外面痛痛快快地玩了一天。有人谣传霍姆斯先生得了癌症，可蒂白斯从霍姆斯那充满活力和幽默风趣的表现里，发现他朝气蓬勃，才华横溢。

"你哪里像一个年过六旬的人啊，你简直就是30多岁的棒小伙！"蒂白斯这么夸赞道。

"我觉得自己是才20来岁的愣头青呢。"霍姆斯也高兴地说，"甜心，今天你玩得开心吗？"

"开心极了！"蒂白斯搂着霍姆斯，给了他一个热吻。

然而，当天晚上八点多钟，当霍姆斯驱车回到他那个豪华的家时，发现自己的房门虚掩。他立即意识到有些不妙，忙问蒂白斯："亲爱的，早晨咱们出门时，你将门关紧的吗？"

"是啊，怎么啦？"蒂白斯也有些吃惊。

"家里一定失窃了！"霍姆斯大声说，拉着蒂白斯往屋里走。

果然，家里被翻乱了，但不是乱得一团糟。窃贼似乎对这位名主持手下留情，并没有把他家闹翻天。也许窃贼是担心被邻居看见，所以做得沉着而小心。

霍姆斯发现家中失窃了许多重要的"东西"，最让他感到痛心的是：一本被新闻从业人员视为至宝的重要记事本不见了。要知道，那里面记载了许多名人及其重要政治人物的秘密联络电话啊。

"怎么会出现这种事呢？"蒂白斯惊愕不已。

霍姆斯住在奥克兰最昂贵的房产地段，被誉为最富裕的"高档住宅区"。住在这里的人除了政界要员、商贾巨亨外，还有一些外国使节和一批神秘的国际人士。这里很少发生失窃的事情。

"越是被认为安全的地方，人们也最容易忽视它的安全，"霍姆斯倒是镇定下来，"现在重要的是，找回失去的东西。"

"咱们不报警吗？"蒂白斯问。

"报什么警？"霍姆斯不以为然，"等警察破案的时候，兴许咱们早已忘记了此事。"

"那你怎么将失窃的东西追回来呢？"蒂白斯不解。

"我不希望这件事弄得满城风雨，咱们低调，再低调吧，"霍姆斯说，"否则一发而不可收拾。"

蓝：葱花物语

"保姆赫本小姐有没有问题？"蒂白斯说，"你昨天让她回去了。"

"她有病，她还会回来的，"霍姆斯说，"我不敢断定她有问题，但这件事跟她可能有些关系。"

"现在就跟她打电话？"蒂白斯建议道。

"不，亲爱的，"霍姆斯说，"咱们装得什么事都没有发生一样。现在看看电视吧，我的节目呢？"

一夜无话。

第二天一早，蒂白斯催促霍姆斯给赫本打电话。霍姆斯说："你让我跟她说什么呢？说她偷走了家里大部分贵重的东西？"

"咱们房间装了报警系统，这里的一切都有闭路电视监视。可是，家里失了窃，左邻右舍又不知道，重要的是，电视监视系统也已经失灵。所有这一切，都证明这是一个'熟贼'。"蒂白斯头头是道地分析说。

"可这一切也并不证明就是赫本偷了啊，"霍姆斯说，"何况房门是虚掩的，如果是赫本，她有钥匙，为什么不将门锁好呢，并且干脆将房间也整理得井井有条呢。"

"那样做，岂不是此地无银三百两了？"蒂白斯说，"赫本会那么傻吗？"

"好啦，这事我自有办法，"霍姆斯说，"咱们去上班吧，权当这事没有发生。你一定要记住，不能在单位上露出任何苗头来，你要做得跟平时没有任何两样。"

一连三天，霍姆斯不闻不问失窃的事。蒂白斯实在忍不住了："你真的守株待兔？你真的以为偷窃的人会良心发现把偷去的东西又送上门来？"

"别急嘛。"霍姆斯耐着性子说。其实，他心里又何尝不急呢。

"我担心的是，如果是一伙惯偷偷走了我们的东西，我们不赶紧去查找。所失物品很快就会被他们处理掉。一些我们认为是很有用的东西，他们很可能当做垃圾扔掉了。"

"如果真正碰上了惯偷,我们只能自认倒霉,"霍姆斯说,"不过,以我的阅历,感觉这事情不会那么糟糕。"

第四天晚上,赫本突然打来了电话,问了霍姆斯的一些情况。霍姆斯告诉她:"家里一切都还好,你好好养病吧。"

"她是不是打电话来探风声的?"蒂白斯问。

"不管怎么样,事情慢慢有了转机,"霍姆斯说,"有人比我们还着急呢。"

果然,到了第五天傍晚,一个大大的包裹被递到霍姆斯的住处。霍姆斯打开包裹一看,里面都是他失窃的东西。他急忙按照包裹上留下的电话号码打了过去,被告知:"没有这个电话号码"。很显然,寄包裹者留下了一个假的电话,那么,包裹上所谓的地址也一定是假的。霍姆斯一查,果然如此。

"是谁偷了这些东西呢?"蒂白斯说,"真是赫本吗?那她为什么又要将它寄回来呢?"

"也许是一个神经有毛病的人干的。"霍姆斯故意乱说。

"失窃的东西都回来了吗?"蒂白斯问。

"回来了一半,"霍姆斯说,"我们再等等吧。他们兴许还要研究是不是将余下的部分也还回来。"

"你是说,他们有一伙人?"蒂白斯说。

"这只是我的猜测,"霍姆斯点点头,"不过,真正的策划者只有一个。"

"赫本?"蒂白斯说。

霍姆斯没有吱声。他去了客厅,给几个老朋友打电话,聊了一些乱七八糟的事。

一周后,霍姆斯失窃的所有物品都奇怪地回来了。但是,当霍姆斯仔细检查时,发出最重要的记事本却不见了。霍姆斯最担心的就是这个记事

蓝：葱花物语

本，如果它被哪个商人买去或者被哪个政客买去，都会产生不可预料的后果。

"这些天，我一直克制着，没有报警，也没有告诉同事、朋友，为的是给窃贼一个面子，让他们主动将东西还回来，就当是从我这里借去似的，看完了或用完了，归回来就行了，我也不追究了。可是，他们偏偏将我最重要的东西给弄丢了。"霍姆斯有点按捺不住了。

蒂白斯没有说什么，但她望着霍姆斯，似乎期待他立即作出重要决定。然而，霍姆斯叹了一口气后，竟躺在沙发上闭目养神起来。

"是主动出击的时候了。"蒂白斯自己对自己说。她走到另一间房子，翻出赫本家的电话，拨通了："喂，赫本在家吗？"

"她跟一帮朋友出门去了，"赫本母亲说，"你是谁，找她有事吗？"

蒂白斯也不客气，直通通地告诉赫本母亲：霍姆斯家失了窃，赫本有重大作案嫌疑，希望她自己能够交代，并将霍姆斯的重要记事本尽快归还她。

"哈，原来你是蒂白斯小姐啊，"赫本母亲说，"我在电视里看见过你。霍姆斯先生娶了你，真有艳福嘛。你的确很漂亮，可是，你说出的话来一点也不漂亮。"

"我说出是事实，"蒂白斯说，"你女儿就是我们家这次失窃的重要嫌犯。"

"我可以明白无误地告诉你，蒂白斯小姐，"赫本母亲说，"我的女儿也许会多喝几杯酒，但是决不会偷人家的东西！"

"我们一直采取宽容的态度，希望她投案自首，"蒂白斯说，"看来，事情并没有朝我们期待的方向发展。"

"你报警吧，蒂白斯小姐，"赫本母亲说，"这个电话打给了我，是个错误的决定，你大可以将它打到警察局去。"

"我会考虑的，谢谢你的提醒，"蒂白斯强忍住怒火，说，"不过，我也请赫本小姐最好能够早点把霍姆斯先生的记事本送回来。这样对大家都有好处。"说完，便挂了电话。

蒂白斯刚从另一个房间出来，霍姆斯从沙发上站了起来，说："刚才你给谁打电话？"

"赫本，"蒂白斯承认，"可惜她本人不在。她母亲的态度很不好。"

"如果你说我的女儿是个小偷，我也会对你态度不好的，"霍姆斯嘲讽道，"我告诉过你，不要把事情搞糟了。事情到这一步，已经非常不容易了。"

"可记事本对你来说太重要了。"

"世界上重要的事情难道还少吗？你又能指望每一件重要的事情都能得到圆满解决吗？"霍姆斯说，"我不希望节外生枝，乱上加乱。"

正在这时，电话响了。霍姆斯接起一听，竟然是赫本的父亲打来的。

"霍姆斯先生，赫本只是你家的一个保姆，不是你家的管家吧，"赫本父亲慢条斯理地说，"既然如此，那为什么你的记事本失窃了就一定认为是她偷走了呢？"

"对不起，我没有说过这样的话。"霍姆斯心里暗暗叫苦，这下好了，人家找上门来"要说法"了。

"刚才你的新婚妻子蒂白斯小姐打电话来兴师问罪，"赫本父亲说，"她说她有证据证明是我的女儿偷走了你的记事本。"

"这完全是一派胡言，"霍姆斯说，"她不能这么说。"

"我现在需要你给我们一个理由，为什么赫本会被你们怀疑是贼？"赫本父亲说，"她可以不做你家的保姆，可她还要找别的工作啊。她还那么年轻，以后的路怎么走？"

"对不起，我向你道歉。"霍姆斯说。

"好吧，你是名人，我们是土老百姓，"赫本父亲说，"你们说出的话是真理，咱们说出的话是狗屁。也好，咱们到法庭上将这件事当着全国人民的面说清楚，好不好？"

"行啦，老兄，"霍姆斯终于火了，说，"我一直希望这件事冷处理，我不希望将事情闹到警察局去，更不要上法庭。可是，如果你认为咱们到法庭上说话方便的话，我也只好奉陪到底。"

"好吧，我没有钱，但请律师的钱我还是想得办法出，"赫本父亲冷冷地说，"咱土老百姓摸一下名主持的屁股，就算是输了官司，那又怎么样呢？"说完，"啪"地挂了电话。

霍姆斯也气呼呼地挂了电话。他看了站在一旁垂头丧气的蒂白斯，张口想吼一句什么，终于忍住了，闷闷地回到自己的卧室。

目前，赫本小姐已辞了工作。她已经向法庭起诉霍姆斯先生和蒂白斯小姐损害了她的名誉，包括律师和警察在内的有关人员都已介入此事。

霍姆斯知道世事难料，原本想冷处理，可现在看来，事情已闹得越来越热。虽然最终的结果还不清楚，但霍姆斯总是悬着一颗心，他只希望警方快快破案。可是，如果警方破了案，证明赫本是清白的，霍姆斯该如何赔偿人家的名誉损失？特别是，霍姆斯既输了官司，又找不回记事本，那损失可就真的大了。

温暖的陌生人

那天，马琳干完活，回到家门时，她突然发现邮箱里有一封信。当她读这封信时，眼泪顿时涌了出来——

亲爱的妈妈：

我知道你不要我已经很久了，但你仍然是我的妈妈。我有幸在一张小报上看到你的照片，然后顺着这条线索找到了你的地址。我们能见个面吗？白磊和我已经调到了这里工作，我们在市中心租了房子。白磊是我的丈夫。要是我不受欢迎的话，我可以立即离开，但无论如何，请给我打个电话……

马琳手中的信掉在地上。她在房间焦急地走来走去，并不停地哭泣。

那是一段多么痛苦的往事啊！二十一年前灰暗的记忆刹那间涌进了她的脑海。当女儿莉莉出生的时候，因为身体的原因，她很恐惧，觉得自己没有能力带大她。有人劝她放弃对莉莉的养育权，她心如刀绞。

随后，孩子就被收养的人带走了。

马琳没有迟疑地将所有的权力都拱手送人，她在律师的见证下却是抖抖地签上了自己的名字……

此刻，马琳的泪水再次刺痛了她的伤口。这么些年来，她把说不出的苦楚掩盖在平静的表面下。夜深人静的时候，她不知哭了多少回。十年前，她结婚了，但不久又离了婚。好在她在银行工作，是紧张繁忙的工作支撑她，直到今天。

现在莉莉找上来了，马琳却没有勇气面对她。

她知道，莉莉是想治愈她的伤口。

马琳不敢接受女儿的"好心"，她要离开一段时间，让感情冷一冷。

于是，马琳订了一张去悉尼的机票，把房子收拾一番，将养了多年的猫忍痛送人。她不停地忙乎，把心绪转移到一些特殊的事情上去。

她把莉莉写给她的信放在她从不离身的手提包里。

手提包里还有一只身份手镯，那是莉莉出生时，医院给她的出生证明。

一封信，一只手镯，这是马琳仅有的两件属于女儿的东西。

她甚至没有一张莉莉的照片。

"离开吧，这样最好。"马琳这样对自己说。她搭了一辆出租车，直奔

蓝：葱花物语

机场。

当她推着行李，走向检票口时，她还在不停地嘀咕着这句话："离开吧，这样最好。"

检票口的小伙子念了马琳的名字，又对了对她的机票，似乎迟疑了一下。

就在等待的时候，一丝寒冷从马琳的脚底直达胸口。她继续低着头，重复那句话："离开吧，这样最好。"

"你没事吧？"检票的小伙子终于面带微笑地问道。

"唔，是的，好的，我想我会好的。"马琳神经质地说着，精神像要崩溃了。

"哦，亲爱的，"小伙子带着恳求的语气说，"你不愿再想一会儿吗？"

马琳挣扎着，从她的手提袋里掏出一张手纸，点了点头。

"哦，对了，"小伙子说，"我正好有几分钟休息时间。我们能不能到楼上的咖啡室里坐一会儿？"

在马琳回答前，小伙子已经跟值班的上司说好了，带着马琳朝楼上走去。

坐下来后，小伙子关切地问："你打算到悉尼去干什么？"

马琳深深地叹了口气，仿佛看到了毫无希望的将来。

因此，她说："唉，其实也没什么。"

"没有工作？丈夫呢？"小伙子又轻轻地问。

"没有丈夫，"马琳淡淡地说，"我生命中的这一章已经结束了。现在我正在逃离。"

马琳说着，扭头瞧见邻座的一位母亲被四个淘气的孩子围住，她的心猛地一沉。孩子们吵吵嚷嚷，将他们的玩具弄得满地都是。

"逃离什么？"小伙子饶有兴趣地问。

马琳看着他，这小伙子有一张国字脸，长得很帅。

"他可能会问我任何问题，"马琳想，"我也愿意告诉他，毕竟他是一个陌生人，不会对我构成伤害，何况半个小时后，我就要离开了。"

"我正在逃离自己的孩子。"马琳说着，又瞧了瞧邻座的小孩子，他们围坐在妈妈身边，为一盒蜡笔发生争执。"莉莉就没有这样的童年。"马琳想。

"难道你的孩子不需要你吗？"

"我最好离开。"马琳答非所问。

像一粒子弹穿进了她的脑袋，她痛得有些麻木了。

"可是，所有的孩子都需要他们的父母，难道不是吗？"

"我不在其列，不是现在。离开吧，这样最好。"

马琳说着，忍不住将莉莉的故事全部讲了出来。

最后，她还掏出了莉莉写给她的信。

"你的女儿一定渴望见到你，"小伙子叹了口气，说，"哪怕只是满足她的好奇心。这也并不意味着你必须得离开她。离开她，难道你就能安心度过你的余年？"

"不，可是，她不会明白我为什么放弃她，她将不会原谅我，告诉她发生的一切只能伤害她和我自己。"

"难道你这样做了就没有伤害什么吗？"

一滴浑浊的眼泪猛地滑进了马琳的茶杯。

"在你离开前，为什么不给她打个电话呢？"小伙子又说，"否则的话，要是她搬家了，你将永远不会原谅自己失去这样一次与女儿团聚的好机会。"

小伙子说着，一眼瞥见了马琳手提袋里那伸出半截的移动电话。他果断地指了指马琳的手提袋，劝说道："打一个吧，你不会失去什么。"

马琳用手擦去眼泪，看了一眼小伙子手指上戴的结婚戒指，心想：有人真幸运，能拥有这样的男人做丈夫。

"好吧。"马琳终于被说动了。

她拿出手提电话和莉莉的信，将信中留下的电话号码输了进去。

电话立即接通了。

"你好，我是莉莉。"

"哦……嗯……哎，莉莉，我是妈……妈，我是马琳。"马琳能听见自己的声音在颤抖。

"啊？妈妈？真是你吗？"莉莉在电话里喊，"你在哪里？"

"在机场。"

"哦……你要离开吗？"

"唔……是……我是说，我不知道，我……"因为手心出汗，马琳换了另一只手拿电话，"我正在咖啡室里与检票口的一个帅小伙子在一起。"

话一出口，马琳立即后悔了：多么愚蠢的话啊！

"他叫什么名字？"莉莉赶紧问道。

"他的名字？这与咱们有什么关系呢？"

"问他一下吧。"

"她想知道你的名字。"马琳望着小伙子，小声说。

"我跟她说，"小伙子从马琳手里接过电话，说，"嘿，亲爱的，是我呢。嗯，她看起来挺不错。"

小伙子冲马琳咧嘴一笑。

马琳一时如堕云雾，但她突然从小伙子左胸佩戴的身份标志上看清了他的名字：白磊。

"事实上，女儿就是你作为母亲所应有的全部，"白磊拥抱着泪流满面的马琳，深情地叫了一声："妈——"

难以招架的热情

老人移民到新西兰来，新鲜期一过，马上变得不安起来，最主要的问题是语言不通。他早年学的是俄语，是个地道的"英语盲"。当地人用的是英文，他不敢接电话，也不敢单独出门。因为这儿的"洋人"特别热情和友好，不管在什么地方碰面，他们都会主动打招呼，说声"Hello"或"Morning"，不仅如此，有些"老外"还喜欢拉家常。他不懂英文，像个聋哑人，碰上这种场合，他就特觉得自己有丢人现眼的味道。

有一天，老人郑重其事地对儿子说，你快想想办法吧，我总不能天天憋在家里，否则的话，我准会闹出病来。

想想也是，儿子和妻子都在大学读书，不可能时刻陪着他。他又喜欢户外活动，到周围走走，或上公园去蹓跶，不可避免要碰上"老外"。于是，儿子说，我教你说英文吧，这是唯一的办法。

老人一听是学英文，眼睛瞪得老大，说，我这把年龄还学得好英文？咱是"八十岁学石匠——晚了"呢！

儿子说，我只教你说一句话，即"对不起，我不会说英语"，这样，碰上"老外"的时候，你就不用怕了。

老人听儿子说教他这句英文，一下子乐了，连连点头说，好，好，这句话我愿意学，有针对性，实用性特强。

儿子将这句话的英文写在一块小小的黑板上，叫老人大声跟着读。老人学得很认真，很快就背了下来。

有了这句英文法宝，老人的自信心立即高涨起来，背也挺得直多了。

几天后，老人在街上碰上了一个"倔老外"。那是一个衣着入时的老太太，她一见他就主动上前打招呼。

蓝：葱花物语

老人赶紧学以致用，立即将那句英文几乎是流利地背了出来："Sorry, I can not speak English.(对不起，我不能说英语。)"

那老太太一听十分吃惊，她大声说："You are speaking English！（可是你现在正在说英语呀！）"

老人虽然听不懂老太太在说什么，但他从老太太的表情里意识到她的意思了。他连连摇头，说："No, No!"

老太太以为老人不愿意同她聊天，就悻悻地看了他一眼，一言不发地走了。

望着老太太那慢慢扭动而远去的背影，老人的心情十分难受。他明白，他一定伤害了老太太。

回到家，他立即说了当天的遭遇。末了，他嘀咕了一句：看来，仅仅靠这句英文还不够。

儿子连忙说，那我再教你学一句，叫"I can only speak it.(我就只能说这一句。)"

老人觉得好，又认认真真地学会了。

然而不久，老人在公园散步时，又碰上了一个遛狗的"倔老外"。

照旧是老外先打招呼，说了声"Morning.(你早！)"

老人便点头，也说了声"Hello.（你好！）"他将"Hello"说成"哈罗!"这在中国时，他就知道。

接着老外就开始谈天气，老人急了，连忙说他不能说英语。

那"倔老外"感到很奇怪，说："你不是在说英文吗？"

老人猜着老外会这么问的，所以，他又迫不及待地说："我就只能说这一句。"

谁知，这个"倔老外"竟说："你不是已经说了两句了吗？"

然后，这个热情的"倔老外"拉着他的手，说："我知道你的英语说得不好，可是，我能听懂，我们能够沟通啊。我不敢相信，要是我到了你们中国，我能说什么？"

当然，这些话只是儿子的臆测，因为老人压根儿就听不懂这个"倔老外"在叽叽喳喳地说些什么，急得他热汗淋淋。许是得不到他的反应，那老外终于意识到他的英文的确是"Too poor（太差）"，他只好略带歉意地说了声"再见"，就牵着他的卷毛狗走了。

每次出门，几乎都会碰到这种难以招架的热情，令老人感觉很恐惧。此刻，老人回到了家，气喘吁吁地躺在沙发上，望着窗外那花花绿绿的房子和美丽的蓝天，思乡的情绪再次潮水般将他淹没……

特殊的开放日

新西兰是世界上第一个在《宪法》上规定妇女有选举权的国家。正因为此，这个国家男女平等的程度超过了英国、澳洲等"老大哥"，更不用提美国了。而今的新西兰，妇女地位更是空前高涨，从国民党女总理金妮·谢普莉下台后到现任政府女总理、劳工党党首的海伦·克拉克，从卫生部长到政府各主要部门的负责人几乎都是清一色的"娘子军"。

在这种"阴盛阳衰"的环境中，现任反对党首领比尔·英格里斯就很难有杰出的作为。有人戏谑地说，英格里斯生不逢时，他的英明全被新西兰天空下笼罩的"阴气"摄去了。

在两届政府之前，新西兰还是男人当家。当时的政府总理金斯伯格雄心勃勃，似乎大有一扫政府多年来积累已久的"温柔"和"软绵"，制订了一系列的"阳刚措施"，但这些措施还来不及验证，金斯格伯去中国访问时，一场宫廷政变已经发生。等他兴冲冲地带着中国人民的友谊和热情回来时，在飞机场等待他的不是迎接的官车和政府要员，而是一个冷冰冰的宣告:"总理易职,你可以回家休息了。"让金斯伯格充分感受到了政治的残酷。

继任金斯伯格的是女强人金妮·谢普莉,她一上台就将面包一样的白脸不断地在国家电视一台、三台等媒体上播放。她凹陷的眼睛戴着薄薄的眼镜,短短的头发披在她的脸上,嘴唇上的坚毅很难让人想象她曾经只是一个小学老师。这位从社区活跃的女活动家到小学女教员,再到银行家的妻子,再到执政党的首领,她走过了一条不平凡的路。

她的名言是:"赶快与中国人搞好关系,二十一世纪是中国人的天下。"这样的发言受到了爱国主义热情颇高的华人一致赞赏和鼓掌欢迎。因此,在她执政的日子里,谢普莉多次访问中国,对这个古老国家和人民的热爱达到了空前的高度。她下台后仍然频频从事商务活动,她郑重其事地在电视上说:"快跟中国人交朋友吧。你们的孩子迟早要和中国人打道的,早交朋友早受益。"

将谢普莉赶下台的是新总理海伦·克拉克,这位女性总理却长成一副男性模样,刚毅的脸上很难看得见笑脸。她强烈的男女风格对阴气太重的新西兰政府形成了强烈的冲击,以致在竞选连任之际,被国家电视三台著名节目主持人约翰以委婉的方式问她是不是有同性恋倾向,惹得克拉克总理老大的不高兴,对约翰侵害她隐私的做法提出了强烈的抗议,还扬言要将他送上法庭。

后来大约是克拉克太忙,加之连任后心情不错,对代表了民众猜疑的约翰的"无稽之谈"也就不作理会了。

不过,克拉克特地将老实巴交的丈夫搬了出来,并演出了不少的亲昵戏,似乎试图向世人证明:"我是女人,我有爱我的丈夫。我们的夫妻关系很正常。大家不必瞎猜,放心学习、工作和生活吧。"

我的邻居是个花工,他老人家特别怀念谢普莉女士,觉得这个从小学教师发家的人特别不容易，在全世界差不多都是男人主宰天下的情况下，她更是鼓起勇气将不争气的男人金斯伯格赶下了台，使新西兰的"女人政治"在世界舞台上大放异彩。

这位老花工说，每次周末谢普莉家庭搞开放（即女总理之家的开放日）的时候，他无论多么忙，都要抽时间去瞧一眼。

"我不是去看她家里的豪华设施——当然很豪华，但她家里也远不是这个国家最豪华的，也不是瞎起哄似的看热闹，我是去看谢普莉的一份宽容和爱心。"我的邻居动情地说。

"能给我讲具体一点吗？"我问。

"每次搞家庭开放，谢普莉家门前总会聚集不少的人举着各类招牌或标语，表示抗议，比方，降低婴儿死亡率、增加教师工资、加大执法力度，等等。我不是不同意这些人所提出的观点，我是反对在这种场合、在这种时候这样做。因为这些问题都要在上班的时候才能讨论的。人家总理也是人，也要休息啊。"

"没有人出来制止吗？"

"谁会这么犯傻呀？谢普莉总是笑眯眯地请抗议者进屋去喝茶，仿佛她家里有喝不完的茶。话又说回来，你当总理的也只能这么对待大家，你总不能叫警察来将他们赶跑吧。"

"这是私人时间，谢普莉完全有理由叫警察来赶走抗议者，因为他们扰乱了一个市民正当的休息。"我这么辩白道。

"你说的也对。但谢普莉没这么做，所以我才讲她宽容嘛。"老花工停了停，又补充道，"何况，那些抗议者也不是好惹的主儿。去年一个国家领导人来新西兰访问，遭到不少人的抗议，为了避免发生意外，当这个国家领导人去基督城参加一个演讲活动时，谢普莉动用了不少的警察来驱逐，结果惹上了官司。那些抗议者将谢普莉推上被告席的理由是政府利用职权不当，把民众应有的权利剥夺了。搞得这届政府很尴尬，事情至今还没有结束呢。"

"这民主国家也还真有民主的麻烦。"我在心里这么嘀咕道，但嘴上却问："你说谢普莉很有爱心，那又是怎么回事呢？"

"当然，这也是一桩小事，但想想倒是有点意思。"老花工说，"我第一次去谢普莉家参观时，进门之前我得花五毛钱买一张门票。当时我就心想，这个女总理也真抠门，既然搞个开放日，还要收门票，这不是变相地捞外快吗？"

"可能是因为太多的人涌入吧，"我推测道，"毕竟要去总理家看热闹的人不少。如果没有一点限制，那岂不是人满为患了？"

老花工摇摇头，说："我原先也是这么想的，其实并不是这么回事。谢普莉将这些门票收入全部交给了一个福利机构，她自己赔进去不少的茶叶和咖啡，以及其他一些东西。有些人出于对总理的爱戴，送了一些小礼物去的，也被谢普莉全部捐了出去。"

"这样看来，谢普莉还真是很有爱心。"我由衷地说。

"是啊，这就是我喜欢谢普莉的原因。"

"每次搞家庭开放，没有警察或别的什么人替总理值班吗？"我问，"如果出了意外，特别是遭到暗杀，谁负得了这个责任？"

老花工笑了，脸上的皱纹像菊花一样舒展。他反问我："如果你搞家庭开放，你会请警察去给你守门吗？如果有了警察，又有买门票，谁还进去啊？况且，谁支付警察的工钱啊？"他意味深长地看了我一眼，继续说，"至于说到安全问题，如果不相信民众，她就是走在任何地方都有危险。你躲在国会大厦里就没有人对你暗杀了吗？年轻人，重要的不是提防别人，重要的是取信于民。老百姓即使反对你、抗议你，那也不是针对你一个人的，而是你的整个政府。"

我简直受到了一次民主教育。我问："是不是新西兰的每一届总理都要一个这样的家庭开放日?"

老花工迟疑了一下,随即摇了摇头,说:"不太清楚。每个人的风格不一样,交流的方式也就不一样。反正我知道,作为政府总理,他们要想尽一切办法与民众进行充分的交流。"

"啊,我明白了,所谓总理的家庭开放日,实际上像一座桥梁,架在总理与百姓之间,"我恍然大悟,说,"让总理与普通老百姓有一个比较自然、随意的交流,以便了解民情,即便是站在门外的抗议者,也是对政府工作的一个督促。"

"这也正是我每次愿意开三十多分钟的车到谢普莉家,送上五毛钱门票费的原因。"老花工得意地说,"有一回,我跟谢普莉反映,城市鲜花的种类和地皮的绿色不协调,国家科学院对花卉的研究没有达到应有高度,与政府在资金的投入上没有做到全盘考虑有关。我记得当时我也是随便说的,把自己的想法跟总理说说,至于她听不听,或者听了后办不办,那就不是我关心的了。没料到,几天后,我突然接到新西兰皇家科学院的通知,要我将自己的想法具体地说一说。"

"你真行啊。"我赞叹道。

"是我们的总理行,"老花工毫不含糊地说,"她当时不但听了我的想法,还作了笔记。我起初还以为她不过是作个样子给我看看,没想到她还上了心,一上班就找到科学院。你明白,作为一个把旅游作为支柱产业的农牧国家来说,花卉和草皮对国家形象的影响实在是太大了。"

"谢普莉下台后,她家还开放吗?"我想,这样的活动,我也应该参加几回才行。

老花工摇了摇头:"没有了。她现在不是总理,也就用不着天天把家门打开,让人去察看她的隐私。她现在做生意去了,据说头上有几顶跨国集团顾问的帽子。天知道她是不是真的'顾问'了。"

"现任女总理海伦·克拉克不搞这样的开放日吗?"

"好像没有,"老花工说,随便话锋一转,"但她倒是喜欢星期六星期天一个人上街买面包,跟面包房的师傅和街头巷尾的人套近乎,效果也还不错,只是我从来没有机会碰见。不过,就我个人而言,我还是更怀念谢普莉时代。眼下我正在琢磨,是不是该请这个下了台的女总理到我家里来做一回客,同她再好好地聊聊天。"

"好主意!"我立即大叫道:"如果你定下了日子,到时别忘了叫上我。"

"一言为定!"

我和老花工勾了勾手。抬头看天,看见一团柔柔的白云将太阳衬得更亮堂了。

穿过风暴的爱

焰火放起来的时候,白斯正在洗着什么。她看着美丽的火柱拖着长长的尾巴升向空中,然后骤然炸开,散出千万点玻璃般的火花。

几秒钟后,第二支烟花又升向了空中。

白斯站起来,将双臂伸向空中,像要接住那纷纷坠落的玻璃的花瓣。

嘉德跑过来,从背后搂着白斯,平静地说:"我得走了。"

"别……"白斯声音很轻,很低,"别……请不要……"

明天就是嘉德在海岸救卫队里当志愿者的最后一天。白斯一直在默默祈祷:不要再有任务,不要再紧急出动了。

嘉德已经做了他应做的一切。从他离开学校,志愿成为一名海岸救卫队员以来,他出生入死了无数次。现在,他有了白斯和两个可爱的孩子,再出动,太危险了。

白斯有一种奇怪的感觉,嘉德过不了最后一关。只要他再出动,就会命归大海，再也不会回来。

"我知道你担心我最后一次出动。"嘉德说，看起来有点别扭似的，"我给你一些事做做，帮助你度过这段难熬的时间。"

白斯发现嘉德手里捧着一盒光亮的、有着五颜六色小碎片的盒子，以为他在开玩笑。在这些漂亮的碎纸片上的是各种各样的小鸟、蝴蝶和花的图案。

"两千片哩！"白斯强做笑容，但她仍然能够感受到内心的伤痛，"我记不起最后一次是什么时候做这种益智拼图游戏了。反正，我从来没有做完过它们。"

"我们会帮助你的，妈妈！"孩子们叫起来了。

"放心，我会在你们做完这个游戏之前回来的，"嘉德盯着白斯的眼睛，说，"我向你保证！"

没有太多的时间来告别了。嘉德吸了一口气，将两个小孩都抱起来，在每个孩子的小脸蛋上都吻了吻。

白斯看见嘉德的微笑在脸上荡漾，但他的眼里深藏着痛苦的泪水。

"他已经这样告别过上百次了，但这次是不同的。"白斯想。

"我爱你！"嘉德说了一声，就被别人喊走了。

白斯无法阻拦嘉德的意志。她看着那个五颜六色的盒子，心想，嘉德一定为这次买了一盒特殊的拼图游戏，因为嘉德知道她是多么地替他担心啊！

"我们还等什么呢？"白斯对两个孩子说，她坐到地板上，将盒子里满满的小纸片全部倒了出来。

"我们从哪里开始呢？"十岁的儿子丹尼望着那一堆花花绿绿的小纸片，有点茫然地问。

"首先做外面的一部分，对不对，妈妈？"小女儿艾伯蕾建议道。

"你说得对。"白斯有点心不在焉地答道。

蓝：葱花物语

在两个多小时的拼图游戏中，与其说白斯在拼凑一只猫头鹰的图形，还不如说她在担心嘉德为什么去了这么长的时间。

外面，天空变得越来越黑。

"我去给大家弄点饮料来。"白斯说着，站了起来。

单独来到厨房的时候，白斯那强忍的泪水又止不住地流了出来。在孩子们面前，她总是表现得很镇定。

"门铃响了！"小女儿艾伯蕾尖叫一声，打破了房间的平静。

家里的狗也叫了起来。

"噢，是哈里叔叔。"

"哈里？"白斯急忙走进客厅，一种彻骨的寒冷猛地攫住了她：哈里来只是要告诉我嘉德是不是已经……？

"事情还没有肯定的，亲爱的，"哈里连忙安慰说，"我只是来让你们看看这张图片。"

这张图片清楚地告诉白斯，嘉德在一艘下沉的货船上救援受难的群众。但货船被炸之后，人们就再也没有发现嘉德了。因为天空太黑，使抢救工作陷入困境。

白斯一言不发，脸上写满了坚毅。

哈里紧紧地抱着她的胳膊，轻声说："大家终会发现他的，亲爱的。"

在休息室里，当孩子们喝饮料的时候，哈里告辞了，不停地回头向白斯致意。

"继续干吧，孩子们。"白斯一到孩子们面前，她的勇气就十分容易地战胜悲伤。

孩子们太小，不知道发生了什么，只知道听妈妈的话没错。

白斯不再东想西想，而是集中全部精力，一心一意地拼图。她也没有按照益智规则和要求去做，她拼得十分简单，只反复拼凑"我们爱你""我们不能没有你"这几个字。

可是，每一次，白斯都无法完整地拼出这几个字来，不是缺这就是少那。白斯感到难受，她到处寻找，看是不是孩子们把小纸片不小心弄丢了一些，可是没有发现。她的心情很烦，真想朝孩子们吼一声什么，但她不能这么做。她像嘉德一样，爱这些孩子们，孩子们也十分爱他们。她不敢想象这个家没有了嘉德，那是多……她真不敢想象！

时间在一分钟一分钟地过去。

是什么将天空染得如此之黑？

白斯极力克制自己，继续与孩子们做拼图游戏。因为无法完整地拼出那几个字，白斯想了个更加简单的办法，只拼一个字："爱"！

孩子们学着妈妈的样，也拼出许多形形色色的"爱"来。

屋子堆满了大大小小的"爱"。

"妈，我们为什么要改变游戏规则呢？"儿子丹尼问。

"你不觉得这样更好吗？"白斯答道。

"妈，为什么要拼这么多的'爱'呢？"女儿艾伯蕾问。

"你不知道爱是永远不嫌多的吗？"白斯答道。

孩子们觉得有道理，埋下头，继续拼图。

可一会儿后，儿子丹尼还是忍不住问起来："妈，爸还能回来吗？"

白斯身子猛地一抽，但随即强忍住内心的痛楚，拍了拍丹尼的头，说："爸当然会回来的，不是吗？"

"他怎么还不回来啊，妈！"艾伯蕾叫起来，"我想他了。"

"我再去给你们弄点饮料来。"白斯说完，迅速站起来，朝厨房走去。

一进厨房的门，白斯就再也忍不住了，泪水止也止不住地流了出来。她知道，时间越长，嘉德生还的希望就越少。

孩子们在房间里喊起来，白斯匆匆擦干眼泪，拿着饮料走了过去。

蓝：葱花物语

见妈妈走来了，孩子们就不再吭声，继续拼自己的图。

让白斯大吃一惊的是，孩子们竟然又一次拼出了几个字："我们爱你""我们不能没有你"。虽然字歪歪扭扭，并不完整，可每一个字都像锤子一样砸在白斯的心上。

"孩子们，你们要喝点什么吗？"白斯说。

没有回答。孩子们不要饮料。白斯知道，他们要的是同一个对象，那就是：无数次从风暴的海洋里勇敢走回来的那个人。

白斯不再说什么，放下饮料，也埋下头来，继续与孩子们拼那几行字。可无论多么努力，他们仍然感觉不完整。

白斯终于发现，小纸片里总是缺少"我们不能没有你"中的那个完整的"你"，严格地说，缺少的是右边"尔"下面的"小"字这三片纸。

天已经快亮了，可白斯和孩子们没有一丝睡意。

白斯怔怔地望着地板上那拼了无数次的"我们爱你""我们不能没有你"的字样，她突然意识到了什么。

正在这时，一张粗壮的大手从背后伸来，将缺失的三个小纸片稳稳地贴在了"你"字下面。

"爸！"——

"嘉德！"——

白斯和孩子们都惊叫着，扑进了嘉德的怀里。

"我说过，在你们做完这个游戏之前，我会回来的。"嘉德顾不上浑身的伤痛，紧紧地搂着母子三人，轻轻地说，"爱比海大，海淹不死我，不是吗？"

"爸，我们爱你！"丹尼大声说。

"爸，我们不能没有你！"艾伯蕾也嚷道。

"我也一样，孩子们！"嘉德欣慰地说。

"哎，瞧瞧我们的拼图，"白斯长长地出了一口气，滚烫的泪水夺眶而出，"这下我们完整了。"

阳光下的高楼

陈亦琳带着七岁的儿子陈浩来到新西兰的那天，秋高气爽，阳光灿烂。陈亦琳的心情格外的好。在国内，她被视为女强人，为此老公与她离了婚。她带着陈浩奔这个南太平洋岛国来，是因为她的同学在给她的信中说了两句极富诱惑力的话："在新西兰，你也许赚不了许多钱，但你可以赚得生命。""你可以不必依靠交情，但你依然可以把事情办好。"一个能赚到生命的地方，一个不用依靠交情就能把事情办好的地方，该是多么的诱人啊。这些年来，陈亦琳感到最缺的恰恰就是这两样东西。

下了飞机，陈亦琳果然感觉这地方有如童话里的世界，陈浩也顾不上疲劳，光着脚撒野般乱跑，阳光下的草地上便留下了一串串笑声和快乐。

陈亦琳同学开车将她们母子接到了汉密尔顿。吃完饭后，借了一床被子和两副碗筷，一车子将她们母子送到了一座公寓楼里。

陈亦琳的同学打趣说："这是汉密尔顿的最高处。站得高，望得远。在这里，真正可以做到'胸怀祖国，放眼世界'。"

陈亦琳听了便笑了起来。所谓这个城市的最高处，其实只是因为她住在这公寓楼的第三层。因为当地的房子绝大多数只有一层，两层的房子都很少见，三层的民用公寓楼的确只此一处。陈亦琳很喜欢这样。地广人稀，空气清新透明，阳光灿烂多姿，这才是五彩缤纷的生活，真正人过的生活。

应该说，陈亦琳在国内十分能干，但因为人长得漂亮，每每做出成绩，别人总不以为然，都说由于她漂亮。好像人漂亮了，干什么事不用费劲就能成功。这让她十分窝火。特是她当上厂长后，有人私下里嘀咕，说她是

蓝：葱花物语

如何如何用什么"代价"换来的。更有甚者，有人有鼻子有眼地泼了她一身的污水。因为那种子虚乌有的事，你越是想澄清越是会搅浑。但陈亦琳又不愿忍气吞声地过日子。她住在单位楼里的最顶端，楼下都是她单位的职工，说她坏话的那些男女也住在里面。作为报复，在一个星期天的半夜，陈亦琳一不做，二不休，将自己家里的水管全拧开，然后带着孩子打的跑回了娘家。结果楼下的房子全淹了水，一个个惊慌失措，互相骂娘。星期一陈亦琳回来的时候，发现整个楼都晾满了被单和衣服，那情景令她好生痛快。

因为这件事，陈亦琳丢了厂长。但那些嚼舌头的人也知道，这个漂亮女人不是一个好惹的主儿。

陈亦琳住进这座公寓楼后，想起国内"水漫金山"那一幕，心里仍然十分得意。她明白她这么做也让一些"好人"做了替罪羊，但是她没有别的办法。她除了在心里一遍又一遍地对那些人说"对不起"外，她还写了一封道歉信，从门缝里塞进那些她认为是"无辜者"的家里。

总之，在中国，陈亦琳对生活感到很失望，这不仅对那个乱哄哄的环境，还有对那里的男人们。她觉得中国的男人们都是一个个没长大的孩子。他们成亲不是为了爱情，或者找个老婆，而是为了选一个母亲甚至姥姥，能够体贴他们、关怀他们、照顾他们。当她曾经爱过的男人离开她之后，这种感觉更加强烈。陈亦琳当然认为自己是个十分优秀的女人，优秀得中国男人都配不上她。为此，她幻想过嫁给克林顿，后来又迷上了"鹰眼"普京，可普京做着俄罗斯的总统，追他的女孩子太多，陈亦琳笑着安慰自己："可惜我不会俄语，况且已是少妇，对普京的爱只能等到来世再说了。"

陈亦琳选择移民新西兰，是因为她听同学说，这是一个"女儿国"。而且，她从网上也知道有关这方面的背景知识，新西兰的清幽和美丽是她梦寐以求的。就这样，在同学的帮助下，她成功实现了移民新西兰的梦想。

虹——多棱镜下的新西兰

陈亦琳住的这座公寓楼是政府修建的经济房，陈亦琳的同学知道她并不缺钱，但要找一处好的私人房也并不容易，作为过渡房，陈亦琳住在这个"集体宿舍"，让她真实地感受一下新西兰底层人的生活情况，可为她以后移民生活的顺利作铺垫。这座楼上共住了九家，每一层都有三户人家。每一户都是两室一厅的结构，独立的洗澡和厨房设备。陈亦琳搬进来后，因为没有床，她的同学从邻居借了一个床垫给她，要她先对付一下，并准备第二天带她去买。

陈亦琳因陋就简。送走同学后，她叫陈浩先洗澡，然后自己洗刷干净，准备睡觉。门外突然响起了敲门声："你还需要什么帮助吗？"

"谢谢啦，没需要了。"陈亦琳开门一看，原来是供床垫给她的邻居拉费雯，是一个斐济来的妇女，四十多岁的样子，人很慈善。

尽管陈亦琳告诉她没有什么需要帮助的，但拉费雯实在太热情，她见陈亦琳准备与陈浩住一张床垫上，说什么也不肯："这怎么睡呢？去我家吧。我丈夫去了澳大利亚。家里除了一只兔子和两个小孩外，没有别的人和动物。"并不由分说，硬是拉着陈亦琳到她家去住。碰到这么好客的邻居，陈亦琳想拒绝都找不到合适的词儿，只好真的到了拉费雯家里。

但是一进去，陈亦琳就感觉不大舒服。房间有一股怪怪的味道，一种混杂着从宠物和人体散发出来的气味充满房间。拉费雯家的房门和窗户都关得死死的，陈亦琳说："你怎么不打开窗户透透气呢？"

拉费雯说："这空气不是很清新的吗？"一边说，一边帮陈亦琳铺着床。那只眼睛上粘有眼屎的兔子不停地在床上跳来跳去。拉费雯也不赶走它，任它闹腾。铺好床后，拉费雯说："今晚你就住在这里吧。至少有个像样的床，睡起来舒服些吧。"

"谢谢你了。"陈亦琳心里起了鸡皮疙瘩。她真想回到自己的房间去，那里虽然简陋，至少清新干净。同时，看了拉费雯家里这个样子，即使回去

蓝：葱花物语

住，宁愿直接住地板，也不愿用她家的床垫。

　　陈亦琳突然想起了在国内时有一次出差去陕西，因为车子坏在深山老林的路上，她只好就近入住一店。店主也是特别热情，因为没电，女主人拿着蜡烛，把刚刚娶了媳妇的儿子新房空出来，陈亦琳很感谢山里的淳朴，她跟在女主人的后面。突然，女主人从床上抓起一个什么东西往窗口一扔，嘴里嘀咕道："你又来了。"结果那东西没扔出窗外，而是挂在上面。陈亦琳一看，天啦，竟是一条蛇。结果，那晚，陈亦琳怎么也入睡不了。

　　"不行，我不能在这里睡。我太累了，如果睡不好，许多事情就干不好。"陈亦琳想，立即对拉费雯说："对不起，我还是要回到自己的房间去，我不习惯在别人家里住，"停了一下，她又说了一句，"我们中国人有一个习惯，新到一个地方，必须要在自己的房间里住，否则就会有麻烦。这是中国人的风俗，我谢谢你的好意。"

　　拉费雯听了后，先是一愣，然后就拉下了脸，好一会儿没吱声。陈亦琳见状立即拉起儿子陈浩回到自己的家。

　　但是刚躺下来，门又被敲开了。拉费雯看也不看陈亦琳，而是直接看着她的床垫，说："对不起，我的这张床垫不能借给你。"

　　陈亦琳知道拉费雯生气了，心里有些不安，但是也没办法。她不是故意拂人家的好意，但人不能委屈自己去适应或迁就人家，这是她做人的原则。何况，那床垫她原本就不打算用的，正好让拉费雯拿回去。

　　拉费雯拿走床垫后，又特地上门来告诉陈亦琳："告诉你，我不喜欢你了。上一回有一个中国人刚来，她就住在我家。我很喜欢她。她没有讲什么中国风俗，她住在我家睡得很香。"说完，扭头就走。

　　陈亦琳一看这样，心里真有些难受。刚来新西兰，就给人的印象就像是个不大合群的人，自己难道就真的做错了什么吗？

　　第二天，陈亦琳的同学来时，将昨天的事情告诉了同学。同学听完后笑着说:"拉费雯就是这样的人,她心里有什么不会放在心里的,说完也就没有事了。你不用放在心上。"

见陈亦琳一脸的忧郁,这位同学将拉费雯找来,当着陈亦琳的面问她:"拉费雯,你对琳琳有意见吗?"

"没有啊,"拉费雯一脸惊讶地说,"我只是告诉她,我不喜欢她。"

"这不就是有意见吗?"陈亦琳的同学笑着说。

"那是昨天的事,过去了,现在我又重新喜欢她了,"拉费雯说,"琳琳,你真漂亮。"说得陈亦琳一下子笑了起来。

"与这样的人打交道倒也轻松。"陈亦琳想。

陈亦琳本来带来了很多漂亮衣服的,但她很快发现,那些足够她开一次展览的衣服,她根本没机会穿。这里的人穿着特别随意,除了去教堂或去大公司和政府的职员稍有讲究外,其他的人都穿得很乱,根本分不清季节。尤其重要的是,走在大街上,无论你穿什么漂亮衣服,都很少有人注意你。一个妙龄女郎剃着光头很神气地走在大街上,也没有引起多少人的注意。从中国来的不少女人大都像陈亦琳,带来了大量的漂亮衣服,尤其是各种旗袍,但几乎很少有人穿。因为穿漂亮的衣服仍然不能引起人们的注意,那有什么意思呢?

一个阳光灿烂的上午,陈亦琳的同学带她们母子去野外捡板栗,令陈亦琳感到趣味盎然。其时,当地老外或钓鱼,或跑步,或遛狗,反正没人注意板栗是很好的果子,也有其他的中国人在捡。陈亦琳的同学告诉她:别看树上缀满了板栗,但不能用石头去打或者摇树,那样的话,就会有人报警,说是伤了树。

"是吗?"陈亦琳觉得有趣。

"新西兰人都把自己当成一个'社会人',是社会的一分子。无论是生养小孩或者其他事情都是社会行为。因此,他们特别注意保护环境。任何有损环境的行为都会受到制裁。"陈亦琳的同学说。

"这样很好啊,"陈亦琳感叹道,"在中国,有多少人真正关心环境了?"

"'社会人'的概念使新西兰人一旦碰上别人有困难或发生不幸,他们都会主动去帮助他。因为他们明白,相同的不幸也许有一天就会落到自己头上,于是竭尽全力去帮助别人。"

"怪不得拉费雯对我那么热情。"陈亦琳笑了。

"在这里呆久了,你还会感受许多不同的东西,有些令你震撼,有些令你难堪。"

"这些我已经预料到了,"陈亦琳说,"到一个全新社会,肯定会有许多碰撞,文化的,习俗的,经验的,等等。比方,前天你带我去买鸡,途中,我看见大批苹果掉在地上没人管它们和捡它们,任其烂掉,且树上还有很多苹果也没有摘,真是可惜。因为这里的人力太紧张,太贵了,找人来摘,还不如让它们烂在树上合算。"

"是这样子的,"陈亦琳的同学说,"你住在高楼上,也要有一颗高度的责任心。如果看到有人做得不对,你要立即挺身而出,制止他。这样,你会受到别人的尊敬的。"

"看来,我得在楼上放一架高倍望远镜了。"陈亦琳开玩笑说。

"如果有的话,这并不是个坏主意。"陈亦琳的同学一脸认真地说。

真是近朱者赤、近墨者黑啊。陈亦琳想,当年,这个同学可是一个特别没有社会责任感的人,来到新西兰几年了,人就完全变了个样儿。

住得高,看得远。陈亦琳觉得这里的阳光特别亮堂。每天早晨五点多,她就醒来了。不一会,就有阳光从窗口照进来,甚至直接泻到她的床上,黄黄的一片。用手一摸,还能感觉到蛋清般的光滑和柔软。那种感觉真让人陶醉。

虹——多棱镜下的新西兰

一天早晨，陈亦琳正在洗脸间洗脸，她的儿子突然叫了一声："妈，我下楼去抓坏人了。"陈亦琳赶紧放下脸帕，因为儿子飞快地跑下楼去了，她担心出什么意外，也只好跟下楼去。原来，她的儿子看到一个印度人在路旁拔一棵小树，破坏了环境。陈浩用中文狠狠地教训了那个印度大男人。奇怪的是，那人立即住手，望了陈亦琳和她的儿子陈浩一眼，然后耷拉着头，红着脸，讪讪地走了。

"妈，我做得对吗？"陈浩瞪着幼稚的眼睛，神气地问。

"做得好。"陈亦琳摸着孩子的头，笑了。

刚回到楼上，陈亦琳就看见邻居拉费雯穿着个裤衩站在家门口，竖起大拇指，对陈亦琳说："我也看到那小子在干坏事，可你们跑得比我快！"

说完，大家都欢快地笑了起来。一层层镀金的阳光将这座城市的"高楼"油漆得更加晶莹发亮了。

紫：亦真亦幻

古典的月亮

当风中的露珠被清晨的犬吠声不经意摘走的时候，我来到了一条铺满了树叶的拐弯的路口。

这是通向公园的一条小路。这个拐弯的地方紧临着一丛茂密的竹子，与竹子相对的是一棵核桃树。我与家人曾在这里捡过不少的核桃，我们也捡过风干的竹子，因为这些竹子能在我的菜园里发挥它们的"余热"。

总之,我对这个拐弯的地方充满感情。我每天清晨跑步、搞其他锻炼都必然经过这里。

天气真好。蓝蓝的天空比任何时候都显得高远,因为秋天到了。

狗欢快的叫声再次传来。我看见了那只熟悉的狗,是那种精致的、训练有素的卷毛狗。它见到我,就像老朋友那样向我跑来。我拍拍它的头,我知道它的主人就在后面。

果然,他从竹子后面走了出来,微笑地向我挥了挥手。

卷毛狗的主人是个老人,个子不高,顶上的红头发全部脱落,只有耳朵根部有一圈灰白的毛。每天早晨他都带着他的狗Morning Walking(晨走)。每次见到我都友好地点一下头或说一声"你早!"然后各走各的。他带着他的狗往我来的方向走;我甩开膀子,朝老人来的方向跑。

这次也不例外。

我沿着一条小路跑到一块盛大的草地。

草地低矮的上空有一轮像黄黄的蛋糕一样的月亮。

月亮几乎没有光芒,实实的,有着细腻的质感。它像是被什么吊着一样,悬在空中。

四周很静,我呆呆地望着这轮月亮,感觉自己与古人的梦神秘地连在了一起。

这是一轮古典的月亮,从中国一直圆到了新西兰。

我觉得我曾经见过它,也像现在一样,久久地凝视它。

草地上,一个美丽的少妇正牵着她那刚刚学会走路的孩子在草地上走。不,他们不是一般的走路,他们是在踩露珠。

一行行脚印清晰地写在青青草地上。

我听见少妇美丽的笑声。那笑声将刚刚踩出的一个个脚印盈盈地盛满。

那轮蛋黄般实实的月亮越来越低,几乎要触着青青的草地,触着美丽的

紫：亦真亦幻

少妇以及她的孩子。

美丽的少妇与她的孩子完全沉浸在踩露珠的欢愉中。

我又猛地觉得这一幕我也见过。

我是如此讶异，我甚至知道随后要发生的是什么：少妇轻轻地哼起了一首儿歌，小孩不小心摔了一跤，少妇扶他起来，继续踩露珠、继续唱童谣。

果真，这一切真实地发生了。

我顿时陷入了一种不可名状的兴奋和震撼之中。

有人轻轻地拍了拍我的肩膀。

我扭头一看，竟是卷毛狗的主人。他手里拿着一个小小的塑料袋，里面盛着几坨狗屎。

我同时看到了脚下的那只调皮的狗。它屙了屎，老人就用塑料袋带走。

"多美的月亮啊！"老人说。

"是的，"我说，"你走回来就是为了看这轮月亮？"

"一百年只有这么一回呢。"老人又说。

"啊？"我张口结舌，懵住了：怎么可能呢？我分明记得曾经见过这样的月亮、这样的情景！

"你看见草地上那个小孩了吧？他是我的孙子。"

"你的孙子？"

"他的母亲带他在踩露珠。"

"我看见了。"

"当年我的母亲也是这样带着我在这里踩露珠。"

"真的？"

"一切都没有变，包括那一轮古老的月亮。"

"当年也是这样像黄黄的蛋糕一样实实的悬在空中？"

"你知道小孩子为什么要来踩露珠吗？"

"能带来好运气？"

"我知道你会这么想，"老人温和地笑了，"上帝说，这露珠是玛露，是天地的精气凝聚而成。小孩踩了，他以后的日子就什么都不用怕了。"

这时，美丽的少妇带着小孩笑眯眯地朝我们走来。

那只卷毛狗欢叫一声，亲热地跑上去迎接。

老人突然说："可怜的孩子，他再也见不到他的父亲了。"

"你说什么？"我大吃一惊。

"我的儿子是个军人，"老人说，"去年，他作为联合国维和部队被派遣到东帝汶执行任务，不幸以身殉国。"

我发现那轮古老的月亮不知什么时候已被广莽的草地切去了一个圆弧。风浅浅地吹起来，那些没被踩落的露珠又被无形的手摘去不少。天地更加空旷起来。

"我、我一点也看不出你们的悲痛。"

我知道这是一个十分愚蠢的问题，可鬼使神差，我还是忍不住问了。因为我发现老人平和的样子，特别是那个美丽少妇的亲脆笑声一点也看不出有失去亲人的伤痛。

"年轻人，"老人又一次拍了拍我的肩膀，依旧温和地说，"你见过平静的河流吗？你知道河流内部的汹涌和湍急吗？你是愿意看到平静的河流还是湍急的河流？"

我默默地看着老人。我突然发现老人脸上的皱纹像秋日舒展的美丽的菊花。

见我不吱声，老人就意味深长地接着说："当阳光照在平静的河流上，孩子们就能感到安全地在河中戏水、游泳，幸福地成长。"

"我明白了，"我猛地领悟了老人的深意，说，"阳光照在平静的河流上，一如这古老的月亮照在青青的草地上。"

紫：亦真亦幻

"我们要给孩子加倍的爱才能弥补他父爱的残缺，"老人说，"孩子长大后，他就会明白母亲的笑容就像那平静的河流一样，一种内在的力量将使他的人格更加健康和完美。这样，他以后的人生，无论碰到什么不幸或厄运，他都能以同样的笑容去面对、去包容。"

那轮古典的月亮完全消融于青青草地下。

太阳出来了。

一只调皮的卷毛狗，一个刚刚学会走路的快乐的小孩，一个有着亲脆笑声的美丽的少妇，一个手里拿着装有狗屎的塑料袋的平和的老人。

一片青青的草地。一轮消融了的古月。一个清新的太阳。

一阵七嘴八舌的风。

卷毛狗，小孩，少妇，老人，他们几乎走成了一条直线，朝着日出的方向，朝着更远的路。

不速之客

下午的太阳暖洋洋的。我正躺在门前的台阶上看书，一阵嬉闹的笑声钻进了我的耳朵。

抬头一看，我发现两男一女指指点点地朝我家走来。

他们冲我友善地打了个招呼，跟我很熟似的。我只好站起来，也对他们报以微笑。

有意思的是，两名男士一高一矮，各自捧了一束鲜花；而那名女士则捧着一盒精致的蛋糕。

洋人真是客气。我想。

因为我常常听人们说，有一些优雅的教会人士喜欢买一些礼品，到陌生人家去发展新教徒。没想到，这些人今天竟来到了我家！

"天气真好！"女士一进门，就大大咧咧地说。

两名男士都附和说："是的。"

我客气地将他们请进屋，让座，煮咖啡，还上了一个水果盘。

客人倒也落落大方，见我忙，他们就自顾自地谈天说地。

我将两束鲜花插进了一个瓶子里。这花真香、真漂亮，可它们到我家真有点糟蹋了它们。

"生日快乐！"高个子男士在我插花的时候突然说。

另外两人也这么笑着说。

我心想，嚄，这些洋人真有意思，他们过生日还到陌生人家里过。

我只好也笑着说："生日快乐！"

按照当地人的习惯，客人送来的东西应该当场分享。因此，我将蛋糕切成一小块，用小碟装好，叫他们一块儿吃。

客人犹豫了一下，最后还是高高兴兴地端着吃了。

我说："你们真客气。"

客人们抹抹嘴，说："没啥，我们就是想给人家一个惊喜。"

"你们是一块儿的吗？"我问。

"对，我们是一个公司的，"矮个子男士说，"莉莎的人缘可好啦，我们都喜欢呢。"

"人家才不稀罕呢。"那女士冲我一笑，说。

我想，这下我看出来了，矮个子男士与这个叫"莉莎"的女士原来是一对儿。因此，我看了女士一眼，对矮个子男士说："莉莎可是个善解人意的人。"

"可不嘛，"这时，高个子男士忍不住插话道。"上回我踢足球摔伤了腿，莉莎天天煲一碗中国汤来医院看我，让我好生感动！"

我心头一惊：啊？这洋妞还学会了煲中国汤？我扭头问她："你去过中

紫：亦真亦幻

国吗？"

女士耸耸肩，遗憾地摇摇头。

我不无自豪地说："你只有到了中国，才能知道什么是真正的中国汤！"

女士连声称"是"，又说："中国太神奇了，终有一天我会去的！"

"看在上帝的分上，"高个子男士说，"等你结婚的时候，你去中国度蜜月吧。"

矮个子男士立即附和："This is a good idea！（这是一个好主意！）"

女士瞥了矮个子男士一眼，脸竟羞红起来。

不知不觉，他们已喝了三壶咖啡。

看他们还没有走的意思，我心里有点发慌了：他们总不至于要在这儿吃晚饭吧？说实在的，我尊敬教会人士，可要我现在入教，我还没有这个打算。他们是不是看出了这一点呢？因为听人家说，教会的人一去别人家，讲不了几句话，就要说关于"上帝的事"了。可是今天，他们居然没提起这个事。是不是曾经在某些中国人家里碰了钉子，不想在我面前直截了当地说？既然你们是为此而来，那好，你们不说，我主动说吧。

"对于信教的事嘛，"我故意清了清嗓子，慢条斯理地说，"首先当然要相信上帝才行。"

"那当然，"三个人异口同声地说，"你相信上帝吗？"

"我不相信。"我没有看他们，怕自己的话刺伤他们。因为我知道，对虔诚的信徒而言，没有什么比不相信上帝更让他们痛苦的了。因此，我又赶紧补上一句："至少现在还没有相信。"

谁知他们都哈哈大笑起来！

"你们笑什么？"我顿时十分尴尬，仿佛辜负了人家的一片好心。

"你干嘛这么紧张？"那个女士说，"不信上帝也没啥了不起嘛。"

"我们也都不信，"两个男士连忙说，"我们有自己的宗教。"

我一下子傻眼了！

"你们原来不是教会里的人？"我明知故问。

"谁说我们是教会里的人？"他们反而吃惊起来。

这样就好。我放下心来。

见咖啡又喝完了，我说："你们想喝中国茶吗？"

"对不起，先生，"高个子男士突然不好意思地问，"莉莎怎么还没有回来？你是不是莉莎的丈夫？"

"莉莎的丈夫？"我怔怔地望着高个子和他身旁的那个女士，觉得自己被弄糊涂了，"谁是莉莎的丈夫？"

"看来，我们犯了一个不可原谅的错误。"矮个子男士垂头丧气地说。

那个女士也十分尴尬："莉莎不是说她家住在蓝定街十五号吗？"

我说："这儿是蓝宝街十五号。"

"真不好意思，"高个子男士对我说，"打扰你一个下午了。"

"我才不好意思呢，"我说，"瞧，你们送给人家的生日蛋糕都被我切开吃掉了，好在你们的花还在。"

说着，我就去取花。

"行了，兄弟，"矮个子男士说，"既然你曾经以为我们是教会来的人，那就权当他们送给你的吧。"

"说得好。"高个子男士点了点头。

"对了，我叫芭芭拉，"那个女士出门前，忽然掉过头问我，"你叫什么名字？"

我一惊，连忙如实相告，心想：老天，这名字你能记住吗？

紫:亦真亦幻

岛民的逍遥

赛蒙尔提着两条鲜鱼来看我,让我颇感意外。赛蒙尔来自南太平洋一个小岛国,长得高高大大、粗粗壮壮,留着满脸的络腮胡子。乍一看,很有点像我们在电影看到的"黑旋风"李逵的模样。

我跟赛蒙尔相识于大学里的操坪。其时,他仰面躺在地上,四肢伸成一个中文"大"字。我觉得有趣,就跟他打了一个招呼。他从地面上弹跳起来,大大咧咧地问:"你是中国人吗?"

我说是。

他立即握着我的手,有点激动地说:"中国人是好样的,我喜欢中国!"

后来我从赛蒙尔口里得知,中国政府跟他的国家建交后,为他们修公路、桥梁和飞机场,还派了医疗队为当地岛民看病。中国人在当地很受欢迎。

作为一个岛民,赛蒙尔来新西兰读书真是少见。他告诉我,他们国家没有自己的货币系统,他们流通的是澳元。这个国家由数十个小岛组成,赛蒙尔老家住在最大的岛,也是他们国家的首都所在地。这个最大的岛也只有五千岛民。他们以捕鱼为生,每天出海捕鱼,只要捕着一条鱼够一天吃的了,他们这天就不再拉网,而是坐在沙滩上或海崖边的巨石上,将鱼烧烤着吃完,然后就唱歌、跳舞。累了就躺在石头上,看蓝蓝的天空,看天空上悠悠的白云,看白云下深绿的大海,看大海四周翻飞的海鸥,听风声四起、海浪滔天,他们就喜欢这种自然的、无拘无束的"原始生活"。

赛蒙尔的同胞们读书不多,因为这个小岛国居民太分散,没有几所学校。岛民们也不喜欢将自己拘束在学校沉闷的教室里。因此,像赛蒙尔这种出国来读大学的岛民简直就是他们国家的英雄。

虹——多棱镜下的新西兰

赛蒙尔告诉我,他到新西兰来要从斐济转机,而从他们国家到斐济每周只有一次航班,特别不方便。所以,他到新西兰后,很少回国。

"可是,我太不喜欢这种现代人的都市生活了。"赛蒙尔感叹道。

赛蒙尔不喜欢去上课,他喜欢躺在草地上睡大觉。有一天,我在学校操坪打网球的时候,又发现他仰面躺在草地上睡大觉,我就走过去,对他说:"太阳这么大,你晒得很舒服吗?"

"是的,很舒服呢。"赛蒙尔睁开一只眼睛,冲我笑了一下。

"坐起来吧,哥们,"我捅了捅他,说,"我想跟你聊天。"

"躺着聊不是更好吗?"赛蒙尔又睁开另一只眼睛,对我说。

"同学们来来去去的,两个大男人躺在地上不雅观吧?"我嘟哝道。

"你是要雅观还是舒服?"

"你不在乎别人的议论?"

"谁议论你呀?你以为你是谁呀?"

"好吧。我们是无名小辈。"

我说完,就学着赛蒙尔的样,直挺挺地躺下来。太阳的确很晒人,可汗水流在草地上,那感觉还真不错。

"你想跟我谈什么?"赛蒙尔偏过头问道。

"你好像很不爱学习,"我杞人忧天地说,"你这样子能毕业吗?"

"我这样子不好吗?"赛蒙尔对我的话感到很奇怪。

"你学到了知识吗?"我坦率地说,"你要是不能毕业,你就拿不到文凭。"

"那又怎么样?"

"拿不到文凭便找不到好工作。"

"然后呢?"

"找不到好工作就过不上好日子。"

紫：亦真亦幻

"什么是好日子？"赛蒙尔认起真来。

我以为自己的话触动了他，就继续说："好日子就是要舒舒服服、自由自在地享受人生。"

"我现在不就是这样吗？"赛蒙尔舒了一口气，扭过头去。

我一下子愣了。然后想起他们岛民的生活，觉得赛蒙尔的话不无道理。

尽管如此，我认为既然他们国家出钱供他出来留学，既然他们国家像英雄一样对待他，他就应该好好学习，回报祖国。

"可是，你们国家花了那么多钱供你来读书，容易吗？"我有点固执地说。

"你以为我在这里读书容易？"赛蒙尔"呼"地坐了起来，像是生气地说，"国家不过是出了一点钱罢了。钱算什么东西？可我是个活生生的人呢！我又要动脑筋，又要费心思，哪比得上我的兄弟姐妹？"

"那你当初干嘛要来这里读书呢？"

我不过是随便问了一句，没料到这话还把赛蒙尔给"将"住了。他直愣愣地看着我，憋了好一会儿，才讷讷地说："我、我当初以为好玩，唉，真烦人！"

从上次谈话后，我有很长一段时间没有看到赛蒙尔，我私下想，这家伙敢情逃学回国去了？没想到，此刻，他竟提着两条鲜鱼笑眯眯地来看我了！

"稀客，真是稀客啊！"我连忙接过他手中的鱼，将他引进屋来。

赛蒙尔坐下来后，说："刚才与几个兄弟去河里钓鱼，路过这里，顺便来看看你。"

"学习怎么样了？"

"不谈那些，"赛蒙尔连连摆手，忽然说，"今天晚上你有空吗？"

"需要我帮忙的话尽管说就是。"我说。

"是这样，明天是我们国家的独立纪念日，今天晚上，我们要搞一下庆祝活动，想请你参加，行吗？"

"我很荣幸，"我十分高兴地说，"需要我做什么吗？"

"晚上六点，你两肩抬着自己的嘴巴来就是了。"

赛蒙尔开怀大笑。我知道他要作一些准备活动，一定忙，就不留他。临走，赛蒙尔特地叮嘱我："烤鲜鱼吃时，啥都别放！"

我笑了。我知道赛蒙尔吃鱼时，不放油，不放盐，更不用说姜、葱、酱、醋等东西了，他们吃的只是鱼本身的香味。对我而言，这当然行不通。

晚上六点，我按时赶到赛蒙尔家。让我大吃一惊的是，他家门外竟停了一辆警车！

出什么事了？

我从车上跳下来，直冲赛蒙尔门院。

果然，里面有几个警察，赛蒙尔正在跟他们交涉。

我很快就明白是怎么回事了。

原来，赛蒙尔按照他们岛上风俗，独立纪念日要杀猪庆贺。赛蒙尔不知从哪儿弄来一头生猪，磨好刀就要宰杀。这儿的猪野性十足，赛蒙尔和几个朋友好不容易按住了猪，可那畜生乱吼乱叫，邻居闻讯报了警。因为政府有规定，城市居民不能养鸡养猪，而居民亲自杀猪，更是闻所未闻。

警察立即赶来了。

面对警察，赛蒙尔很不高兴，他瞪着圆滚滚的眼睛，络腮胡子一抖一抖的，说什么"我杀的是猪，又不是人，有什么了不起的？独立纪念日连杀一只猪的自由都没有，咱们国家还算独立吗？"

我看见警察哭笑不得，忍住笑，就走上去，劝了一下警察，说："特殊情况特殊处理。"警察顺势下了台阶，就对赛蒙尔说了一声"你以后不许这样"，就走了。

紫：亦真亦幻

谁知，赛蒙尔冲着警察的背影，大声说："明年这一天，我还要杀猪！"

我对满手是血的赛蒙尔说："行了，老兄！"

赛蒙尔耸耸肩，不以为然地笑了。

赛蒙尔介绍我跟他们的几个兄弟姐妹认识。我心存疑惑：敢情为了这个独立纪念日，那个遥远的岛国还专门派了几个兄弟姐妹来与赛蒙尔一同狂欢？但一会儿，我就知道了，这些人也是在这儿念书的，只不过他们才来不久。

当天晚上，我充分领略了岛民们那恣意狂欢、毫无约束的"自由生活"。他们或唱或跳，或喝或饮，或坐或躺，都潇潇洒洒，张扬着各自的个性。

我喝得有些醉了，一个女人拉着我倒在地上。她是一个典型的岛民，棕黑的肌肤，大大的眼睛，性感的嘴唇。她几乎没穿衣服，上面只有两小块布条将乳头罩住，而乳房的绝大部分仍袒露着；下身只是用像棕榈叶一样的植物草草地围了一圈。

这个女人问我："此时此刻，你想干什么？"

那样子，好像你愿意干什么就能干什么。

我的头太痛，正在想该如何回答这个女人。

突然，一个高大的男人铁塔一样倒在我和女人的中间。

女人痛痛快快地喊了声："好！"

铁塔一样倒下来的男人是赛蒙尔。看样子，他喝得比我更醉。

"高兴吗？"赛蒙尔问。

"高兴！"我说。

"痛快吗？"

"痛快！"

赛蒙尔不再说话，一会儿，他竟鼾声如雷！

那个女人已经躺到了别人的身边。

我发现赛蒙尔的兄弟姐妹都横七竖八地躺在地上，鼾声大作。

独立纪念日的庆贺只是为了彻底地放松自己，淋漓尽致地大醉一场？

天空真高。远处的波涛声将乡愁的星子一一打湿。

愤怒的母狗

一

是邻居的一只杂毛狗，精瘦精瘦的样子，总是那么烦躁地吠叫。

邻居是个毛利女人，叫苏，五十多岁的样子，结过三次婚，生有七个小孩。其中一对双胞胎是跟一个白人生的。

这对混血儿姐妹长得漂亮极了。

苏现在跟一个毛利人男朋友在一起。孩子们像长大的蝴蝶都飞出了家。她的男朋友并不常来，许是寂寞，苏便养了这只杂毛狗。

连苏自己都说，这是一只"Angry dog(愤怒的狗)"。

我真不明白，苏为什么不去领养一只好狗。

二

那一天，我正在前院剪草。突然一声嘶叫，一团灰不溜秋的东西朝我脚下窜来，我定睛一看，是那只愤怒的狗。

可我压根儿就没得罪它啊！

来不及细想，我本能地往后面一闪，躲过了扑来的狗。这时，我听见身后一声叫唤，是苏的声音。

那只狗不情愿地离开了我，夹着尾巴，走到苏的身边——它甚至不晓得摇尾乞怜，讨主人的欢心！

它站在苏的脚下，仍然仇恨地盯着我。

紫：亦真亦幻

我吓出了一身冷汗。

苏淡淡地一笑，说："吓着你了吧。"

我诚实地点了点头。

苏说："它怀孕了，情绪有点不太稳定。"

直到这时，我才知道它是一只愤怒的母狗。

我说："它太瘦小了，怎么能够生孩子？"

苏说："我一直把它关在园子里，可不知怎么的，它还是怀孕了，可怜的东西！"

三

那只母狗又在声嘶力竭地狂吠，它叫得那么吃力，仿佛使出了吃奶的劲。

我从窗口往外看，发现一车又一车的行李拖进了苏的家。

那对漂亮的姐妹像盛开的玫瑰在我的视线里一闪一闪的。

她们不是在怀卡托理工学院读书并住在外面吗？怎么想着要搬回来了呢？

我知道Kiwi(本地人对自己的称呼)特爱个人的自由，独立性强。十六岁后，特别是进了大学的年轻人都喜欢在外面租房子住，常常是几个人合伙租一套公寓，要怎么疯狂就怎么疯狂，谁也不会来干涉他们。

花一样的两姐妹不正是如此这般地一直住在外面吗？

那只母狗还在叫，苏在围栏边晾衣服。围栏有一人高，用木板和铁皮做成的，将我们两家分得一清二楚。

我们要搭话就站在各自的院内。

"你的女儿搬回来住啦？"

"她们瞎折腾！"

"回来住热闹嘛。"

"那只狗已经够热闹的了。"

"她们会付你房租么？"

"那当然。每人六十五元，比她们在外面住便宜多了。"

"你会给她们做饭么？"

"除非她们付我工钱。"

"可你是她们的妈呀？"

"我已经为她们做了十多年的饭，现在我们更像朋友。"

我突然听到一个声音在我的骨头里"嗡"地响了一下。一朵无名的小花触到了我的手，那朵花透过栏栅，从苏的那一边开到这一边。

我摸着那朵有点湿润的花，猛地觉得我的手掌原来竟是如此的柔软！

四

苏开着车出门，她朝我招手，我才发现，她手上绷着一圈白带。

"怎么回事？"

我跑上去，关切地问。

苏停下来，笑笑说，前几天去她老娘家，到屋顶上捡瓦片，下楼梯的时候，因为狗的一声尖叫，她不小心就从上面像叶片一样落了下来。

好一个"叶片一样落了下来"！苏说得真轻松！

"还好，只是一点皮外伤。"

"你的老母亲还健在？"我瞪大眼睛，吃惊地问。

"九十三岁的老骨头了，一个人住了一套大房子，养了五只猫。那些狗屎猫屁都不响，温柔得像一团团泥巴，五只猫还不如我一只狗强呢。"

"你为什么不接她来与你们住在一块儿呢？"

"她是她，我们是我们，干吗要搅在一块儿呢？"苏很不理解地说，"她有事，打个电话来，我一去就行了。这不，刚才她来电话，说胸口有点闷。我知道，她可能又是要我去给她shopping(购物)了。"

"不耽搁你的事了，你去吧。"我忙说。

"噢，对了，顺便告诉你一个好消息，我家那只小母狗昨晚竟一气生下六只小狗崽，真是好样儿的！"

苏说完，开着车子，一溜烟就跑了。

怪不得昨晚特别安静！那只小母狗竟然成了六个狗崽子的妈咪！

做了妈咪的愤怒的狗会不会因此变得温柔起来呢？

五

接连几天，四周特别安静，没有听到那愤怒的狗叫。我长长地舒了一口气，心想，这下好了，有了母爱的狗不会再那么烦人了。

打从那对漂亮的姐妹搬回来住以后，苏家里常常走马灯似的来人。我从那一辆又一辆车子和临别时兴奋的"再见"声里知道，那些人大多是奔两姐妹来的。

如花似玉的姑娘谁人不爱？

可是没多久，我就看到那一对姐妹在一辆又一辆车子的运载下，连同她们的行李、身体和花一般的笑容又都搬走了。

四周复归于寂静。

可就在这时，那熟悉的狗叫声再一次响起，锐利而嘹亮。

而且比以往任何时候都更加愤怒！

六

苏那只受伤的手已经好了起来，她的男朋友也来得比以前更勤快。

苏门前的草地被她那个大个子毛利男人剪得整整齐齐。苏就坐在草地上晒太阳。

我放下书本，也坐到草地上晒太阳。

天气真好，太阳真好。

"呵，清静多了。"苏冲我打了个招呼，耸耸肩，说。

"你的女儿长得真漂亮，像你一样。"我有点恭维道。

"不见得，"苏不以为然地说，"我年轻时可不是她们这个样子。"

"她们怎么啦？"

"一点不长进，"苏大大咧咧地说，"追她们的男孩子一打一打的，可没有一个敢动真格的。两朵鲜灵灵的花算是白开了！当年，我看中谁，谁就休想从我眼皮底下跑掉！"

说到这里，苏不免有一丝得意的神色。

"那些来来去去的车和人吵着你么？"

"哪能没有影响？"苏说，"我一见他们那婆婆妈妈的样子就烦。只知道喝酒呀，调情呀，打闹呀，就是没有实质性内容，折腾了老久，肚子仍然扁平扁平的。唉，现在的年轻人真不中用！你想想，当年的我要是像她们这么犹豫，她们还能有今天吗？"

我无言以对。沉默了一阵子，我说："你烦了她们，因此赶走了她们？"

"她们也嫌我唠叨！"苏一点也不掩饰。

阳光在草地上跳跃，风中的絮语落在草地上，很快融入阳光的液体中。

我突然想起了苏的那只母狗，遂扭头问："那只母狗性情好像温柔了很多……"

"是吗？"苏的眉毛猛地一扬，显得很吃惊的样子，问："何以见得？"

"有好些天没听到它的叫声了。"

"噢，"苏似乎松了一口气，笑道，"前些天，它病了一场，我送它去住了几天院。"

原来如此!我不免暗暗叫起苦来。

"怎么,你也想念它的叫声了?你终于体会到了它叫声的美丽了?"苏兴高采烈地望着我。

我真不知道如何回答才好!

苏说:"我带你去看看它,挺好玩的。"

那愤怒的叫声再一次猝然响起,掠过我的额头,直冲远方。

七

那只狗更加显得精瘦了。它斜躺在平台上,将所有的乳头都显露无遗。六只小狗崽正围在它的身边,幸福而贪婪地吮着母乳。

在苏带我去看它时,那只母狗一直没有停止对我的吼叫。苏不但没有制止它,反而打着手语,似有鼓励之意。

"瞧,它其实一点也不凶,"苏说,"你不了解它,你还以为它是另类。它一边在给孩子喂奶,还一边唱歌呢。它真是一个好母亲!"

真奇怪,在它吼叫的时候,它的小崽们不但不害怕,反而更加欢快地吮着母乳。也许真如苏所说的,在狗的语言中,它的吼叫正是一首类似人类的摇篮曲,只是它的嗓门大了一点,声音粗了一点而已。

"它声音大这是天生的,如同我们人类有人长得丑、有人长得美一样,这是上帝的安排,没有谁能改变,"苏停了一下,接着有点哲理地说,"可你总不能因为人家的嗓门高就断定它的本性恶或心地坏吧?"

"可上次它向我冲来的时候,还真把我给吓住了。"我忍不住插话道。

"许多人都有过这种遭遇,可实质上都误解它了,"苏不以为然地说,"你想想,以它的速度之快,它若是真的有心攻击你,你逃得了它吗?它其实是向你问好,跟你打招呼呢。不过,它用的方式与任何一只狗都不一样罢了。"

我顿时愣住了。

我似乎听到了一种声音、一种类似狗叫的声音从我的骨头上"咝"地滑了过去。

"它太孤独了，也太可怜了，"苏有点幽幽地说，"没有谁理解它，除了我之外。这也许就是许多人包括我的两个女儿、我的男朋友都劝我驱逐它、而我坚持收留它的原因。我承认它是一只Angry dog，它只有通过不断的叫声来撕裂和释放内心的寂寞和痛苦。你不这样看吗？"

我不置可否地望着苏。

我知道，我脸上的表情一定显示了我的尴尬。

"不管怎么说，我理解它，就像理解我自己，"苏说，"最让我高兴的是，她居然有了下一代。那只跟它交欢的公狗一定也了不起！"

"这些小狗崽你都要将它们养起来吗？"我有些担心地问。

"你有兴趣要一只吗？"苏望着我，认真地问。

我万万没想到苏会如此直截了当！

见我有些不好意思，苏灿然一笑，说："我开玩笑的。说真的，我还舍不得送给你呢！"

"对不起，我不知道怎么养好一只狗。"

"你知道吗？"苏答非所问地说，"当初我生下我的双胞胎女儿，没有谁说她们漂亮，可我坚信她们比我漂亮！"

"嘿，今天天气真好！"我莫名其妙地说了这么一句，就匆匆赶回了家。

那狗叫的声音跟着我的脚步进了门，影子似的，赶都赶不走。

八

不久，我搬了家。

紫：亦真亦幻

我离开了那纠缠不清的愤怒的声音。

可是夜深人静，在月光深处，我流汗的梦总是被风中起伏的犬吠声击碎。

风筝之王

一

离"风筝节"还有半年时间，陈老先生对儿女们说，今年他要亲自做一只最好的风筝去参赛。这消息让儿女们忧喜交加。喜的是，老先生亲自出马，一定会让人们大吃一惊；忧的是，老先生已经八十九岁，身体一天不如一天。儿女们都知道老先生很倔，他要做什么事，一定要亲自动手才算数。别人做，十有八九他放不了心。可他亲手做，身体怎么吃得消呢？

果然，打从老先生宣布自己将亲自参加今年的"风筝节"后，他就上上下下地忙开了。

"风筝节"是新西兰华人自己的节日，它像五月初五的"龙舟节"一样，当初只是为了发扬传统的中华文化，自娱自乐，在华人圈内流行。但渐渐地，洋人朋友也越来越感兴趣，参加的人数也越来越多。他们不仅观看、表演，还把自己的文化糅合进来。比方，他们喜欢假面舞会和踩高跷，于是，每年的"龙舟节"和"风筝节"，他们都戴着各式各样的面具，边走边跳；而踩高跷的朋友也总是别出心裁，或装扮成太空人，或设计成机器人，或者脸上布满五彩缤纷的招贴画，总之要努力变得"另类"。

由于参加的人逐年增多，今天，这两个节日已慢慢发展成新西兰全国性的节日。

"风筝节"最激动人心的部分是"风筝比赛"。

每年，从各个社区挑选出近百只风筝，让它们在天空一较高低。

虹——多棱镜下的新西兰

陈老先生亲自参赛的消息一传出，社区的居民们无不欢欣鼓舞。

陈老先生是六十多年前作为难民来到新西兰的。他祖籍山东曲阜，父母都是流浪艺人，他自幼学会了放风筝的绝技。刚来新西兰那会儿，陈老先生感到自己的根断了，心也空了，日子过得特别消沉。当有华人得知他有放风筝的绝技时，就请他逢年过节表演。随着时间的推移，陈老先生也终于适应了这里的生活，并在他的倡议和发动下，"风筝节"应运而生。

"爷爷，你要做个什么样的风筝？"陈老先生十岁的孙子兵兵问。

"你想要爷爷给你做个什么样的风筝呢？"陈老先生心情很好，他摸着兵兵的头，反问道。

"爷爷，我要风筝之王！"兵兵大声嚷道。

"好，爷爷就给你做个风筝之王！"陈老先生慈祥地笑了。

二

然而，做"风筝之王"并不容易。

接连半个多月，陈老先生带着最小的儿子，即兵兵的父亲去山上采楠竹。因考虑老先生年龄太大，上山选竹实在危险，兵兵的父亲就建议他一个人去。可陈老先生眉毛一扬，瞪着眼说："你知道我要选什么样的竹子吗？"

"不就是楠竹嘛。我给你挑好的就行了嘛。"

陈老先生摆摆手，似乎不爱与儿子理论，他只是闷闷地说了声："你愿意跟我去，行；不愿意的话，拉倒，我一个人去照样能行！"

老头子犯"倔"了，兵兵的父亲只好小心翼翼地跟在他的后面。

陈老先生对楠竹还真讲究，不仅楠竹的大小、长短要合乎固定的数据，而且对楠竹结节的密度、竹身上下的花纹和颜色以及纹路的走向都有严格的规定。兵兵的父亲选中的楠竹，竟没有一根符合陈老先生的要求。

紫：亦真亦幻

折腾了半个多月，终于选好了十根楠竹。

陈老先生又坚持要亲自剖竹、刮皮、去节、抽丝、拉篾，每一个环节都不能有一点的马虎。

每天早上八点钟，陈老先生就忙开了，兵兵的父亲在一旁打下手，家里的其他人闲时也来帮忙。陈老先生毕竟年高体弱，每干刻把钟头就要休息一会儿，嘴里还不停地唠叨："老了，真不中用了啊。"

一个月后，所有的篾条都均均匀匀、整整齐齐地准备好了。

陈老先生很高兴。

接下来开始做风筝的骨架。

陈老先生把"风筝之王"设计成头高三点八米、身长十五点六米的滚龙状，风筝的骨架是由三十二个大小不一的篾结连贯起来的。头部和骨架做好之后，陈老先生给风筝两腰各安置了一只五米长的篾翅膀。

最后，陈老先生再给这只巨大的风筝穿上花花绿绿、涂了防护油的纸衣裳。

陈老先生足足花了三个半月才完成这所有的一切。因为风筝占地面积太大，只能放在农场的草地上，为防日晒雨淋，陈老先生还让儿子给搭了一个塑料棚。

三

离"风筝节"还有半个多月时间，陈老先生天天要到农场草地上坐一会儿，这儿摸摸，那儿看看，心满意足。

可是，有一天，兵兵和他的爸爸前去看风筝，却意外地发现陈老先生坐在一个长满青草的土丘上，背靠着风筝，望着远方的云朵发呆。

"爷爷，你在看什么？"兵兵忍不住问道。

陈老先生慢慢地回过头来，叫兵兵坐到他的身边。

"兵兵，爷爷曾经告诉过你，你的老家在哪里？还记得么？"

"记得，爷爷，我的老家在远方。"

"远方有多远，你知道么？"

"很远很远，远得看不见。"

"不对，兵兵，再远的东西，只要你有心，你都能看见。"

兵兵困惑地看着陈老先生。

"瞧，兵兵，你看见天空中那只大鸟了吗？"

"看见了，爷爷。"

"在鸟的前头是什么？"

"是一朵云。"

"云的前面呢？"

"是圆圆的月亮。"

"月亮的前面呢？"

"看不见了，爷爷。"

"不，你能看见。"

"可我真的看不见前面还有什么东西了，爷爷。"兵兵有点急了。

"哦，对了，你还太小。"陈老先生连忙安慰兵兵说，"等你长大了，长得像爷爷这么老了，你就看得很远很远，远得没有尽头了。"

"那么，爷爷，你看见月亮前面还有什么东西呢？"

"我告诉你吧，兵兵，"陈老先生长长地舒了一口气，说，"月亮的前面是风，好大好大的风呢。在风的前面是一棵树，一棵被雷电劈了半个身子的老树。在树的前面是一座小桥，桥下面是潺潺流动的一泓溪水。那溪水常常将天空中的月亮揉得起了一层又一层薄薄的皱纹。"

"还有呢？"兵兵听得入了迷。

"过了那座桥，就有一个小院子。院子的门是关着的，只有一只大黄狗,那黄狗老得走都走不动了,可它还是坐在门口,向桥头看去。"

"它在看什么?"

"它在等一个人,一个同它一样老的家伙……"陈老先生说到这里,喉咙有点发哽,再也没有往下说。

而兵兵的父亲一直站在旁边,默默地听着这一切,他的眼里布满了泪水。

四

离"风筝节"的时间越来越近了,可陈老先生的身体越来越差,最后病倒了。

儿女们赶紧将他送到医院。

当陈老先生从昏迷中醒来时,他发现孩子们都围在身边。

兵兵抓住他的手,带着哭腔说:"爷爷,明天就是'风筝节'了,我要你带我去放风筝。"

陈老先生挣扎着,点了点头。

中午时分,陈老先生有了一点精神,他将兵兵的父亲叫来,吩咐道:"明天,无论发生什么,你都要将我做的风筝送上天空去。我可能不能亲自去了,我等你的好消息。"

果然,当天下午,陈老先生的病情猛地恶化起来,并再度昏迷过去。

五

第二天,艳阳高照,晴空万里。

天空飞满了大大小小、争奇斗艳的风筝。

欢呼声、惊叫声和热烈的掌声此起彼伏。

陈老先生的"风筝之王"是最后被送上天空去的。它一出现,立即把所有人的目光都吸引了过去。"风筝之王"如龙似凤，在空中转体、冲刺，上下翻滚，任意翱翔。

人们静默地观看了一会儿后，突然爆发出雷鸣般的喝彩声。

兵兵的父亲流下了滚烫的泪水。

"爸爸，你怎么哭了？"兵兵不解地问。

兵兵的爸爸一言不发，只是紧紧地抱住自己的儿子。

有人走过来，轻轻地拍了拍兵兵父亲的肩，说："可惜陈老先生在医院里……"

那人的话没有说完。

另一双陌生的手握了过来。

突然，人群中有人尖叫了一声，"风筝之王"居然挣断了引线，乘着清风，越飞越高，越飞越远，最后成了东方的一个小黑点，继而完全消失于苍茫的天际下。

"爸爸，'风筝之王'消失了。"兵兵放声哭了起来。

"不，它不会消失，它回老家去了。"

兵兵的父亲带着兵兵急匆匆地赶到医院，可惜晚了一步。医生告诉兵兵的父亲，陈老先生一刻钟前心脏停止了跳动。

兵兵的父亲猛地一颤：那一刻，正是"风筝之王"挣脱束缚，回老家的时刻啊。

六

兵兵的父亲带着兵兵坐在陈老先生的坟墓旁，墓前放着一只兵兵亲手做成的小风筝。

兵兵的父亲凝视遥远天际下一朵小小的白云。

"兵兵，远方有多远，你知道么？"

紫：亦真亦幻

"很远很远，远得看不见。"

"不对，兵兵，再远的东西，只要你有心，你都能看见。"

兵兵困惑地看着他的爸爸。

"瞧，兵兵，你看见天空中那只大鸟了吗？"

"看见了，爸爸。"

"在鸟的前头是什么？"

"是一朵云。"

"云的前面呢？"

"是圆圆的月亮。"

"月亮的前面呢？"

"爸爸，爷爷说，月亮的前面是一只老黄狗。"

"兵兵，你记住爷爷的话了？"

夕阳下，兵兵的爸爸牵着兵兵的手，高一脚，低一脚，朝天穹下慢慢地走去……

高架桥下的复活节

一

赶到高架桥下的时候，我的确有点后悔了。

可我也懒得动了。

我熄了车灯，四周黑乎乎的。桥上偶尔驶过的一辆车子使桥发出"咣当咣当"的响声。

这声音听起来十分刺耳。

今天是复活节。这儿的人十分重视这个鬼节。所有的商店都早早地关了门，连我打工的Chinese takeaway(中国快餐店)都关了门，真扫兴！

我想在车里睡一觉，我真不愿回到那个闷闷的房间里去。

那不是人住的地方，都是些"洋渣滓"。每天晚上，隔壁的床铺总是"吱嘎吱嘎"地响个不停。克雷斯简直是头公狼，他仿佛有使不完的劲、有发泄不完的精力。他找的全是廉价的妓女。有一个晚上，他一连玩了六个。每一个妓女，他玩一个小时，玩完了，休息一个小时，又打电话，叫别的妓女来。

这家伙就不怕得"艾滋病"吗？

朋友们早就劝我不要住在那儿了，说与那帮"Rubbish(垃圾)"住在一起，不会有好结果的，说不定哪天就不幸感染个什么病来。

我之所以迟迟不搬，一方面那地方离大学近，另一方面房价比别的地方要便宜一半。我想，只要自己平时多注意，尽量避免与他们接触，也就没什么问题的。比方，他们用过的浴缸、洗脸池等，我都不用，连厕所我都不在家里上。我过惯了"打游击"的生活。我姑且把那里当做一个集体宿舍，只不过有我一张临时床铺罢了。

克雷斯是个建筑工人，二十八岁。父亲是荷兰人，母亲是英国人。可克雷斯一生下来就没有见过他的父亲。母亲把他带到六岁，然后将他送到孤儿院，与一个驯马师跑到美国去了。克雷斯在孤儿院仅呆了两年，就逃了出去，过起了流浪者的生活。克雷斯虽说没读过多少书，可他真是见多识广，而且从外表上看，你一点也感觉不到他是个粗鄙下流之辈。

尤其是克雷斯教我学英语的时候，为了纠正我一个单词的发音，他能不厌其烦地念上十遍百遍，直到我完全准确地掌握了为止。他那番认真，真令人感动。

二

有人在敲我的车玻璃！我大吃一惊！

紫：亦真亦幻

"先生，有人要我把这个交给你！"

我刚刚摇下车玻璃，一张便笺塞进我的手心。我还来不及说话，那人骑着摩托一溜烟跑了。

便笺上只有一行字："189 Grey Street (灰街189号)，'蓝尾草'在等你。"

怎么可能呢？我压根儿就不认识什么"蓝尾草"！

一定是哪个家伙搞错了！

我坐在车上，胡思乱想，可就是不肯开车走。在这人生地不熟的地方，小心第一！

一辆"瞎"了一边"眼"的红跑车从我身边"呼"地驶过。

我突然发现那跑车上似乎传递了一个声音给我："你为什么还不去呢？"

我犹疑着，心想，是不是风中的声音使我发生了某种错觉？因为，我压根儿就不认识这样一辆破跑车啊！

大约过了半个小时，那辆红跑车从另一个方向再次向我驶来。这回，我分明看到车里的人朝我用力地挥了挥手。

可我看不清那挥手的人是男的还是女的。不过，我仍然听到了那个有点让人生疑的声音："你为什么还不去呢？"

这个人是不是就是给我送便笺的那个人呢？

三

我将车子开走了。也许高架桥下本来就是不祥之地，或者说，高架桥下本来就是某些冒险者的中间地带。

我仍然不想回到那个闷闷的房间去。我在河边的一块草地上停了下来。

居然有人在吸烟。

我看不清那人的脸，只看见烟头在夜空中一闪一闪的。

"今天是复活节。"那人说,算是向我打了个招呼。

"我不在乎复活或者死去。"我说,极力装得老成的样子。

"你不是本地人?"那人背靠着我,声音有点干涩。

"你也不是?"我从他的声音里也感到了有点异样。

"今晚没有月光。"

"好像也没有风。"

"风倒是动了,只是你的心未动。"

"何以见得?"

那人却沉默了,似乎不屑回答这个问题。那人不说话,我也就不说话。毕竟是陌路人,也没啥好谈的。

于是,沉默像一堵墙,横在两人之间。只有他的烟头在不紧不慢地一闪一闪。

"你想不想挣一点外快?"那人突然扭头问我。

我仍然没有看清他的脸,可我立即答道:"我从不拒绝挣钱的事,尤其是在这样无聊的夜晚。"

"好样儿的,"那人说,"很简单的活,肥差呢。"

"直说吧。"

"我这儿还有一百张便笺。我已经发完了一百张,赚的钱够我这几天花的了。我不愿自己赚的钱十天八天都花不完,钱多了累人。因此,这一百张你去发送吧。发一份两块钱。发给任何人都行,当然最好是路边人。发完了,就到我这儿来领钱。"

我一听便笺,心里便"咯噔"了一下。来不及细想,我接过便笺,打开一张一看:天啊,果真与我接到的那张一模一样!

"189 Grey Street (灰街189号),'蓝尾草'在等你。"

是谁搞的恶作剧?

紫：亦真亦幻

　　四周没有人。只有风发出"沙沙"的响声。那个给我便笺的人呢？那一百张便笺呢？天啦，我怎么又回到高架桥下来了？

　　我手中拿着的仍然是那张令人生疑的、皱巴巴的便笺！

四

　　"先生，你干嘛老坐在车里呢？"

　　有一个声音从侧面飘来，是温柔的女人的声音。

　　月光从乌云里探出头来。清丽的月光乳汁一样从桥梁上流下来。

　　果然是一个留着长发的美丽女郎。

　　"小姐，你在跟我说话吗？"

　　"周围还有别的人吗？"女郎咯咯地笑了起来。

　　女郎的笑声像花一样充满了芬芳。

　　"我能为你效劳吗？"我心里有了隐隐的冲动。

　　"你怎么不先问问我是谁呢？"

　　"请讲。"

　　"你真的不认识我啦？我是'蓝尾草'呀！"

　　什么？"蓝尾草"？"灰街189号的'蓝尾草'？"

　　我从车子里滚了出来，怔怔地望着美丽的女郎。对啊，这人我好像认识，在哪儿见过面。

　　哎呀，这不就是上次给我们讲过一堂课的艾丽维娅吗？

　　我记起来了，那次在大学上旅游管理课程时，学校特地从市政局请来了年轻貌美的艾丽维娅小姐给我们讲解有关"性旅游"的问题。当时，我发现班上的男生没有一个认真听课的，大家都在看艾丽维娅的嘴唇、胸脯和两条性感的大腿。

　　当然，我也不例外。而且，因为我坐在最前面，艾丽维娅还问过我两个小问题。其中一个问题好像是:"你希望你的旅游中能有不期而至的艳遇吗?"

我记得当时毫不犹豫地点了点头……

"你不是艾丽维娅小姐吗?"我认认真真地问。

"那是我的学名。我的妓名是'蓝尾草'。"

"你说什么?"我几乎是尖叫起来。

"别大惊小怪的。"艾丽维娅轻轻一笑,说,"不瞒你说,我到大学去讲课以前,曾做过一阵子妓女。我原以为从此洗手不干了,可是这一次,有人给我出了天价,要我再做一次。"

"你、你开什么玩笑嘛!"我的"野兽"蠢蠢欲动了。

"我是认真的。"

"那么,你为什么跟我说这些呢?"我将这个"我"字拖得又重又长。

见艾丽维娅不吱声,我又恶声恶气地说,"那么,你为什么还不去做你的'生意'呢!"

一种撕裂的声音在我的内心响起。

"你知道我要跟谁做'生意'吗?"艾丽维娅冷笑起来。

"哪个浑球?"

"哼,那个浑球就是你!"

"我?"我如坠云雾,张口结舌道:"我、我什么时候给、给了你天价?"

"你没给我钱,可克雷斯给了,"艾丽维娅突然大笑道:"天价?可笑的天价!不过是一条贱命罢了!"

"你说什么?"我觉得艾丽维娅的话里有话。

我怎么懵懵懂懂的、真像一个浑球似的?

艾丽维娅不再说话,她转过身,一下子就不见了。

紫：亦真亦幻

五

"灰街189号"，我找到了这个该死的号码。我将车子停了下来。

怎么，这地方怎么如此熟悉？啊，这不就是我那个狗窝吗？

我发疯般地冲进去。屋子里空荡荡的。我大声喊着"克雷斯"的名字。没有人回话，我推开克雷斯的房门，里面除了一张床，啥也没有。

突然，我发现床上有一张便笺，抓起一看，竟是："高架桥下，'蓝尾草'在等你！"

这究竟是怎么回事呢？

当我再次跑到高架桥下的时候，我发现那里人声嚷嚷，还停了几辆警车。出什么事了？

有人告诉我，一名叫"克雷斯"的青年今天凌晨从高架桥跳下来，当场死亡。

我顿时触电般僵住了。

六

我从"灰街189号"搬出去已经很久了。而今，我的书也早已读完了，有了一份稳定的工作，并且结婚生了小孩。可我仍然搞不清有那么一年的复活节，在那座著名的高架桥下所发生的一切是不是真实的，我怀疑当时自己是不是得了"梦游症"？

因为，我从当年的市报上查证，那年的复活节，的确有一个叫"克雷斯"的人在凌晨三点，从桥上跳下，自杀身亡。

爬过墙去的"佛手"

去年不知道什么时候在路上捡了一只"佛手"瓜，拿回家放在门角落，忘记吃了。没想到两个礼拜后，"佛手"瓜竟张开嘴巴，从口里吐出一根粗壮的芽胚，又过了几天，那芽胚竟长成了青青的幼苗！

我不忍再吃掉它，就把它种在车库后的一堆沙子里。

我知道"佛手"的叶藤通常十分茂密，因此，如果这只"佛手"长得好的话，它可以爬上后院围墙和车库，既可以挡风挡雨，又可以作风景观赏。在这种思想支配下，我将每十天半月剪掉的草就往沙堆上盖。这草被雨水一淋，立即成为上等的肥料。

这只被人遗弃的"佛手"在沙堆上仿佛报恩一般，一个劲地疯长。十来天后，它已由一根独苗发展成一个不小的家族。我用竹棍将它往车库墙上引。这些"佛手"便兵分几路，顺着竹棍，比赛似的往上窜。不到一个月，"佛手"茂密的叶藤便将后院的围墙爬满了，并四面出击，很快在车库的顶盖铺展开来。

见"佛手"欣欣向荣，蔚为壮观，我放心了，以为只等它开花结果就是，加之我读书的确太忙，便顾不上管它。

一天下午，隔壁的彼特老太太见我开车回来，立即叫住我，说："你那绿绿的植物是什么东西？"

我一看，这才大吃一惊：原来，这些"佛手"已爬过墙去，将彼特老太太的杂房屋顶全部占满了。那架势，下一步就会扑到她的地面，将她的花园彻底占领。

我连忙告诉彼特老太太，那花花绿绿的植物叫"佛手"，是一种可口的瓜食。

"它结出的瓜形状很像手掌，大家就习惯地叫它'佛手'。你可以将它制作色拉；也可以凉拌或油炒，很好吃的呢。"我对老太太解释说，"现在这瓜很快就要结果了。如果你喜欢的话，在你那一边结的瓜就归你；如果你不喜欢的话，你可以随时扯掉，你要是不想自己动手，我可以帮你剪掉它们。"

紫：亦真亦幻

彼特老太太听我这么一说，摆摆手道："让它长吧。我要看看它的'手'能伸多长。"

彼特老太太是个虔诚的基督徒。她的命很不好，十年前，彼特先生在一场车祸中丧生；两年前，她唯一的儿子又死于车祸。在她儿子的丧礼上，我看见老太太将巨大的悲痛藏在心底，她用十分平和的口吻向儿子的遗体告别：孩子，你在人间毕业了，此刻你要到上帝身边去服务了，母亲为你感到骄傲。

老太太没有掉一滴泪，我的眼睛却潮湿了。

打那以后，彼特老太太一个人生活，每天上午到阳台上读一会儿《圣经》，然后就在花园里转悠，侍弄她的花花草草。有时，一些体力活干不了的，我就主动过去给她帮忙。老太太当然很孤独。我每次去，她都要拉着我说上好一会儿话，最近因为功课太忙，我去她家去得少了。

这一次，老太太见爬过墙去的"佛手"来势太猛，她弄不懂是什么东西，所以，我一回来，她就立即喊住了我。

可是，几天后，彼特老太太特地叫我过去一下。

我以为她又有什么事要我帮忙了。谁知，我一过去，她指着到处攀爬的"佛手"，说："别的我不担心，我担心这些神奇的植物会将我的土豆压坏。"

这时我才看到，老太太的杂屋脚下种了一排土豆！

"这土豆的苗都枯黄了，"我忍不住说，"人家的土豆早扯掉了，你怎么还留着它们？"

"唉，你有所不知，"老太太说，"我一个老婆子能吃得了多少？况且，一块钱可以买一大袋土豆，我怎么会种这种东西呢？"

"这里面有故事？"

"也不是什么好的故事。"老太太又叹了一口气说，"这土豆是我的儿子死前买的。儿子死后，我有好些天没去厨房。有一天，我从洗衣房里突然发现了一袋土豆。令我吃惊的是，里面竟有几根土豆苗从袋子的透气孔里钻了出来。望着这些顽强的生命,我有些感动。我将发了苗的土豆从袋子里选出来,将它种在杂屋旁,算是对儿子的一个纪念吧。"

"这么说,两年来,你一直没有挖过它?"

老太太摇摇头,说:"头一年我挖过一回。可是,我挖出的第一颗土豆长得竟像我儿子的头!我一下子呆住了。"

"你没有将那颗土豆吃掉?"我十分吃惊。

"我将那颗土豆放在我的床头摆了好久,直到它又长出长长的苗,然后,我又将它埋在这里了。我再也不打算挖它们。"

"你每天看着它们,感到有些安慰?"

"是这样。"

老太太孤独的模样令我心酸。我望着那疯长的"佛手",心想,要不了多久,"佛手"就会扑到地面,淹没土豆的。

"看来是要剪掉一些了。"我一边说,一边走到老太太的杂屋下,将伸出"手"来到处乱抓的"佛手"整理了一下,将"佛手"的头扭向偏离土豆的方向。

"如果'佛手'再爬下来,我一定帮你剪掉它们。"我对老太太说。

一个星期后,彼特老太太大声叫着我的英文名字。

我想,糟了,一定是"佛手"扑向了老太太的土豆!

因此,我拿着一把剪刀跑了过去。

"你看,你看,'佛手'!"老太太惊喜地喊道。

"佛手"结瓜了!老太太的杂屋棚上吊满了大大小小的"佛手",它们有些握成拳头,有些伸开手掌,有的竖起大拇指,形态各异,憨态可掬。

真没想到,老太太这边的"佛手"如此争气!

"你喜欢它们吗?"我故意挥了挥手中的剪刀,说。

"喜欢,当然喜欢!"老太太说,"你看那手像不像我儿子的手?"

紫：亦真亦幻

我骇然。

"我知道，你看不出来，"老太太像是自言自语，又像是对我说，"可是我看出来了。我儿子小时的手就是那样子的。我总是握着他的手，多软的手啊。"

就在老太太嘀咕的当儿，我又朝杂屋棚上的"佛手"望去。令我惊讶的是，从上次我稍稍整修了老太太杂屋棚上的"佛手"藤后，"佛手"居然十分听话，没有扑到老太太的地面上来，而是转过身，朝侧面发展而去，却将一溜的"佛手"瓜留在后面。

难道这"佛手"真像它的名字一样，有灵性不成？

不管怎么样，既然土豆和"佛手"让老太太感到自己的儿子又复活了，终归是件大好的事。

不是吗？谁能想到这被人遗弃的"佛手"竟会结出如此美丽的"善果"来呢！

与狼同行

一

我端起双管猎枪，将准星对准了前面那只筋疲力尽的狼。

狼不再奔跑，它张大着嘴，直喘粗气。它甚至缓缓地掉过头来，极平和地看着我的枪口。

一双没有了仇恨只有忧郁的眼睛静静地看着我。

四周很静，静得有些可怕。

我突然发现，我已来到了茫茫的沙漠。

没有一根草，没有一棵树，没有一个人影。我究竟追了多久，从科罗曼多的森林里，一直追到了这片沙漠？

虹——多棱镜下的新西兰

这是一片我从不知道的沙漠。在新西兰生活了这么长的时间，我一直不知道这里也有沙漠！就像我不知道这森林里也有狼一样。因此，当我发现了那一只狼后，我放下唾手可得的野兔，发足追去。

没想到，这一追，我和狼都陷入了绝境。

我不敢扣动我的扳机。因为，我知道，只要我的手指一动，这头狼必死无疑。可是，没有狼，谁来带我走出沙漠？

我收起猎枪，一时不知道怎么办才好。

太阳已到头顶。

我一定要在天黑之前走出这片沙漠，否则的话，我极有可能葬身沙漠。

二

狼许是累极了，它竟躺下来，不想动了。

我也累得不想动了。可我必须得走。我知道，狼有办法走出沙漠。

我端着枪靠近狼。

狼竟然没有一丝的恐惧。它像一只狗一样，不卑不亢地看着我。

"走！"我大声喝道，"别以为我不敢开枪！"

狼站了起来，不情愿地朝前走去。

可走不了半里地，它又停了下来，扭头望着我。

我发现它嘴角上布满了白沫，气喘不已。知道它是渴极了，我将壶里最后的一点水全给它喝了。

当我拎着空荡荡的水壶，我的心突然揪紧了："都给它喝了，我怎么办？"

风将沙漠上一层一层的热气吹到我的脸上。

太阳偏西了。

紫：亦真亦幻

三

一只狼。一个人。一片茫茫的沙漠。

也不知走了多久，我又饥又渴，累得一点力气都没有了。我明白，再这样走下去，我非死不可！

也就在这时，我突然发现我把方向搞错了！我看着自己打斜的影子，知道只有往东走才有出路。可狼带我走的竟是相反的方向。

我怎能让狼牵着我的鼻子走呢？

我怎能如此轻易地相信狼呢？

我没有开枪打死它，它并不会因此感激我。

毕竟，它只是一头狼。

我朝前面的狼恶狠狠地骂了一声，转过身来，毅然决定走自己的路。

那只狼迟疑了一下，然后，竟不声不响地，反过来跟着我走。

"它为什么还不逃生呢？"

猛地，一个可怕的念头掠过我的脑海：这头同我一样饥渴的狼，它是不是在等我连扣扳机的力气都没有的时候，就奋力扑过来，用锋利的牙齿咬断我的喉管呢？

我打了一个寒颤。

我现在没有开枪打死这头狼，但我不能保证，最后的时刻我不开枪。

四

头上有一个阴影不紧不慢地跟着我。

当我突然意识到一只秃鹰在头顶盘旋时，巨大的恐惧像决堤的河流一样向我涌来。

据说，秃鹰只跟踪濒于死亡的人。

据说，濒于死亡的人会散发一股气息，秃鹰就循着这股神秘的气息跟踪过来。

我现在就散发出这样一股神秘的气息了吗？

我握了握手中的枪，感到生命是如此的不可靠。

我握了握手中的枪，感到生命是如此的沉重！

五

四周隐隐地响起了一种奇怪的声音。我感觉到这种声音十分阴冷，像早春的草地上微微泛起的潮湿的风。

身后的狼突然发出了一声厉叫。

我大吃一惊。

这头同我一样濒于死亡的狼居然还能发出如此嘶哑而尖锐的吼声。我搞不清这是求救的信号还是警告的语言，但我意识到一种全新的状态即将出现。

果然，我看见一个毛绒绒的头从沙漠的边缘"冒"了出来。

接着是第二个头、第三个头。

天啊，是一群狼！

至少有十只狼！它们从四周包抄过来。

头上的阴影贴得更近。

我愤怒地想，如果我一定要开枪，第一颗子弹击中的必定是头上的秃鹰！

太阳朝西边越陷越深。

一阵黄尘的风吹得我几乎睁不开眼睛。

那一群狼离我越来越近。

让我吃惊的是，我身边的这只狼并未加入狼群的队伍。相反，它机警地、不断地发出一两声愤怒的叱吼。它完全不像一只濒于死亡的狼。不过，我很清楚，无论它多么勇敢，它也是心有余而力不足了。

我不再行走，端着枪，瞄准最近的一只恶狼。

我认定，这只恶狼正是这群狼中的首领。

在这千钧一发之际，我身边的狼狂叫一声，扑向狼群的首领。

"砰"的一声枪响，头上的秃鹰应声而落。

又一声枪响，一只狼倒在地上。

狼群惊恐而散。

六

我有些恍惚了。我明明看见子弹是击向狼群的首领，可倒在地上的是那只被我从科罗曼多森林里追出来的濒于"死亡"的狼。

我太渴了。

我疯狂地喝着狼血。一种复活的力量像火一样地烧烤着我。

我检查了一下枪支，还有三颗子弹，心想，要是刚才那群饿狼卷土重来，我必死无疑。

太阳越来越低沉。

我的心也越来越低沉，但我别无选择。将地上那只死狼用沙尘埋了，还垒了一个小小的坟堆。我知道，风一刮，这小小的坟堆就会像露珠一样被轻轻抹去。

然后，那群饿狼跑过来，将它吃得寸骨不留。

我没有办法阻止，我做了自己该做的事。

我将那只秃鹰挂在猎枪上，看了坟堆最后一眼，就继续朝自己选定的方向走去。

可没走十来步，我突然听到前面传来一种可怕的、沉闷的声音。

是狼群？

果然，我又看到了狼群！

狼群也看到了我。

奇怪的是，它们一动不动，像在举行什么仪式。

我的目光猛地触到了那幽绿的眼神，狼的首领。它有些畏惧地盯着我。

所有的狼都有些畏惧地盯着我。

我理直气壮地朝狼群中间走了过去。

"人与狼在一起时，你千万要相信自己的力量！"这一信念使我的脚步迈得更快。

七

如今，"与狼同行"的故事已成为我生命中一段难忘的记忆。

我"侥幸"地走出了沙漠。

可生命的坚实并不是由一个个"侥幸"构筑起来的。

因为直到许久后，一个朋友对我说，群狼之所以不敢攻击我，是因为我已经喝了狼的血，更为重要的是，我枪杆上挂着血淋淋的秃鹰！

"你知道吗，只有秃鹰能够直视太阳，而你居然将它射了下来！"

这个朋友还奇怪地问："你打死了秃鹰，怎么想到要把它挂在枪杆上的呢？你知道狼群十分敬畏秃鹰吗？"

我诚实地说，我当时的确不知道为什么，也许只是为了驱赶死亡的阴影吧。

现在想来，那秃鹰的尸体和狼的血竟与我的生命神秘地连在了一块。

也许，这才是我真正的"侥幸"？

紫：亦真亦幻

蜻 蜓

我看见一阵清风跟着罗伯特进了他的房门。罗伯特关门的时候，冲我友好地笑了一笑。

其时，我正坐在前门Deck(伸出屋檐的一方类似甲板的平台)上一个巨大的圆木凳上看书。这个圆木凳是我和朋友从剑桥镇运回来的，放在Deck上，风干后，我感到有一种古色古香的味道。坐在这种原始的木凳上看书，我觉得很惬意。

罗伯特是我的邻居，五十多岁的人了，一生没有结婚。他最大的爱好是养蜻蜓。走进他家，到处都是蜻蜓翩飞。

一天深夜，罗伯特突然敲开我的门。我以为出了什么事，谁知他来竟是为了问我对宗教的看法。

"你不知道这是深夜了吗？"我睡意矇眬，有点不悦地说，"我明天还要考试呢！"

"不碍事，不碍事。"罗伯特并不在意我的脸色，他说，"如果你对宗教感兴趣的话，如果你对人生有更多的理解的话，你不会这样惨兮兮的。"

"对不起，我对宗教没什么兴趣，对人生也没有太多的理解。"我要下逐客令了，"我只知道，明天的考试要是通不过，我就无法毕业，就无法找到一份像样的工作。"

"行了，你根本不知道生活的真正目的和意义。"罗伯特有点生气地走了。

我并不为自己的行为感到抱歉或后悔。我知道有些洋人头脑有毛病，他还老觉得你的头脑有毛病。对这种人能交往就交往，不交往也没什么遗憾的。

我原以为罗伯特不会再来打扰我了，谁知几天后，他捧着一大叠证书，兴冲冲地跑到我家。

"考试考得怎么样？"罗伯特一进门就大大咧咧地说。

"不理想。"我摇摇头。

"我知道你会考不好的。"罗伯特不为自己深更半夜打扰我、影响我的考试而抱歉，反而幸灾乐祸地说，"当你了解生活的真正目的时，你就不会在乎一场小小的考试了。"

"在你看来，生活的真正目的是什么？"我没好气地问。

罗伯特一点也不在意我的情绪。他打开他的各类证书，有点答非所问地说："你看，我读了个能源学的硕士，又有了工程师的职称，后来还不经意地读了一个哲学博士，我的书读得不比你少吧？"

我的脸"唰"地红了。我原以为罗伯特压根儿没读什么书！因为我知道，他一生唯一的一份临时性工作是在一个电脑公司做清洁工！

"你读了这么多书，你是怎样安排时间的？"我觉得有些不可思议。

"时间？"罗伯特哈哈大笑起来，"在我的生命里，只有出生和死亡是与时间有关的，其他的时候我没有时间的概念。时间是什么？我觉得我的生命就像是茫茫宇宙，无边无际。"

"太玄乎了。"我说。

"你注意到蜻蜓吗？"罗伯特说，"它们知道时间吗？当然不。它们只知道寻食啊，飞啊，玩乐啊。累了就靠在树叶或草丛歇一会儿，自由自在，无拘无束，多好！其实人也应该这样，上帝要我们每个人都快乐，都尽情地享受生命！"

"你的书是如何读下来的？"我对罗伯特读了如此多的学位仍然不能理解。

"我的书读得很轻松，"罗伯特说，"我没有白天黑夜。我几乎不到学校

紫：亦真亦幻

去听课，我能够自学。因为没有从几点钟到几点钟的束缚，因为没有从黑夜到白天的浪费，加之年轻时精力旺盛，我就不停地读书。我觉得自己在茫茫宇宙里散步，累了就打一会儿盹，渴了就喝一点水，这样读书一点不紧张，就像蜻蜓一样，自由地飞啊飞。"

"你有这么高的学历，为什么不去找一份好的工作呢？"

"我读书不是为了找工作的，正像我工作并不是为了谋生一样。"罗伯特说，"我之所以做清洁工，一是make easy money(弄点轻松的钱)，一是为了体验工作的滋味。"

罗伯特走了后的好些天，我仍然觉得这个邻居有点怪怪的。有人悄悄地告诉我，说罗伯特有神经病，劝我不要同他靠得太近。

接下来一个星期左右，我发现罗伯特的房屋静静的，没有一点声响，只有许多蜻蜓在他门前屋后飞来飞去。

这家伙既不去购物，也不去交友，甚至连门都懒得开，他究竟在干什么？

一半是好奇，一半是关心，我走到他的门边正准备敲门。突然，我看见一双枯黄的眼睛贴在门前的玻璃上。那双眼睛一动不动，却分明在冲着我笑！

我大吃一惊，转身就跑。

罗伯特打开门，叫住了我。

我扭头一看，发现罗伯特脸色灰白，无力地靠在门槛上。我立即返回去扶住他，并问他是怎么回事。

谁知罗伯特竟闷声闷气地说："你对宗教有什么看法？"

"都什么时候了，你脑子里还在想着宗教！"我扶着罗伯特坐下来，没好气地说。

罗伯特却苍白地笑了。

一只蜻蜓落在罗伯特的肩上，随即是另一只，又一只，很快，他身上落满了蜻蜓。

我大吃一惊。

罗伯特摸抚着手掌中的蜻蜓，淡淡地、有气无力地说："生命是什么？宗教是什么？宗教能拯救生命吗？"

"你找到答案了？"我搞不清罗伯特是不是真的疯了。

"当别人认为我是疯子的时候，我找到的答案都不算数。"罗伯特意味深长地说，"好啦，我看时间来了，我的黑夜来了。"

我糊里糊涂地回到了家，一点也没感觉到罗伯特话里有话。后来我想，如果我对罗伯特有更深一点的了解；如果我不存偏见，对罗伯特所说的话稍加分析的话；如果我们敞开胸怀，把彼此对生命和宗教的理解一一摊开的话，也许我能及时报警，制止一个孤独生命的终结。

然而，所有的"如果"都只能以假设的方式存在，它距真实太遥远。

罗伯特死了，我甚至弄不清他是以什么方式走进他的"时间"、走进他的"黑夜"的。

警察来了。罗伯特尸体上没有任何可疑的伤痕，他既不是喝毒药，也没有上吊，他静静地躺在床上，他的嘴唇上甚至还露出一丝苍白的笑。

尸体解剖后，也没有发现任何疑点。

警察和法医都只能徒然地惊呼："奇怪，真奇怪！"

最后，年事已高的法医也不得不以"不明死因"在罗伯特的死亡证明书签了字。

这个一生读书万卷、对生命的目的和宗教的意义有着执著追求的人给人们留下了太多的谜团，连他的死亡也不例外。也许，这是对不理解他的人一个报应？

罗伯特走了，他的房屋空空荡荡，只有像幽灵一样四处游荡的蜻蜓们，飞累了，仍旧回到这里，回到它们的家。

紫：亦真亦幻

撒野的猪

一

一个令人生疑的声音在墙脚下响起。

那声音像是有人在撕一块亚麻布，因为韧性太大，撕不断，就老是撕，结果，那声音就夹杂些沙子，一波又一波地送进我的耳朵。

月光照在天上，声音流在地上。

可那声音像旋风将我的梦境掀了个底朝天。

我睡不着，索性爬起来，出门去看个究竟。

我能准确地断定，那可恼的声音发自墙脚下。我蹑手蹑脚地朝那一团黑乎乎的声音走去。

奇怪的是，那声音戛然而止。

什么东西竟然有着如此的灵敏感觉？我盯着墙壁，不禁打了一个寒颤。

所谓墙壁其实就是一堵围栏，将我和邻居大卫的空间分开。围栏的下面是由青砖砌成的，上面则是一块一块木板连结起来的。围栏上面爬满了花草，夜空下，那些花草依然散发着诱人的清香。

那可疑的声音虽然停止了，可我明白，用不了多久，它还会再度响起。

果真，几分钟后，那声音又"吭哧吭哧"地响了起来。

我蹲在屋门口，毛骨悚然地凝听了好一会儿，终于发现：那黑乎乎的声音来自大卫的院内。

我一个电话打了过去。

"睡着了吗？大卫！"

"还好，我在喝酒呢。你要不要来一瓶？"

"你院里有什么东西，发出可疑的声音，我受不了。你不知道吗？"

"哦，对不起，我院里有一只撒野的猪。"

"一只撒野的猪？"我高声嚷了起来，"怎么可能？你开什么玩笑！"

"不信，你就过来瞧瞧！"

二

大卫的房里有一股羊膻味，我一进去，心里就感到有点反胃。

大卫是个四十多岁的单身汉，作为养路工人，他常常起早摸黑，院子里挂满了公路的标志。过路的人一看，就知道他是干什么的。

"瞧，那只猪撒野撒得多快活！"

大卫递给我一瓶啤酒，指着院里的猪，慢条斯理地对我说。

"哪来的猪？"我啜了一口酒。新西兰的啤酒真好喝。

"今天在维养公路的时候，一辆装满猪仔的卡车在经过农科院的路段时，不知怎么的，这头蠢猪就从车上跳了下来。当时我正在摆弄自己的工具，只听到前面有什么东西掉了下来，发出"闷"的一声。当我最终注意到一头猪正在公路上大摇大摆地行走的时候，我才明白是怎么回事。可那辆装猪的车早已没了踪影！"

"猪在公路上走可太危险了！"

"可不嘛，我立即将它抓住。"大卫将半瓶啤酒一口气灌了下去，吹了一口气，说，"这猪真蠢，我抓住它，试图将它关进我的工具车内，可它死活不肯，又吼又叫，仿佛我虐待了它一般，弄得我直冒火。最后还是两名过路人从车上下来，奋力帮我抓住它，塞进了我的工具车。"

"你应该将它送屠宰场去。"

"我当时正是这么想的，"大卫说，"没想到，我的车子一开动，这猪居然跳得很高，还差点跳出车外！它真蠢，一点也不怕被摔死！"

"也许，这是一头通灵性的猪？"我突然有所触动，似乎明白了大卫的苦心："你想想，无论是在装猪车上还是在你的工具车上，它反正都是死路一条。既然如此，它还不如奋起一搏，说不准还能闯出一条生路来！"

大卫冲我会意地一笑，说："这是一头不愿受命运摆布的猪。至少，我不能让它死在它的同伴之前。因此，我把车后门严实地关了起来，开着车子就上路了。"

"你不是去屠宰场，而是直奔家门。"

"一路上，这头不安分的猪还在车里跳踢踏舞，搞得我心惊胆颤的。"大卫说，"回到家，我就将它放出来，让它在院子里撒野。可是，它居然不再暴躁，气喘吁吁地趴在地上，温情地看着我，像一头不忍触摸的河马。"

"它总不是因为你给了它自由，它反而不知道如何去自由了吧？"

"它是太累了，跟我一样。"大卫说，"我把院子的门关了起来，它爱怎么着就怎么着。我冲了一个澡，扎扎实实地睡了一觉。"

"可是，这头猪并没有睡。"

我突然笑了起来。因为透过月光，我忽地发现大卫的院里一片狼藉，花草不再是花草，瓜果不再是瓜果，院子里到处是泥浆，是味液，是烂叶碎花和猪屎味。

"不错。我醒来的时候，听到院里有奇怪的响声，出门一看，才发现这该死的猪将我苦心经营了十多年的花花草草拱了个稀巴烂。说真的，那一刻，我气得浑身发抖。"

"杀了它！"

"不瞒你说，我还真拿了一把砍刀，冲出门去，要向它下手。"大卫脸上猛地抽搐了一下，说，"你说怪不怪，这猪明明见我举着刀，气冲冲地扑向它。它居然不躲不跳，静静地望着我。就在那一刻，我手中的刀怎么也劈不下了。"

我隐隐有了一丝感动，不知道为什么。

"我转念一想，花草虽然也是生命，可都是些没灵性的东西。"大卫叹了一口气，说，"况且，这些花草伴随我十多年了，现在被这头撒野的猪一折腾，我还真觉得过瘾！说真的，这些花草我自己怎么也下不了手去毁掉它。既然现在被猪弄得一塌糊涂，我看也没有什么不好。院子里少了些精致，却多了些野气。"

我若有所思地喝着酒。那只不驯的猪继续拱弄着我们的围墙。

"你知道吗？"大卫忽然神秘地说，"我还让这猪喝了不少的啤酒。"

"为什么？"我瞪大着眼睛，不可思议地望着大卫。

"我也不知道为什么，也许让它撒野撒得更彻底一些。"大卫说，"我原以为它不喝呢，没想到，它居然能喝！我将三瓶啤酒倒在一个盆里，它一口气就喝了下去。"

"折腾了一天，一定渴坏了，"我说，"它没醉吗？"

"不知道，"大卫说，"反正，喝了酒后，它就没再歇下来。"

"你打算怎么办？"我说，"你知道，政府有规定，居民不准擅自养猪。我不举报没关系，可是，要是别人发现了，给警察打电话，你的麻烦可就大了。"

这是一个实际问题。新西兰一般家庭连鸡都不让养(怕糟蹋环境)，何况脏兮兮的猪？

大卫听后没有吱声，显然，他也考虑过这个问题。

"况且，既然是一只撒野的猪，要是闯进别人的院子，你怎么办？"我郑重其事地说。

大卫叹了一口气，懒洋洋地说："行啦，你回去睡觉，明天再说吧。"

三

那堵围墙在月光下颤抖。

紫：亦真亦幻

也许老是想着那只猪的缘故，我竟然做了一个梦，梦见自己变成了一头猪。我不停地在墙壁下拱呀拱，不知不觉，竟拱出了一个黑洞来。

有一个声音在里面大声喊叫："快跳进来，快呀快！"

一股无形的力量朝我推来，我往黑洞里一跳，顿时淹没于潮湿的黑暗中……

电话铃尖锐地响了起来。

尖锐的电话声将我从潮湿的黑暗中拉出。

是邻居大卫。

"对不起，把你吵醒了。"大卫焦急地说，"你说怪不怪，那只猪居然在墙脚下拱了一个洞，并跳了进去，乖乖地睡了哩！"

我顿时吓出了一身冷汗。我不明白的是，刚才那个荒唐的梦究竟是猪给了我的灵感，还是我给了猪的灵感？或者，冥冥之中，那只猪和我在茫茫的夜里神秘地交换着同一种灵感？

四

大卫的两箱酒全部喝光了。

月光东倒西歪，我扶着摇摇晃晃的大卫走到那只撒完了野的猪边。

黑洞正好容纳这只猪。

这只猪在里面酣睡，鼾声如雷。

月光静静地望着我们。

大卫的脸被月光洗得发白。

天快亮了，大卫还不知道对这只猪如何处置。

"也许可以将它送到动物收养站去。"我提议道。

"这样我想过，但它改变不了猪的命运。"大卫说，"动物收养站有规定，任何动物，如果在四十八小时内没人当做宠物认领，该动物就得被人道处死。你想想，谁会认养一只猪呢？何况还是一只撒野的猪！"

"你可以认养啊。"我脱口而出。

大卫轻轻地叫了一声。

月光被风割成了碎片，从屋顶上纷纷地落了下来。

"我试试吧。"

这声音被雪一样落下来的月光覆盖了。

五

早上六点多钟，门前的公路上突然响起了一个碰撞声。

紧接着是一阵有点嘶哑的叫声。

这声音怎么如此的熟悉？大卫？他出事了？

我猛地滚下床头，风一般地冲出门外。

果然出事了，不过，被车子撞死的不是大卫，而是那只撒野的猪！

过路的司机惊魂未定，他哆哆嗦嗦地说，他的车速并不很快，当他发现路上有一只猪时，他还紧急刹了车："可那畜生分明是找死，它竟朝我的车子冲来，它……它一定疯了！"

猪的脑袋被撞得粉碎，那情景惨不忍睹。这头不愿意受命运摆布的猪终于以这种惨烈的方式结束了自己的生命。

"我真没想到它会冲出栅栏！"大卫脸色铁青，说，"我已经决定收养它了，可它还要这样！你说多蠢！"

"行了！它知道自己的命。"我拍拍大卫的肩，拍得自己的心冰凉冰凉的。

"啊，墙角下那个黑洞！"大卫突然尖叫一声，"它为自己掘好了坟墓！"停了下来，他泪流满面地说："这不是一头撒野的猪！它是因为痛苦才发疯的！你想想，它的家族都走了，只有它留下来，活着还有什么意思呢？"

听到这里，我感觉有些毛骨悚然。

那只撒野的猪就埋在墙角下它自己拱好的"坟墓"里。

大卫伤心了好些日子，然后在上面种了些花草。

很快，那花草就葳蕤地长起来，并且慢慢开出花苞来。

每次出门或回家，我的目光都不由自主地要朝那墙壁看上一眼。

有一天夜里，我梦见那丛花草里突然长出了一颗头颅。

那颗头颅吸满了黑乎乎的声音。

大卫的酒喝光了。

我披着一层惊恐的月光，失魂落魄地回到了家。

与博尔赫斯聊天

博尔赫斯来到奥克兰的时候，谁都不认识他，他也不认识任何人。他静静地坐在市政府大楼旁的一个台阶上，手里抓着一把石骨，漫不经心地把玩着。

没有人知道，他就是那只鼎鼎有名的黄金的老虎！

博尔赫斯旁边有一个老人在弹钢琴。

这老人是一个盲人，他弹的钢琴是两百多年前的那种旧式钢琴。钢琴的键盘都是木头做的，弹出的声音比时下流行的钢琴声要低沉、单调得多。

那钢琴被放在一辆陈旧不堪的马车上。老人坐的凳子也是木头做成的圆面凳。他坐在凳上，也坐在车上，他一弹，屁股一颤一颤的，我老担心他会把钢琴弹散了架。

过往的行人就偶尔扔几个钢蹦儿在老人脚下的木盆里。

但扔钱的声音往往被钢琴本身的声音淹没。

我不认识这个老人，但我认识博尔赫斯。

我说，嘿，博尔赫斯先生，你怎么从阿根廷跑到新西兰来了？

博尔赫斯笑道，你是谁呀？连我自己都快要忘记自己是谁了，居然还有人能认得我？

我说，我是谁这并不重要，就像你经常强调的那样，无论是谁，有一天都得面对泥土，面对自己的一堆白骨。

博尔赫斯说，我讲过这样的话吗？真奇怪，我自己怎么没有一点印象呢？

我说，你的著作多如牛毛，你哪能记得如此多的东西？告诉我，你来新西兰多久了？你每天都来这里听这个盲人弹钢琴吗？

博尔赫斯说，我忘记来这儿多久了。我去了许多许多地方，我也不知道这究竟是个什么样的地方。早在我去冰岛之前，我的视力就开始下降。后来去了曼哈顿，这个城市将我的眼睛弄瞎了。不过，我也不觉得这没有什么不好。对了，你提到这个弹钢琴的人，我可以坦率地告诉你，这是一个了不起的艺术家。我一听他的琴声就看到了自己的童年，妙不可言。你知道吗，我从他的钢琴声中感受了一些诗歌的片断，很好的诗歌，简单、质朴、没有一丝感伤的色彩。

我说，诗歌是什么东西？

博尔赫斯说，诗歌应当是匿名之作。我读过一些最古老的诗歌或故事，比方说《一千零一夜》，也包括中国的《诗经》。这些诗歌都很伟大，可是你不知道是谁写出来的。诗人们向人们提供的应该是诗歌本身，而不是诗人这个响亮的名头。因为你的名头再响，在时间巨大的钟声里，那声音也是小得可怜，小得几乎听不见。如果你在乎这些，你就不可能写出好诗来。

我说，你的说教味太重了。

博尔赫斯说，嗯，你提醒得有道理。我总是犯这个老毛病。好吧，我们不谈这些吧，我们再来谈这个弹钢琴的老人。在这个闹哄哄的世界，他不急

紫：亦真亦幻

不躁，沉迷于自己的梦境。你不觉得他才是真正的诗人吗？

我说，至少你不会比他差吧？你写了那么多书，你不为自己感到骄傲吗？

博尔赫斯说，真是浪得虚名，我为此感到很难过。我想人们一定对我产生某种误解了。我无法排除人们由来已久的误解，我也不会大声嚷嚷人们加在我头上的名衔，尽管我真想这么做，但是我不敢。因为要是我这么做了，人们一定会说我装崇高。我很讨厌自己成为别人饭后的谈资或被评论家引用的对象。有一件事你可能不信，在布宜诺斯艾利斯的时候，我掌管着一个很大的图书馆，甚至可以说，这个图书馆在阿根廷是最有名气的。可是这里面没有我一本书，因为我不允许我的所谓的"著作"在这个图书馆占上一席之地。一想到我的书要与维吉尔或史蒂文森并肩而立，我就觉得羞愧难当。

我说，你太谦虚了。

博尔赫斯说，真难受，我最怕听这句话了，可它从你的嘴里不经意就说了出来。说真的，如果让我选择，我乐意让别人加工、重写我的一行诗或一篇小说，以便让它们流传下去；我希望我个人的名字会被忘掉，正如在适当的时候会是这样。对于一位作者来讲，最好是他成为传统的一部分、语言的一部分，因为语言将使用下去而书籍会被遗忘。也许每一个时代都在一遍又一遍地重复同样的书，只是改变或加入一些细节而已。

我说，这个弹钢琴的老人弹奏的仍然是他父亲曾经弹过的曲子。

博尔赫斯说，至少他使用的钢琴和座凳是他父亲或祖父的遗物，但是，他坐的姿态和弹奏的指法一定与他的前辈不同。也就是说，他增加了一些细节，将切分音和滑音更好地交织起来，让人感觉到时间是一天天地流过来的，而过去的私心一天天干涸，这干涸的过程就是这个老人变成音符的过程，也就是这个老人赖以活着的生命的过程。

这时，我看到一个时髦女子将一大叠钱币轻轻地放到老人的木盆里。放完，就低着头，匆匆走了。

我说，真不敢相信，一个时髦女子将一大叠钱放到这个老人的木盆里，她居然连头都不抬就匆匆走了。

博尔赫斯说，这有什么不对吗？

我说，那个女子给了那么多钱，她完全有理由让老人专门给她弹奏一曲嘛。

博尔赫斯说，你以为这个老人在这里弹钢琴是为了钱？你以为那女子给了钱就因此获得某种特权？错了，你不给他一分钱，只要给他弹奏钢琴的自由，只要让他自己沉浸于古老得发黑的梦中，只要人们少打扰他一下，他就足够了。至于那个女子，也许她只是一个极其普通的富商主妇，可她一定同时是一个真正的艺术爱好者。当沉甸甸的钱和轻飘飘的音乐摆在一起时，音乐的重量总是让有钱人难以承受！

我说，可老人毕竟是用这个木盆来装钱的。

博尔赫斯说，你不觉得它更像一个寓言、一种象征或一首沉默的诗歌？当落日的余晖照在城市的上空，当烧烤的梦在苍老的弹奏下升起又落下，一个盛着几枚硬币或几张纸币的木盆，它不会发出求助的声音，但它传出了艺术的尖锐。你敢说，它不会让这个城市感到疼痛吗？

后 记

（新西兰：安放灵魂的地方）

身在国外，每天都有一些感触，或深或浅，或惊或喜，而这些感触如果你不及时把握，并把它写下来，很快就会被遗忘，因为在一个地方呆得久了，新鲜期一过，敏锐的心立即就会变得迟钝，这是我不愿看到的。

但是写作，无论怎么小的写作，都要劳心费神，与时间作斗争。

记得出国后的头一年，我被语言压得喘不过气来，很少有时间和精力用母语写点什么。当时，已经定居在新西兰多年的一个朋友，以他自己的生动例子一再告诫我：要想掌握或精通英语，你必须离自己的母语远点，再远一点。但在经历了一年多的英语苦战之后，我忍不住偷偷地用中文敲打出自己的思想。我承认我有点憋不住了——像干枯的稻苗渴望雨水一样，我必须得使用我亲切而又久违了的母语。

最可怕的是，因为一年多的疏离，熟悉的母语居然有了点陌生。有时，我想到一个什么词语，竟然就忘记该怎么写了。这种境况令我震惊。我明白，无论英文掌握得多好，也不能跟当地人相比。作为曾经依靠中文母语吃饭的人来说，我决不能丢失这块强大的阵地、失去自己的

虹——多棱镜下的新西兰

优势。如果英文学得不好，而中文又变得生疏了，那不仅得不偿失，而且十分可悲。因此，我必须保卫母语，就像农民保卫神圣的水稻一样。我努力挤出一点时间，去触摸它、感受它、浸淫它。

就这样，我断断续续地写了起来。像一名嗜酒者每天都要喝上几滴酒一样，我每天都要写上一些文字，或散记，或片断，或生活感触，不成体系，也谈不上章法，纯粹是一种练笔，一种自己对自己的耳语。在这里，倏忽即逝的美丽与温柔，在日复一日的消磨中抓住欢乐，人与自然的和谐，怦然心动的信赖，不经意的善意，偶尔的放纵——日常生活的全部意义得到了证实。

我想：也许这正是生命的意义：人类绵延不绝，长盛不衰的秘密。我在经历，在生活，在时间的行进中，展示此时此刻，感受并且牢记。

把历史记录留给先知、英雄、政治家，普通人因此可以腾出时间来坚持信仰，创造历史，享受生活。

当一个带着枷锁的民族进入现代化，自由、民主、人权戴着荆冠，时隐时现。该删去的顽固地留下了，不该删去的却总是被有意忽略，这就是中国人面色沉重的原因。

你可以假装轻松，假装无所谓。可是，当远方的鸽哨响起的时候，你仍然禁不住举目凝望。因为：于我而言，新西兰是一个可以安放灵魂的地方。在这里，总有一种力量让你感动得泪流满面；总有一个梦想，让你相信美好的世界其实离你并不遥远。而这，正是写作本书的意义所在。

在书的取名上，我很是费了一番周折。最初的名字叫《感动》，是着眼于所写的故事带来的力量，但觉得过于普通。接着叫《与总理擦肩而过》，是着眼于文本彰显的民主、自由所带来的美好，虽然似乎有些卖点，但又觉得过于张扬、得意和自以为是，试想，在小小的新西兰，邂

后 记

近一个总理又算得了什么呢？然后，又取名《骑着白云去看海》《带个女孩去新西兰》和《白云之乡：安放灵魂的地方》，等等，前者着眼于对新西兰人日常生活的诗意描写，后两者着眼于对这种生活的怀念和向往。但这些名字，都无法概括我内心真实的想法。最终敲定《虹——多棱镜下的新西兰》作为书名，显得美丽而诗意。这是生活折射出来的五彩缤纷，是心灵深处的镜像，是对曾经生活过的异国他乡的一种美好回忆，而且全书共分7辑，是7种光芒、7种色彩、7种情趣的聚合。

这部集子，每辑11篇散文，全书共计77篇文章。这些散文都是我在新西兰读书期间忙里偷闲写下来的生活类随笔，绝大多数在《羊城晚报》《女友》等报刊上发表过，有40多篇先后被《读者》《青年文摘》等各类选报选刊转载过，在读者中产生过较大的影响。

在异国他乡，我常常被生活中不经意的事情撩拨着、感动着。我记下这些所见所闻、所感所想，包括岁月的残片、风中的清香和黄昏的絮语，几乎没有什么剪辑，原汁原味地呈上来，任读者品评。倘若读完这些文字，感觉有一点新鲜，有一丝感动，甚至那些你没有到过的地方，那些你没有见过的风景，那些你没有邂逅的人和事，也都成了你的经历和记忆——那将是我最大的奢望和快乐了。

聂 茂
于长沙通泰·梅岭苑抱虚斋